PAUL ZSOLNAY VERLAG

GLORIA LAXER

Ernte des Lebens

ROMAN

Aus dem Französischen von
Roseli und Saskia Bontjes van Beek

PAUL ZSOLNAY VERLAG
WIEN – DARMSTADT

Titel der französischen Ausgabe: Les vendanges du silence

Umschlag und Einband: Buchholz/Hinsch/Hensinger
Unter Verwendung einer Photographie von H. Veiller/Explorer
Satz: Sapperlot, Wien
Druck und Bindung: May & Co., Darmstadt
Printed in Germany
ISBN 3-552-04224-5

CIP-Titelaufnahme der Deutschen Bibliothek

Laxer, Gloria:
Ernte des Lebens : Roman / Gloria Laxer. Aus d. Franz. von Roseli u. Saskia Bontjes van Beek. – Wien ; Darmstadt : Zsolnay, 1990
ISBN 3-552-04224-5

Ernte des Lebens

Für Grégory

Dieses Buch wurde aus vielen Fäden gesponnen: Es bedurfte der Überredungskunst Edward Ritvos, der zu mir sagte: „Schreib", der stetigen Ermutigung Paule Cartiers, der Kritik Michel Reys und schließlich der unendlichen Geduld Elena Ahlstroems, damit diese „Lese" überhaupt zustande kommen konnte. Ihnen sei dieses Buch in Dankbarkeit gewidmet. Meiner Mutter und meiner Schwester werde ich ihr grenzenloses Vertrauen nie vergessen.

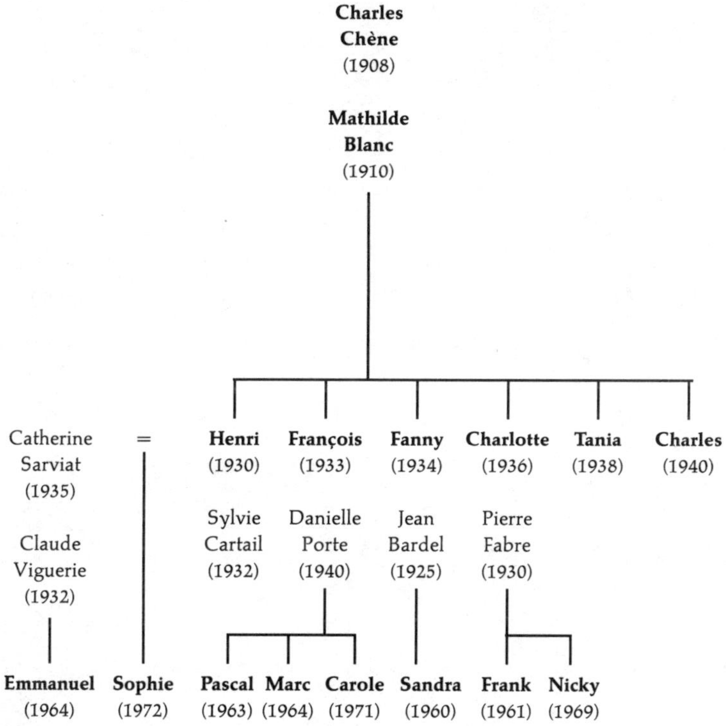
Charles Chène (1908)
Mathilde Blanc (1910)
Catherine Sarviat (1935)
=
Claude Viguerie (1932)
Henri (1930)
François (1933)
Fanny (1934)
Charlotte (1936)
Tania (1938)
Charles (1940)
Sylvie Cartail (1932)
Danielle Porte (1940)
Jean Bardel (1925)
Pierre Fabre (1930)
Emmanuel (1964)
Sophie (1972)
Pascal (1963)
Marc (1964)
Carole (1971)
Sandra (1960)
Frank (1961)
Nicky (1969)

PROLOG

Fünfzig Jahre! Bin ich anders als die Frau, die ich gestern war? Catherine suchte im Spiegel nach den Spuren, die ihr Leben hinterlassen hatte: Falten, weißes Haar. Narben waren zu sehen. Doch waren sie wirklich die Zeichen dessen, was sie durchgemacht hatte? Die Schrammen in den Augenwinkeln besiegelten ihr Lächeln und betonten die Sanftmut ihres Blicks; ihre Augen waren im Laufe der Jahre von einem Stahlgrau in ein tiefes Grau umgeschlagen und hatten jenen harten Glanz verloren, der sie, als sie jung war, ein wenig zu ernst aussehen ließ.

Elf Uhr, sie hatte sich verspätet. Sie trocknete gerade energisch ihr Haar mit einem Handtuch, als sie Tanias Stimme hörte, die ihr von der Freitreppe aus zurief:

„Catherine, ich fahre nach Nuits-Saint-Georges und hole das Brot, das Bruno vergessen hat. Brauchst du irgend etwas?"

Sie trat über die Schwelle der Glastür und brachte ein wenig Wärme von draußen mit.

„Mein Gott! Warum vergessen nur die Männer in diesem Haus immer alles? Pierre hat sein Hemd vergessen, Henri weiß nicht, wo er die Papiertischtücher gelassen hat, die wir gestern gekauft haben, und dein Mann, der versprochen hatte, auf die Kinder aufzupassen, ist mit Charles unterwegs. Deine Tochter erwischte ich dabei, wie sie sich gerade Charlottes Schminke ins Gesicht schmierte, die bei diesem Anblick laute Schreie ausstieß."

Catherine hörte ihrer Schwägerin nur halb zu. Tifi schrie aus Leibeskräften im Hof. Warum kreischte sie nur andauernd? Ihre Tochter gebrauchte ihre Stimme immer dreimal so laut als nötig, als hätte sie mit ihren zwölf Jahren ständig Grund zu protestieren, stärker als alle anderen zu bekräftigen, was sie sagen wollte. Und ihre wütenden Streitereien mit ihrem Bruder und ihren Cousins machten ihre Stimme noch heiserer.

„Mama, Mama, sieh nur!" schrie Tifi, als sie in das Zimmer eindrang wie eine Kanonenkugel. „Mama, es ist soweit, sieh nur!"

Mit einem erneuten Triumphgeschrei reichte sie ihrer Mutter die *Le Monde*.

„Tifi, nicht so laut, bitte! Was ist los?"

„Hör zu, Mama, unser Emmanuel ist berühmt! Sieh nur. Nein, warte, ich les' dir vor."

Sie setzte sich auf den Boden und begann voller Eifer zu lesen:

„Vor ein paar Tagen haben wir der Vernissage eines Malers beigewohnt, von dem man bis auf seinen Namen: EMMANUEL VIGUERIE, heute praktisch noch nichts weiß. Wir hatten zum ersten Mal die Möglichkeit, eine derartige Präsentation von Ölgemälden zu sehen. Wir hatten zwar unser Interesse und unser Erstaunen zum Ausdruck gebracht, doch die wirkliche Überraschung kam von seiten des Publikums. Seit der Vernissage hat die Galerie ‚Contempora' Tausende von Besuchern empfangen, und obgleich die Bilder unverkäuflich sind (eine geschickte Spekulation der Galeriebesitzer Paul und Jacques Durand-Larive?), so sind die Kaufangebote dennoch zahlreich ..."

Tifis Augen strahlten, während sie vorlas, und bewegt sah Catherine bald ihre Tochter, bald ihre Schwägerin an, die sehr blaß geworden war. Tania hatte Emmanuel zur Malerei gebracht. Im Laufe der Jahre hatte er Formen, Objekte, Gesichter entdeckt und nach und nach die Fähigkeit erworben, sie in seinen Zeichnungen oder in seiner Malerei wiederzugeben.

Tania hatte ihm gezeigt, daß er durch die Bilder seinen Freuden, seiner Lust und manchmal auch seiner Bitterkeit Ausdruck verleihen konnte. Mit siebzehn war er mit einem Porträt Le Chênes, einige Monate nach dessen Tod, dahergekommen. Mit großem Ernst hatte er das Bild Maman Chêne gebracht. Er hatte seinen Gefährten im dämmerigen Nebel gemalt und sich selbst dargestellt, wie er sich mit beiden Händen an den alten Mann klammert, als wolle er ihn zurückhalten. Von diesem Augenblick an begann man in der Familie von Emmanuels „Talent" zu sprechen.

„... Emmanuel Viguerie war bei der Vernissage nicht anwesend, und uns wurde keinerlei biographische Notiz gegeben", fuhr Tifi fort. „Die Originalität und Vollkommenheit der Strichführung sowie die Kühnheit der Farbgebung berechtigen zu der Annahme, daß wir Zeugen einer in der Welt der Kunst sehr seltenen Erscheinung geworden sind: der Geburt eines neuartigen Stils, einer neuen Form von Malerei, die wir keiner Schule, keiner Richtung zuordnen können. Woher nimmt Emmanuel Viguerie dieses Gefühl für Formen, diese Leichtigkeit im Detail, diese Befreiung in der Farbgebung?"

Sie hatte es immer gewußt, hatte immer an ihren Sohn geglaubt. Sie hatte ihm als erste vertraut. Aber dies hätte sie sich nie erträumt: Gewiß, er hatte mit kaum siebzehn Jahren zu malen begonnen, doch der Weg war lang gewesen bis zum heutigen Tag. Catherine erinnerte sich noch an Emmanuels erste Begegnung mit der Malerei, an ihren eigenen Schauder, ihr Überraschtsein. Tania hatte es geahnt ...

„... Paul Durand-Larive hat uns nichts sagen wollen", las Tifi weiter, „er wehrt sich gegen jede Art von Werbung. Er behauptet, Emmanuel Viguerie lehne Interviews ab und halte Angaben über sein Leben nicht für notwendig.

‚Begnügen Sie sich mit den Bildern', fügte er hinzu, ‚sie sprechen für sich selbst.'"

Wer konnte sagen, zu welchem Zeitpunkt der Zauber zu wirken begonnen hatte: als Catherine Henri begegnete? Als sie mit ihrem Sohn in Colombiers angekommen war? Hatte

Emmanuels Behinderung die anderen dazu gebracht, sich selbst zu finden, sich zu erkennen, hatte sie ihnen diese Kraft eingeflößt? Für welchen von ihnen war der Weg am schwierigsten gewesen, für Emmanuel, Henri, Claude oder Le Chêne – oder für sie selbst? Eines war zumindest gewiß: durch Emmanuel hatten sie gelernt zu ermessen, was Glück bedeutete.

„... Das Verhalten der Eigentümer der Galerie ‚Contempora' ist nur schwer verständlich, umso mehr, als wir solche Praktiken von ihnen nicht gewöhnt sind. Auch wenn das Ganze ein wenig zu sehr nach ‚abgekartetem Spiel' aussieht, so liegt uns dennoch viel daran, das Erscheinen einer neuen Ausdrucksform zu begrüßen, die den zeitgenössischen Schulen nichts zu verdanken hat ..."

„Doch, Tante Tania, sehr viel, nicht wahr, Mama?" stellte Tifi fest. „Nicht wahr, Tania? Das müßte man ihnen sagen. Du hast aus Emmanuel einen Maler gemacht. Das mußt du ihnen sagen!"

Tania antwortete nicht sofort. Mit zusammengekniffenen Lippen und geschlossenen Augen versuchte sie, ihre Rührung zu beherrschen. Es fiel ihr schwer, gegen ihre Gefühle anzukämpfen, und Tifis grobe Ausdrucksweise konnte daran nichts ändern.

„Tifi, würdest du vielleicht den Artikel zu Ende lesen", antwortete sie mit gedämpfter Stimme, darum bemüht, zu verbergen, was sie empfand. „Wir müssen uns um die Vorbereitungen für den Geburtstag kümmern."

Catherine hatte beinahe vergessen, daß die Familie nur versammelt war, um ihren fünfzigsten Geburtstag zu feiern. Doch auch das außergewöhnlichste Geschenk, das sie sich hätte erträumen können, wäre wenig gewesen verglichen mit dem, was sich soeben ereignet hatte.

„... Paul Durand-Larive beteuert, Emmanuel Viguerie sei jung, und das hinterläßt bei uns ein Gefühl des Unbehagens. Nichts Junges ist in den Bildern, die wir gesehen haben: Man hat ganz im Gegenteil den Eindruck, dem Werk eines Künstlers gegenüberzustehen, der großes Leid erfahren hat, das er jedoch mit heftigem, authentischem Pinselstrich sublimiert. Seit fünfzehn Jahren, in denen ich diese Kolumne innehabe, fällt es mir zum ersten Mal schwer, die Regung zu beschreiben, die mich angesichts dieser Bilder überkam ..."

„Das ist toll, nicht war, Tania? Wenn Maman Chène das liest, wird sie wahnsinnig glücklich sein, nicht?"

Dies war gewiß nicht der richtige Moment, Tifi zu sagen, sie solle doch nicht jeden Satz mit einem „wahnsinnig" versehen. Sie strahlte vor Freude. Bruder und Schwester hatten einander immer soviel bedeutet. Emmanuel war der begeisterte und wachsame Hüter der kleinen Tifi gewesen, und sie hatte mit Freude und Geduld an seiner Welt Anteil genommen.

„Wer ist denn dieser Henri Pierre, kennst du den, Tania?"

Nein, Tania kannte lediglich seinen Namen aus den Zeitschriften.

„Wir müssen es den anderen erzählen! Das wird Tante Charlotte ganz schön umwerfen, wenn sie hört, daß Emmanuel berühmt ist. Mama, wetten, daß sie sagen wird, ihre Gebete seien erhört worden?"

„Tifi, sei doch bitte ein wenig nachsichtiger mit deiner Tante."

Catherine amüsierte es, wie Kinder immer den Nagel auf den Kopf treffen. Tifi erinnerte sie an Sandra, nur war sie weniger bissig, an jene Sandra, die sie vierzehn Jahre zuvor mit den Worten empfangen hatte: „Wenn Sie Onkel Henri heiraten wollen, nun ... dann müssen Sie sich aber auf etwas gefaßt machen ..."

Anfänglich hatte Catherine nicht recht verstanden, was sie damit sagen wollte. Die Eigenheiten, der Lebensstil des Chène-Clans hatte sie keineswegs beunruhigt, schienen ihr im Gegenteil eher beruhigend. Sandra trug in Catherines Erinnerung immer ihr sarkastisches Lächeln. Eines Tages hatte sie das Kind über seine Warnung, die es ausgesprochen hatte, befragt, und Sandra hatte geantwortet: „Mama sagt immer, jeder, der in die Familie Chène kommt, wird entweder verschlungen oder ausgestoßen, und Onkel Henris Verflossene hat sich nie einfügen lassen. Also ... Aber Sie, Sie mögen wir gern ..."

„Sie mögen wir gern." Diese Worte hatten Catherine verfolgt. Sie hatten sie geliebt, ja: sie hatten auch ihren Sohn geliebt – und das verdankte sie Henri. Dabei fiel ihr ein, er war ja noch gar nicht angekommen, dabei hatte er doch versprochen, vor dem Mittagessen da zu sein. Zu spät, wie immer!

„Tania", sagte Catherine plötzlich, „ich wollte dieses Fest an meinem Geburtstag machen, denn für mich war es die Gelegenheit, all die um mich zu versammeln, die mir am Herzen liegen, ohne jede Ausnahme. Aber da ist einer, den wir nicht eingeladen haben, und bis jetzt gab es dafür auch keinen Grund. Ich meine Claude. Wenn es euch allen recht ist, würde ich ihn gerne anrufen und ihn bitten zu kommen, wegen Emmanuel ... Man kann ein so außergewöhnliches Ereignis nicht so einfach vorübergehen lassen, und Claude wird so glücklich sein über diese Nachricht!"

Tania war die erste gewesen, die, unterstützt von Bruno und den Kindern, vom Ausstellen gesprochen hatte. Zu Beginn wollte Catherine nichts davon hören. Als man Henri fragte, war auch er einverstanden: Emmanuels Bilder sollten noch anderen Augen ausgesetzt werden, als nur den bewundernden, doch parteiischen Blicken der Familie. Für Catherine war es das Wichtigste, ihren Sohn und dessen Leben vor jeglicher Neugier zu schützen. Tania hatte sich durchgesetzt, indem sie versicherte, keiner würde Emmanuel stören, und es genüge, daß einer von ihnen – sie selbst erklärte sich dazu bereit – nach Paris fahre, um die Bilder herzuzeigen. Als Catherine diese betrachtete, war sie derart davon überwältigt, daß sie sich gegen diese Gefühle wehrte, indem sie wütend wurde. Sie war zu Claude, Emmanuels Vater, ihrem ersten Mann gefahren, um mit ihm darüber zu sprechen, überzeugt, er würde ihre Partei ergreifen. Es ist wahr, sie liebte die Malerei ihres Sohnes, doch irrt man sich nicht unweigerlich, wenn man die Mutter ist? Claude war ebenso entschieden gewesen wie die anderen: ja, die Bilder mußten ausgestellt werden, doch sollte man mit aller Vorsicht ans Werk gehen. Wer hätte sich damals vorstellen können, daß das Werk ihres Kindes einen solchen Erfolg haben würde? Sie hatten lediglich nach einer Bestätigung dessen gesucht, was sie seit langem wußten.

Was mich, dachte sie, in Wirklichkeit davon abgehalten hat ist, daß mein Sohn für solche Veranstaltungen vollkommen unzugänglich ist. Sollte man ihn wissen lassen, was soeben geschehen war? Tania durchbrach das Schweigen, das den ganzen Raum erfüllte.

„Ich glaube, ich sollte gehen und mit Emmanuel sprechen", sagte sie. „Sein Erfolg interessiert ihn sicherlich nicht, aber er liebt Feste. Ich bin sicher, Le Chène hätte als erster gewünscht, daß man ihn feiert."

Sie ging, und ihre Augen waren voller Tränen.

Bei den Le Chène zeigte man nicht gern seine Gefühle, und Tania war die Verschlossenste von allen. Doch sobald es um Emmanuel ging, war alles anders. Tifi rief Catherine plötzlich in die Wirklichkeit zurück.

„Mama, du hast doch gesagt, du wolltest Claude anrufen ..."

„Mit Vergnügen", antwortete dieser, als sie ihm die Neuigkeit berichtet hatte. Sie würde also all die um sich haben, die ihr am Herzen lagen. Daß ihre drei aufeinander folgenden Ehemänner – Claude, Henri und Bruno – sich unter demselben Dach einfinden würden, schien ihr ganz normal, doch eins stand fest, Charlotte würde sich die nächsten zehn Jahre darüber lustig machen. Catherine kümmerte sich nicht darum: Heute wollte sie auch nicht die geringste Feindseligkeit an sich herankommen lassen. Sie wollte diese Augenblicke der Freude mit denen teilen, die sie liebte, mit denen, die Emmanuel liebten ... Die einzige, deren Widerspruch sie akzeptiert hätte, war Maman Chène, doch diese würde für die Einladung Claudes volles Verständnis haben und sie gutheißen.

Das Haus war voller Lärm. Sie hatte sich dieses Fest gewünscht, und das in einem Alter, dem viele Frauen mit Angst entgegensehen, das sie jedoch in vollem Bewußtsein dessen, was das Leben ihr geschenkt hatte, willkommen hieß. Ein Fest, um die Freude des Zusammenseins miteinander zu teilen, ein Fest, das für jeden nicht Verleugnung, sondern Bejahung der Realität bedeuten würde. Sie hatten durchgehalten, hatten sich entzweit, hatten es verstanden, sich gegenseitig zu akzeptieren, Schwierigkeiten zu meistern, sie, wenn es erforderlich war, gemeinsam zu überwinden. Der Clan funktionierte über den Alltag, den Augenblick hinaus.

Sie streifte sich ein strohgelbes Baumwollkleid über, denn der Nachmittag und Abend versprachen heiß zu werden, und nahm ihr Haar unter einem Tuch zusammen: es war noch nicht trocken, und sie liebte dieses Gefühl von Feuchtigkeit.Sie würde sich frisieren, wenn die anderen einträfen. Als sie in die Küche kam, waren Charlottes Kinder, der große Franck und die schmächtige Nicky, die kleine Sechzehnjährige, gerade dabei, unter Emmanuels strengem Blick eine riesige Menge Reissalat vorzubereiten. Sie hatte doch gedacht, er sei im Atelier, das er mit Tania teilte, und male! Schon bald erschien der rote Lockenkopf Sandras bei ihnen, die sogleich naschhaft einen Finger in die Mayonnaise tauchte.

„Bin ich hungrig!" rief Sandra. „Wir könnten doch schon ein wenig früher beginnen!"

„Sandra, wir essen in einer Stunde! Wenn du nicht alle vierzehn Tage Diät halten würdest, müßtest du nicht über alle Speisen herfallen ..."

Und schon ging der Streit wieder los, der schon Jahre dauerte ... Sandra war tief gekränkt. Wie konnte man so etwas sagen, wo sie doch nichts anderes tat als abzunehmen. Würde denn keiner sie jemals verstehen?

Der Lärm der Stimmen hatte das ganze Haus zusammenlaufen lassen, und bald war die Familie vollständig versammelt. Es bedurfte der Autorität Maman Chènes, um die Ordnung ein wenig wiederherzustellen und jeden einzelnen an seine Aufgabe zu erinnern, wobei sie sich ihren Teil dachte über Sandras Abmagerungskuren, Nickys schlechten Charakter und die geheimnisvolle Miene, die Tifi aufsetzte. Diese hatte versprochen, das Geheimnis bis zum Abend für sich zu behalten, zu warten, bis alle versammelt waren. Doch brannte es ihr auf der Zunge, ihre Augen leuchteten, und es genügte, sie anzusehen, um zu wissen, daß sie „etwas wahnsinnig Tolles, etwas irrsinnig Tolles“ zu verkünden hatte, was sie jedoch nicht verraten würde, selbst wenn man sie auf der Glut röstete, die Charles unter dem im Hof bratenden Hammel unterhielt. Nein, sie würde nichts verraten, nicht einmal ihrem Vater, der sie flehentlich ansah. Sie hatte es versprochen.

Catherine machte es Spaß zu sehen, wie sehr ihre Tochter Henri ähnelte. Beide konnten ihre Zunge nicht im Zaun halten und verlangten von den anderen, ihr Versprechen, nicht weiterzuforschen, nicht einzuhalten.

ERSTER TEIL

Spaziergänger im Nebel

1

Sie hatte ihn eines Tages leicht hinkend, mit zerzaustem Haar, unrasiert an der Biegung eines Flures im Hospital von Dijon auftauchen sehen. Er schien nichts von dem wahrzunehmen, was um ihn herum vorging, und Catherine brauchte später eine ganze Weile, um festzustellen, daß er in Wirklichkeit ein Mann war, er alles sofort erfaßte, dem nichts entging und dessen Gedächtnis untrüglich war.

„Tag, was suchen Sie hier?"

Und so hatte sie begonnen, ihm von dem Häufchen Leben zu erzählen, das sie von einem Hospital zum anderen schleppte in der Hoffnung, eines Tages einen Arzt sagen zu hören: „Ich bin der Richtige. Ich werde Ihr Kind heilen!" Und er hatte ihr mit jener Aufmerksamkeit zugehört, die Catherine so ungewöhnlich vorgekommen war. Sie hatte ihn sogleich mit anderen Augen betrachtet. Nichts an ihm erweckte den Eindruck eines Mannes, der von seinem Wissen überzeugt ist. Er fragte sie mit beängstigender Gründlichkeit aus, sie wußte jedoch, daß diese notwendig war. Auch die Ruhe, die von seinen Fragen ausging, flößte ihr Vertrauen ein: Er kannte das Problem, er würde ihr helfen können.

Und dann hatte sie ihm eines Tages Emmanuel gebracht. Dazu mußte sie, wie jedes Mal, einen Schlachtplan entwerfen: zwei oder drei Hosen mitnehmen, ebensoviel Unterwäsche und Strümpfe zum Wechseln. Außerdem mußte sie ihren

Wagen mit einer Reihe von Gegenständen beladen, ohne die er sich nicht von der Stelle rührte: „Petas" – den Gefährten, von dem er sich nie trennte – einen Büchsenöffner, einen Korkenzieher, ganz zu Schweigen von den Zeitungen, die Emmanuel hingebungsvoll mit einer Sorgfalt zerriß, die immer alle überraschte, die ihm dabei zusahen, sowie sein Radio. Catherine hatte manchmal das Gefühl zu ersticken, zusammenzubrechen unter dem Gewicht dieses sechsjährigen Jungen, den sie zusammen mit der riesigen Reisetasche, die all die Schätze ihres Sohnes enthielten, tragen mußte. Manchmal überkam sie ein irres Gelächter, das nur wenige verstehen konnten: ein vor Erschöpfung, vor Verzweiflung irres Gelächter. Und genau das hatte sich an jenem Tag ereignet: Emmanuel hatte, während sie der Schwester ihre Anschrift gab, in aller Ruhe auf ihrem Schoß Pipi gemacht. Der Urin lief warm über ihre Schenkel, und sie fuhr fort, ihren Rosenkranz herunterzubeten: warum sie in die Sprechstunde gekommen sei, wer ihr geraten habe herzukommen ... Und währenddessen wurde der Fleck auf ihrem Rock immer größer, und vor lauter Erschöpfung hatte sie zu lachen begonnen. In diesem Augenblick war Henri eingetreten, hatte sie in aller Ruhe von oben bis unten gemustert, hatte Emmanuel einige Sekunden lang prüfend angesehen und selbst auch zu lachen begonnen. Dann hatte er Emmanuel in die Arme genommen und zu Catherine gesagt: „Kommen Sie mit, wir werden einen Kittel für Sie finden und ihren Rock trocknen." Sie war ihm gehorsam gefolgt, überrascht von der Ruhe ihres Sohnes, der sich endlich einmal wohlzufühlen schien. Henri hatte beide in sein Büro geführt und Catherine einen seiner Kittel gereicht. Während sie sich in seinem Waschraum umzog, hatte er mit Emmanuel gespielt.

Dieses eine Mal war alles anders. Endlich stand ihr jemand gegenüber, der sich dem Problem stellte. Das Leben, das meistens bitter schmeckte, zwinkerte ihr an jenem Tage zu: Sie hatte mit einem Unbekannten einen Augenblick ohne Schmerzen geteilt. Gemeinsam amüsierten sie sich über etwas, was gewöhnlich niemanden amüsierte, vor allem nicht die Ärzte.

Doch in Catherines Leben mußte jeder friedliche Augenblick teuer bezahlt werden. Henri hatte versucht, ihren Sohn zu untersuchen. Und wie jedes Mal war Emmanuel außer sich geraten: Er schrie, stampfte mit den Füßen und griff Henri an, der sich ihm nähern und ihn beruhigen wollte. Woher nahm er nur eine solche Stärke, diese übermenschliche Kraft, die ihm erlaubte, sich ohne die geringste Furcht mit einem Erwachsenen zu messen? Niemand konnte mit Emmanuel fertigwerden: und Catherine war oft von überdrüssigen Chefärzten, von Krankenschwestern, denen die plötzlich hochschnellenden Hände ihres Sohnes das Gesicht zerkratzt hatten, vor die Tür der Station gesetzt worden. Sie hatte sich angewöhnt, jeden Arzt und jede Krankenschwester, die nah an ihm vorübergingen, vor der Gefahr zu warnen, in die sie sich begaben. Dies galt für Henri ebenso wie für alle anderen, doch ihn schien dies überhaupt nicht zu kümmern. Er hatte Emmanuel in seine Arme genommen und war mit ihm durch die Station gegangen. Zum ersten Mal flößte ihr ein Arzt Vertrauen ein und nicht das Gegenteil. „Wer sind Sie, Professor Chène?" dachte sie. „Welchen Weg haben Sie zurückgelegt, daß Sie uns nicht hinauswerfen?" Sie suchte nach etwas, was ihn von andern unterschied, und fand es nicht. Er war weder älter noch jünger und mußte um die Vierzig sein; doch sein Gesicht war gezeichnet. Er hatte ruckartige, nervöse Gesten und sprach in einem eher brüsken Ton. Auf den ersten Blick schien ihn nichts von anderen Ärzten zu unterscheiden. Und doch hatte sie den Eindruck, es bereite ihm ein gewisses Vergnügen, diese brüllende Furie, die Emmanuel war, in seinen Armen zu tragen. Warum hieß er Chène, die Eiche? Er sah nicht stark aus; sie fand ihn sogar ein wenig zerbrechlich. Henri paßte besser zu ihm. Wie alle Henris, die sie kannte, sprach er wenig und hatte äußerlich nichts Besonderes an sich.

Emmanuel verstand es sehr wohl, seine Umgebung aufs Äußerste zu reizen. Catherine kannte diese Vorstellungen und nannte sie „das Konzert", denn sobald sich ihr Sohn in Gegenwart Fremder befand, stieß er nach wenigen Augenblicken bei einem jeden an die Grenze der Geduld. Wer konnte stundenlang dieses schrille Gebrüll ertragen, das einem das Gehirn durchbohrte? Wer konnte ertragen, von diesem blonden kleinen Engel bis aufs Blut gebissen, gekratzt und gekniffen zu werden, ohne daß ihm der Schmerz zu viel wurde? Und wer sich noch vor fünf Minuten seiner selbst und seiner Fähigkeit, sich zu beherrschen, sicher war, wandte sich plötzlich gegen Emmanuel und gab ihm innerhalb von zwei Sekunden ein wenig von dem Schmerz zurück, den der Knabe ihm soeben zugefügt hatte. All das war ihr schon so vertraut, daß Catherine gelernt hatte, ihren Sohn zu „bergen", bevor sein Opfer zu dessen Doppelgänger wurde ... jedoch auf bewußte Weise. Aber Henri schien sich restlos wohl zu fühlen, ohne daß Emmanuel sein Verhalten auch nur im geringsten verändert hätte. Zwischen ihnen bestand eine Art Rivalität, und dieses eine Mal war sich Catherine über den Ausgang des Kampfes weniger sicher.

Er hatte sie bis zum Wagen begleitet und dabei Emmanuel immer noch im Arm gehalten. Sie hatte ihm eine kleine Nachricht geschrieben, um ihm für seine Freundlichkeit zu danken. Er hatte ihr im gleichen Ton geantwortet. Er war nicht der Wunderdoktor, den sie erwartet hatte, er gestand seine Machtlosigkeit ein; sie solle von ihm nicht etwas erhoffen, von dem sie wußte, daß es nicht zu erfüllen war.

Sie hatte ihn ein paar Monate später wiedergesehen. Wie konnte sie nur ausdrücken, daß sie keineswegs ungeduldig darauf gewartet und es doch herbeigesehnt hatte, mit ihm zu sprechen? Was hatte sie ihm, den sie nicht kannte, denn überhaupt zu sagen? Vieles. Und doch schien ihr die Situation absurd: Im Rahmen ihrer Arbeit war sie Professor Chène bereits begegnet. Vielmehr über den Weg gelaufen. Keiner hatte dem anderen Aufmerksamkeit geschenkt. Sie erinnerte sich an ihn wie an einen Arzt unter vielen anderen. Selbst nach dieser Konsultation, bei der er ihren Sohn untersucht hatte – doch wie viele andere hatten dies schon vor ihm getan? Sie verstand nicht, warum sie dieses Bedürfnis empfand, ihn wiederzusehen. Sie begab sich also gern zu jener Cocktailparty. Dieses eine Mal war Emmanuel relativ früh eingeschlafen, und sie hatte ihre Reinemachefrau gebeten, auf ihn aufzupassen. Sie war sicher, Henri Chène zu sehen. Beim Betreten des Raumes hatte sie ihn mit den Blicken gesucht und ihn nicht gefunden. „Warum bin ich enttäuscht?" fragte sie sich, von dem Gefühl der Traurigkeit, das sie überkam, ein wenig gedemütigt.

„Na, langweilen wir uns?"

Sie hatte ihn nicht kommen sehen, und da stand er nun neben ihr und sah sie mit einem leichten Lächeln auf den Lippen an. Plötzlich verging die Zeit sehr schnell. Worüber hatten sie gesprochen, sie wußte es nicht mehr. Sie waren den ganzen Abend zusammengeblieben, und als die Gäste aufzubrechen begannen, hatten sie sich zum Ausgang begeben. Er hatte ihr in den Mantel geholfen und sie wortlos zu ihrem Wagen begleitet. Zwischen ihnen lag so etwas wie eine namenlose Verheißung von Wärme, Zärtlichkeit und Worten, die, kaum gesagt, schon verstanden waren. Er sagte ihr nicht, daß er sie gern wiedersehen wollte, und auch sie hielt es nicht für nötig, was sich ereignete in Worte zu fassen. Es war ihnen genug, einander nahe zu sein. Sie war außerstande zu sagen, warum es ihr so leicht erschien, wo ihr doch sonst alles so schwierig, so beängstigend vorkam. Doch dieses eine Mal nicht. Dieses eine Mal hatte sie keine Bedenken.

2

Die Zeit war vergangen. Doch er hatte kein Lebenszeichen gegeben. Was sie beunruhigte, war, daß sie sich nicht beunruhigte. War das Schicksalsergebenheit? Das glaubte sie nicht. Seitdem sie Emmanuel zu Henri gebracht hatte, war dieses Gefühl von Leere, von dem sie seit Jahren beherrscht wurde, aus ihrem Denken verschwunden. Gegenwärtig ereignete sich nichts, und doch war sie ruhig und wartete.

Eines Tages war ein Paket mit einem Buch und einer Karte angekommen: „Hoffentlich gefällt es Ihnen." Ohne Unterschrift. „Was für ein seltsamer Mann!" dachte Catherine beim Durchblättern des Bandes. Ihm war nichts Besseres eingefallen, als ihr ein Buch über die Verantwortung des Arztes zu schicken. Sie liebkoste den Einband des Buches, als könnte sie dadurch die Fäden, die es zwischen diesem Mann und ihr knüpfte, noch stärker empfinden. Es machte sie auf eine ungewohnte Weise glücklich, die jedoch so gut zu dem Bild paßte, das sie von ihm hatte. Und gleichzeitig war sie enttäuscht, daß er nichts Persönliches geschrieben hatte. Wichtig war, daß sie jetzt einen Grund hatte, ihn anzurufen.

„Ich habe augenblicklich keine Zeit, mit Ihnen zu sprechen; ich rufe zurück", hatte er geknurrt.

Catherine lag schon zwei Stunden im Bett, als er zurückrief und sie fragte, ob er sie auch nicht geweckt habe – es war drei Uhr früh. Er hatte eine Reihe von Notfällen gehabt und war gerade erst fertig geworden.

Erst nach einer Weile begriff Catherine, was eigentlich vor sich ging. Tatsächlich war Henri, wie sie nach und nach feststellen sollte, ein Mann voller Überraschungen: der ganz gleich zu welcher Tages- oder eher Nachtzeit anrief; der ihr die ungewöhnlichsten Geschenke machte; der rücksichtslos auflegte, wenn er den Eindruck hatte, taktlos gewesen zu sein, und der drei Minuten später wieder anrief, um sich zu entschuldigen. Sie sollte lernen, daß von ihm nichts Gewöhnliches zu erwarten war. Er war scheu, geheimnisvoll, zart besaitet, immer bereit, eine neue Wunde zu entdecken, die man ihm zugefügt hatte. In jener ersten Nacht hatte ihr Herz noch wegen des Telefons, das sie aus dem Schlaf gerissen hatte, schneller geschlagen! Doch Henri war vollkommen unbefangen: „Es ist kein sehr interessantes Buch, doch ich hatte beobachtet, daß Sie es immer ansahen, als Sie mit Emmanuel in meine Praxis gekommen sind, und ich hatte Lust, mit Ihnen zu sprechen."

Sie hörte ihm zu. Er erzählte, wie sein Tag verlaufen war, stellte ihr Fragen, wie es ein Ehemann getan hätte. Er sprach über Emmanuel, und sie antwortete ungezwungen, als sei er ein Vertrauter. Die Stimme am Telefon war ihr zugleich fremd und nah. Dann hatte sie den Hörer aufgelegt, und mit dem Wohlbefinden, das einem die Nähe eines Freundes oder Kindes gibt, hatte sie auf die Wiederkehr des Schlafs gewartet.

3

Abgesehen von den ruckartigen Zuckungen, die ihn in ständiger Unruhe hielten, und von einem rhythmischen Schaukeln machte Emmanuel keinerlei gezielte Bewegung. Mit Ausnahme des Petas oder seiner „Spielsachen", die er leidenschaftlich ergriff, vermochte er keinen Gegenstand in die Hände zu nehmen. Er schien sich seines Körpers überhaupt nicht bewußt zu sein, blieb auf keinem Stuhl sitzen und schlief auf einer Matratze, die direkt auf dem Boden lag und von Kissen umgeben war, um jeglichem Sturz vorzubeugen.

Dies war eines der Hauptprobleme für Catherine: Wie konnte man ihn lehren, seinen Körper wahrzunehmen? Ihn auf den Schoß zu nehmen, artete in einen Boxkampf aus, ihn zum Hinsetzen zu zwingen, war illusorisch. Er schien keinerlei Vorstellungen von seiner Körperhaltung im Umgang mit anderen zu haben: warum sollte er im Sitzen seine Füße an den Beinen seiner Mutter lassen und sie nicht in ihr Gesicht strecken? Die Vorstellung von oben und unten war ihm fremd; er nahm die unglaublichsten Stellungen ein, ohne einen Gleichgewichtssinn zu besitzen, der ihn davor bewahrt hätte zu fallen. Er kroch nicht auf dem Bauch, sondern mit dem Kopf oder den Fingerspitzen, was ihn, weil er nicht vorankam, wütend machte. Um sich niederzulegen, stürzte er sich bäuchlings oder mit einem Ellbogen vorwärts und erreichte nie das gewünschte Ergebnis. Catherine hatte den Eindruck, ihr Sohn „fühle nicht", weder Gegenstände, noch Möbel – vor allem nicht die, die ihn umgaben. Wollte er einen Gegenstand haben, so stürzte er los, ohne irgendwelche Hindernisse, ob Wand oder Mensch, zu berücksichtigen. Catherine hatte eines Tages versucht, ihren Sohn einem Arzt zu beschreiben, der ihr geantwortet hatte: „Er hat Augen, die nicht sehen, doch blind ist er nicht; er besitzt einen Körper, dessen Gebrauchsanweisung er nicht kennt, und Sie sind für ihn der Ersatzkörper; deshalb ist er derart verängstigt, wenn Sie sich auch nur für einen Augenblick entfernen. Deshalb brüllt er, sobald Sie etwas tun, was nicht mit ihm oder für ihn ist."

Catherine hatte sich also auf die Suche nach allem, was ihrem Sohn helfen könnte, begeben. Die um Rat gefragten Kapazitäten hatten, einer nach dem anderen, die Arme sinken lassen. Der Heilgymnast, zu dem sie gegangen war, hatte solche Angst vor Emmanuel gehabt, daß sie ihm raten mußte, sich hinzusetzen und ihm ein Glas Wasser geholt hatte, um ihn zu beruhigen. Und wie jedes Mal, wenn Emmanuel spürte, daß jemand Angst vor ihm hatte, machte er alles nur noch schlimmer. Jeder seiner Schreie drückte den Heilgymnasten tiefer in den Stuhl, er krümmte sich vor Angst. Der arme Mann hatte ihr schließlich gesagt, sie solle „das da" aus seinen Räumen schaffen. Catherine konnte sich noch so sehr um einen anderen Heilgymnasten bemühen, sie schienen alle von ihrem Kollegen vorgewarnt zu sein, und sie mußte allerorts höfliche, doch entschiedene Absagen hinnehmen.

So hatte sie sich schließlich entschlossen, ihren Sohn ganz allein heilgymnastisch zu behandeln. Sie hatte sich Bücher gekauft und einen alten blinden Masseur aufgesucht, der sich einmal um ihren Mann kümmerte, als er sich das Bein bei einem Schiunfall gebrochen hatte. Der alte Mann war im Ruhestand und nicht fähig, sich mit Emmanuel zu befassen, doch kurz nach Catherines Anruf war er mehrmals gekommen und hatte ihr geduldig erklärt, was sie für Emmanuel tun könne. Er war ein ganz schmächtiger Mann, dessen Rücken so gekrümmt war, daß er im rechten Winkel ging. Der alte Masseur hatte sehr bald erkannt, daß sie zum Scheitern verurteilt waren, daß Emmanuel die Übungen, die ihm geholfen hätten, nicht ausführen konnte. Nachdem er alle erdenklichen Lösungen in Erwägung gezogen hatte, schlug er schließlich vor, das Schwimmbad sei vielleicht die noch aussichtsreichste Möglichkeit. Und er hatte recht. Von da an ging Catherine mit ihem Sohn dreimal wöchentlich dorthin. Sie hatte die Vorbehalte des Leiters widerlegen und für einen möglichen Unfall eine Entlastungsbescheinigung unterzeichnen müssen. Einmal mehr hatte sie mit Claude gestritten, für den ihre Hartnäckigkeit eine Verweigerung der Wirklichkeit verriet. „Du bist vollkommen verrückt weiterzumachen", sagte Claude immer wieder. Aber Catherine weigerte sich, ihm zuzuhören. Und doch war seit dem Tag, an dem sie beschlossen hatte, daß es ihr gelingen würde, etwas aus ihrem Sohn zu machen, ihr einziger Erfolg gewesen, ihre Umgebung an die Grenzen der Geduld zu bringen. Im Schwimmbad spürte sie die Blicke der Leute in ihrem Rücken, während sich der Bademeister jedes Mal, wenn sie an ihm vorüberging, zu einem Lächeln zwang.

An jenem Abend, als sie vom Schwimmbad nach Hause kam, hatte sie nur den einen Wunsch: zu schlafen. Nachdem sie Emmanuel zu essen gegeben hatte, war sie gerade dabei, ihn ins Bett zu bringen, als das Telefon zu läuten und Emmanuel sogleich zu brüllen begann. Catherine verwünschte den Anrufer, der soeben das zerstört hatte, was sie mit so viel Mühe herzustellen versuchte: diesen kurzen Augenblick, wo ihr Sohn sich und die anderen ohne Geschrei und ohne Schmerz erlebte. Sie brauchte lange, um ihn wieder zu beruhigen. Sie war am Rande der Erschöpfung, sie hatte nicht zu Abend gegessen, doch das war unwichtig. Sie war dem Weinen nahe, sie mußte schlafen. Sie setzte sich auf ihr Bett, als sie die Haustürglocke läuten hörte.

Während sie die Tür öffnete, hatte sie die Absicht, Claude zu sagen, wenn er das nächste Mal seine Schlüssel vergäße, könne er die Nacht im Freien verbringen. Doch nicht ihr Mann, sondern Henri Chène stand auf der Schwelle. Er starrte sie einen Moment wortlos an. Catherine versuchte, ein paar Worte hervorzubringen. Wie immer stammelte er rechtfertigende und verärgerte Worte, als trüge sie die Schuld an seinem Kommen. „Aber was wollen Sie eigentlich hier?" brachte sie schließlich hervor. Ihre Wut beruhigte Henri sogleich. Er hatte versucht, sie telefonisch zu erreichen. Als er keine Antwort erhielt, war er, überzeugt, sie zu Hause anzutreffen, hergekommen. In der Tat hatte sie den Hörer nicht abgenommen, denn sie war sicher, Claude riefe wieder einmal an mit einer Ausrede, warum er nicht nach Hause kommen könne.

„Das habe ich mir beinahe gedacht", hatte Henri gemurmelt. „Wenn man Sie so sieht, besteht kein Zweifel, daß Sie gewohnt sind, ganz allein mit allem fertigzuwerden."

Sie war zu erschöpft, um ihm zu widersprechen, und rührte sich nicht von der Türschwelle, als warte sie darauf, daß Henri ginge. Aber nein, er drängte sie ins Innere des Hauses.

„Warum ist er nur gekommen?" fragte sich Catherine. Die Antwort schien einfach, doch das hieße Henri verkennen. In einer Art Leichtfertigkeit sagte er: „Ich weiß, daß ich nicht willkommen bin, doch ich weiß auch, daß Sie es nötig haben zu sprechen, und ich glaube, daß ich fähig bin anzuhören, was Sie zu sagen haben."

„Er ist verrückt", dachte sie, „und was geht ihn das überhaupt an?"

„Ich habe Ihnen nichts zu sagen. Ihnen nicht und auch keinem anderen", hatte sie gereizt geantwortet.

Er hatte daraufhin aus seiner Aktentasche eine Konservendose und ein Stück Brot gezogen und erklärt:

„Ich habe seit heute früh nichts gegessen. Vielleicht könnte man das hier aufwärmen?"

Und um elf Uhr nachts saß Catherine noch immer mit Henri in der Küche, als das Telefon läutete. Es war Claude. Natürlich konnte er nicht nach Hause kommen. Sie hatte sich an seine Lügengeschichten gewöhnt und litt schon lange nicht mehr darunter. Sie hatte sich im Laufe all dieser Jahre verändert, und oft fragte sie sich, wie sie es nur hatte zulassen können, daß jemand versuchte, Sie zu zerstören, nur weil sie es nicht akzeptieren wollte, daß ihr Sohn, ihr gemeinsamer Sohn, von der Ärzteschaft aufgegeben worden war ... Jetzt hatte sie Emmanuel, und das war ihr genug.

Niemand mehr hatte Gewalt über sie, nur ihr Kind. Nichts und niemand konnte ihr Leben noch beeinflussen, außer Emmanuel. Sie konnte niemandem gestatten, in ein Gebiet vorzudringen, das bereits besetzt war. Ob Claude nach Hause kam oder nicht, ließ sie vollkommen gleichgültig. Sie versuchte nicht einmal mehr zu erfahren, ob es eine andere Frau in seinem Leben gab. Zu einem bestimmten Zeitpunkt wäre noch Raum gewesen für diese Art von Verhör, doch das war längst vorbei; er hatte keine Lust nach Hause zu kommen, zusammen mit ihr das gemeinsame Kind zu teilen, mit all seinen Problemen, für die es jeden Augenblick eine Lösung zu finden galt, die nirgendwo sonst existierte als in der Liebe, die sie ihrem Sohn entgegenbrachte.

Ohne die geringste Bitterkeit sagte sie all das zu Henri, während er im Salon das Feuer im Kamin entfachte. In ihrem Haus verhielt er sich ihr gegenüber wie zu einem Kind. Er hatte, ohne sich um sie zu kümmern, etwas zu essen vorbereitet, hatte ihr, ohne sie zu fragen, ob sie zu Abend gegessen habe, serviert und machte es sich, oder vielmehr ihr, schließlich im Salon bequem. Catherine fühlte sich zugleich belustigt, leicht verärgert und ein wenig beunruhigt.

4

Nach und nach war Ruhe in Catherines Leben eingekehrt. Schließlich gab es nur noch unpersönliche, rein praktische Gespräche mit Claude, der sich auf Sätze wie: „Ich brauche ein sauberes Hemd“ oder „Wir wollen die Morels zum Abendessen einladen“ beschränkte. Äußerlich war Catherine locker geworden, sie hatte sich an diese Art Doppelleben gewöhnt: einerseits war sie Emmanuels Mutter, und in anderer Umgebung war sie eine Frau von fünfunddreißig Jahren, die lächelte, wenn es zu lächeln galt, die sich dem Alltag stellte, für die jedoch nahezu alles, was anderen wesentlich erschien, jede Art von Bedeutung verloren hatte.

Und da überschritt dieser Mann, den sie kaum kannte, die Schwelle ihre Reiches und sie ließ es geschehen. Er hatte ihr einen Whisky eingeschenkt und sich selber auch, so, wie er es bei sich zu Hause getan hätte. Zweimal hatte Catherine nachgesehen, ob Emmanuel schlief, und er hatte sie leise begleitet.

„Ich möchte nichts sagen, ich möchte Ihnen nichts sagen. Für Sie ist es so einfach: Sie werden zuhören und dann . . . dann gehen Sie fort. Aber was ist mit mir? Glauben Sie denn, man kann einfach ins Leben von anderen treten und alles durcheinander bringen?“

„Ich will Ihnen nicht wehtun, aber ich glaube nicht, daß Schweigen die Lösung ist. Als ich Sie auf meiner Station sah, hat sich etwas ereignet, was ich nicht erklären kann. Kinder wie Ihres sehe ich alle Tage; was mich verblüfft hat, ist Ihre Art, damit umzugehen. Gewöhnlich kann man, wenn die Leute sich unbeobachtet fühlen, auf ihren Gesichtern lesen, was sie denken; Ihr Gesicht drückte nichts aus.“

In diesem Augenblick hatte Catherine ein leises Piepsen gehört, und Henri sagte ungerührt zu ihr:

„Ich habe Dienst, das ist mein Piepser. Ich muß das Krankenhaus zurückrufen.“

Er hatte sich sehr schnell auf den Weg gemacht. Beim Abschied hatte er zu ihr gesagt:

„Glauben Sie ja nicht, daß Sie mich los sind! Wir müssen miteinander sprechen.“

Catherine hatte seine Rückkehr erwartet und sich dabei gefragt, wie sie ihn wieder loswerden könnte. Sie hatte keine Angst vor diesem Mann, ihr war es gleichgültig, was die Nachbarn denken mochten, sie war auch nicht auf ein Abenteuer aus, doch sie wollte um keinen Preis über ihre Probleme sprechen: Es genügte, sie leben zu müssen.

„Ich möchte nicht mit Ihnen reden, denn wenn ich einmal aus mir hervorgeholt habe, was Sie von mir hören möchten, wenn ich all das wieder durchlebe, was ich in jahrelanger Mühe verdrängt habe, was werden Sie dann tun, Sie und Ihr Mitleid? Sie werden in aller Ruhe nach Hause zurückkehren, und in Ihrem Leben wird sich nichts Wesentliches dadurch verändern."

Catherine erstickte vor Wut, vielleicht weil sie wußte, daß das Unheil bereits unaufhaltsam seinen Lauf nahm.

„Ich habe mir alle nur denkbaren Vorträge angehört, solche, die mir zur Resignation rieten und andere, die mir sagten, ich solle meinen Sohn vergessen. Es hat mich Jahre gekostet, eine Mauer um meine Gedanken zu errichten, eine Barriere aus Ampeln, aus Warnsignalen, die aufheulen, sobald ich gewisse Grenzen überschreite. Denk an das Heute, vergiß das Gestern, und den morgigen Tag gibt es nicht. Ich habe mir Zwangsarbeiten ausgedacht, solche, die einen körperlich erschöpfen und die ganze Lebenskraft aufsaugen. Ich darf mich nicht vom Schmerz überwältigen lassen, denn ich weiß, ich werde seiner nicht Herr. Ich kann ihn nur im Zaum halten, indem ich aus meinem Leben, aus meinen Gedanken jeden Blick zurück verbanne ... denn in mir ist immer eine Todessehnsucht, die mich von dem Tag an nicht mehr verlassen hat, als der Arzt versuchte, Claude und mir begreiflich zu machen, was uns erwartete."

Henri wurde ungeduldig. Er schien wegfegen zu wollen, was Catherine ihm erzählte.

„Um stark zu sein", fuhr sie fort, „muß man die Schwäche, die Niederlage kennengelernt haben, diesen Zusammenbruch, den wir erlebten und der aus Claude und mir zwei Fremde machte, die nichts mehr miteinander verbindet, nicht einmal Bitterkeit. Mich schmerzen alle Kinder, die mir jeden Morgen auf dem Schulweg begegnen. Mich schmerzt jeder Kuß, der nicht auf meine Wange gedrückt wird. Ich leide unter den Worten, die ich nicht höre, unter den Streitereien, die ich nicht haben kann, den Gesprächen, die nur in meinem Kopf existieren. Eines Tages habe ich dieses Vitriol geschluckt, das nicht aufhört, mich zu zerfressen und nie damit aufhören wird. Und jetzt ist da dieser Schmerz, der keine Ruhe, keine Atempause kennt. Es gibt kein Mittel, auch nur einen Moment, einen kurzen Augenblick lang, diese Qual nicht mehr zu spüren, dieses Gewicht, von dem mein Herz erdrückt wird."

Catherine sah Henri nicht an, sie stocherte im Feuer, nicht um es zu schüren, sondern um ihre Hände zu beschäftigen und ihre Gedanken zu kontrollieren, so wie sie, wenn sie den Tränen nahe war, eine Zigarette nahm. Seit Emmanuels Erkrankung hatte sie nie darüber mit jemandem aus ihrer Umgebung gesprochen. Claude war als erster der Wahrheit aus dem Wege gegangen. Sie sah die Familie ihres Mannes nicht mehr, die in ihrer Verweigerung der Realität glaubte, das beste Mittel, einem Unglück auszuweichen, sei, nicht darüber zu sprechen und Emmanuel nicht zu begegnen.

„In Wahrheit", erzählte sie weiter, „habe ich mich zweimal erschaffen, und dies hier war das zweite Mal. Ich glaube, reif bin ich durch meine Schwangerschaft geworden. Damals gelang es mir, eine ganze Anzahl von Dingen aus meinem Leben zu verbannen und zu sagen: Ich bin damit nicht mehr einverstanden. Wozu ich vorher nicht imstande war. Eine Frau zu werden heißt nicht, einem Mann zu gehören, heißt nicht, mit einem Mann zu leben, zu schlafen, zu essen. Es heißt, mit ihm ein Kind in die Welt zu setzen. Bevor ich schwanger wurde, war ich nur ein Lehrling des Lebens, und nun entdeckte ich auf einmal eine neue Dimension in mir. Ich habe gelernt, auf diese Kraft, die in mir wuchs, zu hören. Mein Sohn rührte sich – ich wußte, es war ein Sohn. Ein Schaudern überkam mich, wenn ich die langsame Woge spürte, die mich jedes Mal durchlief, wenn er eine Bewegung andeutete. Schwierig, das mit Claude zu teilen. Ich glaube nicht, daß ich ihm verständlich machen konnte, was mich drängte, mein Glück der ganzen

Welt zuzurufen. Ich lauerte auf das geringste Zeichen – oh, er rührte sich nicht, er schlief. Also legte ich – doch nur, um ihn stärker in mir leben zu fühlen – meine Hand auf einen sehr kalten Gegenstand und dann auf meinen Leib ... und da, das können Sie mir glauben, rührte er sich, protestierte, er mochte das ganz und gar nicht. Und ich entschuldigte mich: ‚Ich wollte dich nur spüren', und er schlief in mir wieder ein. Ich hörte auf, mit Claude zu streiten, als ich fühlte, wie mein Kind von heftigem Zittern erfaßt wurde, an dem Tag, als ich losschrie, weil Claude mir auf die Nerven ging. Mein Leib, den ich mehr als nötig nach vorn schob, bestätigte, was mir niemand aberkannte, was ich jedoch laut verkündete: Kraft. In mir war unendliche Freude, eine Leidenschaft, die ich nie zuvor gekannt hatte. Meine Schwangerschaft bescherte mir etwas Außerordentliches: Heiterkeit. Nie war ich derart glücklich gewesen ... Daher nannte ich meinen Sohn den ‚Hippie', denn damals verband man vielleicht eine Vorstellung von Glück mit diesen jungen Menschen, die man alle Vorbilder, die ihnen angeboten wurden, ablehnen und nach einer anderen Lebensweise suchen sah. Ich hatte ein Leben gelebt, das in persönlicher Hinsicht vielleicht gar nicht unfreundlich war, doch hatte ich nichts aufgebaut. Alles war mir mühelos in den Schoß gefallen. Mein vorheriges Leben war nicht langweilig, aber es blieb mir fremd. Deshalb sagte ich mir, ich würde alles tun, damit mein ‚Hippie' glücklich wird. Wesentlich war nicht, daß er ‚Erfolg' haben würde, sondern daß er sich wohlfühlt in seiner Haut und mit sich in Einklang lebt. Genau das wollte ich ihm vermitteln: den Sinn für Harmonie, für inneres Gleichgewicht. Alles übrige hatte nur wenig Bedeutung ..."

Catherine schwieg einen Moment, und Henri versuchte herauszufinden, was sie zögern ließ. Ihm kam es vor, als ob zwischen dem, was sie ihm zu sagen versuchte, und dem, was er wahrnahm, eine Diskrepanz bestehe. Warum wünschte sie für ihren Sohn diese Harmonie? Weil es sie in ihrem eigenen Leben nicht gegeben hatte?

„Haben Sie nicht den Eindruck, daß Sie Ihrem Kind zu geben suchten, was Sie selbst nicht hatten?"

„Nein, ich war glücklich. Emmanuels Geburt eröffnete Claude und mir eine ganz neue Welt. Schon beim Verlassen des Kreißsaales sprach ich mit Emmanuel, mein Glück war vollkommen. Claude sagte zu mir: ‚Aber warum sprichst du zu ihm, er versteht dich doch nicht.'

Seit neun Monaten sprachen wir schon miteinander . . . und taten es weiter. Aus diesem Grunde schrie ich später auf, wenn die Psychiater zu mir sagten: ‚Ihr Kind ist stumm, weil Sie nie mit ihm gesprochen haben.' Eines Tages hat Claude zu einem von ihnen geantwortet: ‚Wie kommen Sie dazu, so etwas zu behaupten, wenn Sie es nicht beweisen können? Selbst der Arzt, der meine Frau entbunden hat, machte sich darüber lustig: Emmanuel war kaum geboren, da begann sie schon mit ihm zu sprechen.' Wir waren alle drei so glücklich, nichts hätte mich damals auf den Gedanken gebracht, daß wir irgendwann einmal Probleme haben würden. Claude und ich wollten schon ganz bald weitere Kinder haben . . ."

Henri ließ sie sprechen und versuchte gar nicht, sie zu unterbrechen. Sein Piepser rief ihn zum zweiten Mal an diesem Abend.

„Ich muß das Krankenhaus anrufen", sagte er. „Vielleicht kann jemand für mich die Untersuchung übernehmen."

Doch er mußte wieder aufbrechen. Auf der Schwelle verzog er das Gesicht zu einem Lächeln und fragte:

„Vielleicht könnten wir an einem der nächsten Abende zusammen essen, wenn Sie mich einladen würden?"

Dann hatte er, ohne die Antwort abzuwarten, die Tür zugeschlagen.

5

Zwei Tage danach tranken Claude und Catherine nach dem Mittagessen gerade ihren Kaffee, als er unbekümmert zu ihr sagte:

„Ich hatte neulich am Abend, als ich anrief, den Eindruck, daß du nicht allein warst. Täusche ich mich?"

Wie immer bewunderte Catherine Claudes Spürsinn. Nach zehnjähriger Ehe schien er ihr noch immer unverändert selbstbewußt. Wenn irgend etwas geschah, was seine Sicherheit ins Wanken bringen konnte, tilgte er es sofort aus seinem Leben. Diese Eigenschaft hatte ihn geschützt und es ihm ermöglicht, mit dreißig Jahren das Unternehmen für elektronische Geräte zu leiten, bei dem er nach seinem Studium, nachdem er Diplome und Zeugnisse angesammelt hatte, eingetreten war. Mit beinahe Vierzig hatte er noch immer denselben eisigen, ironischen Blick, der sie bei ihrer ersten Begegnung angezogen hatte. Im Verlaufe der Jahre sah sie sich und die Ihren altern, Claude jedoch nicht. Zynismus war an die Stelle der Kälte getreten. Man fürchtete sein Lächeln, denn niemand wußte wirklich, was es verbarg. Claude hatte eine angeborene Eleganz. Er gehörte zu jenen Männern, die sich irgendwie anziehen können und trotzdem stets aussehen, als entstiegen sie einem Modejournal. Bei jeder Abendgesellschaft waren alle Blicke auf ihn gerichtet. Mit ihm zu sprechen kam einem Kampf gleich, und er mußte immer einen ebenbürtigen Gegner haben. Das hatte sie einander nähergebracht. Ihr erstes Zusammentreffen bei einem Diner hatte Catherine einen Eindruck davon vermittelt, was ein Leben mit ihm bedeuten konnte. Mit spöttischem Lächeln hatte Claude sich zu ihr geneigt und gemurmelt: „Zum ersten Mal ist es mir gegönnt, an der Seite einer intelligenten Frau zu dinieren." Und Catherine hatte ironisch erwidert: „Wenn Sie das zu sehr durcheinanderbringt, kann ich ja den Platz wechseln ..."

Catherine hatte das Leben mit Claude geliebt. Gemeinsam hatten sie ihren Aufstieg vorbereitet. Er hatte eingesehen und akzeptiert, daß sie weiter arbeitete. Es bestand eine Art Rivalität zwischen ihnen, und Claude duldete keinen Waffenstillstand; er liebte den Krieg. Er konnte nur in einem provozierenden Klima leben. Ihre Ehe setzte alle in Erstaunen, denn sie konnten ebenso gut stundenlang über Musik reden wie sich endlos beschimpfen. In den ersten Jahren dauerte es eine Weile, bis ihre beiden Familien diese Art von Beziehung verstanden, und als Catherine schwanger wurde, waren sie alle erleichtert. Die Mutterschaft hatte ihr zwar große Freude bereitet, doch hatte sich nichts an ihrem Verhältnis zu Claude geändert. Der Bruch hatte sich erst später, mit der Krankheit ihres Kindes, vollzogen. Claude war gleichbedeutend mit Erfolg, Claude ließ keinen Mißerfolg zu. Emmanuels Krankheit war ein Affront. Zu Beginn hatte er die Diagnose der Ärzte nicht anerkannt, und so hatte sich nach und nach Schweigen in ihr Leben eingenistet. Claude hatte sich angewöhnt, sobald er nach Hause kam, Pfeife zu rauchen, als wolle er vermeiden, den Mund aufmachen zu müssen. Catherine hatte, benommen von Kummer, von ihm erwartet, daß er sich als der Mitstreiter erweise, den sie zu kennen glaubte. Ihre Streitereien waren zu Monologen geworden, die sie vor dem leeren Blick ihres Mannes herunterhaspelte. Und als Catherine ihre „Tour de France", wie sie es nannte, begonnen hatte: die Suche nach einem Arzt, der Emmanuel würde heilen können, hatte Claude lediglich zu ihr gesagt: „Nimm soviel Geld, wie du brauchst." Sie hatte von ihm wütendes Geschrei und Zornausbrüche erwartet, diesen Zorn, der sie würgte. Aber nein, Claude hatte diesen Elan verloren. Dann verdrängte er sogar den Gedanken, daß er einen Sohn hatte, und sprach nicht mehr von ihm. Sie hatte versucht zu kämpfen, versucht, mit ihm zu sprechen, hatte sogar, weil sie wußte, wie sehr er dies haßte, in seinem Büro angerufen, in der Hoffnung, seinen Zorn zu provozieren, das Geschwür zum Aufbrechen zu bringen. Er hatte ihr jedes Mal höflich zugehört und ohne die geringste Ungeduld ruhig und gleichgültig geantwortet.

Catherine hatte also, wie sie zu sagen pflegte, „pingelig" zu leben begonnen, mit einem Mann, der ihr jeden Tag ein wenig fremder wurde. Doch was sie erstaunte, war, daß sie nicht darunter litt. Sie hatte die Empfindung, die Grenzen dessen, was sie noch verletzen konnte, hinter sich gelassen zu haben. Wie konnte man, ohne Schmerzen zu erleiden, von einem Tag zum anderen eine solche Schwelle überschreiten? Ob Claude, wenn sie mit Emmanuel zurückkehrte, zu Hause war oder nicht, war ihr gleichgültig ... In den ersten Monaten konnte sie über ihr Kind nur weinen: danach war etwas in ihr abgestorben. An die Stelle des ehelichen Kampfes, der die ersten Jahre nach ihrer Heirat gekennzeichnet hatte, war ein anderer Kampf getreten: Alle Welt versteifte sich darauf, ihr zu sagen, ihr Kind sei nichts als ein kleines Gewächs, das vor sich hinvegetiere; sie würde ihnen beweisen, daß sie sich täuschten. Daß Claude ihr bei diesem Kampf nicht zur Seite stand, war kaum noch von Bedeutung.

„... Warum stellst du mir diese Frage? Aus Eifersucht? Weil du mich loswerden willst? Oder um einmal mehr deinen Zynismus unter Beweis zu stellen ... Mein armer Claude, selbst wenn gestern abend ein Mann hier gewesen wäre, und es war einer hier, so würde dich das in keiner Weise von der Bürde befreien, die du so angestrengt verleugnest. Du weißt sehr wohl, daß es zumindest etwas in deinem Leben gibt, das durch nichts und niemals zum Verschwinden gebracht werden kann, wie sehr du es dir auch wünschen magst."

„Warum kannst du nicht einsehen, daß ich Emmanuel nur deshalb nicht gern ... nicht mehr gern in meine Arme nehme, weil ich zutiefst unglücklich bin?"

„Und du glaubst, ich nehme dir das ab?", antwortete sie. „Jahrelang glaubte ich, du wärest mein Gefährte, das heißt derjenige, der mit mir in den Kampf zieht. In Wirklichkeit verleugnest du Emmanuel, weil er für dich gleichbedeutend ist mit einer Niederlage. Du bist doch nur ein Kämpfer bei bereits gewonnenen Schlachten!"

Er war blaß geworden und blieb stumm, während Catherine weitersprach. Er versuchte nicht einmal mehr zu antworten, das erstaunte sie am meisten.

„Da ist noch etwas anderes", fuhr Catherine fort. „Bevor wir über meine Nächte sprechen, wie wäre es, wenn wir uns über deine unterhielten? Zu diesem Thema hast du mir bestimmt viel mehr zu sagen."

Claude war aufgestanden, hatte seine Jacke angezogen und sehr sanft zu Catherine gesagt:

„Ich wußte genau, daß es eines Tages dazu kommen würde ... Ich habe dir auch ein paar Wahrheiten zu sagen. Wie kannst du so leben, wie kannst du dieses Kind, das Tag und Nacht brüllt, nur ertragen? So einfach ist das, nicht wahr? Von dem Augenblick an, wo Emmanuel seine Enzephalitis bekam, ist die Frau, die ich kannte, verschwunden. Du hast aufgehört, mich wahrzunehmen. Du hast für und durch deinen Sohn gelebt. Ich konnte nach Hause kommen, ich konnte fortgehen, du hast es nicht einmal bemerkt. Es ist wahr, ich lehne die Niederlage ab, doch du hast sie in einem Maße akzeptiert, daß du die Menschen in deiner nächsten Umgebung vergessen hast. Vielleicht bin ich egoistisch, aber was ist mit dir? Was suchst du? Du kennst das Urteil der Ärzte. Nur willst du unbedingt beweisen, daß du stärker bist als die anderen. Das ist nichts Neues, du warst schon immer so. Was geschehen ist, übersteigt meine Kräfte. Daß du in diesem Gebrüll, diesem Chaos und diesem Kot leben kannst, finde ich nicht normal. Ich kann das nicht und werde es nie können. Ganz gleich, was du darüber denkst, Catherine, ich liebe dich und Emmanuel noch immer, doch ich kann dieses Leben nicht mit euch teilen."

Catherine sagte kein Wort, und Claude sah sie einen Augenblick schweigend an. Sie hätte ihm gerne geantwortet, doch er war schon nicht mehr da.

6

Claude war gegangen und hatte Catherine sprachlos vor Verblüffung zurückgelassen. Er hatte keinen Augenblick Henri erwähnt, der doch schließlich die Ursache der Auseinandersetzung war. Sie hatte Henri noch am selben Abend angerufen, um ihn zum Essen einzuladen, denn sie mußte mit ihm sprechen. Sie wußte, daß Claude zumindest in einem Punkt wirklich recht hatte: Sie lebte nur für ihr Kind. Aber das lag einzig und allein daran, daß ihr Mann nichts hatte auf sich nehmen wollen. So erklärte sie es jedenfalls Henri, während sie den Aperitif nahmen. Henri hörte ihr aufmerksam zu, doch er schüttelte verneinend den Kopf.

„Ich habe den Eindruck, Sie sehen die Dinge zu einfach. Welchen Platz kann ein Mann einnehmen, wenn so etwas geschieht? Emmanuel war erst ein Jahr alt, als er krank wurde. Welchen Platz nahm Claude in seinem Leben ein, welchen Platz nahm Emmanuel in Claudes Leben ein? Sie können das besser beantworten als ich. Danach war es zu spät: diese Wunde, die Sie alle beide zeichnete, hat jeder auf seine Weise verarbeitet."

„Das ist wahr und doch stimmt es nicht ganz. Claude kümmerte sich um sein Kind, solange es keine Probleme hatte. Danach überhaupt nicht mehr. Auch für mich war es unerträglich, doch habe ich mich daran gewöhnt, und vor allem hatte ich Claudes Hilfe so nötig und hätte ihm doch auch helfen können."

Während Catherine sprach, schien es Henri, als suchte sie im Raum nach einer Art Echo auf das, was sie sagte, ein schweigendes Echo. Er hatte das Gefühl, sie verhielte sich so, als wolle sie Emmanuel Zeit lassen zu antworten.

„Ich begann so zu empfinden, als wir vom ersten Spezialisten kamen, der uns gesagt hatte, unser Sohn sei nichts als ein Zombie, ein dahinvegetierendes Wesen, das man lieber in der erstbesten Anstalt, die bereit wäre, ihn aufzunehmen, vergessen sollte. Und ich habe ihn gefragt: ‚Was können wir tun?' ‚Nichts, da ist nichts zu machen. Der einzige Rat, den ich Ihnen geben kann, ist, ein Krankenhaus zu suchen, ganz gleich welches, das sich bereiterklärt, Ihr Kind aufzunehmen. Von jetzt an müssen Sie sich sagen, daß es hoffnungslos ist, je schneller Sie sich dies eingestehen, desto besser für Sie beide.' Er hatte keine präzise Diagnose formuliert, und Claude hat ihn deshalb gefragt: ‚Wie können Sie so sicher sein? Ich glaube kein Wort von dem, was Sie sagen.' Da habe ich ihn gefragt, ob er glaube, Emmanuel sei autistisch. Ich hatte im Fernsehen eine Sendung über Autismus gesehen, und das schien mir auf Emmanuels Fall zuzutreffen. ‚Vielleicht', hat er geantwortet. ‚Aber eines müssen Sie sich merken: Ihr Kind ist ein Stück Holz, und was immer man Ihnen auch sagen mag, es läßt sich nichts dagegen tun. In diesem Bereich gibt es keine Wunder.' Während des ganzen Gesprächs mit dem Arzt hielt ich mein Kind auf dem Schoß. Es zappelte unentwegt und versuchte, alles, was sich auf dem Schreibtisch des Arztes befand, hinunterzuwerfen. Noch heute macht Emmanuel nichts mehr Spaß, als alles, was in seiner Reichweite ist, hinunterzuwerfen. Der Arzt schien zunehmend gereizt zu sein, und schon bald brach er das Gespräch ab. Nahezu erstarrt gelangten wir zu unserem Wagen. Claude sagte kein Wort und fuhr, als sei er betrunken. Ich hatte mich mit Emmanuel nach hinten gesetzt. Ich weinte, ich war verzweifelt. Ich hatte das Gefühl, wir hatten kostbare Zeit verstreichen lassen, in der man Emmanuel tatsächlich noch hätte helfen können. Nie hätte ich auf die beruhigenden Worte des Kinderarztes hören dürfen, der auf alle meine Fragen antwortete: ‚Das ist normal, er war eben erst schwer krank, er wird wieder zu Kräften kommen.'

Ich wollte sterben. Wäre mein Mann nicht im Wagen gewesen, ich glaube, ich wäre zu allem fähig gewesen. Claude murmelte: ‚Warum, warum nur?' Gewiß, wir wußten, Emmanuel würde nach seiner Enzephalitis Probleme haben, aber nicht derartige. Damals war Emmanuel ein Kind, das von nichts Notiz nahm. Nichts schien diesen Panzer von Gleichgültigkeit, der ihn umgab, durchbrechen zu können, weder unsere Gegenwart, noch ein Spielzeug und auch kein noch so lautes Geräusch. Und doch hatte Emmanuel genau in dem Augenblick, wo Claude und ich uns fragten, warum uns der Himmel so strafte, seine Arme um meinen Hals gelegt und ‚Mama' gemurmelt. Dies war sein erstes Wort, und nie wieder hat er je ein Wort gesagt. Dieser Moment hat mein ganzes Leben verändert, doch damals habe ich nichts davon gewußt. Ich habe Claude zugeschrien: ‚Siehst du, der Arzt irrt sich. Ich bin überzeugt, Emmanuel begreift und sieht, was um ihn herum geschieht!' Ich wußte, daß der Arzt sich geirrt hatte. Emmanuel hatte die Verzweiflung, die im Wagen herrschte, gespürt. Er hatte es uns soeben zu verstehen gegeben. Seit Beginn seiner Krankheit hatte er nie die Arme nach uns ausgestreckt, er war immer halb zusammengekauert, gleichgültig seiner Umgebung und uns gegenüber, die wir auf jede seiner Gesten lauerten und so sehr auf ein Lächeln hofften. Und dann plötzlich diese Geste, dieses Wort! Eines war gewiß, man konnte, man mußte ihm helfen, trotz der Behauptung dieses idiotischen Arztes. Ich versuchte, es Claude zu sagen, und genau an diesem Punkt haben wir begonnen, uns voneinander zu entfernen, denn genau in diesem Augenblick hat der wahre Kampf – mein Kampf um Emmanuel – begonnen. Ich wußte, daß er und ich gegen den Strom schwimmen und vielleicht alle beide ertrinken würden, doch würden wir zumindest gemeinsam untergehen. Von da an habe ich in Emmanuels Leben die Richtlinien bestimmt. Richtlinien der Hoffnung, der Wut, grausame Zeichen, die sich in meine Haut eingravierten, wenn mir nach Zärtlichkeit zumute war; wenn ich ihn lächeln sah und mich ihm näherte, um ihn zu umarmen ... Ich wurde gebissen, geschlagen, zerbrochen, doch er tauchte langsam auf. Fortwährend gebar ich meinen Sohn neu, bei einer Geste, einer Bewegung, einem Lächeln, einer Puppe, die er in die

Arme nahm. Vergängliche, unwiederbringliche Augenblicke. Eine Hand streckte sich nach mir aus, umklammerte meine Finger, und ich war außer mir vor Freude: Er machte Fortschritte, wir konnten kämpfen. Er begann, die Menschen anzusehen, er blieb stundenlang in meinen Armen. Er bat mich, unentwegt für ihn zu singen. Er bat mich, ja, denn sobald ich aufhörte, schlug er um sich und begann zu schreien. Da wußte ich, daß ich gewonnen hatte. Er lebte, er wollte etwas haben. Und er war imstande, dieses Etwas zu erbitten ... auf seine Weise ... Alles würde wieder gut werden. Nur mit Mühe bin ich wieder zu mir gekommen, habe ich meine Verzweiflung abgestreift, und mir wurde klar, daß ich, während ich in den Krieg gezogen war, meinen Gefährten verloren hatte. Claude war aus meinem Leben verschwunden. Er lebte im gleichen Haus. Wir aßen, wir schliefen zusammen, doch das Band, das zwischen uns bestanden hatte, war zerrissen."

Catherine hatte sich ziemlich schnell daran gewöhnt, Henri auftauchen zu sehen, meist spät abends, gewöhnlich am Ende seiner Kräfte nach einem ermüdenden Tag im Krankenhaus, um sich, wie sie sagte, in einer noch schwierigeren Welt zu entspannen. Er schien sogar ein gewisses Vergnügen an dem zu finden, was ihn erwartete. Emmanuel hatte nicht lange gebraucht, um Henris Anwesenheit wahrzunehmen, und dieser hatte das Geschrei zu akzeptieren vermocht und schien sich, wenn er mit Catherine telefonierte, in keiner Weise an dem gellenden Kreischen Emmanuels zu stören. Er, der Ungeduldige, der Mann, der immer gehetzt wirkte, war die Ruhe selbst. Damit sie mit ihm sprechen konnte, wartete er, bis sie die Brotrinde gefunden hatte, die Emmanuel beruhigen würde. Zu Beginn hatte er versucht, ihr Ratschläge zu erteilen, doch war er sich sehr bald darüber im klaren, daß Catherine in dieser wie in vielen anderen Lagen bereits die beste, oder vielmehr die am wenigsten nachteilige Lösung gefunden hatte.

Claude hatte, was Henri betraf, nie wieder Fragen gestellt, und Catherine kam es sogar so vor, als entdecke er sie von neuem. Ohne auch nur das geringste an seiner Lebensweise zu ändern, schenkte er ihr mehr Aufmerksamkeit, sprach zu ihr über Emmanuel oder versuchte es zumindest. Doch für Catherine kam dies zu spät. Fünf Jahre lang hatte sie gewartet, und heute fühlte sie sich sogar gedemütigt, sehen zu müssen, daß es eines anderen Mannes bedurft hatte, daß Claude zu ihr zurückkehrte. Er zeigte sich zuvorkommend, kehrte häufiger nach Hause zurück, versuchte, ihr Freude zu bereiten, indem er ihr sagte, wie sehr er bewundere, was sie für ihren gemeinsamen Sohn tat ... Das paßte zu dem weltgewandten Claude, den sie so gut kannte und der sich nie ändern würde. Da, wo sie Zärtlichkeit erwartete, spürte sie nur seinen Wunsch, nicht das Gesicht zu verlieren. Mehrmals hatte sie versucht, ihm klarzumachen, daß sich die Dinge einrenken ließen, wenn er ihnen beiden nur ein wenig Zuneigung entgegenbrächte. Doch ihr Verständnis hatte einen Punkt erreicht, wo Claude von seiner Frau nur noch eine gewisse Achtung zu erwarten schien, die Achtung vor seiner Anwesenheit im ehelichen Domizil. Sie sollte weiter Emmanuels Mutter sein, sich um ihn kümmern, doch würde sie vergeblich darauf hoffen, daß er sich für ihrer beider Sohn interessierte. Er wandte den Kopf ab, um ihn nicht zu sehen, und das brach Catherine das Herz, die sich fragte, worauf sie eigentlich noch wartete, um ihn zu verlassen.

Zwischen Henri und ihr gab es keine Leidenschaft. Sie brauchten einander, ohne gegenseitig etwas anderes zu erwarten als Aufmerksamkeit. Henri hatte an Catherine eine Zurückgezogenheit entdeckt, die ihn überraschte. Dank ihm hatte sie herausgefunden, daß sie noch lebendig war, und darüber konnte sie sich nach all den Jahren der Teilnahmslosigkeit, der Gleichgültigkeit, nicht genug wundern. Sie hatte so gut wie vergessen, was Freundschaft und das Vergnügen, einen Zuhörer zu haben, bedeuteten. Sie entdeckte all das wieder mit einer Freude, in die sich auch Sorge mischte. Um ihren Sohn zu schützen, hatte sie lernen müssen, sich selbst zu schützen, ihr Territorium gegen alle und vor allem gegen sich selbst zu verteidigen, um nicht unter dem Vergessen der Anderen leiden zu müssen und das Unerträgliche zu akzeptieren. Sie hatte das Stadium erreicht, wo alles, was nicht schmerzlich war, sie entzückte. Zuerst hatte sie sehr unter der Abwesenheit ihrer Eltern gelitten, doch seitdem ihre Mutter sich wieder verheiratet hatte und in Südafrika lebte, sah sie sie nur selten. Als sie erfahren hatte, was ihrem Kind zugestoßen war, hatte sie das erste Flugzeug nach Frankreich genommen. Das hatte Catherine gerührt. Doch konnte sie sich nicht auf ihre Mutter stützen; die Entfernung hinderte sie daran, und außerdem hätte sie für nichts und wieder nichts einen weiteren Menschen leiden lassen. Was ihren Bruder betraf, so waren sie durch Alters- und Charakterunterschied einander eher fern als nahe. Nachdem er von seiner Mutter erfahren hatte, was geschehen war, hatte er sich damit begnügt, seiner Schwester einen Brief zu senden, und seitdem hatte sie nichts mehr von ihm gehört.

Henris Freundschaft hatte Catherine gezwungen zuzugeben, was ihr unmöglich erschienen war: Jemand war imstande, ihren Sohn zu ertragen und ihm eine Zärtlichkeit entgegenzubringen, die Emmanuel auf seine Weise annahm, denn Henri konnte verstehen, daß dieses kleine Kind, das jedesmal biß, wenn man es umarmte, lediglich die Geste des anderen zu wiederholen suchte, daß jedoch diese Geste wegen ihrer Kompliziertheit für ihn nicht zugänglich war. Was kommt dem Kuß näher als ein Biß? Dasselbe Werkzeug, dieselbe Bewegung. Hier Vergnügen, dort Schmerz – doch das machte sein Leben aus.

Emmanuel hatte schon sehr bald Henris Anwesenheit akzeptiert. Zu Beginn spielte sich das Ganze vor allem in der Nacht ab: Da Emmanuel nicht schlafen konnte, brachte Catherine oft ihre Nächte damit zu, ihren Sohn durch die Straßen spazierenzuführen, meistens im Auto. Für Henri war es ganz selbstverständlich, sie zu begleiten. Sie fühlte sich zwar fähig, so ziemlich alles von seiten ihres Sohnes, einschließlich seiner Aggressivität, über sich ergehen zu lassen, doch sein Geschrei und seine chronische Schlaflosigkeit waren ihr unerträglich. Er hatte ganz plötzlich, noch nicht einmal zwei Jahre alt, zu schlafen aufgehört, und seither hatte nichts dagegen geholfen –

weder Medikamente, die ihn, ganz im Gegenteil, zu erregen schienen, noch Erschöpfung, die ihn auf die Dauer hätte zum Schlafen bringen müssen. Emmanuel war unermüdlich. Weder die Stunden im Schwimmbad, noch die langen schlaflosen Nächte erschöpften ihn. Und schlief er einmal, so war es nur fünf Minuten lang – wonach er von neuem zu schreien begann, sich in alle Richtungen bewegte und sich vierundzwanzig oder achtundvierzig Stunden pausenlos in Gefahr begab. Anfänglich hatte Catherine versucht, ihn in seinem Bett zu lassen, doch Emmanuel kletterte trotz seiner Ungeschicklichkeit ganz allein heraus, und auch zwei Kopfverletzungen hatten daran nichts geändert. Catherine hingegen hatte dies gereicht. Daher hatte sie sich angewöhnt, die Nächte mit ihrem Sohn zu verbringen. Das hieß jedoch, daß sie ihre eigene Erschöpfung und ihr Bedürfnis nach Schlaf überwinden mußte. Es gelang ihr nur mit großer Mühe.

Und immer war Gefahr in Emmanuels Leben vorhanden. Für ihn wurde der harmloseste Gegenstand zum tödlichen Objekt, und ganz gleich wie groß er war, er steckte ihn unweigerlich in den Mund und versuchte, ihn zu verschlucken. Mehr als einmal mußte Catherine ihren Sohn an den Füßen packen und ihm kräftig auf das Zwerchfell drücken, damit er wieder ausspuckte, woran er zu ersticken drohte. Und manchmal sah sie ihn kaum fünf Minuten danach im Gesicht blau anlaufen, und mußte wieder von vorn beginnen. Dieses Fehlen jeglichen Gefühls für Gefahr sowie der Fähigkeit, aus Erfahrung zu lernen, beunruhigte Catherine am meisten. Ihr Sohn schien überhaupt nicht zu wissen, daß es so etwas wie Gefahr gab. Und jedes Mal handelte es sich nur um Sekunden: ein Moment der Unachtsamkeit, und Emmanuel konnte sterben. Dies hatte zunächst bei ihr eine Angst ausgelöst, die die Gefahr noch vergrößerte, denn dann war sie außerstande, nachzudenken und zu reagieren. Sie hatte lernen müssen, ihre Angst hinunterzuschlucken und an deren Stelle ein Verhalten zu setzen, das ihr erlaubte, die Lage mit Sachverstand und klarem Kopf zu meistern. Das hatte ihr den Ruf von Kälte eingetragen, den sie nicht zu widerlegen suchte. Catherine hatte keine Wahl: entweder gelang es ihr, sich in die Gewalt zu bekommen, oder ihre Panik würde eine Katastrophe auslösen. Jedesmal, wenn Emmanuel ihre Angst spürte, verstärkte sich in ihm diese mütterliche Angst, und umso schneller bewegte oder handelte er so, wie sie es befürchtete.

Nach und nach hatte Catherine also das Haus und ihrer beider Leben für ihren Sohn eingerichtet. Nachts schlief Emmanuel nicht: Catherine setzte ihn ins Auto und fuhr ihn spazieren. Das war eher zu ertragen, als ihn stundenlang brüllen zu hören oder hoch oben auf einem Möbelstück schaukeln zu sehen. Am Anfang war Claude noch aufgestanden und hatte sie begleitet, aber dann, als Emmanuels Schlaflosigkeit anhielt, hatte er aufgegeben.

Das einzige Mittel, das sie gefunden hatte, um Emmanuel zu beruhigen, war, ihn nachts spazierenzufahren. Er liebte das Auto, er liebte die Musik: sie verbrachte also Stunden damit, umherzufahren und dabei alle Lieder zu trällern, die sie kannte.

7

Eines Abends, als Emmanuel nicht schlief und Henri da war, hatte Catherine ihren Sohn angezogen und hinten in den Wagen gesetzt. Henri hatte gebrummt, er gehöre zur Mannschaft und hatte sich neben sie gesetzt. Emmanuel hatte große, blaue Augen, von einem intensiven Blau, die einen jedoch niemals direkt ansahen. Er hatte tatsächlich einen seitwärts gerichteten Blick, der seine Welt hastig überflog und aus Furcht vor irgendetwas zu fliehen schien. Auf diese Weise beobachtete er alles, was ihn umgab. So hatte er Henris Gegenwart voll und ganz wahrgenommen und plötzlich legte er auf dessen Hand die seine.

Catherine sah, wie auf Henris Lippen ein Lächeln erschien, und mit bewegter Stimme murmelte er:

„Jetzt weiß ich, warum Sie sich bemühen. Dieses Kind hat etwas Fesselndes, das ich nicht erklären kann: nie hat es mir, so scheint es mir wenigstens, auch nur die geringste Aufmerksamkeit geschenkt, und jetzt reicht es mir die Hand ... Ich gebe Ihnen recht, es muß möglich sein, ihm zu helfen. Aber wie?"

Wie lange hatte Catherine schon auf diese Worte gewartet! Jahrelang hatte sie sie vergeblich von ihrem Mann, von einem Angehörigen, einem Fremden, von irgend jemandem erhofft. Wenn man ihr nur glaubte, wenn man nur Emmanuel seine Chance nicht absprach, denn sie wußte, wenn man nur einen Weg fände, ihm zu helfen, so würde er es schaffen.

„Bis zum heutigen Tag", fuhr Henri fort, „verstand ich nicht, warum Sie so hartnäckig sind. Jetzt denke ich, Sie sind diejenige, die recht hat. Emmanuel kann einige Situationen erfassen. Von dem ausgehend, was Sie über ihn wissen, denn Sie kennen ihn am besten, werden wir versuchen, eine Strategie zu entwickeln. Was mich betrifft, so werde ich versuchen, mit Kollegen in Kontakt zu treten, und wir werden sehen, was sie uns antworten."

Wieder einmal konnte Catherine an ihrem Sohn beobachten, was sie seine „geniale Intuition" nannte: Er hatte sich an Henris Seite zusammengerollt, also wolle er auf diese Weise dem soeben Gesagten zustimmen. Dann war er friedlich eingeschlafen.

„Ich habe nicht viel Zeit", sagte Henri weiter, „und wir werden Emmanuels ganzes Leben analysieren müssen. Ich habe nächsten Sonntag Dienst: wir könnten die Zeit nützen und versuchen, das Puzzle Stück für Stück zusammenzusetzen. Wenn Sie einverstanden sind, werde ich im Krankenhaus Ihre Telefonnummer hinterlassen, und man wird mich bei Ihnen erreichen können ..."

Catherine war stumm geblieben, Henri hatte alles beschlossen, alles arrangiert, bevor sie auch nur einen Gedanken fassen konnte. Nach so vielen Jahren war sie am Ziel: Jemand dachte wie sie, und dieser Jemand würde ihr helfen!

In dieser ganzen Aufregung hörte sie Henri auf einmal fragen, warum sie die Scheibenwischer angestellt habe. Da merkte sie erst, daß sie weinte. Der so lange vergrabene Schmerz kehrte zurück und vermengte sich mit Freude: sie begann zu schluchzen, und Henri riet ihr mit bewegter Stimme, das Auto anzuhalten. Sie parkte am Straßenrand. Zum ersten Mal weinte sie nicht mehr aus Verzweiflung, sondern vor Erleichterung. Henri schien ein wenig erstaunt über die Heftigkeit ihrer Reaktion. Nach einer Weile öffnete er die Wagentür, ließ sie aussteigen und sagte zu ihr: „Ich wollte Ihnen nicht wehtun, es tut mir leid." Catherine erklärte ihm daraufhin, daß sie mit seiner Hilfe soeben eines ihrer Ziele erreicht habe.

„Ich habe die Menschen niemals herausgefordert", begann sie. „Und doch haben mein Mann und meine Familie es so empfunden. Ich wußte, wenn ich die Arme sinken ließe, wenn ich die Diagnose der Ärzte akzeptierte, würde ich Emmanuel zum Tode verurteilen und auch über mich ein Urteil fällen. Ich konnte nicht leben, ohne meinem Sohn eine Chance zu geben."

„Catherine, haben Sie nicht versucht, die Dinge wie ein Kind zu sehen, das die Wirklichkeit nicht akzeptiert, wenn sie zu schwer zu ertragen ist? Schließlich konnten Sie leichter leben, wenn Sie sich sagten, alles würde sich einmal zum Guten wenden, als wenn Sie gedacht hätten, alles sei ausweglos ..."

„Ja, so haben alle meine Reaktion ausgelegt, aber das ist ein Irrtum."

Sie waren zu Hause angekommen, und während sie mit Henri sprach, hatte sie ihren Sohn in die Arme genommen und in sein Bett getragen. Henri ging ihr mit kleinen Schritten voraus, öffnete die Türen und machte die Lichter an. Emmanuel schlief tief, sein von Kratzspuren gezeichnetes Gesicht war endlich einmal entspannt. Sie nutzte immer seinen Schlaf aus, um ihn zu verarzten, doch Henri nahm ihr Watte und Alkohol aus der Hand und sagte: „Lassen Sie ihn heute abend in Frieden. Er hat einen reichlich anstrengenden Tag hinter sich."

Dann war er in die Küche gegangen, um Kaffee zu machen.

Erschöpft hatte sie sich in einen Sessel fallen lassen. Ein wenig beunruhigt stellte sie fest, daß Henri sich in Emmanuels und ihrem Leben einnistete. Sie hatte Angst: wenn Emmanuel jemanden oder etwas akzeptierte, ergriff er davon Besitz, fiel darüber her, ließ ihm nicht die geringste Freiheit; er vermochte nur zu leben, wenn er Petas unter dem Arm oder auf dem Kopf trug, wenn seine Mutter jeden Augenblick seines Lebens anwesend war. Er ertrug nicht, wenn sie mit jemand anderem sprach als mit ihm, wenn sie ihn auch nur eine Sekunde vergaß. Manchmal hatte sie das Gefühl, sein Satellit zu sein. Sie war ja seine Mutter. Aber wollte Henri denn eine Situation auf sich nehmen, für die er nicht verantwortlich war und die er nie würde meistern können?

Sie hatte den Eindruck, er spräche mit ihr und war aufgestanden, um ihm in die Küche zu folgen, und als sie die Tür des Arbeitszimmers, in dem sie sich befand, öffnete, hatte sie ihren Mann gesehen, der sie vom anderen Ende des Flurs aus ironisch anblickte. In der Tat, es war fünf Uhr früh und ein Mann befand sich im Haus. Alles schien nur zu offensichtlich.

8

„Guten Abend, oder vielmehr guten Morgen", sagte Claude, „ich habe euch gerade mit Emmanuel nach Hause kommen sehen. Ich sprach eben in der Küche mit Henri ... Das ist ja ein ganz erstaunlicher Mensch ... Er sprach über Emmanuel und dich, als würde er euch schon ewig kennen ... Ziemlich schlecht erzogen, dein Freund", fuhr er fort. „Als ich ihn fragte, was er bei mir zu suchen habe, antwortete er, es gäbe Augenblicke, in denen bestimmte Fragen sehr gut ohne eine Antwort auskämen, und im übrigen könne ich über ihn denken, was ich wolle, es sei ihm völlig egal."

Claude schien sich über die Situation zu amüsieren; Catherine hingegen dachte: „Was für ein guter Spieler du bist, Verständnis ist die einzige Karte, die auszuspielen du dir erlauben kannst." Sie fühlte sich sehr erschöpft, und allein der Gedanke an eine Auseinandersetzung überstieg ihre Kräfte. Warum mußte Henri auch, als er aus der Küche kam, ihr das Wort aus aus dem Munde nehmen und erklären:

„Ich schlage vor, wir verschieben dieses Gespräch auf später. Es gibt Entscheidungen zu fällen, und wir sollten dies mit einer gewissen Ruhe tun."

„Ich würde lieber alles so schnell wie möglich regeln", hatte Claude unerschütterlich erwidert.

Du bleibst immer derselbe, dachte Catherine. Du regelst deine familiären Probleme, wie du deine Geschäfte abwickelst. Alles soll nach deinem Willen geregelt, berechnet und in Ordnung gebracht werden.

„Nein und nochmals nein!" schrie sie, mit ihren Nerven am Ende. „Ihr werdet nicht über mein Leben und das meines Kindes entscheiden, als wäre ich lediglich eine Puppe, die nichts zu sagen hat. Claude, Emmanuel ist dein Kind, und das wirst du nie aus deinem Leben löschen können. Ich werde nicht zulassen, daß du deinen Sohn vergißt. Wenn uns noch eine Sache verbindet, so ist es dieser Schmerz. Ich will, daß du ihn mit mir teilst, daß du fühlst, was das Leiden für deinen Sohn bedeutet. Es ist wahr, es gibt Henri, aber das ist zu einfach: Du willst dein Problem nur loswerden. Auch wenn er deinen Namen trägt, wird dein Sohn doch niemals kommen und sein Recht verlangen, aber ich bin da, um es für ihn zu tun."

„Ah, jetzt erkenne ich dich wieder!" murmelte Claude.

„Wenn du ein Alibi brauchst", fuhr sie fort, „so erwarte nicht, daß ich es dir liefere. Da du uns nun einmal alle drei hast ankommen sehen: Du weißt ganz genau, womit diese herrliche nächtliche Spazierfahrt zu tun hat. Hüte dich, Henri gegenüber auch nur die geringste Bemerkung zu machen. Wenn sich jemand in diesem Auto hätte befinden sollen, so wärst du es gewesen! Weißt du eigentlich, wieviele Nächte ich mit Emmanuel im Auto herumgefahrn bin? All diese Nächte haben dich nie davon abgehalten zu schlafen! In wievielen Nächten bist du nicht nach Hause gekommen, unter dem Vorwand einer Geschäftsreise? In Wirklichkeit doch, weil du auf diese Weise der Situation entfliehen konntest. Mit anderen Frauen, die nämlich kein behindertes Kind hatten. Und nun tauchst du wieder auf, weil du denkst, da ist jemand in meinem Leben! Das ist geradezu grotesk! Wenn du deine Freiheit willst, kannst du die Scheidung verlangen, ich werde mich dem nicht widersetzen."

Henri hörte eine Weile von der Tür aus zu. Er erkannte Catherine kaum wieder. Eine Art Wut hatte von ihr Besitz ergriffen – eine Wut, die er verstand. Seit der Zeit, da er begonnen hatte, sie regelmäßig zu sehen, wußte er genau, daß sich eine derartige Szene früher oder später abspielen würde. Die Zweideutigkeit der Situation lag auf der Hand, doch so offensichtlich war sie nun auch wieder nicht. Er interessierte sich für Catherine, doch es gab Emmanuel, und das setzte ein Engagement seinerseits voraus, das er sich nicht hatte träumen lassen. Die Verbindung, die zwischen dieser Frau und ihm entstanden war, hatte nicht die persönliche Färbung, die ihr Mann vermutete. Emmanuel beschäftigte ihn, Catherine gefiel ihm, doch was ihn betraf, so waren die Dinge eher verschwommen. Er mußte dies klarstellen, bevor endgültige Entscheidungen gefällt würden.

Doch Claude kam ihm zuvor:

„Nein, Catherine, nicht einer Scheidung wegen will ich, daß wir miteinander sprechen. Sondern, weil ich glaube, daß du, was unser Kind betrifft, seit geraumer Zeit die Grenzen des gesunden Menschenverstandes überschritten hast. Wir waren zusammen, als man uns die Konsequenzen der Enzephalitis erläuterte, und ich war der erste, der sich gegen die Diagnose der Spezialisten auflehnte. Zunächst war ich mit dir einer Meinung, daß wir nach dem Arzt suchen wollten, der unser Kind heilen würde. Doch unter allen, die wir konsultierten, war nicht einer, der uns auch nur die geringste Hoffnung machte.

Nicht einer! ... Wenn dies auch sehr schwer zu schlucken war, ich hab's geschafft. Du nicht! Jetzt ist es Zeit, daß du vernünftig wirst. Es ist verrückt, wie du mit Emmanuel umgehst, du läßt dir von ihm alles gefallen. Ich denke, es steht mir zu, die gebotenen Entscheidungen zu fällen. Du sollst nicht so weiterleben wie bisher, nachts mit deinem Sohn herumfahren, weil er nicht schläft, die Wände abwaschen, die er mit seinen Exkrementen bedeckt hat, dir das Gesicht zerkratzen lassen, weil er in Wut gerät. Bis heute habe ich alles geduldet, denn ich glaubte, du würdest eine gewisse Zeit brauchen, bis du die Realität akzeptierst. Jetzt weiß ich, daß du dich ihr verweigerst. Du hast all deine Hoffnungen in Emmanuel gesetzt und bist außerstande, die einzig mögliche normale Beziehung zu einem solchen Kind zu leben, das heißt, es in einem Krankenhaus unterzubringen."

Catherine blieb einen Augenblick lang sprachlos. Nie hatte sie gedacht, Claude würde je an diesen Punkt gelangen. Er mußte tatsächlich eifersüchtig sein auf Henri, auf die Beziehung, die jener seiner Meinung nach zu ihr hatte, auf die Rolle, die jener im Leben seines Sohnes spielte. Es konnte nicht sehr angenehm sein, festzustellen, daß ein Fremder fähig war, seinen Sohn so zu nehmen wie er war, sich um ihn zu kümmern, während er selbst seine Niederlage eingestehen mußte.

Doch Henri kam ihr zuvor:

„Jetzt ist es an mir zu antworten: Es ist wahr, anfänglich hatte ich, was Catherine und das Kind betrifft, denselben Eindruck wie Sie. Auch ich dachte, sie sei vergeblich so verbissen um ihn bemüht. Aber seit ein paar Wochen bin ich mir da nicht mehr so sicher. Ich habe Catherine beobachtet, wie sie versuchte, ihrem Sohn etwas beizubringen. Emmanuel ist stark behindert, das steht fest, doch bin ich überzeugt, daß man ihm helfen und befriedigende Resultate erzielen kann. Die einzige Sache, an der es hapert, ist, daß Catherine niemanden gefunden hat, der ihr dabei hilft."

„Sie glauben also, sie hat recht?" fragte Claude, der auf einmal sehr blaß war.

„Ich bin davon überzeugt, doch freuen Sie sich nicht zu früh! Ich habe Ihrer Frau dasselbe gesagt. Es muß ein Arzt gefunden werden, jemand, der sich in solchen Fällen auskennt, und ich habe nicht die geringste Ahnung, wo man ihn auftreiben könnte."

Sie standen noch immer im Flur, und plötzlich wurde Claude wieder der Mann, den Catherine haßte; in weltgewandtem Ton sagte er:

„Ließe es sich nicht besser im Salon reden?"

Zwei Stunden später sprachen Henri und Claude noch immer miteinander. Catherine hatte den Eindruck, vergessen worden zu sein, doch das war ihr nicht wichtig. Sie beobachtete die beiden Männer: Claude hatte sein gewohntes ausgeruhtes Gesicht, als hätte er soeben geschlafen. Henri hingegen hatte dunkle Ringe um die Augen, und sein Gesicht war grau vor Erschöpfung. Sie sprachen über Emmanuels Zukunft, und Catherine vernahm in der Stimme ihres Mannes einen freudigen Klang. „Sollte ich mich derartig geirrt haben?" fragte sie sich. „Das war nicht möglich. Und wenn, warum hatte er dann nie etwas gesagt?"

Henri sprach mit jener Nervosität, die sie an ihm kannte, und die bei ihm ein Zeichen seiner Begeisterung für das Thema war. Er hatte eine tiefe Stimme, seine Sätze waren abgehackt, sehr kurz, nahezu heftig. Dieses eine Mal hörte Claude zu und unterbrach ihn nur zögernd, als befürchte er, etwas Zerbrechliches kaputtzumachen. Sie versuchte nicht, sich einzuschalten; in diesem Augenblick entschied sich die Zukunft ihres Sohnes. Claude hatte zwar an ihr zweifeln können, doch das Wissen Professor Chènes konnte er nicht in Frage stellen.

Während sie sprachen, war Emmanuel, dem ein ekelerregender Geruch vorausgegangen war, in der Tür erschienen. Catherine stand überstürzt auf, um sich seiner anzunehmen. Doch jenes Gefühl der Abscheu und des Überdrusses, das sie jedes Mal überkam, wenn sie ihren Sohn mit einer Bürste abkratzen mußte, weil er so sehr mit Kot beschmiert war, empfand sie dieses eine Mal nicht.

9

Hätte man Catherine gefragt, was den Unterschied ausmache, was ihr Leben am tiefgreifendsten verändert habe, hätte sie vermutlich geantwortet: „Der Kot". Und es war wahr, durch den Kot hatte sie verstanden, wie sehr die Dinge, die uns am selbstverständlichsten erscheinen, es gar nicht sind für jemanden, der nicht mit der gleichen Intelligenz ausgestattet ist, der die Dinge nicht wie wir versteht und nicht lernt wie andere Kinder. Emmanuel ging mit dem Kot ebenso um, wie er mit Kartoffelbrei oder Marmelade spielte. Er schien keinerlei Unterschied zu machen. Er mochte ganz einfach alles, was breiig aussah. Das Problem stellten in Wirklichkeit die Leute dar. Sie verstanden sein Vergnügen nicht, so wie Emmanuel nicht verstand, was sie zurückweichen ließ.

Catherine war eine Spezialistin im Abscheuern von Schenkeln, Haaren und Wänden geworden ... Doch da der Kot die Eigenschaft hat, sehr schnell anzutrocknen, mußte sie oft Wände und Teppiche mit einem Messer abschaben. Dabei galt es nicht nur, diese Materie zu bekämpfen, sondern auch deren Geruch. Er durchdrang alles, schlich sich überall ein. Und wenn Catherine glaubte, ans Ziel gelangt zu sein, ließ ein Dunst sie plötzlich aufspringen. Es war nur ein winziges Partikelchen übriggeblieben, das sich dort versteckt hatte, wo sie es am wenigsten erwartete, auf einem Stuhl oder dem Gürtel, den sie sich soeben umgebunden hatte, und der eigentlich gar nicht beschmutzt sein konnte. Das Kleid, das sie nach der Säuberung ihres Sohnes gerade eben erst angezogen hatte, strömte plötzlich den Geruch aus, den sie mit den verschiedensten Mitteln so sehr zu bekämpfen versucht hatte. Seife war keine ausreichende Waffe, sie hatte den „super-aktiven" Reinigungsmitteln weichen müssen. Der Schwamm war schon sehr bald vom

Waschlappen abgelöst worden, den man wenigstens kochen konnte. Die extraharte Bürste und die Putzkissen aus Stahlwolle waren ihre bevorzugten Hilfsmittel. Nach zwei Versuchen, die Tapete in Emmanuels Zimmer zu reinigen, hatte sich Catherine für eine abwaschbare Wandfarbe entschieden. Aber man mußte bei Emmanuels Wanderungen auf alles gefaßt sein. In seinen Windeln, später dann in seiner Hose, im Nachttopf oder im WC fand er immer etwas, womit er die Wände verzieren konnte. Vergnügt verteilte er den Inhalt seiner Hose auf alle Orte, die er aufsuchte. Catherines Leben war zu einer einzigen Verfolgungsjagd auf den Kot geworden. Emmanuel schien nicht zu begreifen, daß es verbotene Gesten, schmutzige Dinge gibt, daß bestimmte Stoffe unangenehme Gerüche verbreiten. Glücklich manschte er vor sich hin, und seine beiden Hände bestrichen aus purem Vergnügen alles, was sich in seiner Reichweite befand. Es hatte nicht lange gedauert, und schon waren das Kindermädchen und die verschiedenen Reinemachfrauen davongelaufen, und Catherine hatte daraufhin begonnen, sich selbst um ihren Sohn zu kümmern und seine Umwelt abzuwaschen. Sie hatte sich oft gefragt, wie sie ihm nur begreiflich machen könnte, daß er damit aufhören müsse. Sie hatte dies schnell wieder aufgegeben, denn Emmanuel hatte darin sogar eine Ermutigung gesehen. Wenn ihr etwas mißfiel, so war es am besten, dies zu ignorieren, denn Emmanuel hätte sonst ihre Vorwürfe als Anreiz empfunden.

Zu Beginn hatte Claude sich über den Geruch, der im ganzen Haus herrschte, beklagt, doch Catherine hatte ihm gereizt erwidert, wenn er wisse, in welcher Sprache sie Emmanuel davon überzeugen könnte, nicht in und mit seinen Exkrementen zu spielen, so solle er sie diese doch gefälligst lehren. Außer sich hatte er das Haus verlassen und ihr gesagt, sie genieße unerträgliche Situationen wohl. Seitdem reinigte, scheuerte, seifte sie mit aller Kraft und dankte dem Himmel, wenn sie ihr Kind, aus Zufall oder Vergeßlichkeit – sie wußte es selbst nicht – sauber vorfand.

Am schlimmsten war es, wenn sie gezwungen war, mit ihm auszugehen. Sie mußte dann an unzählige Kleidungsstücke zum Wechseln denken, denn die Ausscheidungen ihres Sohnes, ob flüssig oder fest, vervielfachten sich dann jedes Mal. Es kam vor, daß sie Hosen, Strümpfe und Unterhosen in zwei-, drei-, ja sogar vierfacher Ausfertigung nachkaufen mußte, obgleich sie bei der Abfahrt darauf vorbereitet gewesen war, ihn vier- oder fünfmal umzuziehen. Sie ertrug das mit Gelassenheit, peinlich wurde es nur, wenn sie gezwungen war, ein Taxi zu nehmen.

Es dauerte nie lange bis der Chauffeur den Gestank roch und sie so schnell wie möglich eine Erklärung finden mußte. Zum Glück hatte Emmanuel ein sehr liebes Gesicht, das Gesicht eines offenbar problemlosen Kindes. Wenn er im Auto saß, konnte man ihn für ein lediglich schweigsames Kind halten. Sein blondes Haar und sein von langen Wimpern verschleierter Blick gaben ihm ein unschuldiges Aussehen, das Catherine ausnützte. Wer hätte gedacht, daß ein fünfjähriger, hübscher Junge in die Hose mache und daß selbst ununterbrochene Waschungen den Geruch nicht zum Verschwinden bringen konnten, den er mit sich herumtrug. Sie erinnerte sich an unglaubliche Momente, in denen sie es fertigbrachte, den Chauffeur auf den eigenartigen Duft in seinem Taxi anzusprechen. Als sie einmal in Begleitung ihrer Mutter war, hatte sie, als der Chauffeur sie fragte, was wohl so schlecht riechen könne, eine geniale Idee gehabt und mit vollkommener Gelassenheit gesagt: „Siehst du, Mama, ich hatte dir doch geraten, diese Ananas nicht zu kaufen, sie ist verdorben."

Am Ende der Fahrten mit ihrem Kind war sie schon erleichtert, wenn sie nach Hause kam, ohne aus einem Taxi gewiesen, in einem Restaurant, wo Emmanuel Pommes frites und Teller für Wurfgeschosse gehalten hatte, beschimpft, oder sogar aus der Station eines Krankenhauses geworfen worden zu sein. Sie wußte, es gab Dinge, gegen die sie ankämpfen konnte, und andere, bei denen ihr Bemühen von vornherein zum Scheitern verurteilt war. Der Kot gehörte zur zweiten Kategorie. Sie konnte den Geruch des Kots nicht besiegen. Nichts bezwang ihn, weder der Durchzug, bei dem man sich mitten im Dezember eine Lungenentzündung holen konnte, noch die Duftkerzen und auch nicht die allergrößte Bereitschaft zu leugnen, was selbst für die verstopfteste Nase nicht zu übergehen war. Das Beben der Nasenflügel, das sie an ihren Besuchern beobachtete, war ihr inzwischen so vertraut, daß sie sich nicht einmal mehr die Mühe machte, irgend eine Erklärung abzugeben. Sie blieb gelassen und setzte, nachdem sie eingeworfen hatte, es sei wirklich zu warm, und aufgestanden war, um die Fenster zu öffnen, die Unterhaltung fort. Sie hatte schon bald festgestellt, daß die Leute die Realität der Situation nicht akzeptierten und Emmanuel voller Ekel abwiesen, wenn sie sie zuvor über „dieses kleine Problem" aufgeklärt hatte.

10

„Verstehen, das klingt so einfach, aber was heißt das für Emmanuel?" erklärte Catherine. „Nichts, aber auch gar nichts scheint es zu bedeuten, weder Worte, noch Gesten, noch Blicke, die sich für uns zu einem sinnvollen Ganzen formieren. Etwas hat sich zwischen zwei Menschen ereignet ... ich habe dir zugelächelt ... du hast die Arme nach mir ausgestreckt ... Schritt für Schritt, immer schneller und immer leichter fügen wir unsere Wahrnehmungen aneinander. Aber, Henri, stellen Sie sich jemanden vor, der seine Erfahrungen nicht rekonstruieren kann, für den Worte nur durch das Geräusch, das sie verursachen, Geltung erhalten. Jemanden, für den es zwischen Gesten und Worten keine Verbindung gibt, für den die Bewegung der Lippen ohne Bezug zu den gesprochenen Worten ist. Jedes Ding wird, wenn überhaupt, als Ganzes wahrgenommen, ohne zu irgendeiner Frage Anlaß zu geben. Emmanuel akzeptiert die Dinge, oder er lehnt sie ab, immer jedoch als Ganzes. Die Verweigerung ist seine Art und Weise, die Existenz von Wesen und Gegenständen, die sein System stören, zu leugnen."

Sie waren alle vier in der Küche und frühstückten. Emmanuel, der auf dem Schoß seiner Mutter saß, schien begeistert und schlug schnaufend mit der Faust auf den Tisch. Er achtete auf niemanden, dieses eine Mal ließ er seine Mutter sprechen. Nach einer Weile ergriff er einen kleinen Löffel, den er an seine Zähne hielt und vibrieren ließ. Er fand ungeheures Vergnügen an diesem Spiel. Catherine war erschöpft, doch wußte sie auch, daß dies einer der seltenen Augenblicke war, wo alles, was gesagt wurde, auf das Leben ihres Sohnes Einfluß haben würde. Vielleicht würde Claude nie wieder bereit sein, sich all das anzuhören, was sie ihm seit so langer Zeit zu sagen versuchte, und vielleicht hörte er ihr heute nur deshalb so aufmerksam zu, weil sie ihre Worte nicht an ihn, sondern an Professor Chène richtete.

Immer wieder hatte es in ihrem Leben solche magischen Momente – wie sie es nannte – gegeben. Während eine Minute zuvor alles noch hoffnungslos aussah, ließ sich einen Augenblick später das scheinbar Unmögliche in die Realität umsetzen. Jahrelang hatte sie sich um Claudes Aufmerksamkeit bemüht, sich danach gesehnt, daß er ihr zuhört. Heute war auf einmal alles leicht. Claude war willens zuzuhören, er diskutierte, stellte Fragen, bemühte sich zu verstehen. Und Emmanuel erlebte diesen Augenblick mitten unter ihnen allen. Mit Freude oder Gleichgültigkeit? Catherine wußte es nicht. Doch er duldete, daß man über ihn sprach, was gewöhnlich Angstzustände und Gebrüll hervorrief, die sie nicht einzudämmen vermochte.

In der Küche herrschte jene besondere Atmosphäre, die sie als Kind „den Kokon" zu nennen pflegte, jenen Moment, wo sich alle nach einer kritischen, verzweifelten Phase wohlfühlen. Für Catherine war die Küche schon immer ein bevorzugter Ort gewesen – wo man sich, um einen großen Tisch sitzend, alles sagen konnte, ohne jene heftigen Äußerungen zu bewirken, die Diskussionen in einem anderen Raum des Hauses kennzeichneten. In der Küche hatten sich nahezu alle schwerwiegenden Dinge in ihrem Leben ereignet. Dort hatte man ihr den Tod ihres Vaters mitgeteilt, dorthin hatte sie sich geflüchtet, als die Beziehung zu der Familie ihres Mannes schwierig geworden war, dort hatte sie gelernt, sich wieder aufzurichten. Eines Morgens war sie, nach einer besonders heftigen Szene mit Claude, am Ende ihrer Kräfte, mit Emmanuel in die Küche hinuntergegangen und hatte beschlossen, daß nun Schluß sei. Nie wieder wollte sie zulassen, daß jemand sie leiden ließ. Tag für Tag hatte sie die Götter angefleht, ihr beizustehen, und sie hatten es getan. Sie hatte ihren Schmerz zu bezwingen gelernt, indem sie die Wand anstarrte und sich immer wieder sagte: „Ich bin genauso glatt wie diese Wand, nichts kann mir etwas anhaben. Sollte jemand versuchen, mich zu verletzen, so werde ich mich zu schützen wissen; nötigenfalls verletze ich ihn, bevor er mich trifft." Und so war sie stark geworden. Solange sie ihr Rückzugsgebiet hate, ihre Küche, wo sie sich immer wieder finden konnte, wo sie spürte, daß sie existierte, konnte sie ruhig überall sonst eine Maske tragen, ihr war das gleichgültig.

Auch Emmanuel schätzte die Küche. Er konnte nach Herzenslust im Wasser herumpatschen; dort gab es all die Gegenstände, die sein Glück ausmachten: den Korkenzieher, die kleine Rohkostmühle, den alten Dosenöffner, der sich unendlich drehen ließ, den er ins Wasser tauchte und mit wohlüberlegter Langsamkeit wieder herauszog. Er betrachtete die Wassertropfen, die, einer nach dem anderen, auf dem Fußboden auftrafen. Und wenn der Dosenöffner nicht mehr tropfte, tauchte Emmanuel ihn erneut in einen Topf und verfolgte mit äußerster Aufmerksamkeit den leuchtenden Aufprall. Er verstand es immer, sich in einen Raum zu begeben, wo er mit dem Licht spielen konnte, und die schimmernden Lachen bereiteten ihm grenzenlose Wonnen. Die Heiterkeit, die sich dann auf seinem Gesicht ablesen ließ, machte Catherine zugleich Vergnügen und Angst. Sie erkannte einerseits, daß ihr Sohn empfänglich für Freude war, doch konnte sie auch ermessen, wie sehr er in einer anderen Welt lebte.

11

Vom ersten Augenblick an war Catherine Claudes Charme erlegen, diesem Charme, den sie ihren Freunden nur andeutungsweise beschreiben konnte:

„Selbst nach Jahren des Zusammenlebens weiß ich nicht, was ihn ausmacht: seine Kälte, diese Distanz zwischen ihm und anderen, die in einem das Verlangen weckt, Schranken niederzureißen, von denen man nicht weiß, was sich hinter ihnen verbirgt. Er hat ein erstaunlich junges Gesicht und in allen seinen Gesten eine Eleganz, die mir sofort gefiel. Er offenbart sich nicht, und man weiß nie, was in ihm vorgeht. Ich muß ständig aus seinem Verhalten Schlüsse ziehen, um ihn zu verstehen. Er läßt ein Wort entschlüpfen, und ich weiß dann, daß er berufliche Sorgen hat. Er beklagt sich nie. Er knüpft zu den Menschen sehr vieldeutige Beziehungen. Es dauerte sehr lange, bis ich ihn verstanden hatte. Mehr als sechs Monate lang sahen wir uns nur auf dem Umweg über Abendgesellschaften und geschäftliche Zusammenkünfte – ich mußte ihm Informationsmaterial verkaufen. Lange habe ich mich gefragt, was er wohl über unsere Begegnungen denken mochte. Wir aßen häufig mittags oder abends zusammen, sprachen viel, doch nie über persönliche Dinge. Er gefiel mir, doch gleichzeitig dachte ich, mit ihm zu leben würde sicher nicht einfach sein. Man sah ihn manchmal auf Abendgesellschaften mit eleganten, immer sehr schönen jungen Frauen, denen sehr viel an ihm zu liegen schien. Wenn wir uns über den Weg liefen, lächelte er mich mit einem Glanz in den Augen an, der mir provozierend erschien. Er verwirrte mich. Ich hatte Lust, ihn zu sehen, doch jede unserer Begegnungen ließ mich unzufrieden zurück. Immer hatte ich den Eindruck, er fordere mich heraus, wußte jedoch nie, wozu. Hätte er ein Abenteuer gesucht, ich hätte nicht nein gesagt. Mir war nicht im geringsten danach zumute, mich an jemanden wie ihn zu binden. Mit einem Mann seines Schlages zu leben, reizte mich nicht, ihm jedoch zu beweisen, daß ich seinem Charme nicht erliegen würde, schon. Bei uns wechselten Perioden giftiger Freundschaft mit solchen aufmerksamer Gleichgültigkeit ab. Er stellte mir seine jeweiligen Freundinnen vor und schilderte mir in allen Einzelheiten, was ihm an ihnen gefiel, so, als wolle er mir noch deutlicher vor Augen führen, was ich nicht besaß: ihre Hündchennatur, ergeben und weiblich, immer auf die Stimme des Herrn horchend, stets makellos und zu ängstlich, ihm zu widersprechen, aus Furcht, durch ein Stirnrunzeln zur Ordnung gerufen zu werden. Er brauchte jemanden, der ihn bewunderte, damit er sich getrost selbst bewundern konnte. Er war kein Egoist, nein, aber in seinen Augen war nur er von Bedeutung.

In Wahrheit hat Claude mich in die Falle gelockt, denn ich wollte ihm beweisen, daß die Frauen, die er so lässig ausführte, nichts als unbedeutende, kleine Dinger waren. Tatsächlich hatte ich Angst, jemanden Lebendigen vor Augen zu haben. Also hörte ich auf, ihn seiner Verträge wegen zu besuchen und schickte statt dessen einen meiner Assistenten. Die Antwort ließ nicht lange auf sich warten: drei Tage später erhielt ich einen Blumenstrauß mit den Worten: „Na, beleidigt...?"

Ich habe nicht geantwortet ... Eine Woche später hat mein Chef mich rufen lassen und gefragt, warum ich mich nicht mehr mit den Unterlagen der Firma Delande befasse. Es fiel mir nicht schwer, ihm zu antworten, mir fehle die Zeit, und ich hätte einen Kollegen mit der Angelegenheit beauftragt, denn ich müsse einen großen Markt in Brasilien vorbereiten. Zum ersten Mal sah ich meinen Chef in blinde Wut geraten: ‚Das Brasilienobjekt ist mir völlig egal', sagte er zu mir, ‚kümmern Sie sich erst einmal um das Delande-Geschäft, selbst wenn Sie den, der die Sache leitet, nicht mögen; für uns springen dabei mehrere Millionen heraus. Viguerie erwartet Sie morgen früh, um die Modalitäten der Finanzierung und der Ausweitung des Vertrages auf Filialen zu besprechen. Ich vertraue Ihnen.'

Am nächsten Morgen saß ich gleich um acht Uhr in Claudes Büro und sagte ihm, was ich über ihn, diesen armen, kleinen, eingebildeten Wicht, dachte! Bildete er sich etwa ein, ich würde seinen Anordnungen Folge leisten? Ich gehörte nicht zur Horde seiner Sklavinnen und hatte auch nicht die geringste Absicht, seinen Aufforderungen nachzukommen. Das Geschäft war eine Sache, doch auf meinen Chef Druck auszuüben, war unerhört. Er täte gut daran, sich anzugewöhnen, seine Verträge mit einem anderen auszuhandeln, denn ich hätte nicht die Absicht, mir alles gefallen zu lassen. Während er mir zuhörte, schien er sich königlich zu amüsieren. Als ich ihm abschließend sagte, ich weigerte mich, mit ihm zu arbeiten, fing er zu lachen an:

„Ich gebe Ihnen vollkommen recht. Lassen Sie uns das Kriegsbeil begraben. Sie wollten mir einen Streich spielen, und ich habe Ihnen bewiesen, daß ich in diesem Spielchen ebenso stark bin wie Sie. Was halten Sie von einem gemeinsamen Wochenende?"

„Das klassische Syndrom: Arbeit-Essen-Bett. Sehr originell sind Sie nicht gerade."

Doch tief in meinem Inneren frohlockte ich, ich hatte einen Trick angewandt und gewonnen: Er hatte den ersten Schritt getan. Er hatte sich meines Chefs bedient, doch hatte ich dasselbe getan, indem ich nicht mehr mit ihm arbeiten wollte. Lieber hätte ich mir die Zunge abgebissen, als ihm das einzugestehen! Mich reizte der Gedanke, diesen Mann zu entdecken. Unsere Beziehung würde im Bett enden, ich hatte keinerlei Zweifel über den Ausgang der Situation. Er gefiel mir, doch ich konnte nicht akzeptieren, daß er mit mir so umging wie mit seiner übrigen Gefolgschaft: gleicher Stil, ähnliche Frisur, stereotypes Verhalten und ein IQ noch unter Null. Und er hörte mir unerschütterlich zu. Tatsächlich konnte man ihm ansehen, daß meine beißende Kritik ihn amüsierte.

„Hören Sie doch auf, sich etwas vorzumachen und mich damit zu belasten", sagte er plötzlich zu mir. „Catherine, haben Sie doch den Mut, offen zuzugeben, daß Sie aus Gründen, die keineswegs beruflicher Natur sind, nicht mehr mit mir arbeiten wollten."

Ich sah ihn an. Warum sprach er noch? Worauf wartete er, warum nahm er mich nicht in seine Arme?

„Sie sind auf der Suche nach der Wahrheit, doch die existiert nur in den Träumen kleiner Mädchen. Sie glauben nur an das Absolute, dabei besteht das Leben nur aus Halbheiten, Kompromissen und Zugeständnissen" – Meine Güte, er war dabei, mir eine Lektion zu erteilen! – „Sie sehen die Wahrheit nur von Ihrem Standpunkt aus. Dabei gibt es noch andere, viele andere, die ebenso gültig sind. Ich habe bei Ihrer List mitgespielt, verderben Sie mir nicht die meine. Lassen Sie uns zusammen ins Wochenende fahren."

Er sah mich lächelnd an. Ich fühlte mich in die Enge getrieben ... und beruhigt. Er hatte als erster gesprochen, so hatte ich es gewollt. Ich wußte, ich würde nicht Herr der Lage sein. An mir war es, vorsichtig zu sein, mich nicht überwältigen zu lassen ... Es war ja nur ein Wochenende, dachten wir ... Wir haben schon sehr bald zusammen gelebt und haben, zum großen Erstaunen aller, geheiratet. Manche sprachen von Liebe auf den ersten Blick, dabei handelte es sich eher um den Bumerang-Effekt, der dich niederstreckt und deinen Verstand ausschaltet: es erschien uns ganz selbstverständlich zu heiraten, wir wollten zusammensein, Kinder haben, die meinen Charakter hätten und ein wenig seinen – unseren, das wäre gar nicht so schlecht. Was mir noch heute seltsam vorkommt, ist, daß viele unserer jeweiligen Vorsätze sich in dem Augenblick, wo wir uns fanden, vollständig auflösten. Wer hatte gesagt: Ruhe, Abenteuer, das ja, aber zu meinen Bedingungen? Wir wahrscheinlich, doch in einem anderen Leben.

Claude war ein faszinierender Mann, bis in die Haarspitzen

makellos, ausgestattet mit einem messerscharfen Intellekt, der unser Leben reizvoll machte. Ich hatte befürchtet, mich mit einem Mann zu langweilen, daher hatte ich mich früher geweigert, an Heirat auch nur zu denken. Doch das Leben mit ihm war für mich nicht eintönig. Er war unglaublich wissensdurstig und liebte es, endlos zu diskutieren. Das einzige, was uns trennte, war, daß ich ihn ständig daran erinnern mußte, daß ich ihm durchaus gewachsen war. Ich glich nicht jenen kleinen, minderen Geschöpfen, mit denen er sich so lange abgegeben hatte, sondern war ich selbst, Catherine. Gemeinsam stürzten wir uns ins Leben ... Und nach vier Jahren Ehe gab es dieses ‚Etwas' noch immer zwischen uns: das Glück. Unsere Art von Glück, eins, das wir uns erdacht hatten."

12

Claude: Warum mußte alles in die Brüche gehen? Unsere Ehe ging gut. Catherine verstand mich, und ich konnte ihr geben, was sie brauchte.

Unsere Begegnung war eine Überraschung, in die sich Erstaunen mischte. Unbewußt suchte ich schon lange jemanden wie sie, dann habe ich mich damit abgefunden, nur noch vorübergehende Beziehungen zu Frauen zu haben, die zwar interessant waren, doch nicht in einem Maße, daß ich mir auch nur bei einer gewünscht hätte, mein Leben mit ihr zu teilen. Und dann saß ich eines Tages bei einer Abendgesellschaft neben ihr. Sie war offensichtlich allein. Da ihr Vater Diplomat war, hatte sie ihre Kindheit in ungefähr zehn verschiedenen Ländern verlebt. Aus jener Zeit hatte sie sich eine gewisse Leichtigkeit bewahrt, mit Menschen in Kontakt zu treten. Sie war noch nicht einmal dreißig und leitete die kaufmännische Abteilung einer Firma für Informatik. Sie war schlank, brünett, hatte dunkelgraue Augen und sprach selbstsicher. Ich beobachtete insgeheim ihre Unterhaltung und war beeindruckt, wie klug sie war und dabei ganz ohne jene Koketterie, die den Frauen besonderen Glanz verleiht, wenn ein

Mann sich offenkundig für sie zu interessieren scheint. In diesem Augenblick tritt die Zufriedenheit, beobachtet, gemustert und geschätzt zu werden, in Erscheinung. Was immer der soziale Hintergrund sein mag, der Mechanismus ist immer derselbe.

Doch dies gilt nicht für Catherine . . . Von Anfang an war sie anders. Sie versuchte nicht, mir zu gefallen, sondern einen angenehmen Abend zu verbringen. In ihren Bemerkungen lag ein Scharfsinn, der mich entzückte, sie sprach mit leiser Ironie zu ihrem rechten Nachbarn, einem Offizier, der schon den ganzen Abend lang hartnäckig zu beweisen suchte, die Frauen gehörten an den Herd. Feminismus und Verderbtheit, sagte er, seien auf dem besten Wege, die kleinen Soldaten von morgen, derer unser großes Land bedürfe, zu ruinieren. Sie antwortete ihm, sie sähe kaum einen Unterschied zwischen der Selbstzerstörung der drogensüchtigen Jugendlichen und dem Kanonenfutter, das dazu diene, die Gefallenendenkmäler zu zieren. Der Oberst war entsetzt. „Warum sollte ich Ihnen Kinder gebären?" gab sie ihm zur Antwort, und die ganze Tafel brach in schallendes Gelächter aus. Das weckte in mir den Wunsch, sie näher kennenzulernen.

Es ist eigenartig, daß wir uns bei einer Abendgesellschaft zum ersten Mal trafen, denn tatsächlich wären wir uns kurz darauf aus beruflichen Gründen ohnehin begegnet. Mit gefiel der Gedanke, ihr wieder gegenüberzutreten und zu sehen, was sich ereignen würde, Kämpferin oder Weibchen? Siegerin und gleichgültig, wenn alles gut geht, oder äußerlich ganz Weiblichkeit, sobald ein Problem auftaucht? Sie leitete ihr Team mit fester Hand und wußte einen Vertrag mit Sachverstand auszuhandeln. In ihrer Begleitung zu Mittag oder zu Abend zu essen, bedeutete nicht automatisch, daß die Frau zum Vorschein kam, sie blieb die Arbeitskollegin. Zumindest nach außen hin. Doch hinter all dieser Neutralität wußte sie ebenso gut wie ich, daß wir aufeinander eine gewisse Anziehungskraft ausübten. Es war offensichtlich, daß sie Angst hatte, zu verlieren, was sie für ihre Freiheit, ihre Individualität hielt. Oft habe ich gedacht, sie trage ihre Kraft zur Schau, weil sie befürchte, zerbrechlich zu wirken, auf die Rolle der ‚Frau' reduziert, mit ihr gleichgestellt zu werden. Sie lebte in einem Widerspruch, den sie nicht durchschaute: Sie war sehr feminin und doch abweisend, denn sie wollte Karriere machen und befürchtete, man könne in ihr nur die Frau sehen. Also verhielt ich mich geduldig.

Catherine lebte nie in Erwartung meines Kommens. Das war so seit dem Moment, wo wir anfingen, uns zu treffen, und mir erscheint das ganz natürlich. Sie existiert, auch wenn ich nicht da bin. Sie liebte ihre Arbeit, schätzte die Anwesenheit ihrer Freunde. Ich machte oft ein finsteres Gesicht, wenn ich sah, welchen Platz sie in ihrem Leben einnahmen: Hatte sie die Wahl zwischen einem Abend mit mir oder mit ihnen, entschied sie sich oft für einen Abend in deren Gesellschaft, mir stand frei, mich ihnen anzuschließen, wenn mir danach zumute war. Es lag etwas Männliches in dieser Art von Freundschaft. Und als ich dies ihr gegenüber bemerkte, explodierte sie. Catherine ist keine Feministin, sie ist vollkommen unabhängig. Von ferne gesehen, ist das für mich sehr angenehm. Ich bin verantwortlich genug, um mich darüber zu freuen, daß meine Frau so gefestigt ist. Doch bei ihr hat sich das in eine andere Richtung entwikkelt, es würde ihr beispielsweise nie in den Sinn kommen, daß ich gern mit ihr Kleider oder Schmuck aussuche. „Das ist verlorene Zeit", sagt sie, „ich hab' Besseres zu tun, als von einer Boutique zur anderen zu ziehen."

Hingegen lebt sie immer in der Angst, man könne über ihren Kopf hinweg etwas entscheiden. Ihre ganze Kindheit über hat sie in ständiger Opposition gegen ihre Familie gelebt. Als sie schwanger war und sehr erschöpft, habe ich das Problem ihrer Arbeit angesprochen: Sie arbeitete weiter, und ihr ständiges Unterwegssein erschöpfte sie noch mehr. Doch sie gab nicht nach. Und als ich vorschlug, sie könne vielleicht nach der Geburt unseres Kindes aufhören zu arbeiten, hat sie mir unmißverständlich erklärt, wenn sie eine Entscheidung zu fällen habe, so würde sie sie im gegebenen Augenblick fällen. „Ich habe meinen Bereich und erlaube niemandem, dort einzudringen", pflegt sie zu sagen. In zehn Jahren eines gemeinsamen Lebens ist sie immer dieselbe geblieben.

Catherine brauchte immer schon einen ihr ebenbürtigen Gegner, sonst ist man in ihren Augen gar nicht vorhanden. In ihr war eine unglaubliche Kraft, die sie dazu drängte, sich und andere, vor allem jedoch mich, unentwegt in Frage zu stellen. Zu Beginn unserer Ehe hoffte ich, dies sei nur ein vorübergehendes Phänomen, das sich mit der Zeit geben würde. Aber nein. Alles in allem gebe ich der ‚Furie' den Vorzug, die mir mit ihrer scharfen Zunge nahesteht, die Worte wie Waffen handhabt. Auseinandersetzungen mit ihr sind mir nie zu dumm, sondern Schlachten, die dich zwingen zu beweisen, daß du imstande bist, zu verteidigen, woran du glaubst ...

Und dann ist, mit Freuden erwartet, Emmanuel in unser Leben getreten. Er kam zur richtigen Zeit ... Doch mit zehn Monaten bekam unser Sohn eine Krankheit, die wir zunächst für eine Grippe hielten, die sich jedoch als Enzephalitis herausstellte. Das war der Augenblick, wo alles ins Schwanken geriet.

Ein Kind wird meistens als eine Verheißung, als Zeichen der Zukunft, unserer Zukunft empfunden. Wie Catherine es ausdrückt, unser Kind ist nichts anderes als das. Es gibt keinen enttäuschten Traum, vorausgesetzt, man akzeptiert sein Leben. Schwierig, das heißt unmöglich, ist es, sich alles abzugewöhnen, was einen vorher ausmachte. Wir leben, wir projizieren uns selbst in unsere Kinder. Wie sollte es auch anders sein? Catherine ist ein Roboter: Sie hat für das Kind alles in ihrer Umgebung zerstört. Sie hat mich vergessen, es ist ihr gelungen, angesichts dieser Situation, auf die uns nichts und niemand vorbereitet hatte, eine andere zu werden.

Von Emmanuels Geburt an existierten die Grenzen, die uns das Leben und die Erziehung auferlegen und die uns in dem Maße, wie sie uns beschützen, auch einengen, für Catherine nicht länger. Sie kennt keinerlei Vorurteil, keinerlei Abscheu – Sie empfindet keine Furcht. Und das lief – und läuft – meistens dem zuwider, was ich zu wissen glaubte. Zwischen meinem Sohn und mir gibt es Schranken, die ich nicht niederreißen konnte. Im Leben eines Menschen gibt es unpassierbare Grenzen. Ich wollte einen Sohn, wollte mich in einem anderen Ich wiederfinden, ihm eine auf ihn zugeschnittene Welt aufbauen. Doch was kann ich schon für Emmanuel aufbauen? Ich kann kämpfen, wenn mir die Waffen für Verteidigung und Angriff zur Verfügung stehen. Für ihn habe ich keine Taktik, keine Strategie entwickeln können. Nichts, und dieses Nichts bringt mich zur Verzweiflung. Wenn Henri optimistisch ist, so ist dieser Optimismus völlig unbegründet. Aber was heißt in diesem Fall schon Optimismus! Gewiß muß man Emmanuel helfen können, doch wozu muß man ihm verhelfen? Er wird ein Wort sagen, wird eine geringe Selbständigkeit erlangen. Lächerlich! Entweder man ist selbständig oder man ist es nicht ... Es ist bewundernswert, mit wie wenig sich Catherine begnügen kann. Und gleichzeitig macht sie mir Angst. Sie hat alles auf Emmanuel gesetzt, und wenn sich nicht verwirklicht, was sie erwartet, wird sie noch bedauernswerter und einsamer sein als zuvor. Sie verweigert jede Hilfe, akzeptiert keine andere Wahrheit als die von ihr aufgestellte. Emmanuel „wird es schon schaffen", und damit basta.

Es ist offensichtlich, daß in ihren Augen ich an allem schuld bin. Sie wirft mir vor, ihr nicht geholfen zu haben, Emmanuel nicht zu lieben.

Habe ich Catherine geholfen? Ich glaube, ja. Zuerst, indem ich ihren Widerstand, ihre Wut akzeptierte. Indem ich das, was an ihrem Verhalten abwegig war, ein wenig übersah. Ich habe mit ihr gelitten. Glaubt sie denn wirklich, ich hätte nichts gemerkt, wenn sie mit diesem stumpfen Ausdruck, diesem toten Blick durchs Haus lief? Jedesmal, wenn ich versuchte, mich ihr zu nähern, stieß sie mich zurück, und das konnte ich nicht verstehen.

Catherine nimmt mir übel, sie verlassen zu haben: in Wirklichkeit hatte sie mich längst verlassen, bevor ich daran gedacht habe. Ich könnte Catherine gar nicht verlassen, auch wenn sie vom Gegenteil überzeugt ist. Ich bin ihretwegen geblieben. Ich habe versucht, bei andern Frauen meine Einsamkeit zu vergessen. Aber ich liebe Catherine und will ihr helfen. Und jedesmal, wenn ich versuche, ihr die Hand zu reichen, weiß ich nicht, wie ich es anstellen soll. Die brünette, schlanke Frau, die ich einst kannte, hat sich in ein vom Unglück erdrücktes Wesen verwandelt. Und wenn ich ihr zu sagen versuche, sie solle sich nicht vergessen, liegt darin vielleicht ein gewisser Egoismus – wie sie sich ausdrückt – doch liegt darin ebenso der Wunsch, nicht mitansehen zu müssen, wie sie sich in einem Drama verliert, das ihre Kräfte übersteigt.

Unsere Ehe ist tot, und in ihren Augen bin ich dafür verantwortlich. Ich glaube jedoch, daß die Dinge sich hätten anders entwickeln können, wenn sie auf mich gehört hätte. Nicht ich will sie im Stich lassen, sie hat sich von mir abgewendet. Es ist wahr, daß ich nicht dasselbe Verständnis für die Probleme unseres Kindes aufbringe wie sie. Unser Kind macht mir ebenso viel Angst wie ihre Hartnäckigkeit ... Sie war unter den Frauen, die ich kannte, die einzige, die zuhören konnte, aber das war einmal ...

13

Henri: Mir tut alles weh! Ich habe mich bestimmt gestern nacht erkältet, als ich mit Emmanuel und seiner Mutter unterwegs war. Wie konnte ich mich nur auf diese Geschichte einlassen? Es gibt doch schließlich genug Frauen. Und diese ist auch nicht anders als die anderen. Ich hab' schon genug Probleme mit meiner, die sich jedesmal, wenn sie vermutet, daß ‚eine Neue' im Spiel ist, in eine Spionin verwandelt. Und Marie? Was werde ich ihr nur erzählen, wenn sie von der Existenz Catherines erfährt? Warum sind die Frauen derart ausschließlich? Alles wäre so viel einfacher, wenn ich mich nicht rechtfertigen müßte.

Das Komischste an der ganzen Sache ist, daß ich sie alle gar nicht betrüge. Catherine interessiert mich, das ist wahr. Doch kein Gesetz verbietet einem Mann, sich mit einer Frau zu treffen, die ihm sympathisch ist. Das heißt jedoch noch längst nicht, daß ich ein Auge auf sie geworfen habe. Zunächst macht sie mir angst. Als ich sie das erste Mal sah, erschien sie mir zerbrechlich. Zerbrechlich! Es ist ihr gelungen, mich davon zu überzeugen, daß sie recht hatte, daß ihr Kind nicht so war, wie meine Kollegen es beurteilten. Und nun fahre ich nachts mit den beiden durch die Straßen, weil ihr Balg nicht schlafen will. Nein, jetzt werde ich ungerecht: er kann nicht schlafen. Dennoch bin ich nicht ganz bei Trost, mich in diese Geschichte eingelassen zu haben. Da haben wir's, ich huste, ich habe bestimmt eine Angina. Ich hab' furchtbare Kopfschmerzen. Ich werde den Tag über nicht arbeiten können, ich bin erledigt.

Und der andere, ihr Mann, ist reichlich aufgeblasen vor Selbstgefälligkeit! Wie hat sie sich nur in diesen Kerl verlieben können! Eins steht fest, mit ihm zu leben ist für sie bestimmt nicht jeden Tag ein Vergnügen. Doch schließlich ist das ihr Problem . . . Eigenartig, Emmanuel hat mich angelächelt. Wenn er mir zulächelt, frage ich mich immer, warum. Ich bin in seinem Leben doch nur ein Fremder, und trotzdem hat sich zwischen uns etwas ereignet, so etwas wie Liebe auf den ersten Blick. Wenn er seine

Hand in meine legt, wie viele Kinder vor ihm, freue ich mich wie nie zuvor. Ich könnte weinen, wenn ich sehe, wie dieses Kind sich das Gesicht zerkratzt: Dann würde ich am liebsten den ganzen Kram hinschmeißen und den Leuten sagen, daß sie sich, verglichen mit den Problemen dieses Kindes, für nichts und wieder nichts im Leben aufregen. Arme Catherine! Aber nein, Catherine ist nicht arm, ganz im Gegenteil. Sie ist eine außergewöhnliche Frau, schwach und stark zugleich.

Die Liebe, die Emmanuel über soviel Irrwege austeilt, hat mich zwar gerührt, doch die, die Catherine ihrem Sohn entgegenbringt, schien mir gleich von Anfang an ganz anders als jede andere Form von Liebe, der ich in meinem Leben begegnet war. Deshalb wollte ich sie unbedingt kennenlernen. Endlich sah ich jemanden, der den anderen so annimmt, wie er ist, und von ihm lediglich erwartet, er selbst zu sein und ihn zu lieben. Jeder Mann würde gern zumindest einmal im Leben als der geliebt werden, der er wirklich ist: und auch mir würde es gefallen, auf diese Weise geliebt zu werden.

Jetzt bekomme ich auch noch Rückenschmerzen. Ich muß Antibiotika schlucken, bevor sich das Ganze noch zu einer schweren Lungenentzündung auswächst.

Was mich bei den Frauen so erstaunt, ist ihre Unfähigkeit, sich einen Mann auszusuchen. Es liegt auf der Hand, daß Claude nicht der richtige Mann für Catherine ist. Er ist unnachgiebig. Vielleicht ein gutaussehender Mann, doch derart oberflächlich, daß jeder es sogleich bemerkt. Es ist nicht schwer zu erkennen, daß seine Kälte ihm vor allem zu verbergen hilft, daß sich dahinter nicht viel abspielt. Außerdem ist die Art, wie er mit seiner Frau spricht, ziemlich schockierend. Er hört ihr nur zu, wenn sie die Stimme erhebt. Es fehlt nicht viel, und sie müßte mit der Faust auf den Tisch schlagen, damit er sich herabläßt, ihr zuzuhören. Das würde funktionieren, dann würde er nachgeben. Was für ein jämmerlicher Wicht!

Es stimmt, ich würde gern Catherine und ihrem Sohn helfen können. Wenn man bedenkt, daß er das Kind dieses gefühlskalten Individuums ist! In Wahrheit ist Claude das krasse Gegenteil Emmanuels. Dieses Kind platzt förmlich aus sich heraus, brüllt laut, wenn etwas nicht gelingt, schreit seine Freude heraus und verschlingt seine Mutter vor lauter Liebe. Und es hat jemanden zum Vater, dessen Herz aus Eis ist. Seitdem wir uns unterhalten, hat er es nicht ein einziges Mal angesehen …

Emmanuel ... Emmanuel ... Er hat außergewöhnliche Augen, die sich mit Angst füllen, wenn sie etwas entdecken, was sie noch nie gesehen haben. Zum ersten Mal in meinem Leben habe ich mich gefürchtet, als ich sah, wie er sich das Gesicht zerkratzte, während ich versuchte, ihn dazu zu bewegen, in mein Auto einzusteigen. Nie hätte ich einem Kind solche Kraft zugetraut. Einen Augenblick lang glaubte ich, es würde uns nicht gelingen, ihn zu beruhigen. Dann habe ich mir gesagt, alles würde sich einrenken, wenn ich es nur fertigbrächte, ruhig mit ihm zu sprechen. Eine Stunde später zitterte ich noch immer ... Catherine ist wirklich die einzige, die mit ihm umzugehen versteht.

14

Die Krise, die an jenem Abend gebannt worden war, kam einige Monate später zum Ausbruch. In dem Augenblick, da beide, Catherine und Claude, überzeugt waren, eine bestimmte Art von Harmonie erreicht zu haben, begann alles zu zerfallen. Dabei war es ihnen endlich gelungen, miteinander zu sprechen. Von Zeit zu Zeit bemühte sich Claude, einen Moment mit seinem Sohn zu verbringen. Das Verhältnis zwischen beiden war nicht eindeutig, und Catherine hatte das Gefühl, ihr Mann erlebe jeden dieser Augenblicke wie eine Prüfung. Sie sah, wie er sich geistig darauf vorbereitete, und weil er die Situation allein bewältigen wollte, schaltete sie sich nicht ein. Sie hatte versucht, bei ihm zu bleiben, doch er hatte entschlossen gesagt: „Was du kannst, muß ich doch auch fertigbringen."

Seitdem Emmanuel an Schlaflosigkeit litt, mußte Catherine jede Nacht wiederholt aufstehen. Zu Anfang hatte Claude heftig protestiert und gesagt, er habe den Schlaf nötig, um am nächsten Tag arbeiten zu können. Sehr bald hatte er sich im Gästezimmer eingerichtet, und ihr ehemaliges stillschweigendes Einverständnis war einem Zusammenleben gewichen, das Catherine zu ihrem eigenen großen Erstaunen schon mehrere Jahre lang problemlos akzeptierte. Einem Psychiater, der sie eines Tages nach ihrem Geschlechtsleben fragte (warum mußten die Psychiater nur immer den Grund für Emmanuels Probleme in Catherines sexuellem Unbefriedigtsein oder im Nichtvorhandensein ihres Geschlechtslebens suchen?), hatte Catherine geantwortet, durch das Ausmaß an Erschöpfung, das sich im Laufe der vergangenen Jahre angehäuft habe, verspüre sie kein sehr ausgeprägtes sexuelles Bedürfnis, sondern vielmehr ein riesiges Bedürfnis nach Schlaf. „Das eine schließt das andere nicht aus", hatte er daraufhin geantwortet. „Für mich trifft das nicht zu", hatte sie ihm gesagt. „Seit fast drei Jahren schläft Emmanuel nicht mehr. Nur für ein paar Minuten, höchstens acht oder zehn, wonach er drei oder vier Tage lang überhaupt nicht mehr müde wird. Haben Sie je dreimal vierundzwanzig Stunden ohne Schlaf verbracht? Wenn Sie danach immer noch Lust zur Liebe empfinden . . . Ich jedenfalls bin bereit, dem Teufel meine Seele für nur fünf Minuten, für nur kurze Minuten Schlaf zu verkaufen. Mir ist übel vor Erschöpfung, schwarz vor den Augen, ich rede Unsinn, wenn ich über dreißig Stunden nicht geschlafen habe. Die zweite Nacht ist sogar noch schlimmer: ich bin in Schweiß gebadet, habe den Eindruck, mein Körper löst sich auf, ich kann nicht einmal mehr essen, denn mich verschlingt ein anderer Hunger: der Hunger danach, endlich die Augen schließen zu können.

‚Nur ja nicht! Wenn du die Augen zumachst, wirst du einschlafen, und Emmanuel . . . Nur eine kleine Sekunde lang schließe ich sie . . . Nein, mach sie auf! Du weißt genau, was passieren kann . . .' Dann gehe ich und halte meinen Kopf unter kaltes Wasser, gebe mir Ohrfeigen, kneife mich, um zu versuchen, tief in mir auch nur den Schatten von Wachheit wiederzufinden. Aus der Benommenheit aufzutauchen, die mich erdrückt, die Augen auch nur halb aufzuschlagen, das Monster, das in mir wohnt, zu verjagen, meinen Sohn in die Arme zu nehmen und ihn spazierenzufahren. Haben Sie je ein Auto gelenkt, während Ihr Körper vor Ermüdung knirscht, während jeder einzelne Muskel schmerzt, Ihre Gelenke sich jeder Anstrengung widersetzen und Ihr Geist ‚Mir reicht's!' schreit? Unter diesen Umständen von Geschlechtsleben zu sprechen, ist, als würden Sie jemandem, der vor Hunger vergeht, vorwerfen, keine Lust zum Tanzen zu haben. Nein, ich habe kein Geschlechtsleben, aber genauso wenig habe ich noch ein anderes Leben. Und wenn wir schon einmal dabei sind, kann ich Ihnen auch gleich sagen, daß mir noch eine Menge anderes fehlt: die Reinemachefrau, die bereit wäre, den Kot meines Sohnes von den Wänden zu scheuern (ja, ich weiß, Sie haben mir bereits gesagt, es sei ein Geschenk, das er mir macht!). Und außerdem vier oder fünf Paar Arme, die mir erlauben würden, alles zu machen, ohne etwas zu übersehen, die meinen Sohn tragen würden, wenn die meinen nur noch ein einziger Krampf sind, und er nicht will, daß ich ihn loslasse. Arme, die sein Bett frisch beziehen würden, die sogar singen würden, wenn ich erschöpft bin, die bereit wären, die Sklavin, zu der ich geworden bin, von Zeit zu Zeit zu entlasten. Ich bin im gleichen Maße wie mein Sohn seiner Behinderung ausgeliefert. Und meine Frustration, wenn man überhaupt von Frustration sprechen kann, rührt nicht vom Fehlen eines Geschlechtslebens her, sondern von dem Schmerz, den ich empfinde, wenn ich meinen Sohn leiden sehe, ohne ihm helfen zu können."

Daraufhin hatte sie nie wieder einen Psychiater aufgesucht. Nach und nach schien alles sich wieder einzurenken: Claude war häufiger zu Hause, Catherine versuchte, unterstützt von Henri, mit einer Gruppe schwedischer Ärzte in Verbindung zu treten, die an den Umgang mit solchen Kindern gewöhnt waren. Sie hatte geschrieben, sie erwartete eine Antwort. Täglich ging sie zum Schwimmbad mit ihrem Sohn, der mit einem Mal am Wasser Gefallen gefunden zu haben schien und sich vergnügt im menschenleeren Becken herumtummelte. Da Emmanuel noch immer über jedes neue Gesicht erschrak, hatte sie vom Direktor die Erlaubnis erhalten, außerhalb der Öffnungszeiten zu kommen. Henri begleitete sie, so oft seine Arbeit es ihm gestattete, und ihr erschien damals alles weniger kompliziert. Er kümmerte sich um Emmanuel mit einer Zärtlichkeit und einer Zuwendung, die Catherine beunruhigte. Er nahm mehr und mehr Platz im Leben ihres Sohnes ein, ganz zu schweigen von ihrem eigenen ... Er war immer noch genausowenig greifbar, ebenso geschwätzig bei Themen, die ihm doch völlig fremd sein mußten, und schweigsam, wenn es um die gegenwärtige Situation ging. Er war da, das war aber auch alles. Claude, der im täglichen Leben doch von so beißender Ironie war, enthielt sich jeglichen Kommentars und begegnete ihr mit einer Herzlichkeit, die nicht geheuchelt schien.

Catherine wurde immer ratloser. In ihrem Leben gab es zwei Männer, oder vielmehr drei, und keiner von ihnen nahm den Platz ein, der ihm zukam: Sie hatte einen Mann, der anscheinend vergessen hatte, was eine Ehe ist, einen Sohn, für den sie Berge versetzt hätte und der ihre Gegenwart lediglich unter extremen Umständen wahrzunehmen schien, und da war Henri ... Was sollte sie von ihm halten? Catherine schwankte zwischen zwei Hypothesen. Die erste besagte, Henri sei in sie verliebt. Die andere, der Mediziner begeisterte sich für Emmanuel, weil er nicht ertragen konnte, etwas nicht zu verstehen.

Diese Zweideutigkeit mißfiel ihr übrigens nicht. Schon lange hatte das Leben für sie nicht mehr eine derartige Oase des Friedens bereitgehalten. Emmanuel ging es gut. Claude war Claude, und in ihrer Nähe gab es jemanden, mit dem sie sprechen konnte. Erst jetzt konnte sie ermessen, wie allein sie all diese Monate, all diese Jahre gewesen war. Sie entdeckte von neuem die Lust zu lachen, auf jemandem zu warten, der sich nicht beim Anblick ihres Kindes zu einem Lächeln zwang, sondern wirklich glücklich war, es in seine Arme zu nehmen. Henri kam mit den unwahrscheinlichsten Geschenken für Emmanuel: Er war genial im Entdecken von Dingen, die ihm Freude bereiten könnten. Und dennoch war das, was ihn letztlich zu fesseln vermochte, jenseits jeglicher Vorstellungskraft.

Unter seinen Schätzen war ein Schraubenschlüssel, den er mit schier unendlicher Geduld vor seinen Augen hin- und herführte, ein Korkenzieher, den er unaufhörlich bewegte, ein Dosenöffner, der ihn in Verzückung geraten ließ, sobald er sich verklemmte, und dann schlug Emmanuel mit sichtlicher Befriedigung auf ihn ein. Und da war Petas, ein furchtbarer Stoffetzen, dessen vergilbte Farbe die Spuren von Alter und bitteren Enttäuschungen trug. Petas war der einzige Gegenstand, ohne den sich Catherine nicht vom Fleck rühren konnte. Dieses „verfaulte Stück", wie Claude es nannte, vergessen, hieß, sich selbst zu nicht endenwollendem Geheul verurteilen. Sie hatte dies einmal in Paris erlebt. Und an dem Tag, wo sie dieses schmutzige Stück, das Spuren von Emmanuels ganzem Leben trug, waschen wollte, hatte das darauffolgende Drama sie entmutigt. Seither konnte man anhand der verwaschenen Farben und grünlichen Streifen die verschiedenen Unternehmungen Emmanuels verfolgen. Petas war das genaue Abbild seines Lebens, es begleitete ihn ins Schwimmbad, und dies war die einzige von ihm geduldete Form des Waschens.

Dann war Henri eines Tages mit einer Maultrommel erschienen. Es dauerte nicht lange, bis Emmanuel das kleine Instrument aus Metall zwischen seine Zähne legte. Beinahe instinktiv konnte er darauf spielen. Und zum ersten Mal ließ er Petas fallen.

Ein andermal hatte Henri eine Schubkarre gebracht. Catherine traute ihren Augen nicht. Das Freudengetrampel ihres Sohnes bewies ihr einmal mehr, daß Henri richtig lag. Er hatte Emmanuel in die Schubkarre gesetzt und war so schnell er konnte durch den Garten gelaufen. Zum ersten Mal in ihrem Leben hatte Catherine ihr Kind in Gelächter ausbrechen hören, während Henri um das Haus rannte. Noch nie hatte Emmanuel gelacht. Und jetzt lachte er mit heiserer Kehle, mit schnalzender Zunge und freudigem Gebrüll. Sie fühlte sich entwaffnet. Nie wäre sie auf eine Schubkarre gekommen. Wie war Henri diese Idee eingefallen? Als sie ihn fragte, wußte er keine Antwort. Was verblüffte, war die Intuition, mit der er ihrem Sohn begegnete. All das, was zwischen Claude und Emmanuel nicht stattgefunden hatte, geschah nun mit einem Fremden. Doch wer von beiden war der Fremdere? Catherine war glücklich, daß ihr Sohn mit jemandem Freundschaft schloß, doch sie ärgerte sich, daß dieser Jemand nicht Claude war ...

Dank dieser Schubkarre sollte Emmanuel außerordentliche Entdeckungen machen: Er, der seine Finger nur dazu benützte, um sich zu verstümmeln oder die Wände mit Exkrementen zu beschmieren, entdeckte bald, daß er, wenn er sich nicht fest an den Rand der Schubkarre klammerte, das Gleichgewicht verlor und stürzte. Von diesem Augenblick an hatte er seinen Löffel halten können und begonnen, allein zu essen. Das alles hatte sich in nur wenigen Tagen abgespielt. Als er einmal versuchte, sich in die Schubkarre zu hieven, stellte sie verblüfft fest, wie sehr ihm ein Gefühl für seinen Körper fehlte. Er machte sich an die Schubkarre heran, als würde sie ihn hinaufhieven. Er drückte sich abwechselnd mit dem Bauch und mit einer Schulter gegen die metallene Wand. Dann schob er einen Fuß unter die Schubkarre und versuchte verzweifelt, sich darin niederzulassen. Als er den Widerstand bemerkte, geriet er in furchtbare Wut und warf sich mit aller Kraft gegen das Metall, als wolle er es durchstoßen. Catherine gelang es nicht, ihn zu beruhigen. Um ihm seinen Irrtum verständlich zu machen, packte Henri Emmanuel, schaukelte ihn wild in der Schubkarre hin und her und nahm ihn sogleich wieder heraus. Er wiederholte dies mehrmals, ohne Emmanuel Atem holen zu lassen. Catherine hatte Angst, er könne sich wehtun, aber nein! Emmanuel schien entdeckt zu haben, daß Henri ihn nicht aus der Schubkarre vertreiben konnte, wenn er sich nur fest genug anklammerte. In diesem Moment schien er verstanden zu haben, woran es bei seiner Methode des Einsteigens haperte. Er hatte daraufhin in offensichtlicher Wut den Rand gepackt und sich kopfüber mit Freudengeheul hineingestürzt. Als Henri ihn herausgenommen hatte, fand er mühelos die Bewegung wieder, mit der er in die Schubkarre tauchen konnte.

Claude, der ein wenig später nach Hause kam, war erstaunt,

sie alle drei wie verrückt lachend im Garten anzutreffen, obgleich es schon dunkel wurde. Catherines Gesicht hatte teilweise den seit langem verlorenen Glanz wiedererlangt. Claude fühlte sich von dieser Euphorie, die ihm übertrieben vorkam, ein wenig abgestoßen. Vor Freude tanzte Emmanuel vor der Schubkarre, Catherine schien sein Kommen nicht bemerkt zu haben, und Henri lachte über die Kunststücke des Kindes. Sie wirkten wie drei Kinder. Er grüßte Henri, der ihm mit einer Handbewegung antwortete, winkte Catherine zu und ging ins Haus, um fünf Minuten später, einen Koffer in der Hand, wieder herauszukommen.

„Wie, du gehst schon wieder?" hatte Catherine gefragt, als sie ihn das Tor öffnen sah.

„Ja, ich hatte keine Zeit, es dir zu sagen. Ich habe eine . . ."

In diesem Augenblick hörte Catherine Henris Schrei: Emmanuel hatte den Rand der Schubkarre umklammert und sich hinausgestürzt, so wie er es beim Hineinsteigen hätte machen sollen, doch hatte nichts ihn zurückgehalten, und sein Kopf schlug mit dumpfem Geräusch auf den Beton des Weges. Henri hatte vergeblich versucht, seine Bewegungen abzufangen, Catherine stürzte herbei, doch Henri stieß sie zurück:

„Rühren Sie ihn nicht an, bevor wir nicht wissen, in welchem Zustand er sich befindet!"

Sie war wie vor den Kopf geschlagen: Gab es denn nie auch nur einen einzigen Augenblick der Freude, der Ruhe? Emmanuel lag regungslos am Boden. Er atmete nicht.

15

„Er lebt, aber wir müssen ihn sofort ins Krankenhaus bringen", erklärte Henri.

Er hatte Emmanuel vorsichtig in die Arme genommen und

Catherine gebeten, seine Wagentür zu öffnen. Nur noch verschwommen hörte sie Claude sagen:

„Ich werde meinen Zug verpassen, ich muß mich beeilen."

„Nein, das ist doch nicht wahr!" schrie Catherine. „Das ist doch nicht möglich! Doch nicht jetzt, Claude! Ich brauche dich. Wir brauchen dich. Ich flehe dich an! Fahr jetzt nicht, jetzt nicht!"

Claude schien nicht gehört zu haben und ging ungerührt zu seinem Auto.

„Claude, du weißt genau, du kannst später fahren, wenn alles besser ist, aber doch nicht jetzt, ich beschwöre dich. Später kannst du treffen, wen du willst, aber laß uns jetzt nicht im Stich ..."

„Ich wüßte nicht, wie ich mich in einem Krankenhausflur nützlich machen könnte", hatte er in nüchternem Ton geantwortet. „Ich ruf dich später an", fügte er hinzu und warf sich in den Wagen."

Catherine überkam maßlose Wut, doch rief Henri sie in diesem Moment: „Kommen Sie, lassen Sie uns keine Zeit verlieren. Sie können sich später darüber streiten."

Im Krankenhaus ließ der Assistenzarzt auf Henris Rat sofort den diensthabenden Neurochirurgen rufen. Dann schob er die Bahre, auf der Emmanuel lag, in die Ambulanz. Catherine blieb niedergeschlagen im Flur zurück. Nach einer Weile stieß Henri zu ihr.

„Wie geht es ihm?" fragte sie.

„Nicht sehr gut. Wir müssen ein wenig warten, bevor wir wissen, ob er operiert werden muß".

„Kann ich zu ihm gehen und bei ihm bleiben?"

„Selbstverständlich. Kommen Sie, ich werde Sie führen."

Henri lenkte ihre Schritte. Catherine wankte vor Kummer. Die Augen ins Leere gerichtet, führte sie Selbstgespräche. Sie konnte es nicht begreifen. „Warum mein Sohn, warum Emmanuel? Hat er nicht schon genug gelitten?"

„Beruhigen Sie sich, Catherine", sagte Henri. „In diesem Zustand kann ich Sie nicht hineinlassen."

Und ganz sanft hatte Henri Catherine in seine Arme genommen, sie hatte ihren Kopf an seine Schulter gelegt, er hatte sie gewiegt und ihr zugeflüstert, alles würde gut werden, sie solle sich nicht ängstigen. Man müsse Geduld haben, das sei alles. Während er mit ihr sprach, trocknete er ihre Tränen und liebkoste ihr Gesicht, als wolle er seine Worte tiefer in sie eindringen lassen. Sie war wie betäubt.

Eine Krankenschwester steckte den Kopf durch die halbgeöffnete Tür und rief „die Eltern des kleinen Jungen, der sich in der Intensivstation befindet". Formulare mußten ausgefüllt werden. Catherine begann zu zittern. Sie schluchzte und stammelte: „Mein Kind liegt im Koma, und von mir verlangt man, Formulare auszufüllen! Ich pfeife auf die Formulare, ich will bei meinem Sohn bleiben." Alles brach in ihr zusammen, und sie begann zu schreien: „Fordern Sie doch meinen Mann auf, das zu erledigen, wo er doch so gut organisiert ist! Er wird Ihnen besser antworten können. Und sagen Sie ihm, daß er der schäbigste Kerl ist, dem ich je begegnet bin. Sagen Sie ihm, daß sein Sohn im Koma liegt, während er auf und davon ist zu einer anderen Frau. Sagen Sie ihm, ich will ihn nie wiedersehen!"

Catherine fuhr fort, ihre Verzweiflung herauszuschreien, und Henri versuchte vergeblich, sie zu beruhigen. Die Krankenschwester, die an Katastrophen gewöhnt war, blieb beharrlich. Bis zu dem Augenblick,wo er seinen Namen nannte und ihr heftig befahl, sie beide in Ruhe zu lassen. Er war am Boden zerstört, er hatte Emmanuel eine Freude machen wollen, und nun war er für dessen Sturz verantwortlich. Nie würde er sich das verzeihen. Catherines Schmerz war ihm unerträglich, und gleichzeitig ermaß er den Raum, den sie in seinem Leben eingenommen hatte. Er drückte sie an sich, um die Wut, die von ihr Besitz ergriffen hatte, zu besänftigen und sagte sich, daß er sie soeben verloren habe ...

Catherine verbrachte die Nacht im Flur. Nichts konnte sie von dort vertreiben. Henri war es schon schwer genug gefallen, sie zu beruhigen, er wollte nicht auch noch das Risiko auf sich nehmen, sie zum Weggehen zu zwingen. Sie hatte lange geweint, dann hatte sie eingewilligt, sich zu setzen, anstatt wie ein Tier im Käfig auf- und abzugehen. Sie führte Selbstgespräche, redete Claude an, als sei er anwesend. Henri hatte ihr zu sagen versucht, in welchem Maße er sich für das verantwortlich fühle, was geschehen sei. Sie machte ihm keine Vorwürfe.

„Ich wußte schon immer, daß so etwas passieren kann", antwortete sie. „Die Ärzte, die ich aufgesucht habe, sagten mir alle, Emmanuel könne nur in einem Zustand permanenter Gefahr leben. Er hat keinerlei Gefühl für Gefahr. Wenn er sich morgen in der gleichen Situation befände, würde er wahrscheinlich genau dasselbe noch einmal tun. Warum, glauben Sie, bin ich wohl ständig auf der Hut? Während wir annehmen, Emmanuel habe etwas gelernt, ereignet sich schon in der nächsten Sekunde eine Katastrophe. Er stürzt, schlägt sich den Kopf auf, bricht sich ein Bein, verbrennt sich. Kennen Sie ein Kind in seinem Alter, dessen Kopf bereits achtmal genäht werden mußte? Jede seiner Bewegungen kann tödlich sein. Mein Schwiegervater hatte einen Namen für ihn gefunden: „Der Seiltänzer, der am Himmel spaziert, jedoch vergessen hat, ein Seil zu spannen." Das ist zweifellos der Grund, weshalb Claude sich keine Sorgen mehr macht, er hat solche Fälle schon zu oft erlebt. Bereits nach dem zweiten oder dritten Mal war Schluß: er ließ mich allein. Sie wissen, ich fürchte mich nicht vor der Einsamkeit, vor der, die ich täglich erlebe. Doch gibt es eine, die ich nicht ertrage: allein in einem Krankenhaus zu sein und Angst zu haben, Angst, das bisher Erlebte könne noch paradiesisch sein, verglichen mit dem, was auf mich zukommt. Ich habe meine Grenzen, und wenn ich noch einmal von vorne mit ihm beginnen müßte, ihn von neuem gebären, ich glaube, Henri, dazu wäre ich nicht imstande. Meine Eltern sind weit weg. Können Sie sich vorstellen, wie die Stunden aussahen, die ich in Krankenhäusern zugebracht habe? ... Und mein Kleiner, mein Kind, das ich nicht beschützen kann ... Und Claude so gleichgültig ..."

Auf einmal war sie in Henris Armen eingeschlafen. Er hatte

einer Krankenschwester ein Zeichen gegeben, ihnen eine Decke zu bringen, und so hatten sie die Nacht zugebracht.

16

Nach dieser Nacht kam es Henri nicht in den Sinn, zu sich nach Hause zu gehen. Er blieb bei Catherine, und als Claude anrief, ging er ans Telefon. Die ganze Angst, die er den Abend über empfunden hatte, brach nun aus ihm heraus, und er war selbst erstaunt, daß er Claude einen „Schuft" nannte.

„Ich erlaube Ihnen nicht ..." hatte jener zu erwidern versucht, und Henri hatte gespürt, wie ihm die Wut hochkam.

„Sie jämmerlicher, kleiner Wicht", schrie er, „wie können Sie es zulassen, daß Ihre Frau sich so allein abquält? Sie sind der schäbigste Egoist, der mir je untergekommen ist. Jetzt rufen Sie an, um zu hören, wie es Ihrem Sohn geht; aber sie haben nicht gezögert, sich davonzumachen. Interessiert es Sie wirklich? Bestimmt nicht, sonst wären nämlich Sie hier, und nicht ich."

Henri fühlte sich erleichtert. Selbst wenn Catherine ihm später Vorwürfe machen sollte, er bedauerte seine Worte nicht.

Gegen Morgen verbesserte sich Emmanuels Zustand ein wenig. Henri weckte Catherine. Sie öffnete die Augen und erkannte Henri, der sich über sie neigte. Es dauerte eine Weile, bis sie sich klar wurde, aus welchem Grunde sie nicht in einem Bett lag, sondern in einem Krankenhausstuhl lehnte.

„Emmanuel?" brachte sie hervor.

„Es geht ihm den Umständen entsprechend gut. Er liegt noch immer im Koma, doch ist die Bewußtlosigkeit nicht mehr so tief wie gestern abend. Seine Reflexe sind besser. Er beginnt zu reagieren, was ein gutes Zeichen ist. Besuchen Sie ihn für einen kurzen Augenblick, danach werde ich Sie nach Hause bringen."

Er sprach sanft zu ihr, während sie ihn mit jenem angsterfüllten Glanz in den Augen ansah, der seit dem Sturz ihres Sohnes nicht gewichen war.

Catherine brauchte Monate, bis sie akzeptierte, daß Henri bei ihr einzog. Sie hatte sich zunächst geweigert, auf ihn zu hören. Nicht Claude hielt sie davon ab, sondern sie dachte, Henri könne die Lebensweise, die er sich aufbürdete, nicht lange ertragen. Er gab nicht auf. Am Morgen nach dem Unfall hatte er sich erst einmal zu Claude begeben, nicht etwa um sich zu entschuldigen, sondern um ihm zu sagen, er wolle Catherine heiraten. Claude hatte nicht verbergen können, wie sehr ihn dies traf, und mit kaum hörbarer Stimme geantwortet: „Damit hab' ich schon eine ganze Weile gerechnet." Er konnte nichts dagegen vorbringen. Daraufhin war Henri nach Hause gefahren, um seine Angelegenheiten zu regeln. Gar nicht so einfach, in einen Salon zu treten und zu sagen: „Ich bin in letzter Zeit nicht viel zu Hause gewesen. Natürlich ist da eine andere Frau, wie du sicher schon vermutet hast. Ich wußte nicht, was sie wirklich für mich bedeutet. Seit heute nacht weiß ich es." Trotz seiner Erschöpfung wagte er nicht, sich zu setzen. Er sah Sylvie an und schämte sich. Vor kurzem hatte sie ihn gefragt, ob er ihr denn nichts zu sagen habe, und feige hatte er gemurmelt: „Nein, nichts Wichtiges." So war er seit Jahren mit seinen Abenteuern umgegangen. Er bewunderte seine Frau ihrer Diskretion und Klugheit wegen. Sie trat erst in Erscheinung, wenn die Dinge eine beunruhigende Wendung nahmen. Ansonsten stellte sie ihm keinerlei Fragen.

Heute war alles anders. Es handelte sich nicht mehr um bloße „Sommerfrische", wie sie diskret die Zeiten nannte, in denen er nicht zu Hause schlief. Sie wußte auch von einer Liaison, die bereits viele Jahre dauerte, und von der er sich nicht lösen konnte. Er gab vor, niemandem weh tun zu wollen ... Wenn er mit Sylvie darüber sprach, setzte er eine unglückliche Miene auf, und es gab Momente, in denen sie sich fragte, wer von ihnen beiden mehr leide: Henri, dem sie die Worte aus dem Mund ziehen mußte, oder sie selbst, die ihre Zeit nicht damit verbringen wollte, auf einen abwesenden Ehemann zu warten. Zu Beginn ihrer Ehe hatte sie geglaubt, er würde sich ändern, dann hatte sie sich damit abgefunden. Die einzige Bedingung, die sie gestellt hatte, war, daß auch sie ihre Freiheit haben und beide darauf verzichten sollten, einander den jeweiligen Partner vorzustellen.

Bis vor wenigen Wochen hatten sie das auch so gehalten. Dann hatte sie eines Tages an einer Ampel Henri im Auto mit einer Frau gesehen, die ein Kind in ihren Armen hielt. Ohne zu wissen, warum, hatte sie sofort die Gefahr gewittert. An einem anderen Abend, als sie von ihm eine Auskunft brauchte und ihn im Krankenhaus anrief, hatte die Telefonistin ihr eine Nummer gegeben, unter der sie ihn erreichen konnte. Es fiel ihr nicht schwer, herauszufinden, daß es sich um die Telefonnummer eines Industriellen handelte. Nicht zum ersten Mal steckte Sylvie die Nase in das Leben ihres Mannes. Über eine ihrer Freundinnen, die die Vigueries kannte, erfuhr sie, was sich alle Welt zuflüsterte: Henri verbrachte seine Abende bei diesen Leuten. Der Ehemann war fast nie zu Hause. Sie hatten ein „Problemkind". Bis dahin hatte Henri gewisse Grenzen nie überschritten. Doch beobachtete sie schon bald, daß er zwar noch immer kam, um zu erfahren, was zu Hause vorging, ihren Antworten jedoch nicht mehr zuhörte. Als er sie eines Tages fragte, was sie tagsüber gemacht habe, hatte sie geantwortet: „Ich habe das Haus in Brand gesteckt." „Sehr schön", hatte Henri erwidert. Damals hatte sie erkannt, daß die Lage viel ernster war, als sie angenommen hatte. Sie hatte versucht, mit ihm zu sprechen. Er war in ein Gestammel ausgewichen, das ihr vertraut war und seine Niederlage bedeutete. Im Berufsleben war Henri ein logischer, präziser, energischer Mann. Doch in seinem Privatleben ... Es war nicht möglich, eine klare Antwort von ihm zu erhalten.

Sylvie hatte Catherine eines Tages auf dem Krankenhausflur wiedergesehen. Sie hatte sie heimlich beobachtet und herauszufinden versucht, was ihren Mann wohl derart anziehen konnte. Sie war ihr älter vorgekommen, als sie vermutet hatte. Ihr Blick und ihre Figur waren ziemlich durchschnittlich. Was konnte er nur an ihr finden? Gewöhnlich suchte er bei den Frauen eine eher aggressive Weiblichkeit, und davon war bei ihr keine Rede. Er hatte immer Affairen mit sehr jungen Frauen gehabt, diese hier hatte ganz deutlich die Dreißig überschritten. Das machte Sylvie nur noch besorgter.

„Willst du die Scheidung?" fragte sie schließlich. Dieses Wort verursachte ihr einen eigenartigen Geschmack im Mund.

„Ich weiß nicht, ich weiß überhaupt nichts. Wir beide haben nicht darüber gesprochen ... Ich kann nicht mehr so weitermachen. Sie braucht mich, sie ..."

Bevor Henri seinen Satz beenden konnte, hatte Sylvie nervös erwidert:

„Ich flehe dich an, erspare mir ihre Probleme. Ich bin nur zu sehr daran gewöhnt, dich die Schwierigkeiten deiner Maitressen als Alibi für deine Eskapaden herunterbeten zu hören."

„Sylvie, es geht nicht darum, nach einer Ausrede zu suchen ... Aber gestern abend hat ihr Sohn durch meine Schuld einen Unfall gehabt. Er ist kein Kind wie andere. Er ist stark behindert... Ich habe die Nacht an der Seite seiner Mutter bei ihm im Krankenhaus verbracht. Nein, ihr Mann war nicht da. Doch was ich dir sagen will, hat nichts mit dem Unfall selbst zu tun. Nicht weil Emmanuel im Koma liegt, will ich dich verlassen... Letzte Nacht ist mir klargeworden, was Catherine mir bedeutet. Für dich tut es mir sehr leid. Als ich sie begleitete, verstand ich, daß ich ohne sie nicht leben kann. Sie ist die Frau, auf die ich mein Leben lang gewartet habe, und doch hat sie niemals auch nur das Geringste von mir verlangt..."

Sylvie hatte schon immer befürchtet, eines Tages solche Worte zu hören, und nun sprach Henri sie aus, sie hörte sie sich an, und das Leben war nicht stehengeblieben. In ihr war ein dumpfer, weniger stechender Schmerz, als sie vermutet hätte. Doch sie konnte nicht umhin zu denken, daß vielleicht noch nicht alles gesagt worden war.

„Was beabsichtigst du zu tun? Willst du hier wohnen, bis sich die Lage geklärt hat?" Sie versuchte nicht nur, Zeit zu gewinnen, sie mußte sich auch erst an die neue Situation gewöhnen.

„Ich werde mich im Hotel einquartieren", sagte er nach einem Augenblick des Schweigens. „Oder vielleicht eine Wohnung mieten, ich weiß noch nicht. Alles hängt davon ab, was sie sagt. Ich werde tun, was sie wünscht."

Er schien entmutigt zu sein, und Sylvie war erstaunt, ihn so niedergeschlagen zu sehen. Er sprach nicht wie ein Sieger; er wirkte sogar völlig ratlos.

Er verließ eilig den Raum, legte ein paar Sachen in eine Reisetasche und ging, ohne ein Wort zu sagen.

17

Für Henri war es nicht das Schwierigste, seiner Frau mitzuteilen, daß er sie verlassen würde, sondern zu erreichen, daß Catherine seine Liebe gelten ließ. Was sie betraf, so war er sich in gar nichts sicher. Sie duldete seine Gegenwart, doch was sonst? Er begab sich zu ihr in einem Zustand, der an Depression grenzte. Wie würde sie das, was er ihr zu sagen hatte, aufnehmen? Würde sie ihn überhaupt anhören wollen?

Auf einmal bemerkte er, daß es beinahe Mittag war, und er dem Krankenhaus kein Lebenszeichen gegeben hatte. Er wurde nervös. Er hielt vor einer Telefonzelle und rief seine Sekretärin an. Ja, man hatte ihn erwartet. Nein, es gäbe nichts Dringendes. Als er bei Catherine ankam, wußte er noch immer nicht, ob er mit ihr sprechen sollte. Er hatte wieder und wieder heruntergebetet, was er ihr sagen wollte. Er war der Ansicht, die Sache sei von vornherein verloren. Als er an der Tür läutete, öffnete sie ihm wortlos, eine Tasse Kaffee in der Hand. Er folgte ihr in die Küche. Catherines Gesicht war verzerrt, und mit ruckartigen Bewegungen schenkte sie ihm Kaffee ein.

„Claude hat mich soeben angerufen, um mir von Ihrem Besuch zu erzählen...“ brachte sie schließlich hervor. „Glauben Sie nicht, daß Sie ein wenig zu weit gehen? Glauben Sie nicht, Sie hätten erst mit mir sprechen können, bevor Sie meinen Mann aufsuchen? Sie sind wirklich seltsam!“

Dann hatte sie ihre Tasse auf den Tisch gestellt und gesagt:

„Ich glaube, ich bin nicht fähig, mit jemandem zu leben... Heute morgen wollte ich Claude anrufen und ihm sagen, er solle seine Sachen holen und so schnell wie möglich ausziehen. Ich kam nicht einmal dazu, den Mund aufzutun, er ist mir zuvorgekommen: Er geht.“

Henri wurde sich bewußt, daß er einen Fehler begangen hatte. Warum hatte er nicht erst mit ihr gesprochen? Weil er sich ihrer Antwort nicht sicher war, oder weil er Claude leiden sehen wollte, wenn er ihm ankündigte, daß er den Wunsch habe, Catherine zu heiraten? Er wußte, daß sie eine sehr schwierige Situation durchlebte, und er wartete noch immer darauf, daß sie einen Schritt auf ihn zu machte. Er war jedoch überzeugt, daß es, abgesehen von der Tatsache, daß sie ihm erlaubte, sich um Emmanuel zu kümmern, noch etwas anderes zwischen ihnen beiden gab. Wenn sie ihn weiterhin in ihrer und ihres Sohnes Nähe duldete, so war vielleicht noch nicht alles verloren. Letzten Endes würde sie erkennen, welchen Platz er in ihrem Leben einnahm. Dies war lediglich eine Frage der Geduld und der Zeit...

Er war bei ihr, als Emmanuel das Krankenhaus verließ. Täglich begleitete er sie auf ihren Spazierfahrten und teilte auch weiterhin die schwierigen Nächte, die bei Emmanuel immer wieder kamen, mit ihr. Oft aßen sie zusammen, ohne im geringsten auf das anzuspielen, was sich ereignet hatte. Doch schöpfte Henri aus Catherines Schweigen die Gewißheit, er würde sie eines Tages überzeugen können.

Als sie einmal fern von Dijon spazierenfuhren, näßte Emmanuel wieder einmal auf Catherines Schoß. Henri drängte sie dazu, in eine Boutique zu gehen, um sich etwas zum Umkleiden zu kaufen. Zunächst weigerte sie sich, doch angesichts seiner Beharrlichkeit, und auch, weil ihr kalt war, gab sie nach. Im Laden probierte sie zuerst ein Kleid an, dann ein weiters. Emmanuel riß in Henris Armen die Augen auf und lallte vor Begeisterung. Catherine lachte, weil Henri seinen Geschmack vehement verteidigte. Schließlich kauften sie ein hellblaues Kleid, das, so schwor er, das einzige war, das ihr wirklich stand. Henri mußte sehr viel Hartnäckigkeit aufwenden, um sie zu überreden, dieses Geschenk anzunehmen. Und weil sie sich standhaft weigerte, sagte er schließlich zu ihr:

„Schon so lange haben Sie vergessen, daß Sie eine Frau sind; nie würden Sie auf den Gedanken kommen, sich ein Kleid zu kaufen, das Ihre Figur vorteilhaft betont. Also daher mein Geschenk, um Ihnen das zu sagen. Haben Sie die Blicke der Männer gesehen, als Sie aus der Umkleidekabine kamen?"

Catherine war zum Weinen zumute: warum zerstörte er ihre Freundschaft? Warum versuchte er, ihr wehzutun? Sie gab ihm dies schonungslos zu verstehen, und er antwortete ihr heftig:

„Hören Sie auf, sich hinter Emmanuel zu verstecken! Sie sind auch noch da, und das versuche ich Ihnen bereits seit geraumer Zeit klarzumachen. Nicht alle Männer sind wie Claude. Nicht alle Probleme haben dasselbe Ausmaß wie die, die Sie mit Ihrem Kind bewältigen müssen. Ich liebe Ihren Sohn so, wie er ist. Können Sie denn nicht akzeptieren, daß es Dinge gibt, die sich nicht erklären lassen? Selbst wenn Sie hartnäckig die Augen vor der Realität verschließen, sie wird Sie am Ende doch immer einholen."

Sie war außer sich vor Wut. Sie sehnte sich nur nach Frieden und Ruhe. Sie fühlte sich wohl in dieser Situation, wo sie niemandem gegenüber mehr Rechenschaft abzulegen hatte und sich auch keine Fragen mehr stellen mußte. Es stimmte, daß Henri ihr sehr viel gab. Doch was würde nach all den Nächten, dem Geschrei ihres Sohnes, ihrer eigenen Furcht vor der Zukunft, ihren Ängsten, von ihrem gegenseitigen Verstehen übrigbleiben? Sie hatte seine Anwesenheit gebilligt, sie war glücklich, wenn er da war. Doch was er tatsächlich für sie bedeutete, wußte sie nicht. War er ein Freund? Ja, ohne Frage. Noch nie hatte sie sich jemandem so nahe gefühlt. Sie wollte nicht wissen, ob sie ihn liebe. Mit ihm fühlte sie sich allen Problemen gewachsen, doch nur, solange sie sich keine Fragen stellte – und sie hatte nicht die Kraft, sich welche zu stellen. Sie wartete auf seine Besuche, seine Anrufe, und seitdem sie sich kannten, erschienen ihr die Dinge weniger schwer zu sein. Sie befand sich auf halbem Wege zwischen Schlaf und Erwachen, in jenem Zustand, den man zu verlängern sucht, indem man jede Bewegung vermeidet, die diesem Wohlbehagen ein Ende machen könnte. Wenn sie sich keine Fragen stellte, so mußte sie auch keine Antworten geben. Und das ging nun schon viele Monate lang so.

Dann war da noch Emmanuel. Für ihn wußte sie die Antwort: Henri war das, was Claude nie hatte sein können. Doch war er wirklich nur der Gefährte, der ihr half, wenn es um Emmanuel ging? „Ich habe mich bei Ihnen von meinen Problemen ausgeruht“, hatte sie ihm einmal gesagt, als sie im Auto spazierenfuhren, „und ich habe mich daran gewöhnt. Das ist für Emmanuel und mich viel zu gefährlich. Was wird geschehen, wenn Sie eines Tages nicht mehr da sein werden?“

Henri sagte eine ganze Weile kein Wort. Er fuhr fieberhaft mit zusammengebissenen Zähnen und blickte geradeaus. Sie näherten sich Dijon. Plötzlich brachte er den Wagen neben der Fahrbahn zum Stehen, stieg aus, ging um das Auto herum, öffnete zornig die Tür an Catherines Seite und sagte beinahe grimmig zu ihr: „Steigen Sie aus!“

Er nahm sie bei der Hand, zog sie aus dem Wagen und ließ ihr kaum Zeit, Emmanuel abzusetzen. Sie war wütend. Er würde schon sehen! Von niemandem würde sie sich vorschreiben lassen, wie sie sich zu verhalten hätte. Was war bloß in ihn gefahren... Doch noch bevor sie begriff und ihm all die Beschimpfungen, die sie sich vorgenommen hatte, an den Kopf werfen konnte, fand sie sich in seinen Armen wieder. Er liebkoste ihr Gesicht und sagte leise zu ihr:

„Catherine, ich warte schon so lange auf Sie."

Er küßte sie leidenschaftlich, drückte sie fest an sich. Sie spürte sogleich, daß er gewonnen hatte. Sie war erschöpft, kraftlos. Warum sich wehren gegen etwas, das sie in ihrem Innersten herbeisehnte. Sie hatte sich lange genug etwas vorgemacht.

Doch was bedeutete er ihr wirklich? Wolle sie mit ihm zusammenleben? Durch das, was sie gemeinsam durchgemacht hatten, hatte sie ihn als Mensch schätzen gelernt... Doch war in ihrem Leben noch Raum für einen Mann?

Darauf wußte sie keine Antwort...

ZWEITER TEIL

Nächtliche Ernte

18

Catherine brauchte lange, bis sie verstand, daß von dem Tag an, als sie einwilligte, mit Henri zu leben, alles eine andere Wendung genommen hatte. Claude hatte das Haus schon vor Monaten verlassen, doch ob er nun da war oder nicht, machte keinen wesentlichen Unterschied. Sie hatte einen sehr giftigen Anruf von ihrer Schwiegermutter erhalten, die ihr ihr Verhalten ihrem Sohn gegenüber vorwarf: ‚Nach allem, was er für Sie und Ihr Kind getan hat! Dies hat er wahrhaftig nicht verdient!' So konnte Catherine ihr für all das Interesse, das sie im Laufe der Jahre für Emmanuel an den Tag gelegt hatte, danken. Ihre Schwiegermutter hatte, ohne zu antworten, aufgelegt.

Henri fand jemanden, der Catherine halbtags bei Emmanuel ablöste. Und der hatte die neue Person in seiner Umgebung gut aufgenommen. Es war eine Frau um die Fünfzig, die alles zu verstehen schien, ohne daß man ihr irgend etwas erklären mußte. Nicht schreckte sie ab, nichts überraschte sie oder brachte sie aus der Ruhe. Sie hatte ein etwas finsteres Gesicht, das nichts von ihren Gefühlen verriet. Eines Tages, als Catherine sich über die Wutausbrüche ihres Sohnes Sorgen machte, hatte diese Frau ihr ganz einfach nahegelegt: ‚Und wenn man nun versuchte, sein Geschrei zu überhören? Man müßte ihm zeigen, wie er seinem Unbehagen auf anderem Wege Ausdruck verleihen kann.' Sie hatte eine außergewöhnliche Beobachtungsgabe. Noch nicht einmal einen ganzen Monat war sie im Haus, und schon hatte Emmanuel ihr einen Großteil seines Repertoires vorgeführt. Sie sprach mit Henri und Catherine und entwarf Lösungsmöglichkeiten. Catherine war bestürzt, als sie eines Tages hörte, wie sie Emmanuel anschrie, der dabei war, sich zu verunstalten. Doch – oh, Wunder! – er hatte schlagartig aufgehört, sich das Gesicht zu zerkratzen. Natürlich hatte er es wieder getan, doch nicht mehr so heftig wie zuvor. Als Madame Soubre ihn zum ersten Mal dabei ertappte, wie er in seinen Exkrementen wühlte, hatte sie ihn eine Weile schweigend beobachtet, ihn dann um den Leib gefaßt und ihn, gefolgt von einem Geruch, den Catherine nur zu gut kannte, ins Badezimmer geschleppt. Dann hatte sie Emmanuel arbeiten lassen, ihn dazu gezwungen, seine Unterhose – wenn auch ungeschickt – in die Hand zu nehmen und unter fließendem Wasser sauber zu reiben. Zunächst hatte Catherine ihren Sohn das Wäschestück mit sichtbarem Vergnügen schwenken sehen. Doch Madame Soubre hatte es nicht dabei bewenden lassen und ihn solange vor dem Waschbecken festgehalten, bis die Wäsche ihr ursprüngliches Weiß wiedererlangt hatte. Das verursachte den möglicherweise heftigsten Wutausbruch, den Emmanuel je gehabt hatte. Madame Soubre erklärte dies folgendermaßen: ‚Er kann ruhig seine Schwierigkeiten haben, doch wir müssen ihm klar machen, daß wir ihn daraus nicht Gewinn schlagen lassen.' Henri brachte ihr große Bewunderung entgegen und fragte sie oft um Rat, auch in beruflichen Dingen. Täglich kam sie mit ihrem müden Schritt am späten Vormittag und begann ihren Rundgang durch Emmanuels Universum. Sie hatte darauf bestanden, sich um die Mahlzeiten zu kümmern, und nach einigen Monaten beschloß sie, folgendes Problem in Angriff zu nehmen: Wie konnte man Emmanuel beibringen, Nahrung zu kauen und anderes zu essen, als lediglich Püree? Und sie hatte Erfolg.

Als Catherine Henri Fragen zu ihrer Person stellte, war er einer Antwort nicht aus dem Weg gegangen, doch hatte sie gespürt, es sei besser, nicht weiter nachzuhaken, „warum nicht die Leute so nehmen, wie sie heute sind, ohne nachzuforschen, was sie gewesen sind oder getan haben", hatte er geltend gemacht.

Dank Madame Soubre entdeckte Catherine Freuden wieder, die sie sich nicht mehr erträumt hatte: genüßlich in der Badewanne liegenzubleiben, mit Emmanuel spazierenzugehen, und das nicht in jenem vor Erschöpfung halb bewußtlosen Zustand, sondern weil ihnen beiden danach zumute war. Henri hatte nicht aufgegeben, nach Ärzten zu suchen, die imstande wären, dem Kind zu helfen, doch war dies schwieriger, als er vermutet hatte.

Sie fuhren mit Emmanuel ins Wochenende. Ins Wochenende! Henri mußte all seine Überredungskünste aufwenden, um Catherine dazu zu bewegen, ins Auto zu steigen. In der Woche vor ihrer Abreise hatte sie immer wieder nach Gründen gesucht, um „nein" sagen zu können. Doch immer, wenn sie glaubte, etwas gefunden zu haben, fegte Henri es vom Tisch:

„Wenn Emmanuel seine Laken beschmutzt, kann man sie doch schließlich wieder waschen, und wenn er zu schreien beginnt, brauchen unsere Zimmernachbarn doch bestimmt einige Minuten, um zu reagieren, und bis dahin werden wir ihn längst ins Auto verfrachtet haben und mit ihm spazierenfahren. Oder vielmehr, du wirst schlafen und ich werde mit ihm spazierenfahren."

Dies war eines der Wunder, die das Leben für Catherine bereitgehalten hatte: Was früher mit Claude so schwierig gewesen war, schien mit Henri immer leicht zu sein. Henri besaß die Gabe, alles zu vereinfachen. Er ertrug mit unglaublicher Gelassenheit das Gebrüll von Emmanuel, der dies schon bald herausgefunden hatte. Henri wußte seine Aufmerksamkeit zu fesseln, hatte tausend Einfälle, ihn zu unterhalten. Er nahm ihn mit zu seinen Eltern, die Winzer in Nuits-Saint-Georges waren, und setzte ihn auf seine Knie, um mit ihm auf dem Traktor das Weingut zu besichtigen. Sie zogen los wie zwei „richtige Männer" und kehrten zurück, um Catherine einen Strauß Blumen zu überreichen, die Emmanuel vergnügt zerrupft hatte. Sie hätte nicht zu sagen vermocht, wer von beiden – nein, von allen dreien – der Glücklichste war. Sie hatte das Gefühl, aus einem Alptraum zu erwachen. Manchmal hatte sie Angst: Was, wenn alles von neuem begänne?

Häufig fuhr sie nach Paris, um an Heilgymnastikkursen für Schwerverletzte aus dem Straßenverkehr teilzunehmen. Das war Henris Idee gewesen. Ihm war es so vorgekommen, als verhielte sich Emmanuel wie diese Menschen, die ihren Körper ganz neu kennenlernen, ihre Glieder – wenn möglich – zu neuem Leben erwecken, und tief in ihrem Inneren nach den Worten, die in ihrem zerstörten Gedächtnis nicht mehr existieren, und nach den Tönen, die nicht mehr aus ihrer gelähmten Kehle kommen, suchen müssen. Catherine begann, alle Handbücher der Neurologie, die Henri ihr besorgte, zu verschlingen. Sie wollte ihren Sohn verstehen, ihm helfen, und mit Henri war dies möglich.

Henris Eltern empfingen Catherine mit einer Herzlichkeit, die sie überraschte.

Catherine erfuhr nie, was Henri wohl über Emmanuel gesagt haben mochte, doch sie nahmen ihn an wie eins ihrer Enkelkinder. Henris Mutter war eine hochgewachsene, sehr schmale Frau mit weißem Haar. Mit fester Hand schwang sie das Zepter in der Familie. Sie hatte das Sagen, und mit ihren sechzig Jahren lenkte sie Traktoren und reparierte Maschinen. „Das hab' ich im Krieg gelernt, als mein Mann deportiert war. Und ich liebe es, die Männer zu verblüffen, wenn sie mich in einem Motor herumwühlen sehen. Sie werden gelb vor Neid." Maman Chène (wie alle Welt sie nannte) adoptierte Catherine auf der Stelle und nahm sie gleich beim ersten Besuch in „Colombiers" mit, um ihr in Begleitung von Henri den ganzen Besitz zu zeigen. Es war ein altes Familienanwesen, auf dem die meisten Kinder der Familie in auf dem Grundstück locker verstreuten Häusern wohnten. Nur Henri, der Älteste, hatte das Gut verlassen. Die beiden anderen Söhne und drei Töchter lebten noch immer dort, obgleich ihre Berufe nichts mit Weinbau zu tun hatten. François befaßte sich mit Versicherungen. Er war um die Dreißig, und Henri gar nicht ähnlich, wortgewandt und heiter, verheiratet und Vater dreier Kinder. Charles, der Jüngste, war pharmazeutischer Vertreter und noch immer Junggeselle.

Maman Chènes Töchter ähnelten ihrer Mutter kaum: Fanny, die Älteste, erwartete sie mit strahlendem Lächeln an der Türe. „Sie sind also die neueste Errungenschaft der Familie Chène?", meinte sie zu Catherines großer Verwirrung. „Ich wünsche Ihnen viel Vergnügen! Fragen Sie nur meinen Mann, was er von unserer Mafia hält, und Sie werden verstehen, was ich meine!" Um sie herum war eine Schar von Kindern, die Catherine zu mustern schienen, und sie wußte nicht, ob sie diese Prüfung bestanden hatte.

Maman Chènes zweite Tochter „machte in Wohltätigkeit", wie Catherine von Fanny erfuhr, die hinzufügte:

„Wenn sie nur mit ebenso großem Eifer ihren Mann und ihre Kinder versorgen würde ..."

„Laß nur, meine Tochter", sagte Maman Chène mit Nachdruck, „Catherine wird deine spitze Zunge noch früh genug kennenlernen!"

Maman Chène betreute Menschen und Weingut mit großer Kompetenz und fand darüber hinaus auch noch Mittel und Wege, der kommunalen Genossenschaft Impulse zu geben. Meistens folgte ihr eine Horde Kinder, die Catherine nie auseinanderhalten konnte: „Das da ist Pascal, der Sohn von François, unserem Zweiten. Die Rothaarige ist das kleine Luder Sandra, die Fanny derart ähnelt, daß ich bei ihrem Anblick immer an ihre Mutter erinnert werden, wie sie vor dreißig Jahren aussah: Giftnudeln, eine wie die andere."

Emmanuel wurde in ihrer Mitte aufgenommen. Gleich beim zweiten Wochenende, das sie in Colombiers verbringen wollten, hatte Maman Chène ihre Kinder und Enkel um sich versammelt. Bevor Catherine auch nur ein Wort sagen konnte, hatte sie die ganze Familie über die Situation aufgeklärt. Es war offensichtlich, daß sie gewohnt war, ihre kleine Welt zu regieren, denn, wenn auch die Kleinen viele Fragen stellten („Und wenn wir spazierengehen, können wir Emmanuel mitnehmen?"), so akzeptierten die Erwachsenen Catherine und ihren Sohn ohne Befremden. Emmanuel, dem doch gewöhnlich jedes neue Gesicht Angst einflößte, schien inmitten der Chènes keinerlei Schwierigkeiten zu haben. Maman Chène hielt ihn in ihren Armen, während sie jedem ihrer Enkelkinder eine besondere Verantwortung für Emmanuel zuwies. Sehr bald hatte sich herausgestellt, daß er Musik liebte und man ihn zum Spazieren mitnehmen konnte, vorausgesetzt, Marc, François Sohn, war bereit, den Familienchor zu leiten. Sollte Emmanuel sich wieder einmal verunstalten, so war es an Franck, Charlottes Ältestem, sogleich Bescheid zu sagen. Alles erschien so einfach, so alltäglich. Die Kinder waren über Maman Chènes Erläuterungen keineswegs erstaunt. Daß Emmanuel sich womöglich absichtlich verletzen könne, hatte die Kinder überhaupt nicht verwirrt: In ihren Fragen kam weder Abscheu noch Angst zutage. Nicky, das Nesthäkchen von Charlotte und Pierre, wurde schon nach kurzer Zeit Emmanuels Freundin. Sie war zwei Jahre alt, und es war Liebe auf den ersten Blick zwischen den beiden: Sie brachte ihm ihre Puppen, die er beharrlich ablehnte, ohne daß sie sich dadurch jemals entmutigen ließ. Sie hielt ihm auch lange Vorträge in einer Geheimsprache, die niemand verstand, und die bei Emmanuel ein unbeherrschbares Gelächter auslöste. Er riß die Augen weit auf, wenn er ihren Pantomimen zusah, und steckte ihr anstelle einer Antwort alles, was er nicht essen wollte, in den Mund. Ganz in seinen Bann geschlagen schluckte Nicky ohne zu protestieren; das war der Preis ihrer Freundschaft.

Maman Chène gewöhnte sich schnell daran, Catherine auf ihre sonntäglichen Spaziergänge mitzunehmen. Sie machten sich beide auf den Weg, überließen Emmanuel der Obhut Madame Soubres und du Chènes und durchstreiften Les Colombiers. Ihr bevorzugtes Ziel war der Gipfel eines kleinen Hügels, der über dem Haus lag. Das Gebäude war zwar ein wenig altmodisch, doch ziemlich weitläufig. Die Kinder hatten sich bereit erklärt, Henri, Catherine und Emmanuel bei sich aufzunehmen, doch wieder einmal fällte Maman Chène eine Entscheidung: im Haupthaus seien sie besser untergebracht.

19

Die erstaunlichste Figur war Le Chène – Henris Vater. Ganz augenscheinlich lebte er zurückgezogen von der Familie, und manchmal sah man seine gebeugte Gestalt im Hof auf- und abgehen. Bei Tisch richtete er das Wort lediglich an seine Frau, und das auch nur, um etwas von ihr zu erbitten. Jedermann respektierte seine Absonderung, und gleich bei ihrem ersten Besuch hatte Charlotte Catherine beruhigt: „Nein, Le Chène hat ihn nicht abgelehnt. Er ist mit allen so." Als er aus den „Lagern" – wie sie es nannte – moralisch zerstört und körperlich geschwächt zurückgekehrt war, habe er sich monatelang in sein Zimmer im entlegensten Teil des Hauses zurückgezogen. Er habe von den erlittenen Folterungen eine Schwermut zurückbehalten, die nichts zu lindern vermochte. Meistens sprach er nur einsilbig und interessierte sich nicht für das, was um ihn herum geschah. Als er Emmanuel zum ersten Mal sah, trug dieser tiefe Kratzspuren im Gesicht. Le Chène betrachtete ihn eine Weile, sah dann seine Frau an, als suche er eine Bestätigung für seine Vermutung, schob Catherine, die neben ihrem Kind saß, beiseite und nahm wortlos ihren Platz ein. Mühevoll und noch immer schweigend schnitt er für das Kind das Fleisch. Die Familie sah zu und schwieg. Als er die Tafel verließ, murmelte er nur irgendetwas, was niemand verstand, auf Emmanuels Gesicht jedoch ein strahlendes Lächeln hervorrief. Als Henri und Catherine Jahre später darüber sprachen, gebrauchte Henri das Wort „Leidenschaft". Und es war Leidenschaft ... Wer die beiden zusammen sah, konnte nicht daran zweifeln. Vom ersten Augenblick an vergötterte

Le Chène Emmanuel, und Emmanuel vergötterte Le Chène. Der alte Mann mit dem traurigen Gesicht zählte die Tage, die ihn vom Kommen des „Kleinen" – wie alle ihn von nun an nannten – trennten, ging ihm bis zur Einfahrt von Les Colombiers entgegen, und das so voreilig, daß die ganze Familie darüber lächelte. An solchen Tagen rasierte er sich mit größter Sorgfalt, zog seinen Schafpelz an und band sein rotes Halstuch um – weil Emmanuel so gern damit spielte. Kaum hatte Henris Wagen das Tor zum Weingut durchfahren, hielt er das Fahrzeug an, befreite das Kind aus seinem Sitz, und alle beide verschwanden für viele Stunden. Er hielt Emmanuel große Reden und beklagte sich auch nicht mehr, weder über seine Erschöpfung, noch über seine Schmerzen. Sie zogen sich in den alten Taubenschlag zurück, dem das Anwesen seinen Namen verdankte. Was sie dort trieben, wußte niemand. Le Chène erzählte nichts, doch jeder konnte feststellen, daß es ihm besser ging. Sein fahles Gesicht war nun gebräunt: Die Spaziergänge mit Emmanuel hatten ihr Gutes! Man mußte ihn nicht mehr bitten zu essen, er kümmerte sich um den Kleinen. Zu Beginn hatten die Kinder ihre Spaziergänge heimlich beobachtet und waren verblüfft heimgekehrt: Le Chène lachte, hielt große Reden, schnitzte aus aufgelesenen Holzstücken Gegenstände, die er dem Kind schenkte, das gierig nach allem griff, was der alte Mann ihm gab. Er ließ vor seinen Augen die kleinen geschnitzten Tiere hin- und hergehen, steckte sie dann in seine Tasche, holte sie wieder hervor, untersuchte sie erneut eingehend, stellte sie wieder auf, und so ging die Prozedur endlos weiter. In Les Colombiers gab es ein Geheimnis: Niemand durfte Le Chènes Refugium betreten, nicht einmal seine Frau, doch wenn man ganz nah daran vorüberging, hörte man den alten Mann singen.

Le Chène half Emmanuel, die Natur zu entdecken. Da er versuchte, ihm seine Umgebung verständlich zu machen, hatte er es einfacher gefunden, ihm „Vogel", „Katze", „Fisch" zu zeigen, und so gingen sie beide auf Entdeckungsreise. Schon bald konnte Emmanuel die Meisen erkennen, die um ihre Köpfe flogen. Le Chène hatte sie so gut wie gezähmt. Da waren auch die roten Fische, die er in Nuits-Saint-Georges kaufte, wohin er seit Jahren keinen Fuß mehr gesetzt hatte. Emmanuel wurde immer wacher, und gleich am Morgen rannte er los, um Le Chène wieder zu treffen. Sie gingen in den Hühnerhof, wo Le Chène ihm Küken zeigte, sie auf seine Hand setzte und ihm eifrig erklärte, wie schön ein Küken doch sei. Eines Tages, als alle beim Mittagessen saßen, trat Le Chène, wie immer verspätet, mit einem Entenküken in der Hand ein. Er setzte sich neben Emmanuel, auf „seinen" Platz, und stellte das Vögelchen vor das Kind. Natürlich schlug Emmanuel mit den Händen darauf, das Entchen lief davon, und Emmanuel begann zu lallen: „Piep, piep, komm!"

Stille herrschte im Eßzimmer. Catherine wäre vor Rührung beinahe erstickt. Sie wagte nicht, auch nur eine Hand zu bewegen, so verblüfft war sie über das, was sich soeben ereignet hatte. Niemand wagte zu atmen, während Emmanuel immer schneller „Piep, piep, komm!" wiederholte. Sie starrte ihren Sohn an und konnte ihren Blick nicht von dem Mund lassen, der mit einem Mal beweglich geworden war. Emmanuel war sieben Jahre alt, das war nicht möglich, sie träumte! Ein siebenjähriges stummes Kind beginnt nicht plötzlich zu sprechen! Einen Moment lang hatte sie das Gefühl, verrückt zu werden. Henri ergriff behutsam ihre Hand und flüsterte ihr zu: „Catherine, hörst du, er spricht!" Le Chène hatte feuchte Augen, und auf einmal brach Catherine in Schluchzen aus und verbarg ihr Gesicht in den Händen. Henri nahm sie in die Arme und sagte immer wieder: „Er spricht, er spricht, bist du dir darüber im klaren, er spricht!"

Maman Chène löste den Bann und sagte:

„Le Chène, geh und hol Champagner. Die ersten Worte eines Kindes muß man doch schließlich feiern!"

Der alte Mann hatte das Kind auf den Arm genommen, bedeckte es mit Küssen und tanzte mit ihm einen etwas unbeholfenen Walzer. Es war ein Tag voller Ausgelassenheit. Die Kinder und Enkel trafen einer nach dem anderen ein, und

Le Chène erzählte unermüdlich von neuem, was geschehen war. Emmanuel beteiligte sich an dem Krawall, indem er ohrenbetäubend schrie, und alle umarmten und gratulierten einander. Henri zog Catherine in eine Ecke des Raumes, und inmitten eines unvorstellbaren Tumults (nun waren auch die Gutsangestellten dazugekommen, und im Eßzimmer befanden sich mehr als dreißig Personen) flüsterte er ihr zu:

„Siehst du, Catherine, du brauchtest keine Angst um Emmanuel zu haben, und auch nicht um dich. Ich wußte, wenn es euch beiden gelungen ist, mich zu bezaubern, so würde es den Meinen nicht anders ergehen."

Monatelang erholte sich Catherine nicht von ihrer Verblüffung. Sie hatte bei den Chènes für sich und ihren Sohn den Platz gefunden, den sie bei ihrem Mann und dessen Familie vergeblich gesucht hatte. Sie sah ihren Sohn inmitten dieses verwirrenden, ganz auf ihn eingestellten Clans auf seine Weise aufblühen. Eine von Henris Schwestern, Tania, „die Künstlerin", eine junge Frau von dreißig Jahren, die immer ein Lachen auf den Lippen trug, nahm nur selten an den Mahlzeiten der Familie teil. „Wenn die anderen schlafen, male ich", sagte sie. „Und wenn sie arbeiten, schlafe ich." Wenn Catherine da war, schneite sie oft herein, scherzte fünf Minuten mit ihr und beobachtete Emmanuel so eingehend, daß Catherine sie eines Tages, peinlich berührt, nach dem Grund fragte. Sie konnte sich sehr wohl denken, daß es sich nicht um krankhafte Neugierde handelte, doch sie konnte es sich nicht erklären. Und Tania antwortete ihr mit dem ihr eigenen Temperament:

„Ich würde gern mit Emmanuel etwas ausprobieren, doch ich weiß nicht, wie ich Sie bitten soll, mir zu vertrauen."

„Meine arme Kleine", erwiderte ihr Maman Chène, „immer komplizierst du alles, was einfach ist. Wenn Catherine verrückt genug ist, mit deinem Bruder leben zu wollen und ihm den Kleinen anzuvertrauen, so wird sie, denke ich, auch bereit sein, dir ein paar Minuten lang Vertrauen zu schenken."

Und Catherine sah ihren Sohn mit der Künstlerin losziehen, während Maman Chène grollte:

„Machen Sie sich keine Sorgen! Sie wirkt ein bißchen verrückt, aber ihr Kopf sitzt fest auf ihren Schultern. Sie wollte sich schon immer von den anderen unterscheiden, und ich glaube, es ist ihr gelungen. In Wirklichkeit ähnelt sie von all meinen Kindern meinem Mann am meisten, und sie ist mir am liebsten. Schenken Sie ihren langen Tiraden über Unabhängigkeit nicht allzuviel Beachtung. Als Le Chène aus dem Krieg zurückkehrte, hat sie ihm wieder Freude am Leben geschenkt. Wenn er seinen Verfall beweinte und uns nicht sehen wollte, erfand sie die größten Dummheiten, um dann das Vergnügen zu haben, sie ihm zu erzählen. Liebevoll kochte sie ihm die schauderhaftesten kleinen Gerichte, die Le Chène mit Genuß verspeiste: er brachte es nicht übers Herz, ausgerechnet ihr wehzutun! Uns schon! Die Künstlerin hat mit so viel Eifer die Schule geschwänzt, wie andere Gobelins sticken. Die Schule interessierte sie nicht, denn Le Chène war zu Hause und brauchte sie. Emmanuel hat bei ihr nichts zu befürchten."

Eine Stunde später half Catherine Maman Chène in der Küche, als das Telefon läutete. Sie nahm den Hörer ab und erkannte Tanias Stimme, die sagte: „Kommen Sie schnell!" Sie hatte sogleich aufgehängt. Sie sprangen ins Auto, und Maman Chène brauchte nicht mehr als zehn Minuten, um zum Haus ihrer Tochter zu gelangen. Sie fuhr schweigend, mit zusammengepreßten Lippen. Das Auto wurde in den Radspuren hin- und hergeworfen, geriet ins Schleudern. Bis zu ihrer Ankunft hatte sich Catherine bereits hundertmal das Schlimmste ausgemalt, doch öffnete ihnen Tania mit schallendem Gelächter die Tür. Catherine glaubte, sie sei verrückt geworden, doch Maman Chène hatte rasch ihre Tochter beiseite gestoßen und sich, von Catherine gefolgt, ins Haus gestürzt.

Der Anblick, der sich ihnen bot, übertraf ihr Vorstellungsvermögen. Sie erlebte auch zum ersten Mal einen derartigen Zornausbruch von Maman Chène. Sie hatte sie als energisch kennengelernt, nun erlebte sie an ihr eine Wut, wie sie sie noch nie gesehen hatte.

Maman Chène hatte ihre Tochter bei den Schultern

gepackt, sie geschüttelt und geschrien: „Warum hast du nichts am Telefon gesagt? Wir wären beide fast vor Angst gestorben! Und deswegen hast du uns angerufen" – sie wies auf ihr Atelier mit einer Geste, die einer Ohrfeige glich – „deswegen? Du hast dich nicht geändert. Aber du hättest daran denken müssen, daß Catherine nicht gewohnt ist, den Kleinen irgendjemandem anzuvertrauen und deine Vorliebe für ‚Überraschungen' nicht kennt. Versuch doch nicht immer wieder, die Leute zu erstaunen. Bleib mit den Füßen auf der Erde!"

Emmanuel ging es großartig. Tania hatte ihn mit in ihr Atelier genommen, hatte eine riesige Leinwand aufgebaut, ihre Palette vor ihn hingelegt, Emmanuels Finger mir ihrer Hand umschlossen, und gemeinsam hatten sie gemalt. Es muß ihm unendliche Freude bereitet haben, denn unter dem Regenbogen von Farben, die sein Gesicht schmückten, strahlte er. Bis auf den Geruch bot sich Catherine der gleiche Anblick, wie wenn ihr Sohn sich mit Kot beschmierte. Doch diesmal bemühte er sich, ihr zu zeigen, was er mit Tania zustande gebracht hatte. Er zeigte auf sie, sagte dabei „Na" und führte lächelnd seine mit Farbe beschmierten Finger auf der Leinwand spazieren.

20

Catherine: Mit jemandem die Nacht zu verbringen, enthüllt das Einverständnis, das zwischen zwei Menschen entweder besteht oder aber niemals zustandekommt. Von den Männern, die ich kannte, haben nur wenige eine Nacht überdauert. Ein Körper, der an meiner Seite fehl am Platze war: aus! Der mir nicht vertraut war: ausgeschlossen! Den ich in seinem Schlaf störte: schon vergessen! Der nicht zuließ, daß ich mich an ihn schmiegte – ich wußte sogleich, dieser Mann würde nicht lange standhalten. Lieben heißt auch an jemandes Seite und mit ihm Ruhe finden. Ich habe nie einen Körper ertragen können, der mir fremd war. Wenn mir jedoch der Geist des Mannes gefiel, so wurde ich zu seinem besten Partner, auch wenn sein Körper nicht zu meinem paßte. Das hatte nichts mit Sexualität zu tun; selbst wenn ich gern mit diesem Mann schlief, so sehnte ich mich doch nach etwas anderem: einem körperlichen Einverständnis, das mit allem, was mich körperlich oder geistig angezogen hatte, harmonieren sollte.

Ich brauche einen Körper, der mir vertraut ist, und das auf Anhieb. Ich liebe es, meine Finger über diesen Körper spazierenzuführen, über eine Haut zu streicheln, deren geheimste Winkel ich kenne, die ich vergesse und jeden Augenblick von neuem entdecke. Es gibt Körper, von denen man weiß, daß sie einem nahe sein werden; und man wittert, welcher es nie sein wird. Man kennt, oder vielmehr erkennt sich in aller Stille. Ein solcher Körper paßt sich sogleich dem deinem an, er wiegt dich in den Schlaf. Er läßt dich nicht in feindliche Träume fliehen, weil du diesem Körper nichts zu sagen hast, nicht einmal ein Schweigen!

Es fällt mir leicht, einen Körper zu erkennen, der mir vertraut ist, den ich auswendig kenne und in jeder unserer Nächte neu wiederfinde. Man kennt sich, man lernt sich kennen; ich habe meinen festen Platz in deinen Armen, er hat genau die Wärme, die ich mir wünsche, meine Hand legt sich auf dich, und wir weben uns unser Wohlbehagen. Ach, da ist ja der Leberfleck, den ich kenne und wieder vergessen hatte! . . . Zärtliche, magische Augenblicke.

Ich fand den Zauber wieder, als Emmanuel ganz klein war, ich sah ihm beim Schlafen zu, lauschte seinem Atem, verschlang ihn mit den Augen, nie wurde ich dessen müde. Zu spüren, wie sein Körper mit dem Schlaf verschmolz. Zu sehen, wie sein Gesicht seine Träume widerspiegelte. Woran denkst du, mein Kleiner, wenn du dieses Gesicht schneidest? Was ist für dich so schön, daß du mir ein solches Lächeln schenkst? Mein Arm ist ganz taub, doch ich rühre mich nicht, soviel Glück liegt auf deinem Gesicht!

Ich habe schon immer gern gestreichelt, gewiegt, gehätschelt. Mann oder Kind, meine Fingerspitzen zittern vor Zärtlichkeit. Doch eines Tages ist diese Freude aus meinem Leben verschwunden. Nach seiner Krankheit ließ sich Emmanuel nicht mehr von mir umarmen. Und Claude wurde ein Fremder. Ich habe gelernt, ohne Liebkosungen, ohne Küsse, ohne gegensei-

tige Zärtlichkeit zu leben. Deshalb habe ich versucht zu vergessen, was ich nicht mehr bekommen konnte. Ich wollte nicht zulassen, daß mich jemand daran erinnert, wie sehr ich es entbehrte. Ob Kind, Mann, Familie oder Freunde, niemanden habe ich mehr umarmt, und mein Körper ist allen gegenüber fremd geworden.

Ich war gleichsam amputiert, litt immer darunter, aber wollte mir diesen Mangel nicht eingestehen.

Während ich mit Henri lebte, schlief, oder genauer gesagt, mit ihm meine Nächte teilte, denen der Schlaf versagt blieb, verstand ich, daß die schwierigsten Dinge zu zweit erträglich werden. Niemand hatte mir je ein schöneres Geschenk gemacht: seinen nächtlichen Schlaf! Gibt es eine kostbarere Gabe, als das zu teilen, was jeder andere zu teilen entschieden ablehnen würde? Seitdem Henri der Gefährte meiner Verzweiflung geworden ist, fürchte ich mich nicht mehr vor dem Einschlafen, und unsere Seelen und unsere Körper haben sich gefunden. Er hat linkische, unbeholfene Gesten, seinem Kontakt zu anderen fehlt es oft an Distanz, und gerade wegen dieser Schwächen vermochte er mich zu beeindrucken und für sich zu gewinnen.

21

Henri: Ich wußte genau, daß es zwischen Maman Chène und Catherine Liebe auf den ersten Blick sein würde. Es war offensichtlich, daß sie vieles miteinander gemeinsam hatten: Beide mußten unermeßlich hart kämpfen und beide haben ganz allein gekämpft. Doch was mich am stolzesten macht, ist nicht dies: sondern das, was sich zwischen Le Chène und Emmanuel abspielt.

Ich weiß nicht, wer wen bezauberte, doch die Tatsache bleibt bestehen. Ich habe schon immer die Meinung vertreten, daß Le Chène aufgehört hatte zu kämpfen, weil er keinerlei Grund dafür sah. Seit dem Krieg hat er den Mund nur dann aufgemacht, wenn er um Hilfe bat. Er war zu schwach, um sich fortzubewegen, er hatte zu große Schmerzen, um den anderen bei der Arbeit zu helfen. Er bückte sich nicht einmal mehr, um seine Zeitung aufzuheben. Daher, und weil er unentwegt depressiv war, ließ er es zu, daß alle Last auf Mamans Schultern ruhte. Ohne zu klagen, hat sie alles auf sich genommen. Die einzige Veränderung ist ihr weißes Haar. Nie hat man an ihr Zeichen der Verweigerung oder eine Anwandlung von Auflehnung bemerkt: Sie hat uns erzogen und sich um Le Chène gekümmert. Als er von der Deportation zurückkehrte, hat Maman Chène mit allen Mitteln versucht, ihn für Les Colombiers, für seine Kinder zu interessieren. Vergeblich. Er hatte jegliches Interesse an allem, was nicht ihn betraf, verloren und lebte nur noch in Erinnerung an etwas, was er nie wieder würde sein können. Und auf einmal, fünfundzwanzig Jahre nachdem er aufgegeben hatte, findet er wieder Freude am Leben, weil er Emmanuel kennengelernt hat. Er, der sich um uns so gut wie gar nicht gekümmert hat, verbringt seine Zeit mit Emmanuel, beginnt wieder zu lächeln, scherzt und wird beinahe geschwätzig. Auch körperlich geht es ihm besser, seitdem man ihm ‚dieses Kind' bringt. Er trägt es, schleppt es auf seinen Armen umher und führt quer durch Les Colombiers seine strahlende Miene spazieren. Es ist schade, daß er ihm nicht früher in seinem Leben begegnen konnte. Tania war dies wohl bewußt, und ihre Überlegung war nicht frei von Eifersucht, als sie äußerte: „Man braucht immer einen, der schwächer ist als man selbst."

Ein Kind ist erschienen, Emmanuel, der anders war und ihm eine Hand reichte, die er nicht zurückweisen konnte. Er hat ihn angelächelt, ihn mit seinem Blick gestreift, und damit war alles gesagt. Sandra mit ihrer spitzen Zunge hat die Sache auf den Punkt gebracht: ‚Warum ist Le Chène so nur so nett zu Emmanuel, wo er uns doch nie beachtet hat?' Das Schweigen, das ihren Worten folgte, erlaubte ihrer Mutter, ihr die Ohrfeigen zu verpassen, die sie nicht verdiente, die jedoch frischen Wind in das Gespräch brachten.

Catherine wird sichtlich sanfter. Als ich sie kennenlernte, hatte sie ein angespanntes, verhärmtes Gesicht und trug jene herausfordernde Miene, die verriet, daß es dahinter noch eine zweite, sehr lebendige Frau gab, die jedoch von irgendeinem Beben verschüttet worden war. Sie hatte es bitter nötig, angehört und solche Angst, geliebt zu werden! Angst, noch einmal zu leiden. Sie folgt Maman Chène auf leisen Sohlen, lächelt und vergißt inmitten der Familie allmählich ihre Ängste. Sie ist weder die Freundin einer meiner Schwestern, noch die meiner Brüder. Zur Zeit schwört sie auf meine Mutter, und ich muß warten, bis wir wieder in Dijon sind, um sie ein wenig für mich zu haben. Sie hat sich dem Clan angeschlossen und ist von ihm aufgenommen worden. Sie fürchtet sich nicht mehr, ihren Sohn irgend jemandem anzuvertrauen, und beginnt wieder, an sich selber zu denken. Sie zu meinen Eltern zu bringen, konnte nur gut gehen. Maman Chène mußte in Catherine etwas von sich selbst wiederfinden: die gleiche Energie angesichts von Schwierigkeiten; Le Chène erkannte in ihr jemanden, der wußte, was Leiden bedeutete, und für die Familie war sie jemand, den sie alle akzeptieren konnten.

22

Maman Chène: Als Henri mir von Catherine erzählte, habe ich mich gefragt, wen er uns wohl nach Sylvie bringen würde. Sylvie hat sich nie in die Familie einfügen können: Es war ihr zu mühsam, sich auf ein Leben einzustellen, das sich von ihrem eigenen unterschied. Ich habe sie geduldet, Le Chène hat sie gemieden, und die anderen haben sie ignoriert. Sie entsprach nicht der Vorstellung, die wir uns von einer Frau für Henri machten. Sie erschien auf dem Gut mit jener Miene einer Grande Dame, die die Armenviertel besucht. Ein Tag mit ihr war für alle eine Prüfung, für sie genauso wie für uns. Fanny beschrieb sie so: „Da haben wir die Forschungsreisende, die den Stamm der Jivaro besucht.“ Das einzige, was sie nicht wußte, war, daß sie den Unbändigsten von allen geheiratet hatte. Wie konnte Henri nur eine Frau wählen, die nicht aus Fleisch und Blut war. Sie liebte weder Kinder noch Wein, am allerwenigsten jedoch Les Colombiers. Sie interessierte nur der Eindruck, den sie machte. Weder war sie Henris Ergänzung noch sein Gegensatz.

Henri ist schon immer eigenartig gewesen. Nie reagiert er so, wie man es erwartet. Er ist verschlossen, in sich gekehrt und dennoch aufmerksam. Er scheint ständig auf der Lauer zu sein, das geringste Wort kann ihn verletzen. Lernen bereitete ihm keinerlei Mühe; während die anderen sich plagten, überflog er seine Bücher mit einem Blick, und trotzdem bestand er seine Prüfungen glänzend. Als er seinen Vater wie eine lebende Leiche von der Deportation zurückkehren sah, hat er zu mir gesagt: „Ich werde Arzt." Damals war er fünfzehn Jahre alt.

Ferien mit ihm glichen einem Boxkampf. Nach zwei Tagen war er mit allen zerstritten und wollte nach Hause. Er konnte nicht die geringste Bemerkung über sein Verhalten ertragen. Im täglichen Leben ist er der intoleranteste Mensch, den ich kenne. Doch sobald eine Schwierigkeit auftaucht, ist er zu allen Heldentaten, zu jeder Hingabe fähig. Ich brauchte es ihm nie zu sagen, wenn ich traurug oder bedrückt war, er hat es immer gespürt.

In seiner Kindheit war sein Zimmer immer eine Mischung aus Flohmarkt und Erfindermesse. Er verbrachte seine Zeit damit, außergewöhnliche Maschinen zu bauen, die Radios der Familie oder der Nachbarn mit Haarnadeln oder Bindfäden zu reparieren. Als ich das Haus, in dem er mit seiner Frau lebte, zum ersten Mal sah, habe ich mich gefragt, wie ausgerechnet er dort leben konnte. Alles war perfekt, obgleich er sich doch von Geburt an nur in Unordnung wohlfühlte. Sein Arbeitszimmer war ein prachtvoller Raum mit einem antiken Schreibtisch, nüchternen, majestätischen Sesseln und einer traumhaften Bibliothek. Es hatte nichts von einer Höhle, die zu ihm gepaßt hätte. Er sagte kein Wort, während Sylvie mich als Besitzerin herumführte. Ich hatte in diesem Augenblick das Gefühl, er würde in diesem Haus bestimmt nicht viele Stunden zubringen. Ich habe zu begreifen versucht, was die beiden wohl zueinander gebracht haben konnte, und fand nur eine einzige Antwort: Sylvie wollte einen Arzt ergattern, und Henri hatte, geschmeichelt, von einer solchen Frau erwählt worden zu sein, sich nicht wehren können; dies war meine erste Vermutung. Der zweiten nach hatte sie von einem Tag profitiert, an dem ihn etwas stark beschäftigte, und da er in solchen Augenblicken auf nichts achtet, hatte sie die Gelegenheit ergriffen und ihn gebeten, sie zu heiraten ... Danach brauchte sie ihn nur noch an sein Versprechen zu erinnern.

Zwischen ihm und seinem Vater sind die Dinge nicht sehr gut verlau-

fen: Er konnte Le Chène nicht ohne einen Vorwurf, eine Anklage im Blick ansehen. Eines Tages hat er mich gefragt:

„Ist Le Chène sich eigentlich darüber im klaren, wie glücklich er sein kann, eine Frau wie dich zu haben?"

Er war damals fünfzehn oder sechzehn. Er hat sehr früh verstanden, wie allein ich war. Oft kam er nachts und leistete mir Gesellschaft, wenn ich über meiner Buchführung saß. Er brachte mir eine Tasse Kaffee, „um dich wachzuhalten", sagte er. Als Sylvie auftauchte, hoffte ich, er würde merken, daß er dabei war, einen Fehler zu begehen. Vergeblich! Er hat mir nie von ihr erzählt und auch nicht von ihrem gemeinsamen Leben. Das einzige Mal, daß ich ihn mir gegenüber von einer Frau habe sprechen hören, war über Catherine, und ich begriff, daß alles anders geworden war.

23

Für Catherine zählten die Wochenenden bei den Chènes zu den schönsten Momenten ihres Lebens. Sie hatte sich angewöhnt, bei ihrer Ankunft in Les Colombiers Emmanuel Le Chène, der nur darauf wartete, zu überlassen, und sie selbst gesellte sich zu Maman Chène. Zwischen ihnen war eine Komplizenschaft entstanden, die keiner Worte bedurfte. Nie hatte Maman Chène zu Catherine gesagt: „Lernen Sie, glücklich zu sein!" Sie zeigte ihr lächelnd den Ast eines Baumes, der sich an einem Dachstuhl emporrankte. Sie nahm sie zum Gipfel des kleinen Berges mit, der über dem Haus lag, ließ sie das Tal im Nebel entdecken, wies auf die Scheune und sagte: „Ach, Tania ist noch nicht wach." Und als Catherine sie überrascht ansah: „Ihr Hund ist nicht draußen angebunden, also schläft sie!" Catherine lernte, das Leben der Familie Chène aufgrund ganz kleiner Anzeichen zu deuten: Das rote Auto, das auf dem Weg vorüberfuhr, das war Charlotte, die die Kinder zur Schule brachte. Der Tagesablauf wurde vom Kommen und Gehen eines jeden markiert. Oben auf dem kleinen Berg konnte man die tausend verschiedenen Geräusche hören, die einem verrieten, was gerade geschah. Catherine konnte die Kinder im Wäldchen zwar nicht sehen, doch sie wußte, daß sie von der Schule zurück waren, denn der Wind trug deren Gelächter und den Lärm ihrer Stimmem zu ihr herüber.

Sie fand auch heraus, auf welche Weise Maman Chène das Gut leitete. Sie begleitete sie bei ihren morgendlichen Rundgängen, von einem Weinberg zum anderen, wo sie den Winterschnitt und später auf den Feldern, die die Chènes im anderen Tal besaßen, die Aufbereitung des Bodens für die Saat begutachtete. Sie mußte dieser Frau mit dem ein wenig steifen Benehmen, die nur selten ihre Stimme erhob, zusehen, um die Motive ihres Handelns zu verstehen. Sommer wie Winter erhob sie sich jeden Morgen vor Sonnenaufgang und frühstückte allein in der Küche. Sie trug immer eine Cordhose und dicke Rollkragenpullover. Man mußte auf den Sonntag warten, um sie im Rock zu sehen. Jeden zweiten Sonntag begleitete sie die Kinder zur katholischen Kirche; am anderen Sonntag ging sie zu den Protestanten.

„Ich bin Protestantin", erklärte sie, „und Le Chène ist Katholik. Als wir heirateten, haben wir uns geschworen, daß die Religion zwischen uns nie ein Streitpunkt sein soll. Gleich am ersten Sonntag nach unserer Hochzeit haben wir beschlossen, daß wir einen Sonntag in die protestantische und einen in die katholische Kirche gehen würden. Unsere beiden Familien haben aufgeheult, doch wir sind dabei geblieben. Wenn wir nicht fähig gewesen wären, die Religion des anderen zu tolerieren und zu akzeptieren, hätten wir gleich unsere Niederlage eingestehen können. Dies hat es unseren Kindern ermöglicht, ihre Religion frei zu wählen, und mir erlaubt es, von keinem meiner Kinder getrennt zu sein. Selbst wenn Le Chène heute weder in die katholische noch in die protestantische Kirche geht, so tue ich es für uns beide. Das einzige Problem entsteht, sobald ein neuer Pastor oder Pfarrer auftaucht: man muß ihnen wieder von neuem alles erklären, und sie haben nicht immer Verständnis dafür!

Catherine folgte also Maman Chène einmal in die eine, einmal in die andere Kirche, und sie amüsierte sich darüber, wie sehr diese Frau sie beeindruckte. Sie kümmerte sich nicht darum, was die Leute wohl denken mochten, und schon bald nahm sie Emmanuel in die protestantische Kirche mit: Da er Musik liebte, ging er gern dorthin, begleitet von der Schar Kinder und Enkelkinder. Er setzte sich dicht neben das Harmonium und lehnte seinen Kopf an die Seite des Instruments, um so die Schwingungen stärker zu spüren. Nach zwei oder drei Sonntagen machte es sich der Pastor, um Emmanuel zu helfen, zur Gewohnheit, ihn an der Schwelle in Empfang zu nehmen und persönlich zum Harmonium zu führen.

An einem Sonntag im Herbst 1970, als der Nebel das Tal bedeckte und sogar die halben Hänge hinaufkroch, begann Franck, nachdem er mit Maman Chène geredet hatte, zu sprechen, um der versammelten Gemeinde auseinanderzusetzen, warum Emmanuel anders, und wie sehr er auf das Verständnis seiner Mitmenschen angewiesen war.

Tränen traten in die Augen aller Erwachsenen, die dem zehnjährigen Kind zuhörten, das zu ihnen über die Schwierigkeiten menschlichen Daseins sprach. Und er schloß mit einem Zitat aus dem Matthäus-Evangelium: „Die Füchse haben Höhlen, und die Vögel unter dem Himmel haben Nester; aber des Menschen Sohn hat nichts, da er sein Haupt hin lege ..." An jenem Tag wußte Catherine, daß sie und ihr Sohn den ersehnten Hafen erreicht hatten.

Beim darauf folgenden Mittagessen hatte sie Gelegenheit, ihnen allen zu sagen, wie wunderbar die Liebe sei, die sie ihnen beiden entgegenbrächten. Le Chène ergriff das Wort:

„Wir haben Ihnen zu danken, Catherine", sagte er, „Ihnen, doch vor allem Emmanuel, für das, was Sie uns gegeben haben. Zunächst einmal haben Sie uns Henri zurückgebracht, und dann hat Ihr Sohn mich entdecken lassen, daß die Liebe, die er mir schenkte, mir Kraft und Lust zum Leben gab. Er ist als erster auf mich zugegangen, hat mich gesucht und mich angelächelt. Und seit jenem Tag war alles zwischen uns gesagt. Er erwartete von mir, daß ich ihm helfe, und ich stellte fest, daß ich dazu imstande war, und daß er, der von meinem Verfall nichts wußte, mich aufrecht und stark sehen wollte. Und für ihn bin ich aufrecht und stark geworden. Und wir alle haben verstanden, daß unser eigenes Leiden sehr gering ist, verglichen mit dem unseres Kleinen. Er hat uns die größte Lektion erteilt, die wir erhalten können: Wir alle brauchen den Nächsten, man kann nicht ohne Verständnis, ohne Liebe auskommen. Er hat uns gelehrt, daß die Abhängigkeit keine Niederlage ist, sondern der Beweis dafür, daß wir mit unserem Herzen klug sein und mit unserem Geist lieben müssen. Die Gewalt gesellt sich zum Wort, und das Vergessen erzeugt die Einsamkeit der anderen. Dank euch beiden für das, was ihr uns habt verstehen lassen."

Keines der Chène-Kinder neidete Catherine den Platz, den sie von nun an in Les Colombiers einnahm. Das gleiche galt für die Enkelkinder, was den Platz Emmanuels an Le Chènes Seite betraf. Die beiden Frauen betätigten sich eifrig im Weinberg; Maman Chène hatte Catherine schon bald in die Bedienung der Traktoren und anderer Fahrzeuge auf dem Anwesen eingeweiht, und Catherine gefiel das Leben, das sie neben Henris Mutter führte. Diese lief ständig mit einem schief hängenden Knoten herum, den sie mehr schlecht als recht mit einer Haarnadel festzustecken versuchte, die sie sogleich wieder verlor. Ihre kantige Figur und ungestüme Gestik hatte Henri geerbt; sie sprach lebhaft, und wenn sie lächelte, zeigten sich auf ihrem sehr wandelbaren Gesicht tausend kleine Falten. Sie war gerade erst sechzig, wirkte jedoch älter. Sie arbeitete von morgens bis abends in den Weinbergen, in der Kellerei, auf den Feldern und kehrte nur zurück, um die Mahlzeiten zuzubereiten. Im Haus herrschte eine erstaunliche Ordnung. Sie war in der Tat eine Frau, die die Arbeit mit unglaublicher Schnelligkeit erledigte; anfangs konnte Catherine kaum mit ihr Schritt halten. Das hinderte Maman Chène jedoch keineswegs, Zeit zu finden, sich um alle zu kümmern. Auch wenn sie restlos erschöpft war, ging sie noch um zehn Uhr abends zu Pierre und Charlotte, um mit ihnen über die Schulprobleme eines der Kinder zu sprechen. Sie ging zu Tania und machte bei ihr sauber, wenn sie feststellte, daß die bei ihrer Tochter herrschende Unordnung die Schwelle des Erträglichen überschritt. Ob in den Köpfen, den Herzen oder den Häusern, überall schaffte sie mit demselben Erfolg Ordnung.

Doch Catherine fand bald heraus, daß diese Frau, die keinerlei Schwäche zu haben schien, eine heimliche Leidenschaft besaß: sie liebte Schokolade, ob in Tafeln, Pralinen, oder mit Nougatfüllung, bitter oder mit Nüssen, war einerlei. „Kein Alkoholiker oder Drogensüchtiger hat je so gelitten wie ich", erklärte sie eines Tages, als sie in leisem Nieselregen spazierengingen. Sie kamen von den Weinbergen des Klosters zurück. „Während des Krieges ... träumte ich nachts davon, mir lief das Wasser im Munde zusammen, wenn ich Silberpapier sah oder die Reklame für Menier-Schokolade auf der Hauswand des Feldhüters von Nuits-Saint-Georges." Seit damals hatte Maman Chène unerschöpfliche Vorräte gehortet, was Fanny sagen ließ: „Maman, für die vorige Wasserstoffbombe ist es zu spät, und die nächste wird dich in Asche verwandelt haben, noch bevor du ein letztes Stück Schokolade herunterschlukken kannst ..." Und an manchem Morgen sah man ihr, sobald sie die Küche betrat, an, daß die Nacht nicht leicht gewesen war. Dem Dorfarzt, der ihr eines Tages sagte: „Madame Chène, Sie müssen kiloweise Schokolade gegessen haben, daß ihre Leber in einem solchen Zustand ist" antwortete sie: „Nicht kiloweise, Doktor, sondern tonnenweise!" Und wenn die Kinder mit ihr spazierengingen, profitierten sie von der günstigen Gelegenheit, selbst Sandra, die einen Schokoladenriegel annahm und dabei seufzte: „Ab morgen wird gefastet ..." Wenn Maman Chène ihren Traktor fuhr, wenn sie mit Emile diskutierte, pflegte sie aus der Tasche ein Stück Schokolade zu ziehen, das sie sich sogleich in den Mund schob, und sie unternahm nicht einmal mehr den Versuch, den anderen klarzumachen, was sie versäumten. Ach, diese Schokolade!

24

Henri begann seinen Tag sehr früh. „Das ist der Bauer in mir", sagte er gern. Schon um sechs Uhr morgens goß er seine erste Schale Kaffee herunter, „auch das ist der Bauer in mir." Dann ging er und weckte Emmanuel, während Catherine das Frühstück für die Familie bereitete. Er hatte sich sehr bald daran gewöhnt, das Kind auf seinem frühmorgendlichen Spaziergang am Kanal entlang oder im Park von Les Colombiers mitzunehmen. Emmanuel liebte diese Wanderungen und kehrte mit strahlender Miene und einem Bärenhunger nach Hause zurück. Catherine hätte nicht sagen können, wer von beiden froher war. Henri plünderte den Kühlschrank auf der Suche nach einem Wurstzipfel, den er mit Emmanuel teilte, und nachdem er seinen dritten Kaffee am Vormittag getrunken hatte, brach er zum Krankenhaus auf. Sooft er konnte, versuchte er, sich einige Augenblicke am Tag freizumachen, kam, um sie zu umarmen, zu sehen, ob alles gut ging, machte sich dann beruhigt wieder auf den Weg und rief danach noch zwei- oder dreimal an. Er ließ ein Telefon in seinem Wagen installieren, „so kann ich dich von unterwegs anrufen". Wenn er nach Paris fahren mußte, oder ein Kongreß ihn zwang, die Nacht außerhalb Dijons zu verbringen, quartierte sich Madame Soubre im Hause ein.

„Du bleibst keinesfalls allein", hatte Henri erwidert, als Catherine ihm zu sagen versuchte, daß sie daran gewöhnt sei. „Du kannst dich doch nicht Tag und Nacht mit deinem Sohn befassen. Zu zweit ist alles einfacher."

Zu zweit ist alles einfacher ... Mit diesen wenigen Worten

ließ sich alles zusammenfassen. Catherine lernte von neuem zu leben, zu lächeln, sich zu amüsieren. Das Leben zu lieben und Henri, den unbeholfenen, wunderbaren Henri. Immer schroff im Umgang mit den Menschen, immer zwischen zwei Wutausbrüchen, wenn seine Arbeit nicht so lief, wie er es sich gewünscht hätte. Mürrisch, bärbeißig, aber voller Humor, scharfzüngig, sobald sich ihm die Gelegenheit bot, sein satirisches Talent zu entfalten. Der Direktor des Krankenhauses war Zielscheibe seiner Angriffslust, denn dieser begriff nicht, daß er auf seiner Station ein neues Endoskop brauchte oder eine neue Anästhesistin, um die in Ruhestand gegangene zu ersetzen.

„‚Personaleinsparung!' hab' ich zu ihm gesagt. ‚Ich kann nur hoffen, daß Ihr Kind nicht plötzlich dringend eine Narkose braucht, denn dann müßte man darauf warten, daß der diensthabende Anästhesist des Operationssaals verfügbar ist.' " Zum Zeitvertreib erzählte er Catherine, wie seine Tage verlaufen waren, durchlebte so noch einmal die ganze Aggression, die ihn während der Auseinandersetzung beherrscht hatte, und sagte schließlich: „Ach, meine Catherine! Warum erzähl' ich dir nur all das?"

Er las ihr seine Artikel vor. „Den da hätte ich schon vor einem Monat abschicken sollen. Willst du ein Auge darauf werfen?" Nach und nach begann sie alles zu lesen, was er veröffentlichte. Er nahm seine Unterlagen mit aufs Land, und wenn er sich vergewissert hatte, daß niemand ihn brauchte, ging er zum Schreiben in die Werkstatt, die er sich als Kind eingerichtet hatte. Catherine gesellte sich zu ihm. Sie gewöhnte sich auch daran, ihm aus den Veröffentlichungen deutscher und englischer Zeitschriften für Kinderheilkunde vorzulesen. Sie wurde sehr schnell mit dieser Arbeit vertraut. Und sie genoß diese Augenblicke der Zweisamkeit.

Was sie immer wieder in Erstaunen versetzte, war die Energie, die er an den Tag legte. Henri war ein Mann, der ewig zu spät kam, immer gehetzt war, zwischen zwei Sitzungen, zwei Zügen, zwei Kursen, und immer mit einem Artikel im Rückstand. Er sprang auf die Züge, wenn sie gerade anfuhren. „Beeilen Sie sich, Herr Professor, der Zug fährt ab, ich hab' dem Schaffner Bescheid gesagt", pflegten die Bahnhofsangestellten in Dijon zu sagen, die ihn gut kannten.

Und eben jener Henri nahm sich die Zeit, sich mit Emmanuel zu befassen, mit ihm spazierenzugehen. Er war fröhlich und verstand es, ihn wie kein anderer zu unterhalten. Zwischen ihnen beiden hatte sich eine Bindung entwickelt, die Catherine tagtäglich von neuem mit Rührung entdeckte.

Ganz allmählich begrub sie ihre Ängste und lernte, die Menschen und Dinge in ihrer Umgebung wieder wahrzunehmen. Ihr wurde nach und nach bewußt, daß sie jahrelang die Gegenwart der Menschen und ihre eigene Existenz vergessen hatte. Sie begann wieder, sich in einem Spiegel zu betrachten, und was sie sah, beunruhigte sie: Zwei bittere Furchen zeichneten ihre Mundwinkel, ihre Augen umrahmte ein Netz kleiner Fältchen, sie hatte ein verquollenes Gesicht. Ihr Körper hingegen hatte sich eine Schlankheit bewahrt, der sie bis dahin kaum Aufmerksamkeit geschenkt hatte. Henri überraschte sie eines Tages, als sie gerade ihr Gesicht unter die Lupe nahm, und begriff sogleich, was vor sich ging:

„Selbst wenn du, als ich dich zum ersten Mal sah, wie eine Vogelscheuche ausgesehen hättest, so wärst du doch nicht weniger charmant gewesen. Aber du hast dich zu sehr vernachlässigt; wir müssen etwas für dich tun."

Und er ging mit ihr Kleider kaufen und dann zum Friseur.

„Das zurückgekämmte Haar läßt dich so hart aussehen", sagte er. „Du wirkst sanfter mit einem Pony, und ich mag dich sanft."

Und auch Catherine mochte sich lieber sanft, sie lernte, in Sachen Kleidung auf Henri zu hören. („Laß uns diese hellgelbe Hemdbluse nehmen, Emmanuel wird sie bestimmt nicht gefallen, doch betont sie deine grauen Augen.") Wenn er zu einem Kongreß reiste, kehrte er mit phantastischen Geschenken für Emmanuel zurück – einem Dosenöffner mit Musik oder einem Universalschlüssel zum Auseinandernehmen – und für Catherine hatte er ein winziges Tonband, auf welchem er eine zärtliche Botschaft oder die Schallplatte, die sie sich wünschte, aufgenommen hatte. Er achtete auf alles und fand immer das Geschenk, die kleine Geste, die sie am meisten berührte. An Emmanuels Geburtstag gelang es ihm, sich mitten in der Woche freizumachen, und er führte sie zum Essen aus. Es war Ende Oktober, aber der Südwind wärmte die Luft. Der Himmel war klar und blau, und Henri hatte das beste Restaurant der Umgebung ausgesucht, nachdem sie zu ihrem großen Erstaunen festgestellt hatten, daß Emmanuel ein ausgesprochener Feinschmecker war. Es war nicht nötig, ein Restaurant auszuprobieren; noch bevor er das Restaurant betrat, zeigte Emmanuel durch sein Verhalten, ob es ihm zusagte oder nicht. Weigerte er sich hineinzugehen, so war dies ein schlechtes Zeichen. Und man konnte ihm vertrauen, er irrte sich nie.

Catherine betrachtete ihre beiden Männer, den brünetten, Henri, und den blonden, ihren Sohn. Der Kleine schlang große Bissen herunter und reichte sogleich wieder seinen Teller hin, um ihn von neuem füllen zu lassen. Henri aß auch sehr schnell, eine Angewohnheit aus dem Krankenhaus. Du mußt zum Friseur, dachte sie, doch immer hatte er Wichtigeres zu tun. Von Zeit zu Zeit nahm sie die Schere in die Hand und spielte Friseur für ihre beiden Männer, denn ihr Sohn hatte immer große Angst, wenn er einen ihm unbekannten Mann mit der Schere um seinen Kopf herumfuchteln sah.

Der Oberkellner hatte mit einem Blick verstanden und kümmerte sich mit äußerster Fürsorge um das Kind. Emmanuel wurde sogleich bedient, noch vor Catherine und Henri und durfte einen riesigen Teller Nachspeise haben. Henri wählte diesen Augenblick um zu sagen: „Emmanuel und ich haben etwas für dich." Er zog daraufhin ein kleines Päckchen aus der Tasche und überreichte es ihr mit den Worten: „Dies ist von uns beiden."

Die Schachtel enthielt eine goldene Kette mit einem von kleinen Diamanten verzierten Herzen. Auf der Rückseite war eingraviert: „Von Emmanuel und Henri für Catherine." Sie war so gerührt, daß sie keine Worte finden konnte. Emmanuel, der ihr brav an Henris Seite gegenübersaß, musterte sie aufmerksam. Henri küßte Catherine, nahm das Kind in seine Arme und sagte zu ihm: „Wir haben auch ein Geschenk für dich, aber ich konnte es nicht mit ins Restaurant bringen." Sie gingen hinaus auf den Parkplatz. Dort öffnete Henri den Kofferraum des Wagens und nahm eine kleine Musikbox heraus.

„Da er Musik so sehr liebt", erklärt er, „glaube ich, dies ist das Richtige für ihn ... Er wird schnell lernen, damit umzugehen."

Und tatsächlich lernte Emmanuel es schnell. Sein Gesicht strahlte, wenn er auf die Tasten drückte.

Auf der Station im Krankenhaus entdeckte Catherine erst allmählich den Professor Chène. Der, den sie damals gesehen hatte, als sie ihn wegen Emmanuel aufsuchte, stellte sich als jemand heraus, der sich geradezu penetrant um alles kümmern zu müssen glaubte. Bevor es einem anderen auffiel, sah er, wenn eine Spritze herumlag, ein Krankenblatt unvollständig ausgefüllt oder der Reanimationsapparat in der Intensivstation nicht an seinem Platz war. Es fehlte nicht viel, und er hätte am Ende eines Eingriffs auch noch die Kompressen selbst nachgezählt.

„Warum hast du so wenig Vertrauen in die anderen?", fragte sie ihn manchmal. „Übertrage doch etwas von deiner Verantwortung auf deine Mitarbeiter; du hast einen Assistenten, der nur darauf wartet."

„Ich weiß, aber es ist stärker als ich. Ich könnte nicht ruhig schlafen, wenn ich nicht sicher wäre, daß die Arbeit zuverlässig erledigt wird."

Er kannte jeden Winkel seiner Station. Immer morgens der erste, machte er seinen Rundgang, ging durch die Zimmer der Kinder und verteilte hier einen Kuß, dort ein Bonbon. Er fragte mit seiner vollen Stimme: „Hast du gestern abend auch deine Tabletten genommen?" Die Kinder schwärmten für ihn. Er machte sich die Mühe, ihnen zu erklären: „Weißt du, das da ist wie Nadel und Faden; man nennt es Katheter. Ich werde das jetzt in eine deiner Venen einführen, und wir werden uns dein Herz angucken. Und wenn du wieder aufwachst, zeig' ich dir die Photos."

Er konnte zu den Krankenschwestern unausstehlich sein, wenn sie sich nicht so um die Kinder kümmerten, wie er es sich vorstellte. Als Catherine eines Tages auf der Station war, hatte sie Henri brüllen, eine weibliche Stimme protestieren und ein Glas zerbrechen hören. Sie sah, wie er im Flur eine junge Krankenschwester beutelte und gegen die Wand schleuderte. Er war bleich vor Wut.

„Idiotin! Wie oft habe ich Ihnen gesagt, Sie sollen auf die Temperatur in den Brutkästen achten! Ich werde Sie einen ganzen Tag lang in den Kühlschrank stecken, und dann werden Sie sehen, was das heißt! Ihr Kaffee ist mir völlig egal. Sie haben gefälligst bei den Frühgeburten zu bleiben und zu überwachen, was vor sich geht! Gehen Sie mir bloß aus den Augen ..."

Aus unbekannten Gründen war in einem der Brutkästen die Heizung ausgefallen, und eine der Frühgeburten war blau angelaufen vor Kälte. Auf der Station zog jeder den Kopf ein und versuchte, möglichst nicht aufzufallen. Henri blieb den ganzen Vormittag bei dem kleinen Frühgeborenen, den man aufzuwärmen versuchte und wich erst von seiner Seite, als er sicher sein konnte, alles würde gut werden. Die junge Krankenschwester weinte noch immer im Umkleideraum, als er vorüberging. Er trat ein und forderte sie auf, in sein Büro zu kommen. Sie folgte ihm wortlos.

„Wie konnten Sie das nur tun", fragte er sie mit gedämpfter Stimme, „die Babies vergessen, um mit ihren Kolleginnen zu plaudern und Kaffee zu trinken! Stellen Sie sich vor, es wäre Ihr Kind gewesen ... Sie kommen heute abend mit mir, auch wenn Sie nicht mehr im Dienst sind, und sprechen mit den Eltern, wenn sie kommen, um sich nach ihrem Kind zu erkundigen. Ich möchte, daß Sie nie wieder vergessen, was sich soeben ereignet hat."

Als die Krankenschwester weinend den Raum verließ, entdeckte er Catherine. Er zitterte, als sie ihn umarmte. Sie verstand seinen Zorn, seine Heftigkeit und wie sehr ihn das Vorgefallene entsetzt hatte.

„Verstehst du jetzt, warum ich ständig auf der Hut bin?" murmelte er. „Alle waren im Dienst, und dieses Baby hätte sterben können."

Und am Abend, als er nach Hause kam, nahm er Emmanuel in die Arme, drückte ihn lange an sich und seufzte: „Wenn du wüßtest ..." In den Nächten nach solchen Vorfällen konnte er nicht schlafen. Oft fuhr er noch einmal ins Krankenhaus, um sich zu vergewissern, daß auch alles in Ordnung war, kehrte wieder zurück und schlief endlich erschöpft bei Morgengrauen ein.

25

Wenn sie in Les Colombiers waren, fragte sich Catherine, wer Professor Chène wohl in seinen alten Cordhosen, dem von Le Chène geliehenen Hemd (einem dieser alten Flanellhemden, die man nirgends mehr findet!) und den unmöglichen Pantoffeln wiedererkannt hätte. Er legte seinen beruflichen Panzer ab und wurde wieder der bärbeißige, mürrische Henri, der die Mahlzeiten der Familie mit seinem Humor verdarb, auf den jeder auf seine Weise reagierte. Trotz der Beschwörungen Maman Chènes („Henri, Charlotte kommt morgen mit ihrem Mann zum Essen. Würdest du ihr bitte deine Tirade über all die Seelen, die sie in dieser Woche zu retten versäumte, erspraren. Du weißt ganz genau, daß ihr das wehtut."), begann das Gemetzel sogleich. Henri fand ein satanisches Vergnügen daran, die Schrullen der einen und die Schwächen der anderen auszunutzen. Charlotte war seine bevorzugte Zielscheibe. Da sie immer ihre hohe Meinung, die sie von sich selbst hatte, demonstrieren wollte, pflegte sie gleich bei ihrer Ankunft Flagge zu zeigen: „Seine Exzellenz der Bischof, mit dem ich gestern dinierte ...", und schon hagelten die ersten Geschosse ... Maman Chène fand ja auch, daß ihre Tochter „eine Nervensäge" war, doch räumte sie sogleich ein, es sei zu spät, sie noch ändern zu wollen. Was Henri unweigerlich erwidern ließ: „Warum sollte ich mich ändern, wenn du in Bezug auf die Heilige Charlotte genau das Gegenteil behauptest?"

Mehr als jeder andere sah Maman Chène ihre Kinder ohne die geringste Beschönigung. Sie beurteilte sie unerbittlich, versuchte nicht, Catherine etwas vorzumachen, und fand jedesmal die treffende Bemerkung, um den einzelnen zu charakterisieren. Sie nannte Fanny „die Verführerin", „die der Schlange den Apfel verkauft hätte", soviel Charme besäße ihre Tochter, auf Kosten ihres Mannes ... „doch zum großen Vorteil ihrer Karriere". Wenn es darum ging, von der Stadtverwaltung eine Begünstigung zu erbitten, wie etwa das Verbleiben eines Kindes in einer Schule, oder was auch immer, so wandte Maman Chène sich wie alle übrigen Familienmitglieder an Fanny. „Es ist halb Erpressung und halb Zärtlichkeit. Wenn sie einen anschaut, vergißt man, worum sie einen gebeten hat und was man ihr soeben gerade noch abschlagen wollte. Und man tut genau das, was sie sich in den Kopf gesetzt hatte." Fanny war tatsächlich eine strahlende Rothaarige mit violetten Augen, hatte einen herrlichen Körper und verstand es perfekt, Kleidung zu wählen, die ihre Figur noch besser zur Geltung brachte. Sie hatte auch die böseste Zunge in der Familie. Von ihr und ihrer Tochter Sandra, der „Frequenzumwandlerin", wie der sanfte François sie nannte, erfuhr Catherine all das, was jeder dachte, doch tunlichst zu verbergen suchte. Da Fanny Pfeile abzuschießen liebte, nährte sie ihren Köcher mit allem Klatsch, allen gehässigen Bemerkungen, von denen sie glaubte, sie früher oder später verwenden zu können. Was Danielle zu der Bemerkung veranlaßte: „Wenn man Fannys

Körper eines Tages im Moor findet, so wird es sich höchstwahrscheinlich um einen kollektiven Mord handeln."

Pierre Fabre, Charlottes Mann, war Steuerbeamter. An sechs von sieben Tagen war er in Gedanken und Träumen beim Rugby, der siebente Tag war ... einem Rugbymatch vorbehalten. Er war mit allem einverstanden, was seine Frau sagte, und das aus dem einfachen Grund, weil er beschlossen hatte, ihr nicht zuzuhören. Die einzigen Gelegenheiten, bei denen er am Familiengespräch teilnahm, war, wenn jemand absichtlich einwarf: „Glaubst du, Béziers wird geschlagen?" Sogleich tauchte Pierre aus seiner Lethargie auf. Ihre beiden Kinder, Franck und Nicky, hatten keinerlei Ähnlichkeiten mit ihren Eltern. Franck war mit seinen zehn Jahren der Wohltäter und verkörperte all das, was seine Mutter gern gewesen wäre ... Sein Verständnis für andere setzte die Familie oft in Erstaunen. Er vermochte seinen Vettern und Kusinen, ja sogar den Onkeln und Tanten, mit einem Einfühlungsvermögen und einem Scharfblick, die an Maman Chène erinnerten, Ratschläge zu erteilen. Wann immer man sie brauchte, fand er beruhigende Worte. Trotz seines kindlichen Alters übte er eine wirkliche Autorität auf seine Umgebung aus, sehr zum Verdruß seiner Mutter, die zwar lauthals ihre Befriedigung kundtat, ein solches Kind zu besitzen, deren Tonfall jedoch die Enttäuschung darüber durchklingen ließ, daß die anderen auf sie nicht ebenso hörten, wie auf ihren Sohn. „Er gerät mir nach", sagte sie bei jeder Gelegenheit, und Henri bemerkte: „Gott hat uns in seiner Barmherzigkeit vor einem solchen Unheil bewahrt!"

Nicky war ein rosiges kleines Mädchen mit schalkhaften Augen, das sich, sobald es Emmanuel sah, in ihn vernarrte, trotz der Schwierigkeiten, die damit für es verbunden waren. Sie war immer auf der Suche nach Zärtlichkeit, einem Kuß, und streckte jedem hartnäckig ihr Gesichtchen solange entgegen, bis sie erhielt, was ihr zustand. Und Emmanuel lernte, seine Wange an der ihren zu reiben, denn, eigensinnig wie sie war, gab sie nicht nach, rührte sich nicht von der Stelle und wartete darauf, daß man das Vergnügen ihrer Gesellschaft entsprechend honorierte. Ungeschickt nahm sie Emmanuels Gesicht in ihre Hände und drückte es gegen ihres, wobei sie „Bussi, Bussi" plapperte, um sich verständlich zu machen. Sie ließ es nicht zu, daß Emmanuel ihren Bitten nicht nachgab und begann unermüdlich von neuem. Und auch er streckte die Hand aus, um die Pfirsichhaut zu liebkosen, die gerade eben erst drei Jahre alt geworden war, dann kam er mit seiner schüchternen Wange näher, und Nickys Triumphgeschrei verkündete der Familie, daß sie gewonnen hatte. Doch mehr als zehn Jahre lang versuchte sie vergeblich, Emmanuel das Küssen beizubringen. Selbst wenn er glücklich war, seine Freude zeigte, Gesichter liebkoste, selbst als er gelernt hatte, die Bank mit den anderen Kindern, die seine Vettern und Kusinen geworden waren, zu teilen, gelang ihm trotz aller Bemühungen nie ein Kuß. Pfeifen, singen, streicheln, lächeln konnte er, aber nicht küssen . . .

Bei den sonntäglichen Mahlzeiten in Les Colombiers wurde Charles, der Jüngste, sehr bald der Tischnachbar von Catherine. Er war ein ruhiger junger Mann, und es dauerte einige Sonntage, bis Catherine feststellte, daß sich hinter dem schüchternen Äußeren ein ebenso unerbittlicher Humor verbarg, wie Henri ihn besaß. Er hatte Sandra die „Frequenzumwandlerin" genannt, denn, wie er Catherine gegenüber bemerkte, „wenn man ein wenig achtgibt, so taucht bei meiner Nichte immer wieder ein Satz auf, der von meiner Schwester stammt. Offenbar kann Fanny nicht all das Schlechte, das sie über andere denkt, für sich behalten; sie muß einfach etwas davon bei ihren Nächsten loswerden. Da Jean, ihr Mann, sich schon immer geweigert hat, dieses Spiel mitzuspielen, machte sie ihre Tochter zu ihrer Vertrauten. Und diese spuckt alles getreulich wieder aus . . . Als sie gerade erst zwei war, empfing sie die damals mit François verlobte Danielle mit den Worten: ‚Wo hat François die nur aufgegabelt?' Es bedurfte mehrerer Monate und der ganzen Energie Maman Chênes, Danielle klarzumachen, dies sei nicht die Ansicht der Familie, sondern lediglich Fannys Meinung."

Jean Bardel, Fannys Mann, war älter als sie. Nach einer militärischen Karriere hatte er vor einigen Jahren seinen Abschied genommen, um ein Büro für Unternehmensberatung zu eröffnen. Er brach jeden Morgen sehr früh, meistens zusammen mit Charles, nach Dijon auf und kehrte erst spät abends zurück. Zwischen ihm und den Chêne-Männern bestand große Zuneigung, und Catherine dachte häufig, er sei mehr ein Chêne als die wirklichen Chênes, robust und ein wenig verschlossen. Catherine stellte fest, daß auch Jean eine verborgene Seite besaß. Er war redselig ... wenn seine Frau nicht da war. Sein rotes Gesicht wurde lebendig, wenn er über Musik, über Literatur sprach. Auf dem Gebiet der Anthropologie war er besonders unerschöpflich (was Henri sagen ließ: „seine besten Studienobjekte hat er im eigenen Hause"). Er konnte stundenlang über die Irrtümer Margaret Meads, über die Strukturen der chinesischen Familie oder über Perlenzucht sprechen.

Danielle, François Frau, hatte offenbar den gleichen sanften Charakter wie ihr Mann. Sie hatten zwei Söhne und eine Tochter, die ihnen ähnlich waren. „In jeder Familie gibt es Ausnahmen", pflegte Maman Chêne zu sagen, „in unserer mögen wir den etwas heftigen Meinungsaustausch, doch François war schon immer der Träumer, der Friedfertige mit dem lächelnden Gesicht, der im Alltäglichen aufgeht. Und Danielle macht kein Aufhebens, ist jedoch die beste Gefährtin, die sich mein Sohn nur hätte wünschen können. Die ersten Male, bei denen wir sie in Les Colombiers sahen, hat sie den Mund nicht aufgetan. Sie lächelte alle an, nur Sandra nicht. Deren Bemerkung hatte sie schockiert, doch nie hat sie einem von uns gegenüber deswegen auch nur den geringsten Vorwurf geäußert. Sie hat darüber mit François gesprochen, der es mir erzählt hat. Sollte man sie ablehnen, so wolle sie es wissen und daraus die Konsequenzen ziehen. Danielle und François gehören zu den Leuten, denen alles einfach erscheint. „Kein Problem", antwortete Danielle immer, wenn man sie um etwas bat. Eine schlaflose

Nacht bei einem kranken Kind verbringen, zweihundert Kilometer fahren, um ein Ersatzteil für einen Traktor abzuholen, kein Problem. Für die Freunde kochen, die François ständig mitbrachte, kein Problem. Auch François ist einer, für den es „kein Problem" gibt. Er hat die Schwierigkeiten seines Vaters akzeptiert, hat niemals die geringste Furcht gezeigt und immer den Eindruck gemacht, als glaube er, alles würde sich früher oder später regeln lassen; und ihre drei Kinder haben diese gute Eigenschaft geerbt. Wenn es Streit gibt unter den Kindern, kann man sicher sein, daß weder Pascal noch Marc ihn ausgelöst hat, und im Gegenteil darauf zählen, daß sie versuchen werden, die erregten Gemüter zu besänftigen.

26

Jedes der Paare hatte sein eigenes Haus auf dem Gelände des Weingutes. Die fünfundzwanzig Hektar waren nach und nach gekauft worden – zwei Drittel Weingärten, alles übrige Flächen zum Getreideanbau. Der allmähliche Ankauf hatte es mit sich gebracht, daß jedesmal ein Haus mit Nebengebäuden hinzukam, was für jedes Familienmitglied ein eigenes Heim bedeutete. Ein jeder respektierte den Bereich des anderen und kündigte immer erst sein Kommen an, nur nicht bei den Eltern. Das „Große Haus", wie sie es nannten, stand allen immer offen, und dieser Vorteil wurde auch weidlich genützt. So sehr Maman Chène darauf achtete, sich nicht in das Eheleben ihrer Kinder einzumischen, so sehr lag es ihr am Herzen, daß ihre Tür ihnen immer offenstand, ganz gleich aus welchem Grund oder zu welcher Stunde.

Jedes der Häuser glich seinen Bewohnern, obgleich die Vergabe dem Alter gemäß und dem Zeitpunkt der Erwerbung der verschiedenen Ländereien entsprechend vollzogen worden war. Fanny hatte als erste geheiratet und Petite Colombe bewohnt, während sie auf Jeans Rückkehr wartete, der damals Soldat in Algerien war. Der Grund und Boden war teils durch Erbschaft nach dem Tode eines kinderlosen entfernten Verwandten, teils durch den Rückkauf von den in Paris lebenden weiteren Erben erworben worden. Petite Colombe war ein alter Bauernhof mit Fachwerk, den Fanny und Jean Schritt für Schritt instandgesetzt hatten. Es war nun ein reizvolles Anwesen mit glasierten Dachziegeln und großen Fenstern, die auf einen Teich gingen. Das Wohnzimmer bestand aus mehreren Winkeln, in die man sich zurückziehen konnte. Henri nannte es „Klatschbude", und es stimmte, man konnte sich in der Frühstücksecke vertraulich Schauergeschichten erzählen, ohne daß derjenige, der sich in der Fernsehecke befand, auch nur ein Wort von dem hörte, was fünf Meter von ihm entfernt gesprochen wurde. Fanny war unübertroffen, wenn es darum ging, über den letzten Ehebruch, die letzte Untreue zu tuscheln, manchmal sogar in Gegenwart der unmittelbar Betroffenen. Sie träufelte die Neuigkeit mit so süßer Stimme in das Ohr ihres augenblicklichen Vertrauten, daß kein anderer davon auch nur eine Silbe aufschnappen konnte. Sobald jemand eintraf, stürzte Fanny zu ihm hin und deutete ihm mit Lippenbewegungen an, sie habe ihm etwas Dringendes zu sagen, wobei sie ihn mit einer Kopfbewegung aufforderte, sich zur Leseecke zu begeben, wo die Kinder nichts hören konnten. Fanny liebte es, über ihren Nächsten herzuziehen, und wäre da nicht ihr Gesicht einer rothaarigen Göttin gewesen, hätte man ohne weiteres geglaubt, nur eine krasse Häßlichkeit könne ein solches Verhalten rechtfertigen. „Meine Schwester schwankt ständig zwischen dem Ätzenden und dem Widerwärtigen", sagte Henri, der Catherine schon bei ihrem ersten Besuch in Les Colombiers tunlichst gewarnt hatte. „Der einzige Weg, sie zum Schweigen zu bringen, ist, ihr gleich bei der ersten Begegnung den Mund zu stopfen, danach ist es zu spät." So war Catherine auch nicht allzu erstaunt, sich selbst gelassen antworten zu hören, als Fanny ihr gegenüber bemerkt hatte, wie erstaunlich es doch sei, daß man den Eltern ihre Probleme mit den Kindern nicht ansehen könne: „Hören Sie, Fanny, unsere eigenen Schwächen sind uns doch schon ausreichend ins Gesicht geschrieben. Muß man da denn noch die Schwierigkeiten unserer Kinder hinzufügen?" Fanny war sogleich zum nächsten Spiegel gestürzt, „auf der Suche nach ihrer eigenen Bosheit", hatte Henri gesagt, „denn das Böse macht sich die Schönheit zu eigen. Das müßte eigentlich Tania zu einem Gemälde inspirieren".

Am entgegengesetzten Ende des Gutes gelegen, gehörte der Weinberg des Priorats natürlich der frommen Charlotte. Pierre und sie hatten als einzige gebaut. Charlotte hatte die Pläne für ein Haus im burgundischen Stil entworfen, das mit dem übrigen Anwesen harmonierte, ein im Grundriß eher nüchternes Gebäude, in dem es sich jedoch bequem leben ließ. Die Kinder hatten ihre Bereiche, wo sie sich gewissermaßen unabhängig bewegen konnten. Pierre hatte im Untergeschoß einen geräumigen Fernsehraum mit einem gigantischen Bildschirm eingerichtet, auf dem er leidenschaftlich die Spiele verfolgte, die er nicht selbst miterleben konnte. Das restliche Haus war Charlottes Reich. Sie hatte einen großen rustikalen Saal hergerichtet, wo sie ihre Versammlungen abhielt. Wenn sie ihre „hohen Tiere" empfing, so geschah dies in einem riesigen Raum, halb Bibliothek, halb Thronsaal. Es gab dort einen goldenen Sessel, der nur dem Bischof oder dem Kardinal vorbehalten war. Rechts davon stand ein bescheidenerer Sessel, den Charlotte innehatte. Der Bischof war tatsächlich, der Kardinal wäre beinahe gekommen. Eine Grippe ... Charlottes Snobismus hatte die Familie dazu verleitet, den Wohnsitz in „Vatikan" umzutaufen. Als Charlotte davon erfuhr, vergoß sie bittere Tränen. Warum hätten sie nur alle so viel Freude daran, sich über ihr Werk lustig zu machen? Könnten sie denn nicht verstehen, daß das, was sie tat, Zeichen einer großen Seele sei. Das habe auch Kardinal Marty zu André Frossard gesagt, der ... Und schon zeichnete sich wieder das gewisse Lächeln in den Mundwinkeln ihrer Brüder ab.

Über ihre Selbstgefälligkeit hinaus, war sie eine etwas beleibte Frau, die sich zur Verfügung stellte, sobald man ihr verständlich machen konnte, daß der Gefallen, um den man sie bat, ihr ganz gewiß das Paradies, zumindest jedoch hundert Jahre Ablaß eintrüge. Für die Religion war sie bereit, Berge zu versetzen, sich bis an die Grenzen ihrer Kräfte aufzuopfern. Tatsächlich war sie voller Energie und darauf bedacht, Gutes zu tun, doch hatte sie dabei ein wenig ihre eigene Familie vergessen zugunsten der „bösen Ungläubigen, die sie bekehren wollte", wie Fanny wisperte. Die beiden Schwestern hatten zwischen sich eine Art Niemandsland aufgebaut, wo jede die andere von ihrer Festung aus beobachtete. Die Ehemänner und Kinder hielten ihre Beziehung in einem gewissen Gleichgewicht.

Pierre war der Freund aller. Im Dorf, wo er als Steuereinnehmer fungierte, kamen die Leute gern, ihn um Rat zu fragen, sei es wegen der Steuern, sei es, um über Rugby zu sprechen. Maman Chène schätzte ihn sehr und betonte, die beste Tat, die ihre Tochter je vollbracht habe, sei, daß sie sich von ihm habe heiraten lassen.

27

Nach einem strengen Winter, unter dem der Wein sehr zu leiden hatte, brachte das Frühjahr 1971 ein wenig milderes Wetter. Und Catherine stellte verwirrt fest, daß keines der Kinder Maman Chène in Les Colombiers half. Sie äußerte dies Henri gegenüber, der lediglich antwortete: „Wir alle lieben Les Colombiers, doch keiner von uns interessiert sich für Wein- oder Ackerbau. Maman und Le Chène sind sich darüber vollkommen im klaren." Catherine war ratlos: Wer sprach von der Einsamkeit, in der sich seine Mutter befunden hatte, als Le

Chène aus den Lagern zurückgekehrt war? Alle bewunderten sie Maman Chène. Jeder hatte sein eigenes Haus, kam, um sich aus dem Weinkeller zu bedienen, begrüßte freudig die Verkaufsankündigung der Weine des Gutes, war froh, wenn das Getreide gedieh, das war aber auch alles. Sie arbeitete von morgens bis abends mit etwa zehn Arbeitern. Manchmal kam eins der Kinder, um mit ihr zu sprechen, wenn sie gerade ein Faß säuberte oder eine verstopfte Maschine reparierte, und alle schienen zufrieden. Gewiß, die einen wie die anderen hatten Berufe, die sie unabhängig machten vom Gut, doch das erklärte nicht alles. Alles verlief so, als würden die Chène-Kinder nicht ermessen, wieviel Arbeit ihre Mutter bewältigen mußte, damit der Betrieb weiter bestehen konnte, genauso wenig waren sie sich der Verantwortung bewußt, die sie ihr auferlegten.

Indem Catherine Maman Chène begleitete, verstand sie all das nach und nach. Sie, die nie auf dem Lande gelebt hatte, entdeckte die Sorge dieser Frau, wenn sie sah, daß sich am Horizont dunkle Wolken bildeten. Sie überraschte sie dabei, daß sie untersuchte, was Catherine wie ein hübscher Farbfleck auf einem Weinblatt vorkam, und sich als „die Krankheit" herausstellte. Von ihr lernte sie den Himmel zu deuten, durch die Beobachtung der Tiere zu erkennen, ob das Wetter umschlüge, ob es Wind gäbe, ob sich Frost ankündige und man daher nachts aufstehen müsse, um in den Treibhäusern die Heizung anzuschalten. Maman Chène hatte die Tücken der Monokultur zu umgehen gewußt. Mit dem Geld aus dem Weinverkauf hatte sie im Tal, das an die Hänge der Cote d'Or anschloß, Land gekauft, um Getreide darauf anzubauen. Dadurch hatten zahlreiche Katastrophen vermieden werden können, wenn auch um den Preis vermehrter Arbeit. Die Erträge daraus hatten den Kindern ermöglicht zu studieren, was sie wollten, Tania nach Paris zu gehen, um zu malen, und allen, sorglos zu leben.

Und keiner von ihnen liebte das bäuerliche Leben!

Mit gleichmäßigen Schritt erklommen die beiden Frauen

die Cote, an deren Abhänge sich die Weinstöcke klammerten. Catherine ging in die Lehre. Maman Chène erkannte sehr bald, daß sie endlich eine Partnerin gefunden hatte. Die Städterin verschwand nach und nach, und eine andere Catherine kam zum Vorschein. Wenn sie nach Dijon zurückfuhr, nahm sie Bücher über den Wein, den Rebschnitt, die Vermehrung durch Stecklinge mit, und am darauffolgenden Wochenende stellte sie tausend Fragen. Die Bücher seien ja schön und gut, aber wie unterscheidet man eine diesjährige Rebe von älteren Ranken, die keine Trauben tragen würden? Warum schnitt man den einen Trieb auf zwei, den gegenüberliegenden jedoch auf vier Augen zurück? Maman Chène wußte jedesmal die Antwort.

Anstatt Sonnabend morgen oder am frühen Nachmittag in Les Colombiers einzutreffen, wie sie es anfangs zu tun pflegten, hatte Catherine es sich zur Gewohnheit gemacht, Dijon schon freitags am späten Vormittag mit Emmanuel und Madame Soubre zu verlassen. Henri war oft gezwungen, am Wochenende nach Paris zu fahren, und Catherine hatte keinerlei Lust, in Dijon zu bleiben. Le Chène erklärte, es gehe dem Kleinen „bei uns" besser, und damit war die Angelegenheit beschlossen. Madame Soubre war jedes Wochenende mit von der Partie, sie hatte Catherine und Henri gegenüber geäußert, wenn die Erziehung des Kleinen wirksam sein solle, so dürfe sie nicht unterbrochen werden. Niemand konnte wie sie den Kindern verständlich machen, was sie Emmanuel beizubringen versuchte. Ihre Sprache war weiterhin sehr knapp, und sie zeigte ihnen einige grundlegende Gesten, um sich mit ihm zu verständigen. Die Kinder akzeptierten sie und schenkten ihr Vertrauen, doch mit Le Chène lagen die Dinge ganz anders: jeder versuchte den anderen dazu zu bringen, sein Anrecht auf das Kind zu respektieren. Madame Soubre kam von manchen Spaziergängen in Begleitung des alten Mannes mit von Ärger zusammengekniffenen Lippen zurück. Le Chène brummte, er sei der einzige, der mit Emmanuel umzugehen wüßte. Henri mußte eingreifen, und das Abstecken der jeweiligen Territorien war kein leichtes Unterfangen. Die Kinder zählten die

Punkte. Sie kannten Le Chènes Starrsinn und entdeckten Mme. Soubres Standhaftigkeit. Es wurden Wetten abgeschlossen. Gewinner war Emmanuel, der zu weinen begann, als er eines Tages die beiden Erwachsenen miteinander streiten sah. Sogleich wurde Frieden geschlossen. „Aber trotzdem", wetterte Le Chène, „ich kenne den Kleinen besser als diese Frau. Niemand kennt ihn besser als ich."

Ein Flügel des Großen Hauses, der lange Zeit verschlossen gewesen war (es handelte sich um den Flügel der Kinder, als diese klein waren), wurde wieder geöffnet und denen aus Dijon zugeteilt. Dort hatte auch Madame Soubre ihr Zimmer. Emmanuel verfügte über einen großen, sonnendurchfluteten Raum, der direkt auf den Balkon und die Weinberge ging. So konnte Le Chène das Kind, wenn es schlief, heimlich aufsuchen.

Auch Henri veränderte sich: Es wirkte ruhiger, hatte zugenommen, und überall auf dem Gut konnte man sein Lachen hören. Er hatte seine alte Werkstatt wieder hergerichtet und verbrachte lange Stunden damit, alle Trümmer zu reparieren, mit denen man zu ihm kam. „Um wieviel Uhr kommt der Bügeleisendoktor?" fragte Fanny Catherine. Henri, der lautlos eingetreten war, antwortete: „Du machst Dinge gern kaputt, für mich ist es genau das Gegenteil, ich bin unglücklich, daß ich nicht kreativ sein kann, darum repariere ich ..."

„Die Herzen ebensogut, wenn nicht sogar noch besser als die Körper, wie ich mir habe sagen lassen ..."

28

Der leise, kühle Wind, der über die Cote hinwegfegte, trug das erste Donnern von Nuits-Saint-Georges herüber. Catherine fröstelte unter ihrer Schaffelljacke. In Begleitung Emiles durchstreifte sie die Weingärten, die neben dem Clos du Prieuré lagen. Von dort aus konnte sie das Große Haus sehen, das auf halber Höhe des Hügels im rosigen Licht dieses frühen Novembermorgens emporragte. Beim Anblick dieses soliden Gebäudes mit seiner Kellerei im Erdgeschoß und dem Wohnbereich der Familie im ersten Stock, überkam sie immer ein Gefühl des Glücks. Die hohen Stützpfeiler, die in Akanthusblätter ausliefen, verliehen dem Haus, das sich am Hang der Cote entlangzog, etwas Majestätisches. Eine Freude, die tief aus ihrem Herzen kam, ergriff sie, wenn sie die Fassade sah, die die aufgehende Sonne ockern färbte. Darunter reihten sich die Weinstöcke in beinahe militärisch schnurgerader Ausrichtung. Eben diese Exaktheit des Schnitts hatte sie beim ersten Mal, als sie das Gut durchstreifte, so überrascht. „Ein Rebzapfen mit zwei Augen links, und rechts die Rute mit den sechs Knospen", hatte Maman Chène erläutert. „Eine Seite für dieses Jahr, die andere für die Zukunft. Wir arbeiten immer für das Heute, doch müssen wir das Morgen vorbereiten." Was das bedeutete, hatte Catherine erst wirklich verstanden, als sie selbst zu Beginn des Frühjahrs beim Rebschnitt mitgearbeitet hatte.

Sie hatte zunächst versucht, die von ihr beschnittenen Rebstöcke zu zählen – zweihundert, fünfhundert – doch hatte ihr schmerzender Rücken sie zum Aufgeben gezwungen. Schon bald verzichtete sie auf das Vergnügen, die geröteten Zweige, die das Aufsteigen des Saftes anzeigten, zu betrachten. Um sie herum ergriffen die Frauen der Arbeiter die Ruten, beschnitten sie, bogen sie um und machten sich an den nächsten Rebstock. Ein Schubkarren wurde mit all den abgeschnittenen Zweigen beladen, und der Rauch, der von Weinberg zu Weinberg aufstieg, war wie eine Botschaft, die verkündete, daß die Arbeit getan werde und der Wein wieder einmal seiner Lese entgegenging. Die Frauen erzählten sich den neuesten Klatsch, ihre Rezepte, die Krankheiten ihrer Kinder, tausend Dinge, die eine jede schon kannte, die eine andere jedoch unbedingt zum hundertsten Mal herunterbeten mußte. Catherine hatte sich nie vorgestellt, daß die Arbeit von den Frauen verrichtet wurde. Dabei verbrachten diese von Frühlingsbeginn an ihre Tage in den Weinbergen. Befestigen, wenn noch strenge Kälte herrschte, ausputzen an den schönen Maitagen, so daß sie sich, wenn die ersten Gewitter aufzogen, schon an das Anspalieren machen konnten. „Bekämen wir für jeden Rebstock, den wir in unserem Leben beschnitten haben, einen Franc", pflegte Maman Chène zu sagen, „so wären alle Frauen der Cote Milliardärinnen."

Für diese Frauen war Catherine „Madame Henri", worüber sie insgeheim lächeln mußte. Wenn sie weit in ihre Vergangenheit zurückblickte, war da eine Catherine Sarviat, keine wirkliche Emanze, gewiß jedoch eine Feministin, die für nichts in der Welt ihren Namen und Beruf aufgegeben hätte. Und auf einmal schien sie nur noch über ihren Mann eine Identität zu besitzen. Doch die Zeit der Revolten war vorbei. Zwischen Henri und ihr war kein Raum für irgendeine Rivalität. Jeder von ihnen hatte seinen eigenen Bereich, an dem er den anderen teilhaben ließ, und zwar weil es ihm selbst Freude bereitete. Sie hatten ihre gemeinsame Sprache, ihre Erkennungszeichen, und er war sehr stolz über den Platz, den Catherine in Les Colombiers einnahm. „Unsere Großmutter hätte dich heiß geliebt, und zugleich gehaßt", sagte er. „Du bist ihr sehr ähnlich. Und du hast Maman eine innere Ruhe geschenkt, die sie schon vor Jahren verloren hatte."

Catherine hatte befürchtet, bei ihren Schwägerinnen auf eine gewisse Feindseligkeit zu stoßen. In Wirkllichkeit fühlte sich Charlotte jedoch von so manchen Gewissensbissen befreit, die sie seit langem empfand, weil sie ihrer Mutter nicht half. Für Fanny war Catherine keine Rivalin; sie besaß nicht jene üppige Schönheit, die sie – Fanny – auf den zweiten Rang hätte verweisen können. „In unseren Augen hat das Gut nicht denselben Zauber, den Sie ihm zuschreiben", hatte Fanny eines Abends bemerkt, als Catherine schwärmte, nachdem sie gesehen hatte, wie der Wein in einer Woche um beinahe einen Meter gewachsen war. Sie hörte nicht auf zu staunen, doch für Fanny und Charlotte war dieses Ereignis nun wirklich nicht im geringsten interessant. „Gerade darum schätzt dich Maman so sehr", erklärte ihr Henri. „Sieh dir nur Charlotte oder sogar Tania an, während du sprichst, und du wirst es schnell begreifen."

Es gab noch jemanden, der sie schätzte: Emile, der Kellermeister. „Nicht übel, die Dame aus der Stadt", hatte er gesagt. „Vielleicht läßt sich etwas aus ihr machen." Sehr bald hatte er sich angewöhnt, sie in seine Gespräche mit Maman Chêne einzubeziehen, und er suchte Catherines Unterstützung, wenn er nicht einverstanden war mit „Madame Mathilde". „Dickköpfig wie alle aus der Lorraine, man kann sie nicht von ihrer Meinung abbringen. Vielleicht, wenn Sie versuchen würden ... wenn man sich zusammentäte ..." Nie hatte ihm auch nur eines der Chêne-Kinder Gehör geschenkt, wenn er versuchte, ihnen seine Sorgen mitzuteilen, weil ein Faß wegen der für Oktober ungewöhnlichen Hitze verstopft war und der Wein zu Essig zu werden drohte. Und keiner hatte ihn je begleitet, wenn er loszog, um die alten Weinstöcke auszureißen oder Löcher für die Neuanpflanzung zu graben. „Es ist überall dasselbe", entgegnete Maman Chêne, wenn er sich beklagte, „sieh dir doch nur die Kinder der Dutheils, der Moulins, der Viots an. Meine Kinder haben im Rhythmus des Weins gelebt, der abgestochen, in Fässer gefüllt wird, im Rhythmus der Fässer, die getränkt, der Weinstöcke, die beschnitten werden ... Wo war da etwas Neues?" Doch Emile wurde wütend: „Immerhin leben sie alle vom Wein und von den Weinbergen, sie könnten etwas Respekt haben ..."

Und nun Catherine ... er war glücklich.

29

Eines Montag morgens, als Catherine unter einem feinen, durchdringenden Regen im Weinberg der Cressonière arbeitete, hörte sie die Stimme Madame Soubres, die nach ihr rief: „Telefon, es ist Ihr Mann!"

Catherine sprang in den Citroën, der ihr dazu diente, von einem Weinberg zum anderen zu fahren. Unterwegs befragte sie Madame Soubre. Henri hatte Les Colombiers zwei Stunden zuvor verlassen. Was war geschehen? Als er gleich darauf am Apparat war, erkannte sie seine Stimme kaum wieder, so aufgeregt war er: „Jetzt ist es soweit, ich glaube, wir haben eine Schule für Emmanuel gefunden! Ich habe gerade einen Brief von einem Pariser Freund bekommen; nicht sehr weit von Dijon wird in Kürze ein Zentrum speziell für Kinder wie ihn eröffnet. Kannst du sofort herkommen? Ich werden die Operationen heute Vormittag verschieben, und wir hätten Zeit, dort vorbeizuschauen."

Eine halbe Stunde später stand sie vor der Stationstür. Henri erwartete sie, er ging im Vorraum auf und ab. Das Institut lag in einem kleinen Weiler achtzig Kilometer nördlich von Dijon, und sie trafen am frühen Nachmittag dort ein. Sie fanden die Tür verschlossen vor. Henri nahm Catherine in die Arme und sagte: „Was für eine außergewöhnliche Gelegenheit! Wir sind allein, dürfte ich mich wohl erkühnen, Sie zu einem trauten Diner einzuladen?"

Sie gingen in einem kleinen Gasthof essen und hatten endlich einmal Zeit, über unwichtige Dinge zu plaudern, was schon lange nicht mehr der Fall gewesen war. Beide brauchten sie diese Augenblicke der Vertrautheit. Das Wetter war herrlich, Henri lächelte und schmiedete Pläne. Dieses Institut sei Emmanuels große Chance. Gewiß, da seien Madame Soubre und der ganze Clan von Les Colombiers, doch gelte es, seine Welt zu erweitern. Erzieher zu finden, die mit den heilgymnastischen Methoden vertraut seien. Kompetente Leute.

Es war kurz nach zwei, als sie den Gasthof verließen. Der Direktor des Instituts, ein Pariser Psychiater, empfing Professor Chêne und dessen Frau sehr zuvorkommend. Die Dinge begannen sich zum Schlechten zu wenden, als sie den Grund für ihren Besuch erläuterten. Ach! Sie hätten ein autistisches

Kind? Ja, das Institut, das er leite, nehme selbstverständlich solche Kinder auf. Doch gebe es ein „aber", und das sei nicht zu unterschätzen. Der Psychiater vertraute Henri und Catherine seinem Stellvertreter an, und die Flut von Fragen, der sie sich in der darauffolgenden Stunde stellen mußten, empörte Henri ganz offensichtlich. Anfangs hatte er geglaubt, es handle sich um einen Scherz, und als sich dieser junge, kaum dreißigjährige Arzt mit den kurzsichtigen Augen und der energischen Stimme nach ihrem Geschlechtsleben erkundigte, antwortete er:

„Und was ist mit Ihrem?"

„Ich habe kein autistisches Kind ..."

„Ich sehe den Zusammenhang nicht", erwiderte Henri.

Doch das Schlimmste sollte erst kommen. Der junge Arzt behauptete, es wäre nahezu unvermeidlich, daß Emmanuel autistisch sei, denn alle beide seien sie Intellektuelle und ganz offensichtlich nicht ohne finanzielle Mittel – das sagte er wegen des Mercedes vor der Tür („Bravo, Henri Chène", dachte Catherine, „ich mochte diesen protzigen Wagen noch nie.")

Aber Henri brauste auf:

„Glauben Sie nicht, daß Sie ein wenig zu weit gehen? Zunächst einmal ist Emmanuels Vater alles andere als ein Intellektueller, er ist ..."

Der Psychiater fiel ihm rücksichtslos ins Wort:

„Sind Sie nicht der Vater dieses Kindes?"

Doch Henri hatte keine Zeit etwas zu erklären, denn der andere fuhr schon fort:

„Hier liegt der Grund für seinen Autismus: von seiner kühlen, intellektuellen Mutter und von seinem Vater zurückgestoßen. Ein ganz klarer Fall."

Diesmal explodierte Henri:

„Sind Sie eigentlich taub? Wir sagen Ihnen doch, daß er mit zehn Monaten eine Gehirnhautentzündung gehabt hat. Er war krank, verstehen Sie?"

Catherine versuchte, ihn zu beruhigen. Sie kannte dieses

Gerede, sie hatte es oft gehört, Henri jedoch nicht, und er wollte es nicht akzeptieren. Um das drohende Gewitter abzuwenden, fragte sie, ob sie wohl die Anstalt besichtigen dürften. Kategorische Ablehnung. Hier würden die autistischen Kinder leben, die Eltern brauchten nicht zu erfahren, was dort vor sich gehe. Es sei das Leben ihres Kindes, nicht das ihre!

Das gemeinsame Leben mit Henri, doch vor allem ihre Begegnung mit ihm, hatte Catherine vergessen lassen, welcher Art die Beziehungen zu den Psychiatern tatsächlich waren. Durch Henri hatte sie sich daran gewöhnt, die Probleme ihres Sohnes auf die gleiche Art und Weise zu betrachten, wie er es mit jedem Patienten tat, der ihm gebracht wurde. Die neurologische Untersuchung, die er Emmanuel verordnet hatte, erbrachte eindeutige Ergebnisse. Emmanuel wies zahlreiche Schwächen und erhebliche Bewegungsstörungen auf, die erklärten, warum ihm das Laufen oder Ergreifen von Gegenständen Schwierigkeiten bereitete. Er konnte seine Bewegungen nicht koordinieren. Er hatte keinerlei Gefühl für seinen eigenen Körper. Was die Sprache anbelangte, so war er nicht nur stumm, darüber hinaus war sein Auffassungsvermögen äußerst reduziert. Und seine auswärtigen Kollegen hatten die Diagnose nur bestätigt. In einem Punkt waren sich jedoch alle einig: Es müßte möglich sein, ihm zu helfen. Später erläuterte er es einmal so: „Meine Kontakte zur psychiatrischen Welt sind schon immer besonders begrenzt gewesen. Wir bewohnen nicht denselben Planeten. Man bringt mir Kranke, die ich zu heilen versuche, doch würde ich mir nie und nimmer erlauben, eine Altresie des Dünndarms als eine Weigerung des Babys, zur Welt zu kommen, auszulegen, so wie es mir eines Tages ein Psychiater erklärte. Todessehnsucht, sagte er, genetische Mißbildung, habe ich geantwortet. Ich brauche wohl nicht zu sagen, daß sich unsere Begegnungen auf gesellschaftliche Anlässe beschränken."

Doch mußte er sich zum ersten Mal anhören, er sei ein schlechter Vater, seine Beziehung zu Catherine, die Feindschaft zwischen seiner Frau und ihm, oder zwischen ihrem früheren Mann und ihr seien die Ursache sämtlicher Schwierigkeiten des Kindes. Und als der junge Psychiater Catherine eröffnete, sie habe Emmanuel nicht zu lieben vermocht, wurde er ganz einfach zornig. Sie war froh über die Heftigkeit seiner Reaktion, die ihr nicht einmal Zeit zum antworten ließ:

„Bevor Sie hier irgendetwas behaupten", schrie er, „könnten Sie vielleicht einmal fragen, was wir getan haben, was meine Frau getan hat, um ihrem Kind zu helfen!"

Er hatte jedoch eine Mauer, oder vielmehr einen Roboter vor sich, der nur einen einzigen Sermon herunterleiern konnte. Gehirnhautentzündung? Hat mit Autismus nichts zu tun. Die darauffolgenden epileptischen Anfälle? Hatten nichts damit zu tun. Emmanuels Schlaflosigkeit? Lediglich eine Weigerung Catherines, ihren Sohn schlafen zu sehen.

Henri stand auf, nahm sie bei der Hand und sagte: „Komm!" Er machte ruckartige Bewegungen, die ein Zeichen seiner Wut waren. Er schäumte. Er stürzte aus dem Büro. Catherine hatte versucht, sich vom Arzt zu verabschieden, doch hatte Henri sie daran gehindert: „Jemandem, der einen so behandelt, sagt man nicht Auf Wiedersehen!"

Auf der Rückfahrt saß sie am Steuer, Henri war außer sich.

„Ist es immer schon so gewesen?" fragte er. „Wenn ich nur geahnt hätte ... Jetzt verstehe ich deine Verzweiflung, als du mich aufsuchtest, besser. Aber warum hast du mir nie etwas davon erzählt?"

„Ich hatte genug Probleme mit Emmanuel. Was hätte ich dir erzählen können? Die Dinge, die man mir sagte, standen in solchem Gegensatz zu dem, was ich über mein Kind wußte, daß ich ihnen nicht einmal mehr zuhörte. Natürlich, anfänglich verlockten mich derartige Diagnosen. Mein Kind würde wieder gesund werden. Doch als man mir sagte: ‚Nicht Ihr Kind ist krank, sondern Sie', oder ‚Ihr Kind muß sich zurückentwikkeln, damit es noch einmal geboren werden kann ...', habe ich sehr bald die Grenzen dieses Geredes erkannt. Als ich hörte, daß es sich jedesmal, wenn er das Haus mit Kot beschmierte, um ein Geschenk handelte, das er mir machte, habe ich aufgehört, den Psychiatern Glauben zu schenken."

„Im Grunde ist es wahrscheinlich besser, daß sich das Ganze so abgespielt hat", seufzte Henri. „Wenn du mir all das damals erzählt hättest, hätte ich geglaubt, du leidest unter Verfolgungswahn."

Le Chêne wartete an der Einfahrt zu Les Colombiers auf ihre Rückkehr. Er verging geradezu vor Angst, man könnte ihm womöglich den Kleinen wegnehmen.

„Na, wer hatte recht?" frohlockte er, als er sah, wie wütend sie waren.

Catherine ließ Henri ihre Unterredung schildern. Um elf Uhr nachts diskutierten sie immer noch, und Henris Zorn war nicht verraucht. Emmanuel hielt Catherine bei der Hand und richtete ein strahlendes Lächeln an Le Chêne, der auf der anderen Seite des Tisches saß. Sie waren in der Küche. Alles war gut.

30

Erst im Herbst des ersten Jahres, das sie in Les Colombiers verbrachte, wurde Catherine klar, wieviel das Weingut Maman Chêne und Emile verdankte. Natürlich hatte man den ganzen Frühling über verspäteten Frost befürchtet. Doch Anfang September ließ, was Catherine für ein kleines gelbes Wölkchen gehalten hatte, seine Hagelkörner niedergehen und verwüstete in nur wenigen Minuten den Clos d'Etang. Der Hagel hatte Blätter und Trauben zersiebt, und der Weinberg war verwüstet wie nach einem Bombenangriff. Sobald sie gemerkt hatten, daß ein Unwetter bevorstand, waren Maman Chêne und Emile losgestürzt, um die Hagelraketen abzuschießen; doch damit war nichts auszurichten. Dreißig Minuten später hingen die Trauben zerfetzt herab, mit zerplatzten Beeren und durchlöcherten Blättern.

Catherine hatte sich zu den beiden gesellt. Alle drei gingen sie schweigend durch den Weinberg, ihre Stiefel sanken in die noch feuchte Erde ein. Emile schüttelte den Kopf, zeigte ihnen einen Rebstock und fluchte: „Vierzehn Tage vor der Lese!" Maman Chène inspizierte den Weinberg lange, dann sagte sie: „Wenn wir vor der Lese keine weiteren Unwetter haben, können wir noch einmal davonkommen! Nur dieser Weinberg hat gelitten. Bedenk doch nur, was letzte Woche in Volnay geschehen ist! Manche haben ihre gesamte Jahresernte verloren. Wir sollten uns glücklich schätzen."

Die Geschäftigkeit, die Catherine schon das ganze Jahr über beträchtlich vorgekommen war, war in den letzten Augusttagen noch intensiver geworden. Es galt, die Bütten vorzubereiten. Maman Chène und Emile gingen von einem Weinberg zum anderen, um den Tag festzulegen, an dem mit der Lese begonnen werden sollte. Bei dieser Gelegenheit wurde sie sich der Aufteilung in Parzellen bewußt. Der Weinberg des Priorats befand sich am Weg zu Les-Nuits-Saint-Georges, in Richtung Dijon, der Clos de l'Etang lag am anderen Ende. Außerdem hatte Maman Chène einen Weinberg in Volnay gekauft, und das ergab noch weitere Kilometer. Ein jeder Weinberg hatte „seinen Wein", der mit dem danebenliegenden nichts zu tun hatte. Ob minderwertiger oder edler Wein, allein der Boden und die Lage bewirkten den Unterschied, denn die Stöcke waren die gleichen. Les Colombiers summte vor lauter Geschäftigkeit, alle arbeiteten, ohne die Stunden zu zählen. Es galt, rechtzeitig fertig zu sein. Für die Dauer der Lese waren deutsche Studenten eingestellt worden. „Die Franzosen interessieren sich nicht dafür", sagte Emile, „die fahren lieber an die Cote d'Azur und lassen sich bräunen." Dann trafen die jungen Deutschen ein, darunter zahlreiche Mädchen, die in der Umgebung kampierten und nur auf Emiles Startzeichen warteten. Eine Frau kam, um in der Küche zu helfen, denn nahezu vierzig

Personen mußten verpflegt werden. Mittags wurde im Stehen gegessen, man mußte sich beeilen, aus Furcht vor einem Unwetter. Doch am Abend wurde gefeiert, mit einem Rücken, der schmerzte, nachdem man den ganzen Tag lang Wein gelesen hatte.

„Sie werden sehen, wenn man um fünf Uhr aufgestanden ist, wenn man den ganzen Tag, die ganze Woche über, einschließlich Sonntag, gearbeitet hat, dann gibt es am Abend ... am Abend all das, was noch von früher übriggeblieben ist, als man sich traf, um zu tanzen, zu singen, zu essen. Heute, wo das Fernsehen die Freundschaft zerstört hat, bleibt nur die Weinlese, um dieses Gefühl von Kameradschaft, von geteilter Freude noch einmal zu erleben."

„Komm Emile", schaltete sich Maman Chène ein, „hör auf, Catherine mit deinen wunderbaren Geschichten zu langweilen ..."

Er ging und murmelte: „Trotzdem ist es wahr ... Was bleibt denn heute noch vom Familienleben übrig? Hätte früher eines meiner Kinder nicht geholfen, so hätte ich ihm in den Hintern getreten. Und sehen Sie nur, letztes Jahr, als die jungen Leute aus Freibug ihren Unfall hatten und nicht gekommen sind, haben weder meine Töchter noch einer der Chènes mit angepackt ... Also, die Familie ..." Bei Emile und Maman Chène blieb ein Beigeschmack von Kummer zurück, es war zwecklos, dem noch irgendetwas hinzuzufügen.

Tania war es, die den Vorschlag machte:

„Ein paar Tage lang werden Sie sehr beschäftigt sein, aber machen Sie sich keine Sorgen, mit Mme Soubre und Le Chène wird Emmanuel nicht allein sein, und Sie können sich freier fühlen."

Eines Sonntag morgens gab Maman Chène das Signal, und schon um sechs Uhr setzte sich die Karawane in Bewegung. Mathilde Chène hatte Catherine allen als „meine Schwiegertochter" vorgestellt. Sie wurde freundlich begrüßt, und der alte Guillot nahm sie begeistert unter seine Fittiche.

„Wenn Sie bedenken, dies ist meine zweiundsechzigste Lese, darum ... Ich werden Ihnen zeigen, wie es geht."

Während Maman Chène die eigentliche Lese leitete, blieb Emile in Les Colombiers – er stellte den Wein her. Keltern, Pressen, Abstechen. All diese Worte gerieten in Catherines Kopf ein wenig durcheinander, sie mußte so viele Dinge lernen ...

Wenn sie Catherine tagsüber inmitten der anderen Weinleser sah, war Maman Chène glücklich: „Da ist die Ablösung", dachte sie, „auf die ich immer gewartet und nach der ich mich immer gesehnt habe." Trotz einer dicken Schicht Sonnencreme hatte Catherine auf Gesicht und Armen einen gehörigen Sonnenbrand. Sie brachte ihr einen Hut und sagte zu ihr:

„Das ist immer so am ersten Tag, danach vergißt man es nie wieder!"

Emile sagte im Keller, wo er kelterte, zu jedem, der es hören wollte:

„Natürlich kommt sie aus der Stadt, aber glauben Sie mir, als ich sie sah, hab' ich sofort begriffen, daß sie die Erde liebt und also auch den Wein lieben würde."

Als sie an dem Abend nach Hause zurückkehrte, spürte Catherine ihren Rücken nicht mehr, sie hörte die Gespräche um sich herum, dachte jedoch nur noch an eins: ein sehr heißes Bad, um ihre steifen Glieder wieder zu beleben. Sobald sie die Schwelle überschritten hatte, stürzte sie ins Badezimmer. Sie hatte es sich schon eine ganze Weile behaglich gemacht, als Maman Chène an die Tür klopfte.

„Alles in Ordnung, nicht zu müde?"

„Kommen Sie herein, ich bin im Bad eingeschlafen." Sie war erschöpft, aber glücklich.

„Ich wollte Sie abholen. Wir essen in fünf Minuten."

Und Catherine verstand, was Emile gemeint hatte. Sie vergaß ihren Sonnenbrand, die Steifheit ihrer Glieder, und gesellte sich zur ausgelassenen Runde, die sich Hof unter der Zeder versammelt hatte. Große Tische waren aufgestellt worden, und jeder setzte sich dorthin, wo er wollte. Ein junger

Deutscher spielte Gitarre. Alle sangen, und der alte Guillot verbeugte sich vor ihr mit den Worten:

„Ich genieße das Vorrecht des Alters, möchten Sie den ersten Walzer mit mir tanzen? Danach überlasse ich der Jugend das Feld."

Tatsächlich waren an jenem ersten Tag alle noch recht vernünftig. Doch am letzten Abend ... Catherine konnte sich nicht entsinnen, je so viel gelacht, so viel gegessen, so viel getanzt zu haben. Henri war da und musterte sie mit einem amüsierten Lächeln. Es war sehr heiß, und sie trug ein Kleid mit Trägern, in dem sie wie ein kleines Mädchen aussah. Der Duft der Weinlese lag in der Luft. Catherine entdeckte die Gerüche, die jeden einzelnen Schritt der Entstehung des Weines begleiten, den Duft der Traube, wenn sie gekeltert wird, und schließlich den, wenn sie gärt. Aufmerksam verfolgte sie die Gespräche zwischen Emile und Maman Chène. Emile beeindruckte sie in seiner Tätigkeit als Kellermeister:

„Man muß erst einmal lernen, dem Wein bei seiner Entstehung zuzuhören, den Mund zu formen, den Wein zu betrachten, ihn zu kauen, ihn zu probieren, ihn zu kosten ..."

Seit vierzig Jahren lebte er nun in den Weinbergen, er war unermüdlich tätig. Mit äußerster Aufmerksamkeit betrachtete er den Wein, atmete ihn mit halbgeschlossenen Augen tief ein, ließ ihn in seinem Mund kreisen.

„Er beginnt seinen Moschusduft zu entwickeln. Er wird gut altern. Ein gutes Jahr für unseren Clos de Vougeot."

Anfangs hatte Catherine versucht, Emiles und Maman Chènes Ratschlägen zu folgen. Nach einem Jahr fühlte sie sich jedoch erbärmlich, als er mit einem Augenzwinkern zu ihr sagte:

„Nun, was halten Sie von diesem Wein?"

„Hilfe, Maman Chène!" flehte sie. „Helfen Sie mir!"

„Sehen Sie, dies hier ist der Clos de l'Etang, genießen Sie den Moschusduft. Dieser da ist der Prieuré, er riecht nach Veilchen."

Die Nachsicht der beiden ermutigte sie.

„Nur Geduld“, riet ihr Maman Chène, „der Wein entsteht nicht in einer einzigen Saison, warum wollen Sie schon alles in nur wenigen Wochen wissen?“

Maman Chène nahm sie im November mit zum großen Weinfest im Clos de Vougeot im Kapitelsaal der Bruderschaft der Tastevins. Zum ersten Mal sah sie Maman Chène ein schwarzes Samtkleid tragen und sich sorgfältig schminken. Emile hatte zu diesem Anlaß, wie man es an der Mosel zu tun pflegt, ein Hemd mit Jabot und ein Jackett mit Seidenrevers angelegt.

„Das ist ihr großer Tag“, erläuterte Henri. Selbst in den schwersten Zeiten hat Maman niemals das Novemberdiner versäumt.“

Bevor sie aufbrachen, nahm Maman Chène aus der Vitrine im Büro eine kleine Silberschale, die sie Catherine überreichte – den „Stechheber“ – „um Ihre Ankunft bei den Chènes und Ihren Eintritt in den Weinclan zu besiegeln“, murmelte sie ihr zu. Erst viel später stellte Catherine fest, daß sie, abgesehen von Emile und ihrer Schwiegermutter, als einzige in der Familie dieses Privileg genoß. Sie erbte also den Stechheber Joseph Chènes, des Ururgroßvaters, der einst in den Weinbergen der Hospices de Beaune gearbeitet hatte.

Als Henri am nächsten Morgen die silberne Schale sah, war er sprachlos. Er sah Catherine an, die ihm lebhaft den Abend schilderte. War sie sich darüber im klaren, welchen Platz sie allmählich in Les Colombiers und vor allem an der Seite seiner Mutter einnahm? Er war sich dessen nicht sicher. Er hatte Angst, sie zu erschrecken. Doch gleich an den ersten Tagen, die Catherine auf dem Gut verbrachte, hatte er gewußt: Liebe auf den ersten Blick, Magie, Alchimie, die Bezeichnung spielte keine Rolle.

Im darauffolgenden Jahr wurde Catherine schwanger. Später erklärte sie es Maman Chène folgendermaßen: „Es klingt unglaublich, aber es war nicht geplant. Wir sind doch schließlich keine Kinder mehr.“

Sie hatte nicht sogleich gemerkt, daß sie schwanger war. Sie fühlte sich gut, war wesentlich häufiger an der frischen Luft, ging viel mit Emmanuel spazieren und hatte ein körperliches Wohlbefinden wiedererlangt, das ihr schon vor langer Zeit abhanden gekommen war.

Henri sagte eines Tages zu ihr:

„Du solltest dich aber doch entschließen, einen Gynäkologen aufzusuchen!"

„Aber wozu denn?" fragte Catherine. „Mir geht es sehr gut!"

„Du willst doch wohl hoffentlich damit nicht bis zum Tag deiner Entbindung warten?"

Es war wie ein Faustschlag in den Magen. Das war unmöglich; er irrte sich.

„Es stimmt nicht", stammelte sie, „ich bin nicht ... ich erwarte kein ..."

Die Worte machten ihr auf einmal Angst. Catherine hatte nie vorgehabt, ein weiteres Kind zu bekommen; sie hätte sogar den bloßen Gedanken daran von sich gewiesen. Da war Emmanuel ... Sie sprach von Abtreibung, was Henri aufschreien ließ, und es folgte der wahrscheinlich erste wirkliche Streit, seit sie zusammen lebten. Catherine war überzeugt, daß die Geburt eines weiteren Kindes ihrem Sohn einen Teil der Zeit, die sie ihm widmete, rauben würde. Und wenn nun Emmanuel dieses Kind nicht akzeptierte? Sie schlief nachts nicht mehr. Sobald Henri vom Krankenhaus zurückkehrte, begann sie wieder ihre Litanei. Sie weigerte sich, einen Arzt aufzusuchen, bevor sie nicht einen Entschluß gefaßt hätte.

„Emmanuel braucht mich, ich will ihm das Wenige, das ich ihm gebe, nicht nehmen", wiederholte sie ständig unter Tränen, während Henri sie zu überreden versuchte, das Kind doch zu behalten. Und was, wenn auch dieses Kind behindert wäre?

Emmanuel fing wieder an schlecht zu schlafen und sich zu verunstalten, und sie fühlte sich dafür verantwortlich. Eines Tages – es war im Hochsommer, und Dijon erstickte unter der Hitze – ergriff Henri Emmanuel, setzte ihn in den Wagen und sagte zu ihm: „Wir fahren zu Le Chêne", und bevor noch Catherine ein Wort hervorbringen konnte, beschloß er:

„Hör endlich damit auf, dieses Kind zu verwirren. Solange du dich nicht wirklich entschieden hast, ist es zwecklos, ununterbrochen immer dasselbe zu wiederholen. Ich fahre den Kleinen nach Les Colombiers. Danach können wir in Ruhe sprechen."

Catherine hatte solche Angst vor der Aussprache, daß sie deswegen ihre Mutter anrief. Seit deren Wiederverheiratung mit Peter Durren, einem Geschäftsmann, wohnte sie in Südafrika in der Nähe von Port Elizabeth. Catherine hatte die beiden zwei oder drei Mal besucht, und wenn das Verhältnis zu ihrer Mutter während ihrer Kindheit auch nicht einfach gewesen war, so hatten sie im Laufe der Jahre doch allmählich miteinander sprechen, sich gegenseitig verstehen können. Sie telefonierten mindestens einmal im Monat miteinander. Clotilde Durren hatte ihre Trennung von Claude viel besser, als Catherine vermutet hatte, aufgenommen. Ihr Stiefvater hatte die Lage so zusammengefaßt:

„Wir sind verzweifelt gewesen über das Unglück, das Ihnen zugestoßen war. Manchmal waren wir uns bewußt, daß wir Sie im Stich gelassen haben und fühlten uns deshalb schuldig. Wir waren so weit entfernt! Ich konnte meine Arbeit nicht aufgeben, und der Besuch Ihrer Mutter bei Ihnen in Frankreich hat sie davon überzeugt, daß wir außerstande sind, Ihnen auch nur im geringsten zu helfen. Zu erfahren, daß Sie wieder einen Mann gefunden haben, der Sie liebt und Emmanuel liebt, kann uns nur Freude bereiten. Sobald es uns möglich ist, werden wir Sie besuchen."

Henri rief seinerseits Peter Durren an, um seine Hilfe zu erbitten. Dieser antwortete, er wüßte nicht genau, auf welche Weise er und seine Frau vermitteln könnten, sie würden jedoch sehen, was sich machen ließe.

Clotilde rief ihre Tochter an, doch Catherine gab nicht nach. Sie weigerte sich, am darauffolgenden Wochenende nach Les Colombiers zu fahren. Sie hatte Henri gebeten, nicht über ihre Schwangerschaft zu sprechen, doch war es durchaus nicht schwierig zu merken, daß etwas Schwerwiegendes vor sich ging. Maman Chène wartete ab. Henri ging mehrmals in den Raum, wo sie gewöhnlich ihre Buchführung erledigte, um zu telefonieren. Wen rief er wohl an? Nicht Catherine, denn sie telefonierte drei- bis viermal täglich, um sich nach ihrem Sohn zu erkundigen. Und Sonntag abend brach es in dem Augenblick, als er in den Wagen stieg, seine Mutter ihm gute Fahrt wünschte und ihm ein Päckchen für Catherine übergab, aus ihm hervor.

„Sie ist schwanger ... sie will das Kind nicht behalten. Ich habe sie beschworen. Ich habe ihren Stiefvater angerufen, damit er und seine Frau sie dazu bringen, es sich noch einmal anders zu überlegen. Sie sagen, es sei an ihr, sich zu entscheiden. Sie hat Angst, sie ist unglücklich, und ich bin es auch. Doch hat sie unrecht, es steht nicht einmal eins zu tausend, daß sie noch einmal ein behindertes Kind bekommt. Emmanuel ist krank gewesen, das ist alles. Aber sie findet immer wieder eine andere Begründung: sie werde ihrem Sohn die Aufmerksamkeit entziehen, die er so nötig brauche, sie werde ihm ihre Liebe stehlen. Die Tragödie besteht darin, daß sie und ich bis zum heutigen Tag immer miteinander sprechen konnten, diesmal jedoch ... Wir streiten, sie weint. Sie leidet durch mich, aber ich weiß, daß sie unrecht hat. Was kann ich nur tun? Ich liebe sie und fühle mich hilflos angesichts ihrer Hartnäckigkeit. Doch wünschte ich mir so sehr, daß wir ein Kind hätten ... Unser Kind ... Das wäre das Schönste, was uns geschehen könnte. Wer hätte vermutet, daß sie ihre Schwangerschaft so negativ aufnehmen würde?"

Maman Chène war ein wenig erstaunt über die Ahnungslosigkeit ihres Sohnes. Er, der Arzt, verstand nicht? Sie behielt ihre Gedanken jedoch für sich und antwortete lediglich: „Gib ihr Zeit, sich an die Vorstellung zu gewöhnen." Er warf sich in den Wagen und murmelte, je älter er werde, desto weniger verstehe er die Frauen.

Die Mutter und der Stiefvater trafen aus Afrika ein, und auch sie mußten sich eingestehen, daß sie machtlos waren. „Schenkt man ihrer Mutter Glauben", sagte Peter Durren zu

Henri, „so ist das Zusammenleben mit ihr noch nie einfach gewesen. Doch dieses eine Mal geben wir ihr recht. Niemand kann sich vorstellen, was sie jahrelang ertragen mußte. Daß der Gedanke, einen solchen Alptraum noch einmal durchleben zu müssen, ihr Angst einjagt, ist nicht sehr verwunderlich."

Henri verlor den Mut. Jeden Tag pendelte er zwischen Dijon und Les Colombiers hin und her. Catherine hatte ihre Villa nicht verlassen, doch wenn er hinkam, ging sie ihm aus dem Weg. Die Chènes waren alle auf der Seite Catherines, und ihm fiel kein Argument ein, sie zu überzeugen. Allein Maman Chène blieb in dieser allgemeinen Verwirrung gelassen. Catherines Eltern hatten sich auf Le Chènes Einladung und die Bitte ihrer Tochter hin, die allein bleiben wollte, um nachdenken zu können, in Les Colombiers einquartiert. Maman Chène beruhigte ihren Sohn: „Jeder Tag, der vergeht, kommt dir zugute. Sie beginnt gerade erst, mit diesem Kind zu leben. Bald wird sie sich nicht einmal mehr an ihre Ablehnung erinnern. Laß nur die Zeit für dich arbeiten."

In der darauffolgenden Woche wurde geerntet, und eine glühende Hitze lag über der Landschaft. Maman Chène fuhr nach Dijon, um Catherine zu besuchen. Was die Frauen miteinander redeten, hat nie jemand erfahren. Nachdem der Donner den ganzen Nachmittag über gegrollt hatte, brach am Abend das Gewitter los. Der Regen fiel in Böen und riß von den Weinbergen die Erde mit sich, die man dann am Fuße der Côte wiederfand und erneut hinaufschaffen mußte. So war es jedesmal bei starken Regenfällen. Der einzige Fortschritt bestand darin, daß man nunmehr die Erde im Kippwagen, den man an den Traktor hängte, hinaufbeförderte, während früher die Frauen sie in Körbe laden mußten, die sie Jahr für Jahr, Gewitter für Gewitter, als dem Gott des Weines ergebene Sklavinnen zum Gipfel des Weinbergs hinaufschleppten.

Als Maman Chène zurückkehrte, sagte sie zu Tania, die ihr mit einem Regenschirm entgegenkam:

„Ruf deinen Bruder an ... Sag ihm, sie sei bereit, das Kind

zu behalten, doch täte er gut daran, sie schnell zu heiraten, bevor sie es sich anders überlegt. Sag ihm auch, es sei besser, sie bliebe nicht länger allein in Dijon ... daß alle glücklich wären, sie hier zu haben ... Man darf sie nicht allein lassen. Dein Bruder muß verstehen, daß er, wenn ihm dieses Kind etwas bedeutet, ein paar Monate ohne seine Frau auskommen muß. Hier können wir sie beschützen, sie davor bewahren, daß sie sich in ihre Ängste verliert. Ruf ihn an: ich hab' für heute genug getan."

32

Sophie Chène wurde am 12. Februar 1972 in einer sternklaren Nacht geboren. Drei Tage nach ihrer Geburt nahm Henri Emmanuel mit ins Krankenhaus, um „Maman und das kleine Mädchen" anzusehen. Mit acht Jahren hatte Emmanuel noch immer diesen ausweichenden Blick ... Er näherte sich der Wiege, warf einen beunruhigten, flüchtigen Blick hinein, ging um sie herum, sah seine Mutter an, streckte eine Hand in die Richtung des Kindes, um sie sogleich wieder zurückzuziehen. Man hatte den Eindruck, er suche etwas tief in seiner Erinnerung, als Catherine plötzlich zu ihm sagte:

„Emmanuel, sieh nur, wie hübsch deine kleine Schwester ist! Was für ein hübsches kleines Mädchen!"

Plötzlich erschien ein Lächeln auf dem Gesicht ihres Sohnes.

„Tifi, Tifi", begann er zu trällern.

Als er am Abend mit Tania wieder nach Hause kam – Henri blieb bei seiner Frau –, stürzte er los, um der zum Abendessen versammelten Familie triumphierend „Tifi" anzukündigen. Und Le Chène mußte teilweise auf seine Vorrechte verzichten: Emmanuel sprach nur noch von seiner Schwester.

Von Sophies Geburt und deren Ankunft in Les Colombiers an schien sich Emmanuels Auffassungsgabe, auch wenn sie sehr begrenzt blieb, dennoch weiterzuentwickeln. Er eignete sich so etwa wie eine persönliche Sprache an – kaum ein paar Worte, ein paar Vornamen, die jedoch alle nützlich waren und die er ganz gezielt anwandte. „Pierre", das war der Bäcker aus Nuits-Saint-Georges, das war aber auch „die Stunde, in der man Brot kaufen geht". „Georges" war der Inhaber des Tabakgeschäftes, wenn er also seinen Namen aussprach, so konnte das bedeuten, daß Le Chène sich ins Dorf begeben hat, um seine Zeitung zu kaufen, oder aber daß Emmanuel seinen Lieferwagen auf dem Weg gesehen hatte. Es lag an seinem Gesprächspartner, „zwischen den Zeilen" zu lesen. Emmanuel erwies sich sogar als redselig, duldete aber auch, daß man in seiner Gegenwart sprach. Er war ruhig und strahlte. Er zerkratzte sich nicht länger das Gesicht, wenn ihn etwas störte; er begnügte sich damit, ein Wort, einen Namen in das Gespräch einzuwerfen – „Kuchen, Bonbon" oder „Pipi, Kaka". Er wußte, daß diese Worte eine Reaktion hervorriefen, man würde sich mit ihm befassen! Er hatte durchaus verstanden, wie er die Sprache einsetzen konnte, um das Interesse seiner Umgebung zu wecken.

Und durch Tifi lernte er achtsam zu sein. Es bereitete ihm Freude, sie schlafen zu sehen. „Sch, sch, Tifi heia" – er war es, der für Ruhe sorgte. Er versuchte, sie zu füttern, und fuhr freudestrahlend den Kinderwagen spazieren. Das Bad des Babys lockte die gesamte Familie herbei. Emmanuel wartete ungeduldig auf diesen Augenblick. Er brauchte keine Uhr: Er begann von fünf Uhr abends an eigenhändig die Badesachen vorzubereiten und drängte seine Mutter, wenn sie sich draußen befand, ins Haus zurückzukehren. Er betrat und verließ das Badezimmer mit vorwurfsvoller Miene, wenn sie sich auch nur um wenige Augenblicke verspätete. Es kam sogar vor, daß er den Schwamm, der für seine Schwester bestimmt war, ergriff und voller Eifer einseifte. Er warnte sie durch ein Lallen, das sie vollkommen zu verstehen schien, und wusch sie mit größter Behutsamkeit und Freude. So grob er sonst sein konnte, so vorsichtig war er, was die Pflege seiner Schwester betraf. Hingebungsvoll bürstete er ihr nasses Haar und wurde nicht müde, sie anzusehen.

Tifi war eine Quelle der Freude im Leben der Familie, vor allem für Emmanuel. Schon morgens beim Aufstehen hatte er den Namen seiner Schwester auf den Lippen. So blieb es den ganzen Tag lang, und Catherine, die so sehr seine Eifersucht befürchtet hatte, stellte fest, daß er dank Sophie Fortschritte machte, die sie niemals für möglich gehalten hätte. Tifi wachte mit einem Lächeln auf, lallte, sobald sich jemand ihr näherte, und aß voller Vergnügen alles, was man ihr anbot. Sie war ein dickes, dunkelhaariges Baby mit ovalem Gesicht und molligem Körper; die Grübchen in ihren Wangen vertieften sich beim Lachen noch stärker. Sie hatte dunkle, große, kugelrunde Augen und so lange Wimpern, daß sie einen Schatten über ihre Wangen warfen, wenn sie schlief.

Als Catherine und das Baby eine Woche nach der Geburt aus dem Krankenhaus zurückkehrten, hatte Le Chène den Raum, in dem die Wiege stand, plötzlich verlassen. Die Familie war wie versteinert. Maman Chène versuchte, ihn zu entschuldigen, doch sie hatte das Gefühl, ihr Mann gehe zu weit. „Wieder einmal jemand, der nicht verträgt, daß man seinen Liebling entthront hat", hatte Fanny so laut gemurmelt, daß alle sie hören konnten. Diesmal hätten sie ihr beinahe recht gegeben. Zwanzig Minuten später waren alle immer noch dabei, Catherine zu beschwören, nicht auf Le Chènes Schrullen zu achten, als man ihn triumphierend zurückkehren sah. Er hielt einen verbeulten Karton in den Händen: die alte Schuhschachtel, die traditionelle Schatulle für die Familienphotos. Und mit ein wenig bebender Stimme sagte er, indem er ein altes Sepia-Photo hervorzog: „Sie ähnelt Maman, sie ist ihr wie aus dem Gesicht geschnitten!"

Charlotte versuchte ihm zu erklären, daß alle Babys ein rundes Gesicht hätten, daß nahezu alle Neugeborenen dunkelhaarig wären. Doch war nichts zu machen. Auch dann nicht, als ihre Haare viel heller und ihre dunklen Augen ebenso grau wurden wie die Catherines. Le Chêne stellte sie weiterhin vor mit den Worten: „Für euch ist es nicht so offensichtlich, ihr habt Maman nicht gekannt, aber Tifi ähnelt ihr frappant! Und auch Maman war etwas rundlich."

„Le Chêne, nicht rundlich, sondern fett", erwiderte Fanny, die ständig befürchtete, ihr zu gleichen, da sie den kugelrunden Körper ihrer Großmutter nie vergessen konnte. Der bloße Gedanke daran war für sie Anlaß genug, eine Diät zu beginnen.

Tifi brachte in Emmanuels Leben schließlich das, was ihm die geduldigen Versuche Catherines und der Le Chênes nicht hatten geben können. Allen Besuchern kündigte er triumphierend „Tifi" an und griff nach deren Hand, um sie zur Wiege zu führen. Stundenlang summte er vor sich hin und sah ihr beim Schlafen zu. Sobald sie ihre Augen öffnete, begann er „Tifi" zu schreien, um das ganze Haus wissen zu lassen, daß sie erwacht war. Trotz seines mehr als begrenzten Vokabulars hatte er auf seine Weise gelernt, sich der Sprache zu bedienen; sollten die anderen doch sehen, wie sie ihn verstehen konnten. „Tifi" hatte dreitausend verschiedene Bedeutungen: daß er eine Schwester hatte, die er einem nolens volens zeigen wollte. Daß sie wach war. Daß sie Hunger hatte. Oder daß sie Emmanuels Finger in ihre Hand genommen hatte, worauf er den Rest des Tages damit zubrachte, starr vor Erstaunen seine Hand zu mustern.

Emmanuels Bewegungen waren immer schon ungeschickt, ja fast unkoordiniert gewesen und niemals im Einklang mit der Aufgabe, die es auszuführen galt. Tifi jedoch wußte nichts davon. Er lernte die Gesten seiner Schwester verstehen. Wenn sie die Arme nach ihm ausstreckte, so hieß dies, daß sie ihre Wiege verlassen wollte. Ihm blieb nichts anderes übrig, als zu tun, was sie verlangte. Zu sehen, wie er sich bemühte, seine Bewegungen zu koordinieren, um sie zu füttern, oder wie er sie „mit seinen vier linken Händen", wie Tania sagte, in die Arme nahm, war ein jämmerliches und zugleich wunderbares Schauspiel. Bei den ersten Malen hatte die Familie den Atem angehalten, als er sich seiner Schwester bemächtigte. Er hatte sie beinahe fallengelassen, hatte sie bei ihrem Hemdchen wieder aufgefangen und mit einem befriedigten „han" ungestüm in seine Arme geschlossen. Dann hatte er sie, seine Umgebung restlos vergessend, eine ganze Weile lang herumgetragen und ihr große Reden gehalten, die sie begeisterten. Alle Chènes hatten sich in unsichtbare Spione verwandelt, die sich bemühten, unbemerkt zu bleiben, um „den Kleinen und sein Paket" besser überwachen zu können. Le Chène frohlockte, wenn er ihnen im Flur begegnete.

Als Emmanuel entdeckte, daß Marmelade die große Leidenschaft seiner Schwester war, hatte er ungeahnte Talente entwickelt, um ihre Nachhaftigkeit zu befriedigen. Catherine zitterte noch immer beim Gedanken an den Tag, da sie gesehen hatte, wie er Tifi mit einem Suppenlöffel vollstopfte – sie war keine sieben Monate alt! Es war das erste Mal gewesen, daß er den Zorn seiner Mutter akzeptierte, und er hatte es nie wieder gemacht.

So trat auch Tifi in Le Chènes Leben. Ob freiwillig oder unfreiwillig, hätte Catherine nicht zu sagen vermocht. Auf den Wegen des Weilers sah man oft zwei Silhouetten vorüberziehen, einen hinkenden Greis und ein Kind mit mühsamem, ruckartigem Gang, das einen Kinderwagen vor sich herschob und dabei angeregt in einsilbigen Worten diskutierte. Sie besuchten die andere Frau in ihrem Leben: Tania. Le Chène setzte sich ruhig nieder, während Emmanuel fröhlich in den Farben herumpantschte, die ihm Tania auf seiner Palette vorbereitet hatte. Er wiederholte endlos dieselben Worte, auf die Le Chène geduldig antwortete. Währenddessen bemühte Tania sich, ihm eine Malstunde zu geben, die wohl niemand so genannt hätte, so fern war Emmanuel von allem, was man als Lernprozeß bezeichnen konnte. Sie hatte ihm beizubringen versucht, die Farben wiederzuerkennen, und ihr war nichts besseres eingefallen, als auf jede Fingerspitze ihres „Neffen" eine andere Farbe zu tupfen. Sie hatte ihm nach und nach gezeigt, daß er diese oder jene Farbe wählen könne, um sie auf die Leinwand zu bringen. Daraus ergab sich eine formlose, zähe Masse, die er verärgert zu Boden warf, worüber sich Tania sehr freute. Wenn er dies nicht mochte, so hieß das, er wußte bestimmte Farbtöne und deren Verteilung über die Leinwand zu schätzen. Und so begann der Unterricht. „Man" lernte, für Bäume und Gräser Grün zu wählen, „man" lernte, die Grüntöne zum Leuchten zu bringen, indem man sie mit Blau, mit Gelb, mit Weiß kombinierte. Das Rot entdeckte Emmanuel ganz allein. Alles weitere war ein Kinderspiel. Er hatte ein Gefühl für Formen. Mit einer Linie gab er die Umrisse des großen Hauses oder Sandras rote Locken wieder. Doch war seine Ungeduld immer stärker als seine Lust zu malen, und oft warf er alles, was sich in seiner Reichweite befand, aus Wut zu Boden. Tania erwies sich als unerbittlich: was er hinwarf, mußte er auch wieder aufheben. Zornausbrüche, Gebrüll. Sie gab nicht nach. Schließlich gab er nach ... Oft leistete Le Chène ihnen Gesellschaft, mit Tifi auf dem Schoß, so wie Emmanuel es ihm befahl: „Tifi da!" Und der Alte gehorchte.

Le Chène hatte schon immer für sich gelebt. Mit Ausnahme von Tania suchten seine Kinder kaum je seine Gesellschaft. Seine Enkel grüßten ihn von weitem, und Catherine war für ihn eine Feindin, die kam und ihm den Kleinen wegnahm, um sonntags gegen Abend nach Dijon zurückzufahren oder ihm zu essen zu geben. Immer wieder mußte sie seinen Vorwurf hinnehmen: „Ihr seid alle eifersüchtig auf die Liebe zwischen Emmanuel und mir." Nichts hätte ihn davon abbringen können. Maman Chène hatte sich noch so sehr bemüht, mit ihm zu reden, es hatte nichts bewirkt. Wenn Catherine mit Henri und dem Kind aus Dijon kam, begrüßte er sie nur flüchtig, holte Emmanuel aus dem Wagen, und schon sah man die beiden verschwinden. Wie gewöhnlich drängte Emmanuel Le Chène, er solle singen, ihm Geschichten erzählen, den Schrei der Eule nachahmen. Immer wieder bettelte er von neuem darum, und sein Freund schlug ihm nichts ab. Alle beide waren besonders starke Esser. „Le Chène, denk an deinen Zucker", schimpfte Maman Chène ... Wenn Emmanuel in Les Colombiers war, verschlang er tonnenweise Süßigkeiten. Le Chène sammelte und hortete Bonbons und Kuchen in Erwartung der Besuche des Kleinen. Er hatte sich angewöhnt, sie an den unwahrscheinlichsten Orten zu verbergen. Und Emmanuel verstand es immer wieder, die Verstecke unter großem Gelächter ausfindig zu machen. Er suchte nach „hon-hon", wie er sie nannte. Mit den Bonbons brachte Le Chène Emmanuel bei, wie man Sätze formt:

„Gib mir ein Bonbon", sagte der alte Mann, und der Kleine sprach ihm nach:

„Hon-hon."

„Nein, gib mir ein Bonbon. Wiederhole, Emmanuel, los, mein kleines Häschen. Du bist an der Reihe!"

„Hon-hon."

„Nein ..."

Le Chènes Hartnäckigkeit vermochte schließlich über Emmanuel zu siegen, dem es eines Tages gelang, fehlerlos „Bonbon" zu sagen. Er benötigte noch zwei weitere lange Jahre, bis er „Gib Bonbon!" sagen konnte. Wie Maman Chène zu sagen pflegte:

„Der Satz ist teuer bezahlt, denkt man an die Tonnen von Süßigkeiten, die dieses Kind verschlungen hat, aber ich glaube, es war der Mühe wert."

Das hatte den alten Mann in seinem Gefühl bestärkt, er sei der einzige, der Emmanuel verstehe. Mme Soubre war immer „die andere", die Emmanuel nicht sanft zu nehmen wußte. Doch konnte man dieser Frau nichts vorwerfen, und die ganze Familie war sich ganz und gar der Arbeit bewußt, die sie bei dem Kind leistete. Daher schenkte auch niemand, was sie betraf, den Anspielungen Le Chènes die geringste Aufmerksamkeit. Mit Emmanuel zu schimpfen, war in seinen Augen Faschismus, ihm eine Ohrfeige zu geben, ganz einfach Folter. Doch das Schlimmste war, wenn das Kind einen heftigen Wutausbruch bekam, der einer unmittelbar bevorstehenden Verstümmelungsszene vorausging – was sehr selten vorkam, seitdem Emmanuel begonnen hatte, ein paar Worte zu sprechen.

Beim ersten Mal, als sich dies in Les Colombiers ereignete, hatte Madame Soubre alle gebeten, den Raum zu verlassen, und Emmanuel dazu gezwungen, den Teller, den er soeben zu Boden geworfen hatte, aufzuheben. Und Emmanuel hatte damit angefangen, sich das Gesicht zu zerkratzen. Die Familie hatte wortlos gehorcht, doch Le Chène war geschockt, als er hörte, in welchem Ton sie mit dem Kind sprach.

„Sanftmut, allein Sanftmut kann etwas ausrichten", sagte er immer wieder.

Trotzdem mußte er zugeben, daß Madame Soubre mit ihm umzugehen wußte. Ließ man Emmanuel gewähren, so wurde alles nur noch schlimmer. Und Le Chène lernte, wenn auch unwillig, Madame Soubres Anordnungen zu befolgen. Aber die Blicke, die er ihr zuwarf, waren nicht gerade liebenswürdig.

Kurz nach dem Einzug der „Dijoneser" in Les Colombiers während Catherines Schwangerschaft wurde deutlich, daß es Emmanuel besser ging, sobald er auf dem Land war. Der Lebensrhythmus, den die Arbeiten des Weinguts mit sich brachten, war wie geschaffen für ihn. Er hatte damit begonnen, Le Chène überallhin zu folgen. Eines Tages begleitete er Maman Chène, die zur Feldarbeit aufbrach. Stolz saß er mit strahlenden Augen neben ihr auf dem Traktor. Mittags verschlang er sein Essen und verkündete schon beim letzten Happen: „Weg", wobei er seine neue Freundin an der Hand zog. Sie kehrten in der Nacht nach Hause zurück.

„Wir haben einen Bauern dazugewonnen", erklärte Maman Chène.

„Ihr werdet ihn mir überanstrengen", erwiderte ihr Mann. „Er ist zart."

Der Kleine hatte jedoch rote Wangen und amüsierte sich köstlich. Ihm gefiel der langsame, regelmäßige Rhythmus der Arbeit, das Brummen des Motors, und er war ebenso gelassen wie Maman Chène, die leise vor sich hinpfeifend den Traktor lenkte und sich von Zeit zu Zeit umwandte, um die Linienführung der Furchen zu überwachen, die sie in die braune Erde zog. Wenn sie den Traktor anhielt, stieg er von seinem Sitz und sah besorgt zu ihr auf. Aber nein, alles war in Ordnung, sie hatte nur die Anhängerkupplung überprüft. Der Traktor fuhr von neuem an, und Emmanuels Gesicht strahlte, als er die Bewegung wieder spürte.

Damals begann er, seine Tage einzuteilen: morgens ging er vom Großen Haus zur Scheune, wo Tania malte. Die Nachmittage verbrachte er bei Le Chêne und dessen Frau. Doch Madame Soubre begleitete ihn, immer im Hintergrund, zu seinem Schutz, zu ihrer aller Schutz. Er ging auch mit Catherine spazieren, die durch ihre Schwangerschaft erschöpft war. Er nahm ihre Hand, ging neben ihr und trällerte ununterbrochen vor sich hin. In seinen Augen war ein Lächeln, nachts schlief er gut, und Henri und Catherine hatten wieder das Vergnügen entdeckt, eine ganze Nacht durchzuschlafen (obwohl es noch viele Jahre dauern sollte, bis Catherine im Schlaf nicht länger auf das Stöhnen wartete, das das nächtliche Erwachen ihres Sohnes ankündigte). Und Le Chêne schmollte: „Der Kleine liebt mich nicht mehr so sehr."

33

Die Wochen nach Sophies Geburt zeigten, wie gut Maman Chêne daran getan hatte, Catherine nicht nach Dijon zurückkehren zu lassen. Catherine lebte in äußerster Angst, das geringste Weinen des Babys löste bei ihr eine Panik aus, die Henri nur mit größter Mühe zu beschwichtigen vermochte. Sobald es etwas weniger trank oder nicht einschlafen wollte, war Catherine verzweifelt: Sie verbrachte Stunden damit, das Gesicht ihrer Tochter zu beobachten, holte sich einen Termin nach dem anderen beim Kinderarzt, so daß dieser es für angebracht hielt, Henri anzurufen und ihm zu sagen, dem Baby ginge es vollkommen gut, und seine Frau müsse vor allem aufhören, sich Sorgen zu machen.

Catherine hatte nach und nach ihre gesunde Gesichtsfarbe verloren, dunkle Ringe lagen um ihre Augen herum, so daß sie noch grauer wirkten. Sie verlor an Gewicht und kapselte sich von der Außenwelt ab. Sie interessierte sich nicht mehr für die Arbeit auf dem Gut, und wenn sie sich auch zur Buchhaltung setzte, so wußte Maman Chène dennoch, daß bei ihrer Rückkehr nichts getan sein und sie sie wieder einmal an der Wiege ihrer Tochter antreffen würde, die sie unentwegt beobachtete. Catherines Angst um das Leben wurde erneut chaotisch. Emmanuel begann wieder, schlecht zu schlafen und sich zu verletzen, Henri war unglücklich und wußte nicht mehr, was er tun sollte, um seiner Frau zu helfen.

Madame Soubre suchte eines Tages Maman Chène auf und sagte unvermittelt zu ihr:

„Man muß etwas für sie tun, sonst wird sie sich und ihre Kinder zerstören, von den anderen ganz zu schweigen."

„Ich habe auch schon darüber nachgedacht, aber was kann man tun? Das Problem ist nicht Tifi, sondern Catherine. . ."

„Ich glaube nicht, daß ich ihr persönlich helfen kann", fuhr Madame Soubre fort, „aber ich habe zwei Kinder verloren, bei einem Brand, vor sehr langer Zeit, und ich habe nie vergessen können. Jahrelang fing ich jedesmal, wenn ich ein Streichholz sah, zu schreien an. Monatelang habe ich mich geweigert, auch nur einen Schritt aus meinem Zimmer zu tun. Und mein Mann hat mich verlassen . . ."

Maman Chène sah diese Frau mit dem harten Gesicht, mit den immer so ruhigen, so beherrschten Bewegungen an und verstand mit einem Mal den rätselhaften Eindruck, den sie oft in ihrer Nähe gehabt hatte.

„Gehen Sie und sprechen Sie mit ihr, sie liebt Sie und wird auf Sie hören", fuhr Madame Soubre fort. „Wenn ich mit ihr spreche, wenn ich ihr dies erzähle, so wird sie sich noch mehr fürchten. Ich habe darüber mit Ihrem Sohn gesprochen. Er kann sie durch nichts beschwichtigen. Wissen Sie, daß sie letzte Woche neunzehn Mal den Arzt anrief? Ich weiß es daher, weil Emmanuel sich weigert, seine Mutter aus den Augen zu lassen, und sie mich jedesmal, wenn sie telefonieren will, bittet, ihn aus den Raum zu führen, damit er nicht anfängt zu schreien. So kann es doch nicht weitergehn!"

Das stimmte, so konnte es nicht weitergehen, doch Maman Chène wußte nicht, wie sie es ihrer Schwiegertochter sagen sollte. Sie verbrachte noch mehr Zeit mit ihr und vernachlässigte die Arbeit auf dem Gut; es war Frühjahr; sie würde später die verlorene Zeit wieder aufholen können. Es war schlimmer als sie es sich vorgestellt hatte. Catherine wagte nicht, ihr Kind aus den Augen zu lassen, ihre Hände zitterten, wenn sie es in die Arme nahm, Catherine wartete geradezu auf das Unheit.

Maman Chène hatte schon immer ihre eigene Methode, familiäre Probleme zu lösen. Entweder wurde darüber gesprochen, weil eine Entscheidung gefällt werden mußte, oder aber man wartete darauf, daß sich die Dinge von selbst regelten. Doch hier war es etwas anderes.

Eines Nachts überraschte sie Catherine dabei, wie sie Tifi weinend wiegte. Sie nahm ihr das Baby aus den Armen, ging Le Chène wecken und sagte zu ihm: „Kümmere du dich um Tifi, ich muß mich um ihre Mutter kümmern..." Als sie das Kind ergriffen hatte, hatte Catherine zu schreien begonnen: „Rühren Sie mein Kind nicht an!", und Maman Chène hatte schonungslos geantwortet:

„Hören Sie endlich auf damit, dieses Kind in Ihren Tränen zu ertränken und es mit Ihren Ängsten zu foltern. ES GEHT IHM GUT!"

Als sie eine Weile später zurückkam, weinte Catherine noch immer. Maman Chène nahm sie in die Arme und sprach mit ihr, so wie sie es viele Jahre zuvor mit Le Chène bei dessen Rückkehr aus den Lagern getan hatte. Es galt, aus ihrem Inneren die Angst, das, was sie verschlang, hervorzuholen. Ihnen dabei zu helfen, das Vertrauen in sich selbst, in die Zukunft wiederzugewinnen. Diesselben Dinge wiederholen sich nicht zweimal in einem Leben... Bei Le Chène waren ihr die richtigen Worte nicht eingefallen. Würde es ihr bei Catherine gelingen?

„Maman Chène", schluchzte Catherine, „Sie können das nicht verstehen... Diese ganze Qual... Ich fühle mich unfähig, dasselbe noch einmal zu durchleben... Ich werde alles tun, um nur das nicht noch einmal zu durchleben... Als ich das mit Emmanuel erfuhr, habe ich zunächst geweint und geweint... Wie kann man behaupten, Tränen würden erleichtern? Dummes Zeug! Die Tränen spülen den Schmerz nicht fort, ersparen einem kein Leid, sie sind nur eine Begleiterscheinung. Jedesmal, wenn ich ein kleines Kind sah und an meinen Sohn dachte, fühlte ich mich gequält, ausgelöscht, zerstört..."

„Aber, Catherine, bei Emmanuel war es eine Gehirnhautentzündung, es gab damals eine Epedemie..."

Catherine hörte ihr nicht zu.

„Der bloße Anblick eines kindlichen Mündchens oder eines Lächelns wirkte auf mich wie ein Schwefelsäurebad. Seitdem ich Sie alle traf, Henri, Sie, Le Chène, glaubte ich, diesen Schmerz gebannt zu haben, aber ein weinendes Baby, ‚mein' weinendes Baby, ist genug, um mir Übelkeit zu verursachen, so oft habe ich Schreie gehört, ungeklärtes, unerklärliches Weinen."

„Was Sie damals erlebten, hat Ihnen einen Schock versetzt, aber Sie müssen lernen, gegen sich selbst anzukämpfen, um Tifi ein normales Leben zu ermöglichen. Sie tun noch mehr als sie übertrieben zu beschützen, Sie ersticken sie geradezu. Kommen Sie wieder ein wenig zu sich, Ihr Verhalten ist verrückt. Sie schaden Ihrem Kind..."

„Was verstehen Sie schon davon!..." schrie Catherine. „Je mehr ich versuchte, dieser Geschichte zu entkommen, desto unerträglicher wurde alles. Und wenn ich hunderttausend Jahre lang geweint hätte, dieses hundsgemeine Etwas saß tief in mir, ich konnte es nicht vertreiben..."

„Man kann nichts aus seinem Leben vertreiben, nur die unbedeutenden Dinge."

Maman Chène wußte dies nur zu gut, sie hatte lernen müssen, mit Le Chène und seinem Schmerz zu leben. Doch Le Chène hatte es dank Emmanuel geschafft. Warum nicht auch Catherine?

„Jedesmal, wenn ich Tifi ansehe, denke ich an Emmanuel und habe Angst", fuhr jene fort. „Angst, weil schon einmal alles gut ging, bis eines Tages... In den Monaten nach der Diagnose der Ärzte habe ich alles versucht... Sogar Alkohol... Dem ersten Glas Whisky, das nicht ausgereicht hatte, um dieses Feuer zu löschen, fügte ich ein zweites hinzu, dann ein drittes, ein viertes, und nichts verlosch in mir. In meinem Kopf klangen noch immer die Worte des Arztes: ‚Gemüse'. Wenn ich nur auch ein Gemüse hätte werden können, so wäre ich gewesen wie mein Sohn, und alles wäre einfacher geworden. Aber mir ging es schlecht, so schlecht, und ganz offensichtlich war Alkohol nicht die Lösung..."

„Aber Sie hatten recht, eine Zeit lang zu versuchen, Ihren Schmerz zu verdrängen. Le Chène, ich, die Kinder, wir alle haben dasselbe getan. Es muß einem gelingen, damit zu leben, damit fertigzuwerden... Es gibt Leute, denen das recht gut gelingt. Ich wußte schon immer, daß ich das, was Le Chène zugestoßen war, besser akzeptieren konnte, als wenn eines unserer Kinder betroffen gewesen wäre."

Maman Chène erinnerte sich an jenes schreckliche Jahr 45, als die Freude, Le Chène zurückkehren zu sehen, erloschen war vor dem Schmerz ihres Mannes, dieses jämmerlichen, abgemagerten Skeletts mit den von der Folter gebrochenen Gliedern und dem auf zwei vorwurfsvolle Augen reduzierten Gesicht. Er war von seinem eigenen Verfall besiegt und außerstande, seine Abhängigkeit zu akzeptieren. Außer Tania, die ihm jeden Zornausbruch mit einem Zornausbruch vergolten, die ihm zugesetzt hatte, um ihn seinen Schmerz ausspeien zu lassen, hatte niemand etwas mit ihm anzufangen gewußt... Maman Chène hatte ihn gepflegt, hatte versucht, ihm zu helfen, wieder Geschmack am Leben zu finden, sich bemüht, ihm klarzumachen, daß sie ihn so liebte, wie er war, daß sein zertretener Brustkorb, seine mißgestalteten Arme, sein hinkendes

Bein nichts an dem änderten, was zwischen ihnen beiden bestand. Er hatte sich in seinem Bett mit dem Kopf zur Wand gedreht und nicht geantwortet. Sie hatte sich gesagt, mit der Zeit würden sich die Dinge einrenken, doch in mehr als zwanzig Jahren hatte sich nichts verändert...

Catherine hörte ihr kaum zu. Ihr Gesicht war vor Angst entstellt.

„Wie kann ich Ihnen nur erklären, wie weit ich gegangen bin", fuhr sie fort. „Nach dem Alkohol entdeckte ich ein Paradies: Ich konnte meinen Schmerz verschwinden lassen... Ich vergaß, ich war imstande zu vergessen. Ein wahres Wunder, das mir erlaubte, der ‚Gemüse'-Wirklichkeit zu entkommen. Mein Kopf vergaß, löschte einfach aus, was er nicht ertragen konnte.

Ich habe noch immer dieses Gefühl in mir: Wie mein Geist voller Lust ins Nichts eintaucht... Ich hatte das Paradies der Beruhigungs- und Schlafmittel entdeckt. Eine Tablette, und dann sechs Stunden lang nichts mehr – weder Traum noch Wirklichkeit. Das war so gut... Ich lernte, auf diesen Augenblick zu warten, wo ich meine Fahrkarte ins Nichts, ins Nirgendwo löste. Eine Tablette, und dreißig Minuten später war ich ans Ende meines Ichs gelangt, das war alles, was ich wollte... Es stand in meiner Macht, dem Übel auszuweichen. Mein erstes Erwachen war märchenhaft... Und sobald das Gedächtnis Anstalten machte, wiederzukehren, genügten ein paar Stunden Geduld... Abwarten, bis Emmanuel im Bett war... Ich fing an, am hellichten Tage Schlafmittel zu nehmen, um die Dinge weniger stark zu spüren. Um das Tier in meinem Innern einzuschläfern.

Aber ich hatte mich getäuscht... Mein Erwachen war noch schlimmer als das, was ich fliehen wollte. Ich mußte kämpfen, um wieder festen Fuß zu fassen, die Angst erstickte mich. Die einzige Lösung war vollkommenes, endgültiges Vergessen und mein Kind zu töten – oder aber der Kampf. Ich begreife jetzt, daß es zwei ‚Wenns' in meinem Leben gibt: das ‚Wenn' Emmanuels, diese alte Droge, die mich in Versuchung führt, sobald ich ein anderes Kind ansehe... Doch dieses ‚Wenn' starb eines Tages, als er zehn Monate alt war und nichts wird es je wieder beleben können... Das andere ist ein angsterfülles ‚Wenn', das Tifi betrifft."

Maman Chène verstand, was sie ihn Schrecken versetzte. Auch sie wußte... Nur eines läßt sich im Leben willentlich abtöten... die eigene Verzweiflung. Die anderen sind da, brauchen dich... während in dir ausschließlich der Wunsch besteht, dich davonzumachen... Für einen Augenblick, nur für einen ganz kleinen Augenblick ihren Mann erleben, wie er einmal war... wie er früher war...

Während Catherine sprach, war Le Chène mit Tifi in seinen Armen leise hereingekommen. Er trat näher und murmelte mit tränenerstickter Stimme:

„Sie sind nicht allein, Catherine. Sie sind nicht mehr allein. Wir sind da. Auch ich vergehe, wenn ich einen Mann sehe, der aufrecht geht, der arbeitet, dem man nicht immerzu helfen muß... Den Wunsch, nicht mehr weiterzumachen, den kenne ich gut, glauben Sie mir! Ich habe meine Familie mit meiner Verzweiflung angesteckt. Tun Sie nicht dasselbe mit Ihrer Tochter... Tifi ist ein prächtiges Baby, geben Sie ihr eine Chance."

Er hatte sich ihr genähert und streichelte ihr mit ungeschickter Hand sanft über den Kopf, wie man es bei einem Kind tut. Tifi schlief an ihn geschmiegt. Sie wußte nicht, was um sie herum geschah.

34

Henri kam in jener Nacht spät nach Hause. Catherine war erschöpft eingeschlafen.

„Mit mir hat sie nie darüber gesprochen."

Er war überrascht. Gewiß, er hatte, als sie sich kennenlernten, ihre Verwirrung verstanden. Sie hatten sehr viel miteinander gesprochen, doch darauf hatte sie nie angespielt. Warum hatte sie nichts gesagt? Da geriet Maman Chène in Wut:

„Bist du eigentlich verrückt oder blind oder beides? Warum, glaubst du wohl, wollte sie kein weiteres Kind? Idiot, ich habe einen Idioten zum Sohn... Ist dir gar nicht aufgefallen, daß sie die Kleinen, Nicky und Carole, niemals ansieht? Das sie sich nie den anderen Kindern nähert... Wie kann dir das entgangen sein?"

„Maman, ich habe mich doch um sie, um Emmanuel gekümmert, ich habe doch alles getan, damit Ihr Leben weniger schwierig ist... Ich liebe Sie!"

„Warum willst du eigentlich nicht verstehen?"

„Ich könnte sie vielleicht auf eine Reise mitnehmen", wagte Henri zu sagen... merkte aber sogleich, daß es eine Dummheit war.

Maman Chène sah ihren Sohn bestürzt an... Auf einmal verstand sie die Gründe für ihr Scheitern bei Le Chène: um zu kämpfen, bedient sich jeder seiner eigenen Waffen, seiner eigenen Worte.

Auch sie hatte Le Chène vorgeschlagen, wie früher weiterzumachen. Und Henri dachte, es genüge, Catherine zu sagen, alles sei in Ordnung, und die Zeit das ihre tun zu lassen... Wer würde Catherine dabei helfen können, ihre mütterlichen Schmerzen zu begraben? Henri ging in der Küche auf und ab, er biß sich auf die Lippen, wie als Kind, wenn er ein Problem hatte.

„Willst du einen Kaffee?" schlug sie ihm vor; es schmerzte sie, ihn so zu sehen, doch bereute sie nicht, mit ihm gesprochen zu haben.

Sogar Fanny hatte Angst gehabt... „Es gibt Schmerzen, Ängste, die einen erdrücken... Und Catherine ist am Ende ihrer Kräfte..."

Henri rührte in seinem Kaffee und überlegte vergeblich, wie er seiner Frau helfen könnte. Le Chène war aufgestanden und hatte sich zu ihnen gesellt. Sie sprachen nicht, jeder suchte nach einer Lösung.

„Mein Gott nochmal, was könnte ihr bloß wieder Vertrauen einflößen?" brach es aus Henri hervor...

Tania, die zu so später Stunde noch Licht im Großen Haus gesehen hatte, stieß zu ihnen. Sie erfuhr, worum es ging, und schüttelte den Kopf, natürlich kannte sie das Problem, aber was sollte man tun? Wie könnte man Catherine beibringen, wieder Vertrauen zu haben?...

„Ich glaube, man kann ihr in dieser Hinsicht überhaupt nichts beibringen", sagte Henri auf einmal. „Sie muß durch diese Krise gehen. Selbstverständlich müssen wir alle wachsam sein, uns möglichst viel um sie kümmern... Aber sie muß auch über ihre Angst sprechen können, damit sie von ihr geheilt wird. Ich kenne sie, sie ist stark, sie wird es schaffen."

Und wieder einmal begab sich der Clan auf den Kriegspfad, kämpfte und siegte. Catherine verbrachte viele Stunden mit Le Chêne, sprach mit ihm. Sie suchte nach einem Ort, wo sie ihr Leid begraben konnte, sie fand ihn in der Liebe und in dem Verständnis, die ihr die Chênes entgegenbrachten.

35

Charles hatte sich angewöhnt, jeden Abend, wenn er von Dijon zurückkehrte, vorbeizukommen und sein Patenkind zu umarmen. Stets sah man seine langgliedrige Gestalt auftauchen – er war der einzige großgewachsene Chêne – wenn Tifi gerade aß. Wie immer war die Küche der allgemeine Versammlungsort. François kam morgens vorbei und trank dort in aller Stille mit seiner Mutter seinen Kaffee. Dann tauchte Charlotte auf, die nachsah, ob es Einkäufe gäbe, die sie erledigen könnte. Nie versäumte sie vorbeizuschauen, obwohl ihr

Besuch meist mit bittersüßen Wortwechseln endete, die sie unweigerlich mit ihrer Mutter austauschte. Für Catherine waren dies eher Streiterein, wie sie tagtäglich bei alten Eheleuten ausbrechen, die ihnen angeblich lästig sind, auf die sie jedoch nicht verzichten können. Solange das Wortgefecht nicht stattgefunden hatte, lief Charlotte in der Küche herum, ging hinaus, kam zurück, suchte und suchte etwas in ihrem Gedächtnis, aus dem sie bereits alle verfügbaren Informationen hervorgeholt hatte. Vorbote war ein Lächeln in ihren Mundwinkeln. Sie griff nach ihrer Tasche und öffnete den Mund:

„Maman, könntest du nächsten Sonntag wohl ausnahmsweise an meiner Stelle die Kinder zur Kirche bringen? – es war genau ihr Sonntag in der protestantischen Kirche – „Dann könnte ich nämlich nach Paris fahren, um..."

Maman Chène sah sie fragend an und schien nicht zu verstehen:

„Du weißt doch genau, daß ich nicht an der Reihe bin."

Und wieder begann eine Runde, in der keine von beiden aufgegeben hätte. Charlotte ging besiegt davon, erhobenen Hauptes, das Kinn auf die Brust gepreßt, um ihre Verärgerung zu verbergen... Und am darauffolgenden Tag kehrte sie erneut wieder. Es gab in der Tat zwei Charlottes: die eine, eine echte Chène, mit lauter, entschlossener Stimme und einem recht groben Wortschatz, der zu der energischen Frau paßte, die sie in Wirklichkeit war, und wie ihre Mutter stattlich gebaut. Die andere Charlotte hatte ein sanftes, fast honigsüßes Organ mit so gedämpften Tönen, daß man annehmen konnte, sie versammle gerade all ihre Kräfte, um mit ihrer Stimme den göttlichen Bann unerbittlich zu verkünden.

Abends kam sie noch einmal, und zwar genau dann, wenn Charles da war. Für sie war und blieb er der kleine Charles, und Henri sagte häufig, sie müsse sich beherrschen, um ihn nicht zu fragen, ob er in der Schule auch schön brav gewesen sei. Henri gegenüber kam die immer gleiche Frage: „Ist im Krankenhaus alles gut gegangen?", worauf Henri mit finsterem Blick und gesenkter Stimme „ja, Maman Charlotte" antwortete und:

„Hör endlich auf, uns mit deiner gekünstelten Art und deinem christlichen Interesse für deinen Nächsten auf den Wekker zu fallen. Vergiß nicht, deinen Mann zu fragen, ob er auch schön viel Moneten heimgebracht hat."

Sie trat den Rückzug an. Und die beiden Brüder fuhren fort, ihre Stimme nachzuahmen:

„Ja, Maman Charlotte, ich hab' mein' Brei ssön aufgegessen, wa' auch nich' unaatig (hab' nur die kleine Neue in der Notaufnahme gezwickt), wir ham unsere Schulaufgab'n nich' fagessen und ham allen Blödmännern gesagt, sie soll'n verduft'n."

Als Catherine sie zum ersten Mal bei ihrer Pantomime sah, hatte sie eine ganz neue Seite an ihrem Mann entdeckt: den gemeinen Kerl. Sie wußte, daß er Humor hatte, doch hatte sie keine Ahnung, wie schonungslos er gelegentlich reden und in welchem Maße er sich „abscheulich, ganz einfach abscheulich", wie die liebe Charlotte sich ausdrückte, benehmen konnte. Für nichts in der Welt hätte Catherine auf diese Szenen verzichten mögen. Sie erlebte eine Begeisterung, die sie von früher kannte: Diesen Spaß an Rangeleien hatte es bereits in ihrer Familie und dann im Zusammenleben mit Claude gegeben. Sie kannte die Spielregeln. Doch lange wurde sie nur als Zuschauerin geduldet. Da fragte Charlotte sie eines Abends:

„Ist heute alles gut gegangen...", hielt jedoch, sprachlos über ihr Versehen, inne.

Und die beiden Brüder brüllten vor Lachen und veranstalteten um Catherine herum einen rituellen Tanz.

„Jetzt darfst du auch mitmachen!"

Charlotte aber verlor ihr ganze Beherrschung und fand gleichzeitig ihre normale Stimme wieder.

„Maman, dies ist ein Haus! Entweder du sagst ihnen, sie sollen damit aufhören, oder ich setze hierher keinen Fuß mehr, solange diese beiden Verrückten da sind!"

Den Kindern bereitete es immer großes Vergnügen, bei diesen Streitereien dabeizusein. Nur Le Chène verließ gewöhnlich den Raum, wenn sich der tägliche Fortsetzungsroman anbahnte. Ganz offensichtlich war ihm das Benehmen der

Chènes zu anstrengend. Eines Abends hatte er Catherine erklärt:

„Sie denken immer, alle Chènes verpuffen ihre Energien in familiären Rangeleien. Nun, da irren Sie sich! Aus diesen Kämpfen schöpfen sie ihre Kraft, die sie hier erproben, jedoch anderen gegenüber anwenden. Sehen Sie, Charlotte, Herni, Charles, sie alle sind Kämpfernaturen, wie ihre Mutter. Fanny hat die verbale und körperliche Gewalt durch Schlauheit ersetzt, doch ist das gar nicht solch ein großer Unterschied. Ich bemühe mich seit vierzig Jahren, diesem Theater aus dem Weg zu gehen, denn ich verstehe mich nicht darauf. Ich habe schon vor langem zu kämpfen, zu streiten aufgehört."

Ja, dachte Catherine, außer für Emmanuel. Er wurde fuchsteufelswild, sobald es um Emmanuel ging. Die anderen schärften tagtäglich ihre Krallen, die von Le Chène hatten immer die gewünschte Form.

36

Man hatte sich in der Umgebung sehr bald daran gewöhnt, Madame Chène, ihre Schwiegertochter und Tifi bei den Versammlungen der Genossenschaft oder solchen, die auf Initiative Jean Bardels, Fannys Mann, organisiert wurden, auftauchen zu sehen.

Nach einer Reise in die Vereinigten Staaten hatte Bardel erklärt, er sei überzeugt, man könne in diesem Land für die Weine Burgunds bedeutende Absatzmärkte erschließen. Anstatt mit Handelsgesellschaften zu arbeiten, die bei dem Geschäft den gesamten Profit in ihre Tasche stecken würden, schlug er vor, eine Betriebsgesellschaft zu gründen, die gleichzeitig zwei „Läden" eröffnen würde, einen in New York, den anderen in Houston. Die Winzer von Nuits-Saint-Georges, später dann auch die der übrigen Dörfer der Côte, erwogen, wenn auch zunächst zögernd, die Vorteile dieses Angebots. Es gab etliche Zusammenkünfte und Wortgefechte zwischen Nachbarn, die bisher auf gutem Fuße miteinander gestanden hatten, und nicht nur Maman Chène schlug mit der Faust auf den Tisch.

„Schon viel zu lange machen die Händler auf dem Rücken der Landwirte blühende Geschäfte", wetterte sie. „Wir sollten versuchen, ihnen ein wenig zu beweisen, daß wir nicht bloß ‚Bauerntölpel' sind, die ihnen für zwei Pfennig ein Jahr voller Arbeit und Sorgen verkaufen."

„Aber was, wenn wir verlieren... was dann?" fragte schüchtern Joseph Moulins vom Nachbargut in Givray.

„Der ist wie ein Huhn, das sich vor seinem eigenen Ei fürchtet", flüsterte Maman Chène Catherine zu. „Sehen Sie sich ihn nur gut an. Läuft alles gut, so wird er als erster seinen Anteil fordern. Ist hingegen das erste Jahr nicht sehr ertragreich, so wird man ihn klagen hören, man sei drauf und dran, ihn zu ruinieren, er würde seine Familie nicht mehr ernähren können, die achte Plage Ägyptens sei über Burgund hereingebrochen. Genauso war es, als ich den ersten Stelzradschlepper kaufte und ihn durch die Rebflächen fuhr: ich würde die Weinberge ruinieren, verwüsten, ich sei eine Gefahr für den Weinbau. In Wirklichkeit war ich bloß eine Frau, und er konnte nicht hinnehmen, daß ich Initiativen ergriff. Und als wir mit Dutheil, dem Gutsherrn vom Clos des Soeurs, ein Syndikat gründeten... da hatte sich der Teufel in Burgung eingenistet. Man würde keinen Wein mehr herstellen können, das stand fest, denn innerhalb von Kooperative und Syndikat würde jeder über jeden alles erfahren, wieviele Fässer man produziert hatte und zu welchem Preis man sie verkaufte. Vergessen Sie nicht, Catherine, daß die meisten dieser Gutsbesitzer allein durch Geheimhaltung das bleiben können, was sie sind. Alle behaupten sie, es gebe keinen Verschnitt. Ich sage Ihnen, es wird verschnitten. Und in manchen Jahren fügt man, wenn man verkaufen will, soviel Zucker hinzu, wie eben nötig. Jeder von uns hat dies dann und wann getan. Das einzige Problem besteht darin, daß manche in solchen Fällen dennoch eine höhere Qualität ihres Weines vorgeben, obgleich auf den anderen Gütern niemand darauf hereinfällt. Ich verkaufe lieber, indem ich zurückstufe, auf diese Weise verliere ich nicht gleichzeitig meine Ernte und das Vertrauen der Käufer. Für sie ergibt das noch immer einen ordentlichen Tischwein, und wir können so bis zur nächsten Ernte durchhalten."

An einem Februarmorgen 1973, als Maman Chène sich gerade in der Kellerei unter dem Großen Haus aufhielt, hörte sie plötzlich, wie im Hof gerufen wurde:

„Madame Chène! Kommen Sie schnell, Emile ist unter seinen Traktor gekommen!"

Emile war Maman Chènes Schatten, der einzige, der sie Madame Mathilde nannte, denn er war gleichzeitig mit ihr nach Les Colombiers gekommen. Damals war die kaum zwanzigjährige Mathilde Blanc gerade erst aus ihrem heimatlichen Lothringen angekommen. Sie war groß, hatte kastanienbraunes Haar, ein etwas kantiges Gesicht, das mit den Jahren weicher werden sollte, und blaue Augen, die im Widerspruch zur Strenge ihres Gesichts standen. „Von all meinen Kindern hat nur ein einziges, nämlich Charles, meine Augen geerbt." Diese tief aquamarinblauen Augen, von denen Le Chène seinen Eltern erzählt hatte: „Sie hat Augen! Ihr Blick ist... unglaublich... ihr Haar... hinreißend!" Was seine Brüder und Schwestern hämisch lachen ließ, die eine Sirene erwartet und eine Riesin hatten ankommen sehen – alle Chènes waren klein von Statur!

Die Riesin, die sie nur in ihren Augen war, hatte sich sehr bald bei allen Achtung zu verschaffen gewußt.

Sie war Protestantin und Lothringerin und besaß auch deren Qualitäten. Sie war robust und arbeitsam. Sie hatte sich sogleich daran gemacht, diesen Burgundern zu zeigen, daß man mit ihr rechnen müsse. Bei ihrer Ankunft war Les Colombiers noch nichts als ein kleines Stück Land, das Charles und Mathilde als Hochzeitsgeschenk gegeben worden war – zwei mit Wein bepflanzte Hektar, die sie kaum ernähren konnten. Charles und Mathilde machten sich an die Arbeit, mit Emiles Hilfe.

Emile Dubernard war ein Bauer von der Mosel, auf der deutschen Seite geboren. Was den Wein betraf, so kannte er sich aus. Mathilde Chène wußte schon bald, daß sie sich alles würde selbst beibringen müssen. Es war keine Rede davon, daß man ihr, die eine Frau und beinahe Ausländerin war, helfen, geschweige denn die Techniken des Weinbaus zeigen würde. Charles ließ seine Frau in die Lehre gehen: Sie kannte nur die wenig fruchtbare, schwer zu bearbeitende lothringer Erde, mit dem kurzen Frühling, den heißen, aber kurzen Sommern, aus denen sich eine Ernte ergeben mußte, die sechs Mädchen, zwei Jungen und deren Mutter zu ernähren hatte. Der Vater, Simon Blanc, war gestorben, als Mathilde noch nicht einmal sieben Jahre alt war. Ihrer Mutter wurde damals von Emile geholfen, den man als Kriegsgefangenen geschickt hatte. Als seine Zeit um war, hatte er es vorgezogen zu bleiben. Er war noch ein Junge gewesen, als er auf dem Hof ankam. Nun, da er ein Mann war, sah er noch immer schmächtig aus, was einen an seinem Alter und seiner Kraft zweifeln ließ. Er hatte, kurz nachdem er sich in Nuits-Saint-Georges niederließ, geheiratet. Auch noch nach Jahren war Emiles zischender Akzent nicht verschwunden. Ohne ihn hätte Maman Chène das Gut während des Krieges niemals weiterführen können. Zufällig hatte Emile, der aus einer hugenottischen Familie stammte, die zur Zeit der Aufhebung des Ediktes von Nantes ausgewandert war, einen französischen Namen. Daher hatte ihm der Bürgermeister des Ortes falsche Papiere ausstellen und er so seine Kinder in Sicherheit bringen können. Er arbeitete nun schon seit über vierzig Jahren mit Madame Mathilde. Wer von beiden den anderen mehr achtete, vermochte Catherine nicht zu sagen. Aus der Kriegszeit hatte er sich die Angewohnheit bewahrt, beinahe unsichtbar zu sein, nie hörte man ihn kommen, nie wußte man, wo er sich gerade aufhielt: Er hatte beinahe fünf Jahre lang tagsüber versteckt leben müssen, nachts ging er mit Mathilde die Weinstöcke beschneiden, erklärte ihr, wie sie den Pflug reparieren konnte, und kehrte im Morgengrauen in den Keller zurück. Später, bei der Befreiung, hatten die Dorfbewohner zu Maman Chène gesagt: „Lassen Sie nur, wir wußten doch genau, daß Emile in Ihrem Keller war, aber der war ja kein Boche!"

Ein Junge, der gesehen hatte, wie sich der Unfall ereignete, alarmierte die Chènes. Maman Chène setzte sich sogleich an das Steuer des mit einer Winde ausgerüsteten Lastwagens, mit der Fässer und Kübel aufgeladen wurden. Catherine begleitete sie, während Le Chène es übernahm, Feuerwehr und Krankenwagen zu benachrichtigen. Als sie im Weinberg eintrafen, waren bereits Nachbarn da und bemühten sich, Emile zu beruhigen, der unter dem Traktor eingekeilt war. Bei dem Versuch, einen Weinstock auszureißen, hatte sich ganz plötzlich das Erdreich bewegt, wodurch der Traktor umgekippt war. Obgleich Emile vorsichtig gewesen war, war ihm nicht genug Zeit geblieben, um abzuspringen. Der Wein war an einem steilen Hang eines Hügels angebaut und der Traktor hatte sich dreimal überschlagen, bevor er am Rande eines Grabens liegengeblieben war...

Mit Hilfe der Arbeiter des Guts befestigte Maman Chène den Rollenzug, um den Traktor zu heben. Sie schrie, stieß kurze Befehle aus und sprach gleichzeitig beruhigend auf Emile ein. Dann kam Charlotte hinzu und ergriff in Sekundenschnelle eine Bohrstange, die sie als Hebel verwendete. „Vorsichtig anheben!" bat Maman Chène. „Stop! Laßt alles wieder herunter. Charlotte, hierher!"

Charlotte stürzte mit einem Band herbei, mit dem sie den Arm abband um die Blutung zu stoppen, die eingesetzt hatte, sobald der unter einem Rad festgeklemmte linke Arm Emiles befreit worden war. Der Arm war bläulichrot und blutig. Stellenweise konnte man den freiliegenden, zerquetschten Knochen erkennen, und das Blut schoß ungebremst hervor.

„Tut mir leid, daß ich Ihnen Mühe bereite, Madame Mathilde", wiederholte Emile unablässig. „Dabei hab ich heute morgen noch den jungen Leuten gesagt, man müsse daran denken, die kleinen Mauern auszubessern. Der Stein hat in den letzten Wintern Frost bekommen, er zerbröckelt in den Fingern. Trotzdem ist es meine Schuld; ich dachte, wenn ich aufpasse, würde ich nichts riskieren. Dieser verflixte Traktor ist umgestürzt, noch bevor ich irgendetwas tun konnte."

Trotz der Schmerzen verlor Emile keine Zeit und trug einem Arbeiter auf:

„Vergiß nicht, das Dynamit mitzubringen, das ich im Weinberg liegenlassen habe."

Einem anderen:

„Geben Sie meiner Frau erst dann Bescheid, wenn ich im Krankenhaus bin. Sie ist mit unserer Tochter nach Dijon einkaufen gefahren, sie müßte bald zurück sein. Man sollte ihr keinen Schrecken einjagen.„

Dann verlor er das Bewußtsein. Inzwischen wurden die Bergungsarbeiten abgeschlossen. Da die Feuerwehrleute auf sich warten ließen, hatte Charlotte Erste Hilfe geleistet und gesagt: „Bittet Henri, die Rettung zu benachrichtigen. Außer dem Arm ist auch eines seiner Beine übel zugerichtet. Man sollte keine Zeit verlieren." Tatsächlich war Emiles Bein halb abgetrennt. Charlotte gab ihre Anweisungen mit Beherrschung und einem Ton, der keinerlei Widerrede duldete. Währenddessen traf Maman Chène mit Hilfe eines der Arbeiter weitere Maßnahmen, um den Traktor, der die Straße zum Teil versperrte, wieder auf seine Räder zu stellen und ihn an den Straßenrand zu schleppen.

Emile mußte sich vier Operationen unterziehen, um seinen Arm und das Bein „wieder zusammenflicken" zu lassen.

„Ich hab' noch Glück gehabt, sie haben die Teile nicht verwechselt!" verkündete er Madame Chène vergnügt, als er im Krankenhaus wieder zu Bewußtsein kam. „Wie hätte ich denn dann den Wein beschneiden sollen? Mit meinen Füßen etwa?"

Seine Rückkehr brachte für Les Colombiers eine Veränderung mit sich. Er konnte keinen Traktor mehr fahren. Das „Zusammenflicken" war gut gemacht worden; nichtsdestotrotz hatte Emile nach langen Monaten der Reglosigkeit und nach zwei Knochentransplantationen am Bein einen Großteil seiner Bewegungsfähigkeit eingebüßt. Er selbst legte Wert darauf, seine Umgebung zu beruhigen: „Jetzt", sagte er, „haben wir ja Madame Catherine."

Triumphierend begrüßte er Le Chêne, der gekommen war, ihn zu besuchen:

„Jetzt können wir beide uns über unsere lahmen Beine unterhalten, stimmt's, M'sieur Chêne?"

Diese Redeweise verblüffte Le Chêne. Emile schien nach seinem Unfall keinerlei Bitterkeit zu empfinden. War das möglich? Er kehrte nach Hause zurück und schloß sich in seinem Zimmer ein. Und Maman Chêne erkannte die Anzeichen einer neuerlichen Krise. Doch diese dauerte nur wenige Tage, denn in Le Chênes Leben gab es nun Emmanuel, der nicht zuließ, daß sein Freund ihm aus dem Weg ging oder nicht wie sonst zur Verfügung stand. Eine verschlossene Tür bedeutet für Emmanuel nichts. Er holte also Le Chêne ab, forderte „Weg!", und Le Chêne ergriff die Hand des Kleinen – der beinahe acht Jahre alt und deutlich größer war als seine Vettern im selben Alter. Und der alte Mann lernte, sich nicht länger vor Emiles Heiterkeit zu fürchten, der keine Gelegenheit ausließ zu sagen:

„Heute schleift's nach, nicht? Eine Veteranenparade, könnte man meinen."

Le Chêne zog den Kopf ein und brummte, halb verärgert, halb zustimmend, etwas vor sich hin.

Für Emile waren die Dinge einfach. Er würde jetzt mehr Zeit in den Kellern verbringen, wie er eines Tages Maman Chêne verkündete.

„Schon lange sag' ich mir, man sollte die Kellereien neu organisieren. Und wenn wir an die Amerikaner verkaufen wollen, müssen wir den Versand vorbereiten. Vielleicht sollten wir auch beantragen, daß manche Weinberge neu eingestuft werden. Das denk ich schon 'ne ganze Weile..."

Kurz, Emile machte Pläne, und er war derjenige, der die Neuorganisation der Weinlager in die Hand nahm.

Für Maman Chène brachte Emiles Unfall zunächst zusätzliche Arbeit mit sich. Tifi war erst zwölf Monate alt, und Catherine konnte Les Colombiers nicht soviel Zeit widmen, wie es erforderlich gewesen wäre. Zudem verlangte Henri auch von Zeit zu Zeit die Anwesenheit seiner Frau in Dijon.

Jeden Morgen die Strecke Nuits-Saint-Georges-Dijon zu fahren, war für ihn kaum ein Problem. Es bedeutete höchstens eine halbstündige Fahrt. Hatte er Bereitschaftsdienst, schlief er in der Villa in Dijon. Weder er noch Catherine hatten die Suche nach einem Arzt oder einer Schule, die sich für Emmanuel eignen würden, aufgegeben. Immer wieder machten die beiden sich auf den Weg, um einen Kollegen Henris aufzusuchen oder ein Institut zu besichtigen. In solchen Fällen nahmen sie Emmanuel mit und überließen Tifi Maman Chènes Obhut.

Ein Jahr nach Tifis Geburt hatte Henri die Leitung einer Forschungsgruppe übernommen, die zahlreiche Fahrten nach Paris sowie abendliche Versammlungen und arbeitsreiche Wochenenden erforderlich machte. Catherine sah mit Vergnügen, wieviel Freude Henri an all den verschiedenen Aktivitäten fand. Er war weniger verfügbar und hatte sie um Verständnis gebeten. Wenn er sich für Medizin entschieden hatte, so mit dem Ziel, Forschung zu betreiben, sein eigener Herr zu sein, und jetzt kam alles gleichzeitig, „Seine Tifi, seine Forschungsarbeit und der Vorsitz in einer von Pompidou ernannten Kommission, um eine erneute Reform der Medizinstudien auszuarbeiten".

„Catherine, hab Geduld, du bist durchaus imstande, der Familie vorzustehen. Weder Emmanuel noch Tifi leiden unter meiner Abwesenheit. Für dich ist es wahrscheinlich schwieriger, aber meine Aufgabe im Ministerium dauert nur ein paar Monate. Sobald die Arbeitsgruppe organisiert ist, brauche ich nicht mehr so häufig nach Paris zu fahren."

Henri plädierte für eine schon im Voraus gewonnene Sache. Catherine war völlig seiner Meinung, sie war froh, ihn so strahlend zu sehen. Außerdem erleichterte dies ihre Entscheidung, sich ganz in Les Colombiers niederzulassen – was seit ihrer Schwangerschaft bereits mehr oder weniger der Fall gewesen war. Es mußten nur noch einige Einzelheiten geregelt und ein paar Möbelstücke aus der Villa in Dijon hergebracht werden. Bei ihrer Scheidung von Claude war Catherine die Villa zugesprochen worden. Die Chène-Enkelkinder würden bald in Dijon studieren. Man beschloß daher, die Villa zu behalten, und richtete dort für Henri einen Schlaf-Arbeitsraum ein für die Nächte, in denen er Bereitschaftsdienst hatte. Dort traf Catherine sich manchmal mit ihm.

In Les Colombiers erfuhr der ihnen zugedachte Flügel einige Veränderungen. Catherine und Henri beschlossen, an Emmanuels Zimmer nichts zu rühren. Eine Spielhalle, die gewöhnlich den Kindern zur Verfügung stand, die im Großen Haus zu Besuch waren, wurde zu ihrem Wohnzimmer. Ein ehemaliger, nicht mehr benutzter Ankleideraum wurde zum Büro für Henri und Catherine umfunktioniert. Madame Soubre stattete ihr Zimmer eigenhändig mit einer Freude aus, die alle überraschte. Sie beratschlagte mit der ganzen Familie ihre Einrichtung, redete eine ganze Woche lang über die Farbe ihrer Gardinen und fuhr dreimal wegen einer Tagesdecke nach Dijon. Henri mußte laut lachen, als er sah, wie sie aufblühte, „ein richtiger Backfisch", sagte er zu Catherine. Ihr eigenes Zimmer ließen sie so, wie sie es vorgefunden hatten, es war geräumig und lichtdurchflutet. Als Küche wurde eine riesige Veranda nach Süden angebaut. Die „Gewächshaus-Küche" begeisterte die Kinder und ließ Le Chène ein Gesicht ziehen:

„Alle Welt wird euch beim Kartoffelschälen zusehen können." „Aber nein, Papa", antwortete Fanny leise, „Henri wird nur aufpassen müssen, daß er seinen Kaffee nicht in Unterhosen trinkt." In den Augen aller war es ein Erfolg. Der Raum war groß, beinahe kahl, mit einem langen Tisch in der Mitte. Die Chène-Tradition war gewahrt. Die riesige Zeder, die die Küche beschattete, gefiel Catherine ebenso wie das kleine Tamariskenwäldchen, das den Frühling ankündigte. Sie konnte sich nicht sattsehen an diesem Fleckchen Erde, das in ihren Augen unendlichen Zauber besaß.

37

Der Laden von Les Colombiers wurde am 1. März 1973 in New York eröffnet. Außer Maman Chène und Catherine hatte sich niemand aus Nuits-Saint-Georges auf ein solchen Abenteuer einlassen wollen. Catherine kümmerte sich um alle für die Gründung der „Gesellschaft Les Colombiers, erlesene Weine" erforderlichen Papiere sowie um die Beschaffung der französischen Exportgenehmigung. Jean Bardel übernahm die notwendigen Schritte in den Vereinigten Staaten, die sich als äußerst unkompliziert erwiesen: Es ist wesentlich einfacher, von einer amerikanischen Bank ein Darlehen zu erhalten, wenn man eine Verkaufsidee hat, als den Versuch zu unternehmen, beim Direktor einer französischen Bank einen Termin zu bekommen, um diesem auseinanderzusetzen, daß man einen kurzfristigen Kredit braucht.

Am ersten Mai hatte der nicht weit von der Park Avenue gelegene Laden bereits dreitausend Flaschen verkauft, und das ohne jegliche Werbung. Ein ermutigendes Ergebnis. Am darauffolgenden Tag kündigte die „New York Times" in ihrer gastronomischen Rubrik an: „Soeben hat ein Laden mit französischen Weinen aufgemacht, der ‚très chic!' (sic) ist. Sie sollten ihn sich ansehen. Der Geschäftsleiter wird Ihnen alles über die Blume des Weines, den Sie kaufen wollen, erzählen. Er wird Ihnen erklären, warum Sie zu Ihrem Lammbraten einen temperierten Burgunder reichen müssen. Und dann wird er Sie noch einen Landwein zu zehn Dollar die Flasche probieren lassen – billiger als ein kalifornischer Wein!"

„Es ist nicht aufzuhalten, Catherine, es ist gar nicht mehr aufzuhalten!" rief am darauffolgenden Tag Jean Bardel, der aus New York telefonierte. „Wir haben seit heute morgen tausend Flaschen verkauft. Das Telefon klingelt unentwegt. Ein Triumph!"

Dieser Erfolg brachte im Leben von Niuts-Saint-Georges Veränderungen mit sich. Bald wurde deutlich, daß die Produktion von Les Colombiers nicht ausreichen würde und es unbedingt erforderlich war, daß diejenigen, die Vorbehalte hatten, ihre Meinung änderten. . . und an den „Laden von Les Colombiers" verkauften. Die Genossenschaft wurde neu organisiert und Maman Chène aufgefordert, die Zügel in die Hand zu nehmen. Catherine wurde ihre Stellvertreterin. Und das Marketing? Darin kannte sie sich aus, sie wartete nur darauf, ihre alte Tätigkeit wiederaufzunehmen.

Emile jubelte, nie zuvor hatte er so viel Arbeit gehabt, seine Aufgabe war die Auswahl der Weine; die Winzer lernten sein leises Lachen zu fürchten, das bedeutete, daß er ihnen nicht gerade angenehme Dinge mitzuteilen hatte.

„Tja, tja, dieser Wein ist sehr gut, aber nicht gut genug für unseren Laden."

Das Urteil war unwiderruflich. Es stimmte, der Laden gehörte auch ihm. Er war eines Abends gekommen, als die gesamte Familie gerade die letzten Groschen zusammensuchte, um die für den Versand erforderlichen zweihunderttausend Francs aufzubringen und hatte ein Bündel mit verknitterten Geldscheinen auf den Tisch geworfen. „Ein paar Pfennig mehr, vielleicht hilft das auch." Das war alles, doch in sein Eßzimmer hängte er die Kopie der Gründungsurkunde der Gesellschaft, worauf geschrieben stand: „Emile Dubernand: 50 Aktien".

Im September 1974 fuhr Maman Chène nach Houston zur Eröffnung des zweiten Ladens. Auch dort stellte sich der Erfolg sogleich ein: man hatte den Artikel in der „New York Times" gelesen. Chicago eröffnete Anfang Dezember. Der einzige, der diese Entwicklung mit Skepsis verfolgte, war Le Chène.

„Wo man schon einmal dabei ist, könnte man doch auch gleich Wein inmitten der Wolkenkratzer anbauen", brummte er. In Wirklichkeit war er sehr stolz auf den Erfolg der Familie, doch war er sich treu geblieben und hatte es abgelehnt, sich einzumischen.

Das Geschäft weitete sich aus. Jean Bardel schloß sein Büro

in Dijon, um sich ausschließlich der Gesellschaft zu widmen. Er flog häufig über den großen Teich. Nach ein paar Monaten beschloß der Familienrat: Die Anwesenheit eines Chène (oder eines Beinahe-Chène) in den Vereinigten Staaten wurde unumgänglich. Fanny begeisterte sich als erste für die Idee. Sie würden ein Appartement in New York mieten, würden reisen. Sie, das waren natürlich ihr Mann und sie selbst. Alle waren einverstanden: Jean sprach englisch, er kannte den Markt genau und verstand so gut wie gar nichts von Weinen... Sein Platz war daher auf der anderen Seite des Atlantiks. Sandra würde ihren Eltern später nachfolgen. Zunächst mußten sie eine Wohnung finden. In der Zwischenzeit würde Sandra bei Charlotte wohnen.

Am Sonntag vor Jeans und Fannys Abreise versammelten sich alle Chènes bei einem Mittagessen im großen Haus. Außer der Familie hatte Maman Chène Emile sowie alle übrigen Beschäftigten des Weinguts mit ihren Familien eingeladen. Es war Anfang August, und so hatte man Tische im Garten vor der Küche der Familie aus Dijon aufgestellt, einen für die Großen und einen für die Kinder. Die „Amerikaner" zogen im Triumph ein, als schon alle bei Tisch saßen. Das veranlaßte Henri in Catherines Ohr zu murmeln:

„Fanny wähnt sich schon in Hollywood. Eine Stunde zu spät und ein tiefes Dekolleté, alles da. Sogar Technicolor, sieh dir doch mal diesen lila Rock an!"

Doch der wirkliche Star war Sandra. Sie weigerte sich, bei den Kindern zu sitzen. Schließlich sei sie fast fünfzehn und habe inmitten all dieser „Gören" nichts zu suchen. Das nahmen sie ihr sehr übel.

„Seht mal alle her, die pickelige Tonne, die sich für 'ne Prinzessin hält! Und dann ist sie auch noch in ihrer Klasse die Schlechteste in Englisch! Die werden lachen, die Amis, wenn sie sehen, was man ihnen da für einen Pummel rübergeschickt hat!"

Der „Pummel" weinte und erwiderte, sie sei heilfroh, solche Bauerntrampel endlich loszuwerden.

„Selbst ein Bauerntrampel", entgegnete Marc. „Du hast hier länger gelebt als wir, du stinkst, du altes Bauernweib!"

Jetzt mußte eingegriffen werden.

Emmanuel spazierte zwischen den beiden Tischen hin und her, bald aß er an Le Chènes Seite, der ihm Platz gemacht hatte, kehrte wieder zu Franck zurück, um die Zeichnung zu holen, die er für Jean vorbereitet hatte, ging wieder zum anderen Tisch, um sie ihm zu überreichen, kam erneut zurück, um mit den anderen zu singen.

Emile erzählte Madame Soubre schon zum zehnten Mal von seinem Erfolg: „Gewiß, Jean verkaufte dort drüben den Wein, aber wer sucht ihn aus, he?" Madame Soubre nickte schweigend. Sie sah zu Catherine hinüber, die zwischen Henri und Charles saß. Während sie an der allgemeinen Unterhaltung teilnahm, verfolgte sie Emmanuel mit den Augen, denn die alte Unruhe wollte nicht von ihr weichen. Tifi kaute in ihren Armen an allem herum, was sie auf den Tellern ihrer Eltern ergattern konnte. Mit ihren zwanzig Monaten war sie unerhört lebhaft. Sie lief seit einem Jahr, schwatzte ununterbrochen und kokettierte mit jedermann. Der einzige, der ihr gegenüber Distanz hielt, war Le Chène. Er mochte ihre einschmeichelnde Art nicht. Da Emmanuel jedoch in seine Schwester vernarrt war, hatte er sich mit ihr abgefunden.

Maman Chène nahm oben an der Tafel vis-à-vis von ihrem Mann den Ehrenplatz ein. Für diesen Anlaß hatte sie versucht, sich eine besondere Frisur zu machen, doch hing ihr Knoten schief, widerspenstige Haarsträhnen lösten sich und umrahmten ihr Gesicht mit einem weißen Heiligenschein, der in der Sonne schimmerte. Sie trug ein himmelblaues Kleid, zu dessen Kauf Catherine sie nur mit größter Mühe hatte überreden können. „Zu hell, zu elegant für mich". Doch Catherine hatte sich durchgesetzt, indem sie sie davon übrzeugte, daß sie bald wieder in die Vereinigten Staaten reisen und sich dafür ohnehin einkleiden müsse... Charlotte und Henri waren gerade wieder einmal dabei, sich grundlos zu streiten, als Le Chène aufstand und sich neben seine Frau setzte. Dieses eine Mal hatte er sich bemüht, elegant auszusehen und trug ein weißes Hemd mit offenem Kragen und eine beige Stoffhose. Sein langgezogenes, sonnengebräuntes Gesicht und das sorgfältig gekämmte weiße Haar ließen ihn sehr vornehm aussehen.

„Ein wenig Ruhe bitte!" bat Maman Chène. „Le Chène und ich möchten die Gelegenheit, daß ihr alle anwesend seid, wahrnehmen, um euch über bestimmte Entscheidungen, die wir getroffen haben, in Kenntnis zu setzen. Aber zunächst einmal sollt ihr wissen, daß wir alle bedacht haben. Kurz und gut, wir haben uns die Frage gestellt, was wohl aus euch allen und aus Les Colombiers wird, wenn Le Chène und ich einmal nicht mehr da sind. Wir wollen niemanden benachteiligen und haben versucht, die Neigungen jedes Einzelnen zu berücksichtigen..."

Sie sprach mit fester Stimme und unterstrich jedes Wort mit einer Handbewegung. Le Chène fragte sich, wie alle wohl ihre Entscheidung aufnehmen würden. In Wirklichkeit war es seine Idee gewesen. Weder seine Frau noch er sollten sterben, ohne klare Verfügungen hinterlassen zu haben. Er wußte, von seiten der Söhne würde es keinerlei Probleme geben, Henri, François und Charles würden ihre Beweggründe sehr gut verstehen. Bei Charlotte und Fanny war er nicht so sicher. Was Pierre betraf, so konnte man gewiß sein, daß er keinen Einspruch erheben würde. Der erzählte gerade Charles über das Match Bayonne gegen Tarbes, das er miterlebt hatte und von dem er ganz begeistert war. Tania, kein Problem, mit ihr hatte er zuallererst über seine Absichten diskutiert, noch lange bevor er darüber mit seiner Frau sprach. Sie hatte sogar eines Tages die Frage gestellt (man hätte annehmen können, daß es nebenbei geschah, aber wenn man sie kannte, so wußte man, daß es sie schon lange beschäftigte):

„Les Colombiers, das sind vielleicht die Chènes, das sind aber ebenso die Teile, die hinzugekommen sind. Hast du daran gedacht?"

„Daran" war Le Chène nicht aus den Kopf gegangen, während er mit Emmanuel spazierenging. In dreißig Jahren hatte er sich nie gefragt, was wohl nach seinem Tode geschehen würde. Doch die Gegenwart des Kleinen hatte alles verändert. Wer hätte ihn besser beschützen können, wer kannte ihn so wie er? Keiner. Den Kleinen liebte er; es lag also an ihm, für alles Vorsorge zu treffen. Wochenlang grübelte er, bis er dann eines Abends, als seine Frau nach einer lebhaften Versammlung aus Nuits-Saint-Georges zurückkehrte, das Thema anschnitt:

„Alles, was du da tust, ist ja schön und gut, aber hast du je darüber nachgedacht, was an dem Tag geschieht, wo du nicht mehr da sein wirst? Les Colombiers, das sind die Chènes, das sind aber ebenso die Teile, die hinzugekommen sind."

Ja, er war sicher, daß ihre Entscheidung die richtige war, und überzeugt, daß allen Familienmitgliedern Streitereien, Ärger und Haß erspart bleiben würde, wenn sie alle Möglichkeiten im voraus bedachten. Sie würden bestimmt einige Zeit brauchen, um zu verstehen, doch er war überzeugt, im Laufe der Jahre würden alle ihre Entscheidung gutheißen.

„Wir haben beschlossen, euch alle gleichzeitig zu informieren, damit ihr wißt, wie sehr wir euch lieben", schloß Maman Chène. „Und wir hoffen, daß ihr unseren Beschluß billigt. Jetzt bist du an der Reihe, Le Chène..."

Le Chène räusperte sich und erkärte:

„Wenn ich mich auch wenig um das Gut kümmere, so weiß ich doch, was vor sich geht. Eure Mutter und ich haben die Berufswahl eines jeden von euch akzeptiert. Wir haben uns nie in eure Entscheidugnen eingemischt. Keiner von euch liebte den Weinbau oder die Landwirtschaft. Wir haben nichts unternommen, um euch dazu zu zwingen, in Les Colombiers zu arbeiten. Wir haben jedem von euch ein Haus gegeben. Ihr liebt Les Colombiers, ihr liebt es, dort zu leben, nicht jedoch, dort zu arbeiten.

Eure Mutter hat sich nie beklagt, aber trotzdem machte sie sich um die Zukunft Sorgen. Ich nicht. Ich habe schon immer gesagt, man soll sich erst dann Sorgen machen, wenn man vor dem Problem steht, nicht eher. Ich habe das während der Folterungen gelernt: Vorher Angst zu haben, war sinnlos. Alles, was ich mir hatte vorstellen können, glich nicht im geringsten dem, was mir zugefügt wurde... Und eines Tages hat Henri uns Catherine und Emmanuel gebracht, und ich wußte, ich hatte recht gehabt."

Jeder hatte die Augen auf Le Chène gerichtet. Um sich Mut zu machen, hatte er die Hand seiner Frau ergriffen. Henri lächelte mit zusammengekniffenen Augen. Charlotte spielte mit ihrer Perlenkette. Fanny malträtierte ein Stück Brot. Charles amüsierte sich innerlich. Vor gar nicht so langer Zeit hatte er mit François gesprochen, um ihm etwa dasselbe zu sagen, was Le Chène gerade zu erklären versuchte. Sie hatten sich sogar gefragt, wie sie ihre Eltern, ohne sie zu verletzen, dazu bringen könnten, alles noch zu Lebzeiten zu regeln.

„Daher", fuhr Le Chène fort, „haben eure Mutter und ich beschlossen, solange wir da sind, die Aufteilung unserer Güter unter euch vorzunehmen. So wird es später keine Probleme geben. Wir hoffen beide, daß ihr unsere Beweggründe versteht und die Aufteilung, die wir euch vorschlagen, akzeptiert... Einem jeden unserer Kinder schenken wir sein Haus sowie das Grundstück, das es umgibt... Les Colombiers wird an Catherine gehen. Sie ist die einzige, die den Weinbau liebt, die einzige, die sich seit ihrer Ankunft um das Gut gekümmert hat. Und dann ist da Emmanuel. Ihr wißt, welche Fortschritte er gemacht hat, seitdem er hier ist. Er ist ein Kind, das an einem Ort leben muß, den es liebt und wo es geschützt ist vor allem, was ihm Schaden zufügen könnte. Maman Chène und ich haben gedacht, die beiden einzigen Menschen, die Les Colombiers wirklich brauchen, und die Les Colombiers braucht, sind Catherine und Emmanuel. Es wird Catherines Aufgabe sein, euch die Erträge auszuzahlen, die euch zustehen. Aber sie wird alleinige Herrin über das Gut sein. Der Grund und Boden wird ihr gehören, und ihr werdet in der Betriebsgesellschaft, die wir gegründet haben, als Aktionäre fungieren. Mit anderen Worten, nichts wird sich im Vergleich zum jetzigen Zustand ändern, außer daß Catherine den Betrieb leiten wird, so wie eure Mutter es augenblicklich tut. Unsere übrigen Enkelkinder werden dabei nicht vergessen, doch sind sie nicht so schutzbedürftig wie der Kleine, sie werden eines Tages einen Beruf haben, ein selbständiges Leben führen..."

Le Chène schwieg, seine Stimme war vor Erregung geschwächt.

Charlotte brach als erste das Schweigen, das auf Le Chènes Rede gefolgt war:

„Ich möchte für alle sprechen und euch sagen, daß wir... daß wir alle glücklich sind über eure Entscheidung. Und daß Maman endlich jemanden gefunden hat, der sie unterstützt und ihre Nachfolge antritt, macht mich sehr froh, denn vor kurzem erst sprach ich darüber mit dem Domherrn der Kathedrale..."

Sie konnte ihren Satz nicht zu Ende führen; Charles hatte sich mit dem Glas in der Hand erhoben und hatte „auf Les Colombiers, auf Le Chène, Maman und Catherine" angestoßen.

Henri nahm seine Frau in die Arme und sagte zu ihr:

„Du bist jetzt noch mehr eine Chène als die echten Chènes, du hast Les Colombiers die Zuwendung geschenkt, die es so nötig hatte."

Maman Chène ging auf das Paar zu, auch sie umarmte Catherine und sagte zu ihr: „Dies ist unsere Art und Weise, Ihnen zu danken." Catherines Gesicht war tränenüberströmt. Le Chène ging auf sie zu und drohte ihr mit seiner vollen Stimme:

„Weinen Sie nicht, der Kleine wird denken, man tut Ihnen weh!"

38

Durch Jeans Übersiedlung änderte sich manches, was Maman Chènes und Catherines Arbeit betraf: Bis dahin hatte er alle Bankangelegenheiten erledigt, was allen nur recht sein konnte.

Tifi war noch ein Kleinkind, und Maman Chène hatte nach Emiles Unfall viel zu tun. Sehr bald hatte sich das Telefon als unzureichend für die Abwicklung der Deviseneín- und ausgänge herausgestellt. Die Eröffnung der Läden hatte zunächst die Aufbietung des gesamten Familienkapitals erforderlich gemacht. Jetzt kamen Gelder herein. Da Jean nun in New York lebte, war es Catherines Aufgabe, sich zur Erledigung der Bankgeschäfte regelmäßig nach Dijon zu begeben.

Kurz vor seiner Abreise hatte Jean Catherine empfohlen: „Solltest du Probleme haben, wende dich an Bruno Lecerf in der Zentralstelle der Bank von Dijon. Er ist über alle Transaktionen auf dem laufenden und kennt die Akte Chène genau."

Sie machte es sich zur Gewohnheit, einmal wöchentlich dorthin zu fahren.

„Jetzt fahren wir die Strecke in umgekehrter Richtung", amüsierte sich Henri. „Früher sind wir am Wochenende nach Les Colombiers gefahren."

„So können wir wenigstens einen Abend in der Woche allein miteinander verbringen", antwortete Catherine. „Das ist viel mehr als je zuvor, seit wir uns kennen."

Zu guter Letzt hatte sie sich mit dem Gedanken abgefunden, Tifi und Emmanuel in Les Colombier zu lassen. Schließlich gab es ja Madame Soubre, und außerdem war Le Chène begeistert. Wenn Catherine und Henri nicht da waren, gehörte der Kleine ihm ganz allein.

Als Catherine Bruno Lecerf zum ersten Mal begegnete, empfing er sie mit einem strahlenden Lächeln:

„Ganz Burgund spricht nur noch von den Chène-Frauen. Endlich habe ich die Ehre, sie kennenzulernen! Sie sind also die Städterin, die zur Winzerin geworden ist. Sehen Sie, ich weiß alles über Sie ..."

„Das scheint mit ein bißchen wenig. Ja, ich komme aus der Stadt, und was ist dabei?"

„Sie sind nicht von hier! Aber, was glauben Sie, wie man in Geschäftskreisen über die Damen Chène spricht! Zwei Frauen, die eins der besten Geschäfte der letzten zehn Jahre aufgebaut haben. Das gibt den Leuten Stoff zum Klatschen, glauben Sie mir! Vor allem, wo sich anfänglich jeder schadenfroh gefragt hat, wie lange es wohl dauern würde, bis das Ganze zusammenbricht. Ich denke, ich war einer der wenigen, die an das Projekt glaubten. Sie müssen verstehen, für die Menschen hier dreht sich alles um den Wein."

So wurde ihr bewußt, welche Aura sie beide, Madame Chène und „die Frau des Professors", wie sie genannt wurde, umgab. Es stimmte auch, daß sie im Verlaufe der Genossenschaftssitzungen manchmal sehr heftig wurde, weil sie überzeugt war, daß ihre Schwiegermutter und sie recht hatten. Man hatte zu ihr gesagt, eine Frau, die wie sie gerade eben erst nach Nuits-Saint-Georges gekommen sei, hätte denen, die seit fünf, zehn, ja vielleicht noch mehr Generationen Weinbau betrieben, nichts zu sagen. An jenem Abend hatte Maman Chène ihr auf dem Heimweg erklärt: „Seitdem ich hier bin, ist es immer schon so gewesen. Sicher, man muß die Frauen tolerieren, doch nur, damit sie die schwere Arbeit verrichten. Aber der Patron bleibt der Patron. Die Frauen gehören in die Küche und in den Weinberg. Außer in Kriegszeiten, da braucht man sie selbstverständlich. So war es, als ich ankam, und daran hat sich nichts geändert. Als ich mich nach Le Chènes Rückkehr weiterhin um Les Colombiers kümmern mußte, haben sie mich akzeptiert, weil sie keine andere Wahl hatten."

Je länger Catherine Maman Chène damals zuhörte, desto mehr war sie davon überzeugt, daß man das amerikanische Experiment wagen sollte. Die Versammlung hatte sie wütend gemacht: Man hatte sie nicht einmal angehört. Sie hatte diesen Aspekt ihres Berufslebens ganz vergessen, vergessen, daß man sie jedesmal, wenn sie sich in einer neuen Firma vorstellte, für „Monsieur Sarviats Assistentin" hielt, weshalb sie sich, um jeglichen Zweifel auszuräumen, entschlossen hatte, auf jedem ihrer Briefe und Mitteilungen ihren Namen, Catherine Sarviat, voll auszuschreiben.

Sie hatten in jener Nacht noch sehr lange miteinander gesprochen, hatten die Rechnungsbücher und das große rote

Buch hervorgeholt, das verehrt wurde, und das Jahr für Jahr die gesamte Produktion von Les Colombiers genauestens festhielt. Sie hatten alles noch einmal durchgerechnet, das rote Buch von neuem vorgenommen und gemeinsam zu lachen begonnen. Für den Anfang brauchten sie die anderen nicht, später würden sie wohl oder übel auf sie zurückkommen müssen. Um sieben Uhr früh, als Emile eintraf, strahlte Madame Mathilde, was ihn ein wenig erstaunte, denn er hatte die Versammlung am Vorabend miterlebt. Es dauerte keine zwei Sekunden, und er hatte verstanden! Gegen Mittag begab er sich in das Café des Ortes, obwohl er seine Zeit sonst nie dort vergeudete, um sich ein wenig umzuhören und sich ins Fäustchen zu lachen.

Bruno Lecerf kannte nur einen kleinen Teil der Geschichte. Der frauenfeindliche Aspekt der Angelegenheit hatte ihn jedoch betroffen gemacht. Als Bardel ihn aufsuchte, überzeugte dessen Bericht ihn, daß man den Versuch wagen könne, das Gut biete genügend Sicherheiten. Familie Chène hatte aber eine andere Vorstellung von den Dingen, eine Hypothek auf Les Colombiers kam nicht in Frage. Ein paar Wochen später bat Jean Bardel Herrn Lecerf, Madame Chène in Nuits-Saint-Georges zu besuchen. Catherine war an jenem Tag nicht zu Hause. Bruno Lecerf staunte bei seiner Ankunft in Les Colombiers, mit welchem Respekt die Angestellten mit Madame Mathilde sprachen. Sie sah sich die Unterlagen an, die er mitgebracht hatte, diskutierte eine Weile mit ihm und beendete die Unterredung mit den Worten:

„Wir sind gemeinsam mit meiner Schwiegertochter in dieses Geschäft eingestiegen. Sie ist heute nicht da. Ich werde Sie morgen anrufen, um unseren Darlehensbeschluß zu bestätigen. Ihr Vorschlag sagt mir zu, aber Catherine weiß in allen finanziellen Fragen besser Bescheid als ich. Auf Wiedersehen, Monsieur!"

Dies war in der Tat das erste Mal, daß er um Geld gebeten wurde, noch dazu um eine hübsche Summe, ohne daß der Bittsteller auch nur das geringste von seinem Stolz aufgab. Ganz offensichtlich war sie nicht auf die Zustimmung der Schwiegertochter angewiesen. Doch versuchte sie nicht, ihn zu beeindrucken, wie es die meisten Gutsbesitzer der Umgebung getan hätten, die ihm anbieten würden, zunächst das Anwesen zu besichtigen und es dann mit ein paar guten Flaschen wieder zu verlassen, die die Richtigkeit seiner Entscheidung bekräftigen sollten. Sie hatte lediglich ihre Zahlen vorgelegt, die seinen angesehen und ihn verabschiedet.

Entgegen den ihnen vorgeschlagenen Finanzierungsplänen, ließen sie einen Experten kommen, Alexis Lichine persönlich, um sich die Qualität der Weine bescheinigen zu lassen, die sie nach New York zu schicken gedachten. Dies und ein Anruf Peter Durrens bei den amerikanischen Finanzpartnern genügten, daß sie ohne jegliche Schwierigkeit das Darlehen aus Amerika bekamen. Der Erfolg des ersten Ladens war die Garantie für die Anleihen zur Eröffnung weiterer Läden. Das Geschäft verlangte von allen erhebliche Mehrarbeit, doch ein Jahr nach Gründung der Gesellschaft hatten Mathilde und Catherine die Hälfte ihres amerikanischen Darlehens zurückgezahlt und konnten sogar das Gut „Clos des Soeurs“ dazukaufen.

In Nuits-Saint-Georges begann man, Catherine mit anderen Augen zu betrachten. Bis dahin hatten sie es mit Mathilde Chène zu tun gehabt, und nun stellte sich heraus, daß deren Schiegertochter ebenso zu fürchten war. Mathilde allein hätte all dies nie zustandebringen können. Und wenn sie bei den Versammlungen erschienen, wagte niemand mehr, zu Catherine zu sagen, sie verstehe nichts davon und solle lieber schweigen. Als erster zog Joseph Moulins den Hut, den er doch sonst wie festgeschraubt auf seinem Kopf trug, um sie mit einem „Guten Tag, Madame Chène“ zu begrüßen.

Bruno Lecerf amüsierte sich über die Situation. Er erzählte Catherine, welchen Druck die Gutsbesitzer auf ihn ausgeübt hätten. In der Annahme, die beiden besäßen die Summe nicht, um den Clos des Soeurs zu kaufen, habe „man“ ihn aufgesucht, habe „man“ ihm ausdrücklich geraten, nur ja kein Geld zu verleihen. Und er habe diesem „man“ geantwortet, er leihe überhaupt nichts, die beiden seien gar nicht darauf angewiesen, in den Vereinigten Staaten genüge ihr Leumund, um das nötige Geld zu beschaffen.

Für Maman Chène und Catherine änderte all das nichts an ihrem Leben. Sie wußten, mit der Zeit würden sich die Dinge beruhigen. Sie hatten viel Arbeit, und die Tage waren lang.

39

Claude sah seinen Sohn von Zeit zu Zeit – wenn er sich dazu imstande fühlte. Gleich nach ihrer Scheidung hatte er Catherine erklärt: „Ich glaube nicht, daß ich Emmanuel alle vierzehn Tage zu mir nehmen kann. Ist es dir recht, daß du mir regelmäßig sagst, wie es ihm geht, wenn ich anrufe?“

Er telefonierte also zwei- oder dreimal monatlich und achtete darauf, Catherine wissen zu lassen, wenn er abwesend war: „Ich möchte nicht, daß du dir Sorgen machst! Ich muß für mehrere Wochen geschäftlich verreisen.“ Viel mehr als in der Vergangenheit hielt er sie über seine Aktivitäten auf dem laufenden und vermied jegliche Anspielung auf ihr Leben mit Henri. Er hatte ihr zu Tifis Geburt eine Glückwunschkarte geschickt, sprach jedoch nie über sein Privatleben.

Durch die Zeitung hatte sie eines Tages erfahren, was sich ereignet hatte: „Unternehmer von seinen Arbeitern gefangengehalten“, verkündete *La Dépêche du Centre*. Das Foto, auf dem die Fabriksfassade zu sehen war, machte sie aufmerksam: Das war ja die Firma Delande! Von der dreitausendköpfigen Belegschaft des Unternehmens für elektronische Geräte sollten zweitausend Beschäftigte entlassen werden. Im Verlauf einer Versammlung hatte Claude den Sachverhalt von seinem Standpunkt aus dargelegt und nüchtern die Probleme der

Firma vorgetragen. So einfach war es: Entweder man müsse kündigen oder schließen. Dann hatte er angesichts des darauffolgenden Tumults den Saal verlassen, in dem die Gewerkschaftsvertreter, die Leiter der verschiedenen Abteilungen sowie die Vertreter der einzelnen Zulieferfirmen versammelt waren. Dem Zeitungsbericht zufolge hatte sich die Situation daraufhin zugespitzt: Claude wollte zu seinem Wagen zurückkehren und in sein Büro fahren. Die Angestellten, die mehrere Stunden lang gewartet hatten, versperrten seinem Auto jedoch den Weg, zerrten ihn gewaltsam heraus und brachten ihn in das Büro eines Vorarbeiters, wo er seit nunmehr fast dreißig Stunden zusammen mit drei Ingenieuren, die mit ihm im Wagen gesessen waren, gefangen gehalten wurde. Die Gewerkschaftsleiter aus Paris hatten sich einschalten müssen, damit man sie mit Nahrung versorgen konnte. Claude, hinter dem die Betriebsleitung stand, hatte jegliches Gespräch abgelehnt, solange er und die Ingenieure nicht auf freien Fuß gesetzt würden. „Unkontrollierte Elemente", wie sie im Bericht genannt wurden, hatten dann das Gebäude in Brand gesetzt, in dem sich die Eingesperrten befanden, die gerade noch rechtzeitig, dank des Eingreifens der Polizei, gerettet werden konnten. Claude war durch Glassplitter leicht verletzt. Das Eintreffen der Krankenwagen hatte die Gemüter beruhigt, und die Verletzten, zehn an der Zahl – neun Feuerwehrleute und Claude – waren eilig nach Dijon ins Krankenhaus transportiert worden.

Die Geschichte stand in allen Zeitungen auf der Titelseite, in Les Colombiers wußte man jedoch nichts darüber: Emmanuel hatte Windpocken, Maman Chène lag mit schwerer Grippe im Bett, und Catherine, die völlig überlastet war, hatte schon seit Tagen den Fernsehapparat nicht mehr angestellt. Le Chène mußte ihr die Zeitung bringen, damit sie überhaupt erfuhr, was vorgefallen war.

Catherine eilte mit der Zeitung zu Maman Chène, schon bald war der ganze Clan eingeschaltet, und jeder gab seine Meinung kund. Catherine solle Claude anrufen, sagte Charles;

ihn aufsuchen, versicherte Charlotte. Pierre schlug vor, sie solle sich im Krankenhaus nach ihm erkundigen. Catherine war ein wenig benommen und hatte nicht einmal das Telefon läuten hören, als sie auf einmal sah, wie Tania ihr heftig zuwinkte, wobei sie auf den Hörer in ihrer Hand deutete.

Es war Claude. Er hatte eine gedämpfte Stimme, die sie kaum wiedererkannte.

„Hast du die Zeitungen gelesen?" fragte er.

„Ja, wie geht es dir? Du bist doch nicht allzu schwer verletzt?"

„Nein, es geht, nur ein paar Verbrennungen am Arm und am Bein und ein paar Nähte wegen der Splitter. Ich wollte dich beruhigen, ich hatte Angst, daß du dir Sorgen machst. Alles ist jetzt in Ordnung." (Noch immer diese heisere Stimme.)

„Ich würde dich gern sehen, wenn es dir recht ist."

Sie willigte ein. In seiner Stimme lag etwas, was sie nicht kannte.

„Diese vierzig Stunden haben mich einiges verstehen lassen", fuhr er fort. „Komm, ich bitte dich!"

„Claude, Emmanuel liegt mit Windpocken im Bett und bis morgen oder übermorgen habe ich niemanden, der mich vertreten könnte. Kannst du bis dahin warten?"

„Mein Gott! Emmanuel, wie geht es ihm?... Ja, ich kann warten... Pfleg' ihn nur schön und mach dir um mich keine Sorgen! Die Ärzte sagen, daß ich ein paar Tage im Krankenhaus bleiben muß."

Als Henri am darauffolgenden Abend aus Amsterdam zurückkehrte, wo er an einem Kongreß teilgenommen hatte, ließ Catherine ihn von Claudes Anruf wissen. Er war bereits durch die Zeitungen über die Vorfälle in der Delande-Fabrik informiert, ihren Beschluß, ihn zu besuchen, nahm er jedoch sehr schlecht auf.

Es war ihr erster wirklicher Streit seit Tifis Geburt. Er wollte nicht, daß sie ihn besuchte; sie akzeptierte nicht, daß er ihr verbot, zu ihm zu fahren.

„Er ist Emmanuels Vater", sagte Catherine. „Wir haben beinahe zehn Jahre lang miteinander gelebt, man kann diese ganze Zeit nicht einfach wegwischen."

„Trotzdem", wetterte Henri, „ich begreife nicht, warum du gehorchst, sobald er pfeift, wo er doch nie etwas für dich getan hat, wenn du ihn brauchtest."

„Wenn ich ihn besuche, so heißt das nicht, daß ich vergessen habe, was geschehen ist..."

„Dann geh auch nicht hin...!" Er ging im Zimmer auf und ab, malträtierte jedesmal, wenn er am Fenster vorüberkam, eine Topfpflanze, kippte einen Stuhl um, stieß die Gegenstände, die sich auf dem Frisiertisch befanden, zur Seite. Catherine amüsierte sich über seine Reaktion.

„Glaubst du nicht, daß du ein wenig übertreibst?" fuhr sie fort. „Deine Eifersucht finde ich einfach lächerlich..."

„Ich und eifersüchtig? Nie im Leben! Aber ich ertrage es nicht, daß du deine Zeit mit diesem Kerl vergeudest! Wenn du willst, rufe ich ihn an..."

„Ach! Das läßt du schön bleiben! Ich vertraue dir, du vertraust mir. Ich habe nie zu erfahren versucht, wann du dich mit Sylvie trafst..."

„Das ist nicht dasselbe..."

„Wirklich? Würdest du mir bitte erklären, worin der Unterschied besteht?"

„Das ist ganz und gar nicht dasselbe! Ich habe Sylvie verlassen, um dich zu heiraten..." brüllte er.

„Und ich habe Claude verlassen, um mit dir zu leben..."

Er ging, schlug die Tür zu und rief eine Stunde später aus Dijon an, um sich zu entschuldigen. Er ertrug den Gedanken nicht, sie auch nur fünf Minuten lang in Claudes Nähe zu wissen. Das rührte sie. Schließlich ist es ja nicht unangenehm, zu wissen, daß der, den man liebt, besorgt um einen ist. Sie sagte ihm absichtlich nicht, daß sie manchmal einen kleinen schmerzhaften Stich im Herzen spürte, wenn sie sah, wie er eine Krankenschwester anschaute oder wie zufällig die Schulter der Frau streifte, die man bei einem Diner auf seine Bitte hin neben ihn gesetzt hatte. Catherine wurde dann immer daran erinnert, wie sehr ihr Fannys Anspielungen auf ihren Bruder zu denken gaben:

„Wenn man Henri nicht kennt, kann man auf ihn hereinfallen. Der Charme des Berufs! Stellen Sie sich nur vor, ein Chirurg! Und dann auch noch für Kinder! Dazu kommt ein Blick, der einen auszieht, ein Quentchen Humor und eine sehr ausgeprägte Neigung, seine Netze nach den jungen, schönen Damen unter den Assistentinnen auszuwerfen. Und die vergehen förmlich danach. Damit sind natürlich nicht Sie gemeint, Catherine ..."

Und doch hatte sie, seitdem sie beide zusammenlebten, nie Anlaß gehabt, ihn zu verdächtigen. Genausowenig hatte sie ihm Grund gegeben, ihr zu mißtrauen. Warum also diese plötzliche Anwandlung von Eifersucht? Claude gehörte der Vergangenheit an. Er gehörte aber auch zu Emmanuels Leben, und das konnte Henri nicht ertragen.

Oft amüsierte es sie, daß er seine Verärgerung nicht zu verbergen suchte, wenn sie mit einem Mann sprach. „Schaff dir diesen Langweiler vom Halse", forderte er, wenn er sah, wie sie sich angeregt mit „einem Mann" unterhielt. „Ich bin müde, wir fahren nach Hause", entschied er, wenn er sie mit ihrem Tischnachbarn plaudern und daran Gefallen finden sah. Er legte seinen Arm besitzergreifend um Catherines Schulter. Und tief in ihrem Inneren mochte sie das. Ein wenig. Sie hätte sich nie auch nur die geringste Anspielung auf seine verstohlenen Blicke erlaubt. Doch den Charme, den er ausstrahlte, empfand sie wie einen Stein in ihrem Garten.

Sie fuhr zu Claude. Die Dinge waren ernster, als die Zeitungen berichtet hatten. Als die Arbeiter seinen Wagen blockiert hatten, war er übel zugerichtet worden. Ein Wahnsinniger hatte ihm zwei Rippen gebrochen, und im Gesicht trug er mehrere Nahtstiche, die von der Gewalttätigkeit der Aktion Zeugnis ablegten.

Sie fand ihn gealtert, abgemagert, mit einer gewissen Bitterkeit im Lächeln, einem Blick, der nicht mehr so strahlte, wie sie es gewohnt war. Doch vor allem überraschte sie, was er sagte.

Er sprach beinahe zwei Stunden lang. Catherine hörte ihm zu, ohne ihn zu unterbrechen. Die schöne Konstruktion war zerbrochen. An ihrer Stelle erschien ein gereifter Mann, der sich seiner Schwächen bewußt war und die Kälte verloren hatte, unter der Catherine einst so litt. Der Mann, der zu ihr sprach, war verwundet, doch sah er endlich klar.

„Verzeih", murmelte er mehrmals, „verzeih mir, daß ich nichts gesehen, nichts verstanden, daß ich dich verlassen habe. Ich war feige, ich wollte nicht sehen... Ich glaubte, man könne aus seinem Leben alles tilgen, was den eigenen Hoffnungen nicht entspricht. Ich dachte, ich könnte es auslöschen... Ich habe Stunden hinter mir, die mir gezeigt haben, daß ich nichts verstanden hatte. Gar nichts.

Wie soll ich dir sagen, daß ich Emmanuel jetzt liebe? Du wirst denken, die Schläge, die ich abbekommen habe, hätten mir gutgetan ... Dabei sind es nicht die Schläge ... Das Gefühl vollkommener Einsamkeit, das ich empfunden habe, hat mir die Augen geöffnet. Über deine Einsamkeit, als wir zusammenlebten, über die unseres Kindes, das ich in all den Jahren nie zu verstehen versuchte.

Ich lief vor ihm davon, ich lief dir davon. Ich ertrank. Ich begriff nicht, daß ich dabei war, mich zu verlieren. Ich haßte dich, weil ich dich so handeln sah, wie ich hätte handeln sollen, und das machte mich krank ... vor Eifersucht. Du warst fähig, das zu sein, was ich nicht war, und ich war wütend auf dich, nicht auf mich. Ich war überzeugt, du würdest all das nur machen, um mir deinen Wert vor Augen zu führen. Wenn ich dir sage, daß ich nichts verstanden hatte ... Lange Zeit habe ich mich ganz einfach geweigert, an Emmanuel zu denken. Die ersten Male, da ich dich mit Henri sah, habe ich mir auch nicht einen Moment lang vorgestellt, er könne an unserem Sohn interessiert sein, er könne ihn lieben. Die Dinge waren zu einfach. Kein Mann konnte ‚so etwas' lieben. Henri genausowenig wie jeder andere.

Ich war ein paar Stunden allein gewesen. Und in diesen Stunden konnte ich das ganze Leid ermessen, das ich dir angetan habe. Was ich meinen Sohn zugefügt habe, glaube ich nicht, mir je verzeihen zu können. Niemals... Ich, der ich mich für so stark hielt, habe den Schwächeren allein gelassen!

Warum habe ich das nicht schon früher erkennen können? Aus Dummheit! Ich war so sicher, daß *du* es warst, der sich irrte..."

40

Charlotte nannte dies Gnade, und Maman Chène gesunden Menschenverstand. Für Catherine bedeutete es das Ende eines Gefühls, das sie seit vielen Jahren in sich trug, das Gefühl, sich getäuscht zu haben. Sie hatte immer geglaubt, ihr Mann sei etwas anderes als diese Figur ohne Wärme, mit der sie die Jahre der Krankheit, die Jahre des Schweigens durchgemacht hatte. Lange hatte sie nach einem Weg gesucht, über den sie ihn erreichen könnte, denn sie war sicher, daß er hinter der Maske zu finden sei. Sie hatte nur länger warten müssen, als sie vermutet hatte.

Ein paar Wochen später verreiste Claude, um sich zu erholen, um Bilanz zu ziehen. Später nahm er einen Auftrag nach Brasilien an, wo er fast ein Jahr lang blieb. Er schrieb Catherine regelmäßig, die ihm ebenso regelmäßig antwortete... Manchmal rief er sie an, um „neue Nachrichten zu haben". Bei einem dieser Gespräche fragte er sie, ob sie ihm wohl eine Zeichnung oder ein Ölbild von Emmanuel schicken würde. „Ich könnte es in meinem Zimmer aufhängen und wäre froh bei dem Gedanken, daß mein Sohn es gemacht hat."

Catherine war darüber zugleich glücklich und besorgt. Glücklich, weil sie sah, daß Claude sich endlich für seinen Sohn interessierte. Aber versuchte er nicht, bloß die Sonnenseite zu sehen? Gewiß, Emmanuel begann zu malen. Doch bedeutete das keineswegs das Ende seiner Probleme. Noch immer bekam er Wutanfälle, die sie alle, ob groß oder klein, in Schrecken versetzen. Und Claude selbst hatte bei den wenigen Gelegenheiten, wo er seinen Sohn tagsüber zu sich nahm und nicht wußte, was er angesichts derart heftiger Ausbrüche tun sollte, Emmanuel unter lauter Entschuldigungen zurückgebracht... und ihn beinahe drei Monate lang nicht wieder geholt. Ein „Gemälde" seines Sohnes zu besitzen, war das nicht ein Weg, sich selbst zu beruhigen? Trotzdem entschloß sie sich, ihm ein Bild zu schicken.

Le Chêne hatte triumphierend das „erste Werk des Kleinen" im Eßzimmer aufgehängt. Nie verpaßte er die Gelegenheit, es den Besuchern, die in Les Colombiers erschienen, bestaunen zu lassen. „Ein Werk meines Enkels", verkündete er voller Stolz. Zum ersten Mal stellte ein Bild Emmanuels etwas anderes dar als eine unförmige, farbige Masse: Mit seinen Pinseln hatte er den Weg, der vom Großen Haus zu dem von Tania führte, gemalt. Die Silhouette der Scheune – das Haus, in dem sie lebte – war in der Ferne angedeutet. Auf seinem Bild war das frühe Morgenlicht zu erkennen, das jedem Grashalm einen Glanz gibt, der sich die Halme entlang ausbreitet. Die große Weide ließ lässig ihre Äste herunterhängen, und man erkannte das Dach der Scheune mit seinen vielfarbigen Ziegeln.

Emmanuel hatte sehr langsam daran gearbeitet, unter Tanias und Le Chênes Aufsicht, die zunächst überrascht gesehen hatten, wie er sich, entgegen seiner Gewohnheit, fern von ihnen in einem Winkel des Ateliers eingerichtet hatte. Er hatte sich von Tanias Staffelei die Farben geholt, die er benötigte, und angefangen, sie voller Eifer auf seine Palette zu setzen. Bisher hatte er sich, wenn seine Kohlezeichnungen auch durch die Gleichmäßigkeit des Strichs überraschten, in der Malerei immer ausgetobt, hatte flüchtig hingekleckst und mit groß angelegten, wilden Gesten die Farben, die er auf der Palette angesammelt hatte, über die Fläche verteilt. An jenem Tag schien er nun auf einmal seine ganze Geschicklichkeit im Zeichnen auf Leinwand und Pinsel zu übertragen. Im Handumdrehen! Und von diesem Moment an nahm er nie wieder ein Stück Kohle oder einen Bleistift in die Hand, machte er nie wiede eine einzige Zeichnung. Er konnte malen.

Jeden Morgen kam er zu „Ta“, wie er sie nannte, um zu arbeiten. Er malte mit Begeisterung, stürzte sich jedesmal auf eine jungfräuliche Leinwand, riß sie an sich, arbeitete stundenlang an seiner Staffelei – ein Geschenk Le Chênes – und vergaß seine Umgebung, bis zu dem Moment, wo er genug hatte und seinem Freund triumphierend verkündete: „Wir gehen“, an Tania herantrat, eine Bewegung andeutete, die zärtlich sein sollte, und sich heiteren Schritts davonmachte.

Emmanuel besaß ein außergewöhnliches visuelles Gedächtnis und konnte auf einen Schlag den fahlroten Glanz wiedergeben, der sich über den Teich in der Nähe von Tanias Haus ausgebreitet hatte. Nie verlor er diesen Blick, der in Sekundenschnelle über seine Umgebung hinwegschaute. Niemand hatte ihn je etwas aufmerksam betrachten sehen, außer die gewohnten Gegenstände, die er manchmal noch immer vor seinen Augen spazierenführte. Und doch vermochte er mit einem Pinselstrich einzufangen, was ihm sein ständig fliehendes Auge zutrug.

Eines Morgens weigerte sich Emmanuel aufzustehen, trotz der nachdrücklichen Aufforderung Catherines, die Madame Soubre zu Hilfe rufen mußte. Vergeblich. Auch Le Chène mußte sich geschlagen geben. Der Kleine wollte – oder konnte – nicht aufstehen. Catherine war besorgt und rief Henri, der ihn untersuchte, ohne etwas zu finden.

„Er hat nichts“, sagte er, „vielleicht hat er nur einen faulen Tag, wie jeder andere auch.“

Doch damit gab sich Catherine nicht zufrieden. Emmanuel hatte sich noch nie so benommen. Er nahm die Bonbons nicht an, die Le Chène brachte. Dabei sah er gar nicht krank aus. Warum wollte er nicht aufstehen? Charlotte, die inzwischen eingetroffen war, sprach halblaut von Lähmung, was Henris Zorn entfesselte. „Du bist immer noch genauso blöd wie früher, meine arme Schwester! Warum bestellen wir nicht gleich, solange du noch da bist, einen Sonderzug nach Lourdes?"

Catherine verging vor Angst, und unter dem Vorwand, einen wichtigen Artikel zu Ende schreiben zu müssen, fuhr Henri nicht ins Krankenhaus. Emmanuel verweigerte sein Frühstück, dann auch sein Mittagessen. Le Chêne suchte seine Frau auf und murmelte ihr zu: „Und wenn wir den Doktor rufen würden?" Gewiß, er vertraute seinem Sohn, doch bei dem Kleinen ... Maman Chêne, die ihre Besorgnis nicht zugeben wollte, antwortete grob: „Ich glaube, er ist einfach nur launisch." Doch damit versuchte sie nur ihre eigene Furcht zu vertreiben. Der Sohn der Kolonialwarenhändlerin in Nuits-Saint-Georges, der auch behindert war, war ein paar Tage zuvor an einer nicht erkannten Bauchfellentzündung gestorben, denn auch er hatte nicht sprechen können. Einige Tage lang hatte er sich sehr still verhalten – dann starb er bei der Ankunft im Krankenhaus, wohin man ihn brachte, weil er sich geweigert hatte, zu essen.

Tania, die sehr früh am Morgen nach Lyon gefahren war, um sich mit einem befreundeten Maler zu treffen, kam erst gegen drei Uhr zurück. Sobald sie aus dem Wagen stieg, eilte Marc ihr entgegen: „Mach keinen Lärm, Emmanuel..." Tania stürzte in die Küche, wo Le Chêne ihr erzählte, was los war. Henri beharrte weiterhin darauf, daß es keinen Grund zur Besorgnis gebe. Am Zustand des Kindes fände er nichts Verdächtiges. Catherine blieb schweigsam. Wie sollte man in Worte fassen, was ihr Sohn nicht aussprach? Und Henri wiederholte zum vierten oder fünften Mal: „Ich sage euch doch, es ist nichts Ernstes", als Emmanuel plötzlich im Pyjama auf der Türschwelle der Küche erschien. Ohne irgendjemanden anzuschauen, warf er sich mit einem zufriedenen Seufzer in Tanias Arme...

Stundenlang mußten sie diskutieren, bis sie verstanden. Sicherlich, alle wußten, daß der Kleine Tania anbetete, doch diese Erklärung schien nicht auszureichen. Le Chêne liebte er ebensosehr. Warum hatte er sich geweigert aufzustehen?

Indessen aß Emmanuel mit großem Appetit, während Tania, die ihn auf dem Schoß hielt, Francois erklärte, daß der befreundete Maler ihr eine gemeinsame Ausstellung vorgeschlagen habe.

„Ich, die so ungern früh aufsteht, habe dieses eine Mal eine gute Idee gehabt. Das ist phanta ..."

„Wiederhole, was du eben gerade gesagt hast", bat Henri.

„Warum?"

„Ich sag' dir doch, wiederhole es!"

„Ich, die so ungern früh aufsteht ..."

„Nein, was du davor gesagt hast!"

„Wie? Daß ich am Tag zuvor Le Chène gesagt hatte, ich müsse nach Lyon fahren?"

„Ja! Wann hast du das zu ihm gesagt?"

„Als Emmanuel und ich malten, gestern früh! Das ist vielleicht eine Frage!"

„Was genau hast du zu ihm gesagt?"

„Daß ich heute nach Lyon fahren würde und wir diesen Vormittag nicht malen könnten ..."

Dies war eben Emmanuels Logik. Man wußte jetzt, daß es in seinem Leben eine neue Leidenschaft gab. Wenn Tania wegfahren mußte, ließ sie es Emmanuel vorher wissen: „Morgen werde ich nicht da sein. Aber du kommst einfach mit Le Chène ins Atelier und malst dort allein.

Dritter Teil

Stürmische Kämpfe

41

Als Catherine sich eines Abends in Dijon aufhielt, bemerkte sie einen Briefumschlag, der unter der Eingangstür hindurchgeschoben worden war. Sie öffnete ihn. Er enthielt einen Zettel, auf dem nur ein einziges Wort stand: „Schlampe". Sie warf ihn fort. Während ihrer Ehe mit Claude war es wiederholt vorgekommen, daß sie beide anonyme Briefe erhielten – das sei unvermeidlich, sagte Claude. „Kranke gibt es überall", fügte er hinzu. „Es genügt, daß ich eine Entscheidung fälle, und schon bekommen wir solche Briefe ..."

Einige Zeit darauf kam ein weiterer Brief. Dann folgten sie in regelmäßigen Abständen, sie waren haßerfüllt und voller Anzüglichkeiten. Catherine hielt es zunächst nicht für nötig, mit dem von Arbeit überlasteten Henri darüber zu sprechen. Die Briefe wurden entweder unter der Tür durchgeschoben oder in den Briefkasten geworfen. Sie nahm an, es handle sich um eine Folge der Streiks in der Firma Delande. Der anonyme Briefschreiber wußte wahrscheinlich nicht, daß sie geschieden war und Claude nicht mehr dort wohnte. Einen Augenblick lang glaubte sie auch, es könne sich um einen der Winzer der Côte handeln, der auf den Erfolg der „Damen von Les Colombiers" eifersüchtig sei. Doch dann hätte Maman Chène auch solche Briefe bekommen ...

Wenn sie jetzt allein in Dijon war, läutete das Telefon unaufhörlich, ohne daß sich jemand meldete. Als sie eines Tages

Besorgungen machte, vergaß sie, ihren Wagen abzuschließen. Bei ihrer Rückkehr war ihr Sitz mit Abfällen übersät. Sie sah keinerlei Zusammenhang zu den Briefen, denn sie hielt dies für einen Lausbubenstreich. Eines Morgens waren die vier Reifen ihres Wagens ohne Luft. Kurz darauf wurde eine Bande von Rowdies geschnappt, die sich die Zeit mit dem Aufstechen von Autoreifen vertrieben ... Von da an warf Catherine die Briefumschläge ungeöffnet fort. „Er" oder „Sie" würde früher oder später ohnehin die Lust daran verlieren.

Eines Tages fuhr sie nach Dijon, um den Bankdirektor Bruno Lecerf zu treffen. Bruno war ein heiterer Mann voller Humor, und Catherine arbeitete gern mit ihm. Er hatte sie gut beraten, und ihm war es zu verdanken, daß Les Colombiers ansehnliche Gewinne hatte erzielen können.

Maman Chène war begeistert:

„Mit Schulden habe ich noch nie ruhig schlafen können", erklärte sie Catherine. „Das ist die Bäuerin in mir!"

Bruno mußte etwa vierzig Jahre als sein, wirkte jedoch sehr viel jünger. Sein kleiner, stämmiger Körper erinnerte noch immer an den Rugbyspieler, der er in seiner Jugend gewesen war. Als er das erste Mal zum Abendessen nach Les Colombiers kam, lud Catherine Pierre und Charlotte auch dazu. Auf diese Weise könne sie zwei „Geldleute", wie ihre Schwägerin sich ausdrückte, in ihrem wahren Lichte sehen. „Ich dachte, wir wären zum Abendessen eingeladen und nicht zu einem Rugbymatch", bemerkte Charlotte barsch. Maman Chène beobachtete die Szene spöttisch. Le Chène, der neben Catherine saß, bemühte sich, sie vom Talent des Kleinen zu überzeugen: „Ich weiß, er ist ein großer Künstler. Sie glauben mir nicht, doch ich weiß es." Tatsächlich begannen oder endeten alle Sätze Le Chènes, wenn es um Emmanuel ging, mit „ich weiß es".

Dieses Abendessen war der Beginn einer echten Freundschaft zwischen Pierre und Catherine.

Am nächsten Tag rief er an, um ihr zu sagen, wie angehem der Abend gewesen sei, und fügte hinzu: „Ich könnte Ihnen vielleicht von Zeit zu Zeit bei der Buchführung behilflich sein, wenn Sie es wünschen. So könnte ich mich auch nützlich machen." Charlotte verhehlte ihr Erstaunen nicht: Pierre und sie waren über fünfzehn Jahre miteinander verheiratet, und dies war das allererste Mal, daß sie ein anderes Interesse als Rugby an ihm bemerkte. Für Catherine und Maman Chène kam dieses Angebot im richtigen Augenblick. Die Arbeit in den Weinbergen nahm ihre ganze Aufmerksamkeit in Anspruch, und mit dem Versand war es nicht anders. Pierre gewöhnte sich an, jeden Abend nach Les Colombiers zu kommen. Er richtete sich in dem kleinen Büro ein, wo Catherine und Maman Chène meistens frühmorgens arbeiteten. Bruno kam von Zeit zu Zeit, um Pierre zu treffen, und oft gingen beide noch am Abend vor Catherines Küche auf und ab; man hörte sie laut reden und sah sie lebhaft gestikulieren. Henri und Charles stießen dazu, und alle fanden sich in der großen Küche zum Abendessen ein. Catherine mußte an Maman Chènes Vorräte gehen, denn Pierre wie Bruno hatten einen gesunden Appetit, und Charles folgte ihrem Beispiel. Charlotte begann sich zu beklagen: Die Freundschaft der drei Männer gefiel ihr ganz und gar nicht. Maman Chène gab ihrem Schwiegersohn recht. „Schon lange kann ich dich nicht mehr aushalten, ohne zu explodieren." Charlotte setzte eine Woche lang keinen Fuß nach Les Colombiers. „Ich bin verletzt", schrieb sie an Fanny. „Wer hätte das von Maman gedacht!"

Le Chène entdeckte schon bald große Qualitäten an Bruno: Auch er glaubte, der Kleine habe Talent. „Da seht ihr, ich bin nicht der einzige ...", doch gänzlich in Bruno vernarrt war Tifi: Er konnte seine Stimme dröhnend erklingen lassen, was sie zum lachen brachte, er trug sie auf den Schultern spazieren, während er mit Pierre und Charles diskutierte. Wenn er anrief, vergaß er nie zu fragen, ob er mit Mademoiselle Tifi sprechen könne. Und Tifi ergriff kokett den Hörer und hielt ihm große Reden. „Fanny in positiver Ausgabe", sagte Henri über sie. „Schau dir nur an, wie sie mit allen umspringt. Mit Le Chène ist sie sanft und zurückhaltend. Mit Maman gehorsam, mit ihrer Mutter anspruchsvoll, und mir gegenüber läßt sie ihren ganzen Charme spielen. Will sie etwas, so weiß sie genau, von wem und wie sie es verlangen muß. Bei mir spielt sie die kleine Schmeichelkatze, um nicht ins Bett zu müssen, aber mit ihrer Mutter würde sie nie so verfahren!"

Du vergißt nur eins, dachte Catherine, nämlich daß du sie maßlos verwöhnst, daß alle ihre Wünsche für dich Befehle sind. Als sie noch ganz klein war, hatte sie ein unfehlbares Mittel gefunden, ihren Vater in die Knie zu zwingen, sie hatte eine kräftige Stimme, die kreischte, wenn sie zornig war. Das führte unweigerlich dazu, daß er nachgab. Bruno hatte sie betört, denn, als sie einmal mit ihrem Vater ausgehen wollte und dieser sich weigerte, hatte sie zu brüllen begonnen. Und da hatte Bruno noch lauter gebrüllt als sie, was alle auffahren ließ. Tifi war in Lachen ausgebrochen, und seither brüllte sie nie mehr, wenn sie wütend war. Sie hatte ihren Meister gefunden.

Catherine lächelte beim Gedanken daran, als sie Brunos Büro betrat.

„Warum lächeln Sie", erkundigte er sich.

„Wegen Tifi, der ich schwören mußte, nicht zu vergessen, Ihnen zu sagen, sie erwarte Sie Sonntag, denn in Nuits-Saint-Georges gäbe es ein Fest, und sie hoffe sehr, Sie würden an der Schießbude für sie Puppen gewinnen."

„Wie Mademoiselle befehlen", antwortete Bruno.

Er liebte Kinder, und Catherine wunderte sich immer wieder darüber, daß er Junggeselle war. Wenn er kam, begrüßte ihn sogar Emmanuel. Noch eins dieser Mysterien im Leben, dachte sie. In der Zweigstelle Nuits-Saint-Georges hatte der Direktor wohl einige Male gewisse Anspielungen über Brunos Privatleben fallen lassen, doch glichen diese eher dem üblichen Dorfklatsch. „Witwer einer Frau, die älter war als er", konnte man andererseits in Dijon reden hören. Nichts schien zu dem zu passen, was die Familie Chène über Bruno wußte. In seinem Büro stand das Photo einer recht hübschen jungen Frau. Bruno sprach nie darüber, und Catherine hütete sich, auch nur die geringste Frage zu stellen.

In weniger als einer Stunde hatten sie einen Finanzplan entwickelt, der ihnen den Erwerb von Lagern in New York ermöglichen sollte. Sie exportierten beinahe 10 000 Kisten Wein pro Monat. Außerdem war es seit einiger Zeit in den Vereinigten Staaten Mode, eine Kir als Aperitif zu trinken. Der schwarze Johannesbeersirup vom Clos des Soeurs, dessen Absatz für Maman Chène und Catherine ein ungelöstes Problem gewesen war, ging nun regelmäßig in Richtung Houston. „Texas liebt den Kir", fügte Jean hinzu, „aber die Texaner trinken überhaupt viel schneller als die Burgunder." Jedes Mal, wenn Jean telefonierte, erinnerte er daran, wie sehr es ihnen an Platz mangele, um die Weine in New York auszustellen. Aus dem Hinterzimmer hätten sie einen Verkaufsraum machen können.

Als Catherine an jenem Tag Bruno verließ, fuhr sie bei der Villa vorbei, um einen Anzug zu holen, den Henri brauchte. Dann machte sie sich wieder auf den Weg zurück nach Les Colombier. In dem Augenblick, als sie in die Kurve fuhr, hinter der der Glockenturm von Nuits-Saint-Goerges sichtbar wurde, sah sie im äußeren Rückspiegel ein Kabriolett auftauchen. Der Lenker machte eine Handbewegung, die sie nicht sogleich verstand: Er warf irgend etwas. Instinktiv zog sie den Kopf ein. Dann sah sie die Windschutzscheibe zersplittern und hörte ihre eigene Stimme: Sie schrie.

42

Maman Chène, die die Feuerwehrleute benachrichtigt hatten, war als erste an Ort und Stelle. Der Wagen hatte sich dreimal überschlagen, bevor er unten auf der Wiese an einer Mauer zerschellte.

Die Feuerwehrmänner brauchten nahezu drei Stunden, um das Blech soweit zu zerschneiden, daß man Catherine herausholen konnte. Henri kam noch in seinem Arztkittel an. Er sprang aus seinem Wagen und stürzte sich zu der blutüberströmten Masse, die man aus dem Fahrzeug zu bergen versuchte. „Was ist geschehen?" fragte er immer wieder. „Was ist nur geschehen?"

Catherine lag eine Woche lang im Koma. Außer einer Kopfverletzung war noch ein Bein gebrochen, der Brustkorb eingedrückt und die Milz zerrissen. „Man sollte ihr Schmerzengeld zahlen", sagte Charles, als man sie außer Gefahr wußte.

Die Familie löste sich an ihrem Krankenbett ab. Henri verließ das Hospital nicht mehr. Gleich nach dem Unfall, als ihr Zustand als hoffnungslos angesehen wurde, hatten er und Maman Chène sich in Dijon einquartiert. Man hatte beschlossen, den Kindern nichts zu sagen. Tania übersiedelte ins Große Haus und kümmerte sich um sie. In den ersten beiden Tagen hatte sie versucht, zwischen den beiden Häusern zu pendeln, doch obgleich die Scheune nur zehn Minuten entfernt war, erkannte sie schon bald, daß sie ihre Zeit mit Hin- und Herlaufen verbrachte und die Kinder dadurch beträchtlich gestört wurden. Emile erledigte die laufenden Geschäfte. Die Ernte war eingebracht, nur die Weinbereitung mußte überwacht werden, und das war er gewohnt.

Während dieser Zeit wurde Tania sich der Probleme Emmanuels erst wirklich bewußt. Das Kind, das täglich ein paar Stunden bei ihr verbrachte, das malte, lallte, manchmal wütend wurde, erlebte bei ihr seine glücklichen Momente. Ganz anders war Emmanuels Alltag. Sobald er erwachte, mußte man sich um ihn kümmern. Er duldete nicht, daß man ihn auch nur einen Moment lang allein ließ, sonst begann er zu schreien und sich das Gesicht zu zerkratzen. Genausowenig ertrug er es, wenn Tifi nicht bei ihm war, und unaufhörlich verlangte er nach „Mama". Sehr bald beschlossen Madame Soubre und Henri gemeinsam, daß es besser sei, wenn er seine Mutter sehen könne, selbst wenn sie mit Schläuchen behängt sei. Nur müsse man versuchen, ihm zu sagen, was geschehen war. Vielleicht würde er dann ihre Abwesenheit akzeptieren können. Aber wie sollte man Emmanuel den Unfall erklären? Henri beschloß, den kleinen Jungen in die Garage zu führen und ihm zu zeigen, was von dem Auto übriggeblieben war. Sie standen vor dem Wrack, und er suchte noch immer nach Worten, die für das Kind einen Sinn ergeben könnten, als Emmanuel „Mama wehweh" murmelte und sich in Henris Arme warf.

Später trippelte er in den Krankenhausfluren linkisch an seiner Seite, war jedoch außerordentlich ruhig. Seine sonstige Angetriebenheit, diese äußere Unruhe, die ihn für gewöhnlich beherrschte, schien vollständig verschwunden zu sein. Er blieb am Bett seiner Mutter stehen, streichelte ihr von Zeit zu Zeit mit einer Zartheit, die man ihm nicht zugetraut hätte, die Hand und betrachtete sie inmitten all ihrer Schläuche. Man entdeckte ein völlig neues Kind, ein Kind, das im täglichen Leben fürchterlich war, hingegen großartig, wenn es darum ging, etwas zu verstehen, womit die anderen sich nur schwer abfinden konnten.

Emmanuel besuchte seine Mutter beinahe täglich. Er war immer vorsichtig und rührte nichts an. Ernst und angespannt betrachtete er die Infusionsflaschen, den Überwachungsmonitor, skandierte die Pieptöne der Apparate, und solange er im Zimmer seiner Mutter war, verlangte er nach nichts. Doch sobald er das Krankenhaus verließ, war die Hölle los. Er akzeptierte keinerlei Zwang, weigerte sich zu Bett zu gehen, ernährte sich nur noch von einigen Löffeln Kompott. „Er trägt in sein, in unser Leben all die Angst, die auch wir in uns haben", erklärte Madame Soubre eines Tages. „Wir können unsere Angst in Worte fassen, er hat dazu nur seinen Körper. Und was hier geschehen ist, ist für ihn unerträglich. Seine ganze Welt ist erschüttert, er muß sich erst daran gewöhnen ..."

Auch Le Chêne war von dem, was Catherine zugestoßen war, sehr betroffen. „Bist du sicher, daß die Ärzte, die Catherine operiert haben, gut sind?" fragte er Henri immer wieder. „Weil du sie kennst, müssen sie nicht unbedingt... Ich hätte einen Chirurgen aus Paris geholt ..."

Und er ging und schloß sich in seinem Taubenschlag ein,

um eine Stunde später zurückzukehren und mit seinem Sohn zu telefonieren:

„Warum hat man ihr Bein nicht operiert? Wenn man im Krieg zu meiner Zeit nicht operiert wurde, dann hatten sie einen aufgegeben."

Und Henri erklärte zum zehnten Mal, Catherine habe eine zertrümmerte Milz, eine schwere innere Blutung, der man so schnell wie möglich hatte begegnen müssen. Das Bein habe warten können, doch habe man ihre Milz entfernen müssen. Er erwähnte nicht, daß während des Eingriffs Probleme mit der Atmung aufgetreten waren. Maman Chène und er hatten beschlossen, der Familie nichts zu sagen.

43

„Dunkel? Was ist so dunkel? Was mache ich denn nur? Nein, nicht jetzt, mein Gott, nicht diesmal! Emmanuel wird leben, ich will nicht mehr, daß er leidet, ich will nicht mehr leiden. Warum bin ich hier? Was heißt ‚hier'? ... Im Krankenhaus, ja ... Mein Kind ... Ich kann nicht denken ... Wer ist bei mir? Seine Hand hält meine... Er hat große, knorrige Finger ... Emmanu ... Sterben ... Ich kann das nicht ertragen. Nicht sterben. Emmanuel. Er ist mein Kind. Ich hab' Schmerzen, solche Schmerzen. Was ist so schwarz vor meinen Augen? Wo ist Henri ... Emmanuel sehen ... Wo ist er? Sie reden ... Ich kenne diese Stimme ... Ich glaub', ich schwebe, aber mein Körper ist schwer, ich kann meine Arme nicht bewegen. Ich öffne den Mund, ich muß etwas fragen, doch ich kann nicht sprechen. Wo ist mein Sohn? Was machen sie mit ihm? Ich will ihn sehen. Ich kann die Lider nicht heben. Werde ... sagen, daß ... ich meinen ... Sohn sehen will. Ich schlafe, ich muß aufwachen. Emmanuel ist nicht gestürzt, ich schlafe, ich MUSS aufwachen ... Alles wird gut. Gut. Nein, ich schlafe nicht. Der Geruch... Ich bin nicht zu Hause. Ich bin im Krankenhaus ... Emmanuel ist gestürzt, die Stimme hat gerade ‚Koma', ‚warten', ‚nichts machen' gesagt. Man kann nichts machen, Madame. Es handelt sich um eine Gehirnhautentzündung. Es ist hoffnungslos, es ist aus ... Er kann nichts lernen, er ist ein Stück Holz. Sie können nichts tun, Madame ..."

Henri saß an ihrem Bett, als sie wieder zu sich kam. Seit acht Nächten wachte er bei ihr. Sie konnte sich an den Unfall nicht erinnern. Ihre gebrochenen Rippen schmerzten sie sehr.

Catherine wurde von der Intensivstation auf die chirurgische Abteilung verlegt. Ihr Bein mußte operiert werden, doch der Chirurg war mit Henri einer Meinung, lieber noch ein oder zwei Tage zu warten, damit sie den Eingriff besser ertrüge.

Die Familie Chène erkundigte sich täglich nach Catherine. Die einzigen, die außer Maman Chène und Henri zu ihr durften, waren Emmanuel und Le Chène. Vor lauter Rührung außerstande, auch nur ein Wort hervorzubringen, lächelte er Catherine an, schüttelte heftig die Hand des Kleinen und ging hinaus, um auf dem Korridor zu weinen. „Das Alter", versuchte Maman Chène Catherine zu erklären. Sie selbst war knapp daran, auch zu weinen. Als man ihr zu Anfang gesagt hatte, Catherines Zustand sei hoffnungslos, hatte sie Angst gehabt. Sie hatte nicht einmal mehr beten können.

Ende November durfte Catherine sich endlich in einen Sessel setzen. Das Wetter war kalt, der Himmel grau. Durchs Fenster sah man die Leute eilig vorübergehen. Henri war zum ersten Mal seit zwei Monaten nach Paris gefahren. Maman Chène war allein mit Catherine. Sie hatte gesehen, wie ihre Schwiegertochter, als man sie aufhob, blaß vor Schmerzen wurde. Catherine hatte die Lippen zusammengebissen, und gestützt von zwei Krankenschwestern war es ihr gelungen, den Sessel zu erreichen.

„Ich werde niemals nach New York zur Einweihung der Lagerräume reisen können", sagte sie in der Hoffnung, ihre Schwiegermutter abzulenken.

„Das eilt doch nicht", antwortete diese, „Jean glaubt nicht, daß die Arbeiten noch vor dem Frühjahr abgeschlossen sein werden."

Jetzt, wo es ihrer Schwiegertochter besser ging, nahm sie sich Arbeit mit. Die Buchführung von Les Colombiers war im Verzug, die Arbeiter waren Ende Oktober nicht ausgezahlt worden. Emile hatte, als er kam, um Catherine zu besuchen, Madame Mathilde gegenüber heimlich ein paar Worte darüber fallenlassen. Da war ihr klar geworden, wie sehr ihr, dem kühlen Kopf der Chène-Familie, die Dinge aus den Händen geglitten waren. Selbst als Le Chène aus Deutschland zurückgekehrt war, war alles reibungslos weitergegangen. Ich werde alt, dachte sie.

Bis dahin hatte Catherine weder über die anonymen Briefe noch über die Telefonanrufe mit irgendjemandem gesprochen. Die Gendarmen verstanden nicht, wie es dazu kommen konnte, daß sie von der Straße abgekommen war und sich mehrmals überschlagen hatte, ehe sie unten gegen eine Mauer geprallt war. Catherine hatte keinerlei Erinnerung an den Unfall. „Das ist ganz normal", hatte Henri gesagt, „der Schock ..."

Mitunter hatte sie den Eindruck, es gäbe irgendetwas in ihrer Erinnerung – sie wußte nicht, was – das früher oder später auftauchen müsse, um sie verstehen zu lassen, was vorgefallen war. Doch jedesmal, wenn sie versuchte, sich den Unfall wieder vor Augen zu führen, befiel sie ein derartiges Unbehagen, daß sie schließlich darauf verzichten mußte. Sie konnte sich nicht erklären, was in einem solchen Augenblick in ihr vorging. Gewiß, sie litt körperlich, doch das allein erklärte noch nicht die Panik, die über sie kam. Henri sprach mit ihr nie über den Unfall, auch nicht die anderen Chènes, die täglich kamen und sich nach ihr erkundigten, jedoch tunlichst jede Erwähnung dessen, was auf der Straße nach Nuits-Saint-Georges geschehen war, vermieden. Eines Tages brachte Maman Chène sie dennoch unfreiwillig auf die richtige Spur. „Uns alle hat erstaunt", sagte sie, „daß Sie, als man Sie ins Krankenhaus transportierte, nur ein einziges Wort gemurmelt haben: ‚warum?'."

„Warum", fragte sich Catherine – und plötzlich wußte sie es. Warum hatte diese Frau, die sie nie zuvor gesehen hatte, diesen riesigen Stein in ihre Windschutzscheibe geworfen? Das Gesicht, das sie nur halb wahrgenommen hatte, sagte ihr nichts. Wer war diese Frau? Sie empfand wieder dieses Gefühl von Staunen und Wut. Das also war der Tod. Sinnlos, schnell, unerwartet. Sie spürte, wie sie erneut Angst befiel, sie würde verbrennen, das Blech würde über ihr zerbersten und sie zerfetzen. Am meisten hatte sie der Lärm gestört. Nie zuvor hatte sie solch ein Getöse gehört. Sie hielt dieses Krachen nicht mehr aus. Sie konnte sich auch nicht mehr bewegen. Eingekeilt in dem brennendem Wrack, hatte sie ständig das Gesicht dieser grausam lächelnden Frau vor Augen, warum?

Catherine schämte sich ein wenig, als sie Maman Chène ihre Geschichte erzählte, so unwahrscheinlich kam sie ihr selbst vor. Wer würde ihr das glauben können? Sie hatte soeben mehrere Tage im Koma gelegen. Sie litt unter Kopfverletzungen. Man würde sie für verrückt halten. Und doch war sie sich jetzt ihrer Sache ganz sicher.

Maman Chène glaubte ihr. Aber wer konnte Catherine in einem solchen Maße hassen, daß er versuchte, sie zu töten?

„Ich glaube, man sollte mit Henri darüber sprechen", sagte sie lediglich.

In der Chène-Familie gab es eine goldene Regel: Eine Anordnung Maman Chènes wurde nie in Frage gestellt. Verblüfft hörte sich Henri einige Augenblicke später an, was Catherine ihm zu sagen hatte. Auch er zweifelte nicht einen Moment an seiner Frau. „Aber wer nur?" fragte er immer wieder.

Sie kamen nicht weiter. Catherine hatte Claude seit ihrer Scheidung nur sehr selten gesehen. Außerdem hielt er sich noch immer in Brasilien auf. Maman Chène, Henri und Catherine sprachen alles aus, was ihnen durch den Kopf ging, kamen jedoch auf niemanden, der Catherine so hassen konnte. Ehemalige Arbeiter der Delande-Werke, die man entlassen hatte? Unwahrscheinlich. Ein Winzer, der sie um ihren Erfolg beneidete? „Das sieht ihnen nicht ähnlich", sagte Maman Chène, „gewiß, es sind Großmäuler, aber keine Mörder. Und außerdem handelt es sich um eine Frau." Eine Patientin von Henri? „Er behandelt Kinder." Die Untersuchung der Gendarmerie kam in der Sache auch nicht voran. Man befragte Catherine, Henri, die Familie über ihre Vergangenheit, ihre Beziehungen. Die Gendarmen machten hier und dort Hausbesuche, und die Côte begann sich zu rühren. Jeder betrachtete jeden voller Mißtrauen. Doch niemand besaß ein Kabriolett. In Wirklichkeit – der Hauptmann vertraute dies seiner Frau an, die es weiterverbreitete – war man beinahe sicher, Catherine habe alles nur geträumt. Niemand hatte dieses Auto gesehen. Dabei handelte es sich um eine vielbefahrene Strecke, denn der Straßenarbeiter Michel war bereits wenige Augenblicke nach dem Unfall zur Stelle gewesen und hatte Alarm geschlagen. Wer konnte außerdem sagen, was im Kopf von jemandem vor sich geht, der eine Schädelverletzung davongetragen hat? Schaut euch doch nur Pierette an, die Frau des Maurers, die nach ihrem Wochenbett den Kopf verloren und ihr Kind in den Brunnen geworfen hat. Kurz davor hatte auch sie einen Autounfall gehabt. Das ist doch genau das gleiche. Der Advokat hat es im Prozeß gesagt.

44

Eine Woche vor Weihnachten verließ Catherine das Krankenhaus. Man brachte sie im Ambulanzwagen nach Les Colombiers. Le Chène hatte das ganze Haus drangsaliert, damit auch ja alles für ihre Rückkehr bereit sei: der Rollstuhl, denn sie konnte noch nicht gehen, und der Tisch, den man ans Bett schieben konnte. Und die Kissen, um sie im Bett zu stützen. „Chène, es ist nicht zum ersten Mal ein Kranker im Haus", sagte seine Frau ungeduldig.

„Ja, aber du weißt so gut wie ich, daß alle in den ersten beiden Tagen achtgeben werden. Und dann wird es wieder wie immer sein, derselbe Zirkus..."

Le Chène behielt nicht recht. Als Catherine nach Les Colombiers zurückkehrte, hatte sie ein sehr abgemagertes Gesicht, setzte jedoch ein strahlendes Lächeln auf, das niemanden täuschen konnte.

„Willkommen!" sagte Henri leise zu ihr. „Ohne dich hat sich Les Colombiers gelangweilt, von uns ganz zu schweigen."

Gleich bei der Einfahrt zum Gut hatte Catherine die tausend vertrauten Gerüche wiedererkannt, als erstes den Duft der vom letzten Regenguß noch feuchten Erde. Dann sog sie den Geruch ein, der von den Kellereien herüberkam. Der gärende Wein und die Fässer aus Eichenholz vermengten ihre Duftstoffe und verkündeten, daß es gut stand um Les Colombiers. Die Wasserrinnen, die das Gewitter jedesmal vor dem Haus grub, waren auch da und ebenso Tifis gegen die Weide gelehntes Fahrrad. Wenn die Reise sie auch ermüdet hatte, so fand sie sich doch voller Freude wieder zu Hause.

„Nimm mich mit in die Küche", sagte sie zu Henri. „Du kannst dir nicht vorstellen, wie sehr ich mich danach gesehnt habe, dort mit euch allen zusammenzusein ..."

Begierig betrachtete sie den Raum, die Bäume draußen, die große Zeder, deren weitausholende, kraftlose Äste der Wind sanft bewegte. Emmanuel hing an ihrem Arm, Tifi lächelte sie strahlend an und sagte: „Du gehst nicht wieder dorthin zurück, nicht Maman?"

Den größten Teil ihrer Genesungszeit verbrachte sie in der Küche. Tania und Maman Chène leisteten ihr oft Gesellschaft. Charles versäumte nie, am Abend für einen Augenblick vorbeizukommen, um mit ihr zu plaudern. Charlotte sorgte für Ordnung und regelte die Besuche. Die Kinder kamen mit Freuden, aber auch ein wenig besorgt zu ihr: Ihr Gesicht war von einer breiten Narbe quer über die Wange gekennzeichnet: „Darum kümmern wir uns später", hatte Henri gesagt, als man ihr im Krankenhaus zum ersten Mal einen Spiegel vorgehalten hatte.

Etwa um die Mitte des sehr strengen Winters begann sie, wieder in die Weinberge zu gehen. Trotz mehrerer Versuche gelang es ihr nicht, die Rebstöcke zu beschneiden: Das Bücken verursachte ihr Qualen, und ihr noch steifes Bein ließ kaum eine Beugung zu. Sie machte es sich zur Gewohnheit, den Trupp der Invaliden, Le Chène und Emile, zu begleiten – ersteren, wenn er mit Emmanuel spazierenging, letzteren, wenn er sich um die Weinkeller kümmerte.

Bis dahin hatte Catherine sich wenig dafür interessiert, was in den Kellereien geschah, da sie die Arbeit in den Weinbergen und auf den Feldern vorzog. Sie hatte sich ihrer Freude ein wenig geschämt, als das Getreide, das sie auf dem Feld hinter dem Priorat gesät hatte, zum ersten Mal aus der Erde gesprossen war. Diese winzigen Halme, bei deren Anblick sie sich fragte, woher sie nur die Kraft nahmen, die Furche zu durchstoßen, um emporzusprießen. Sie warfen bereits kleine grüne Schatten, die das von ihr eines Winternachmittags eingesäte Feld sprenkelten. „Sehen Sie, Catherine", hatte Maman Chène zu ihr gesagt, „für Sie ist es das erste Mal, doch für mich sind es mehr als dreißig Jahre. Und jedesmal empfinde ich die gleiche Rührung, die gleiche Freude." Das hatte sie einander noch ein wenig näher gebracht. Beide freuten sich, diese kleine Schwellung auftauchen zu sehen, die die Knospe verhieß, den Frühling, der die nächste Ernte ankündigte. Beide fanden sie Gefallen daran, am Ende eines arbeitsreichen Tages durch die Weinberge zu wandern. „Wir schauen nach, wie das Korn wächst, wir wollen horchen, wie die Trauben reifen", verkündeten sie. Und sie brachen zu langen Spaziergängen auf, die bald schweigsam, bald voller Fragen waren, bei denen über Probleme und Sorgen gesprochen wurde und die den beiden außerordentliches Vergnügen bereiteten.

Doch augenblicklich war nichts dergleichen möglich. Auf

Emiles Arm gestützt, stieg Catherine eines Morgens hinunter in den alten Weinkeller. Sein Entstehungsdatum war in den Stein graviert: 1427. Dies war der tiefste Keller. Das hellgelbe Gewölbe barg die alten Flaschen, die aus ganz besonderen Jahrgängen stammten. Mathilde Chène und lange vor ihr die „Eltern“ hatten die Flaschen beiseitegelegt, die jedem der Kinder zugeteilt worden waren. Ein Erbe, das in der Familie bewundert wurde und in schwierigen Zeiten bei Versteigerungen geholfen hatte, ein schlechtes Jahr wettzumachen: Etwa durch Hagel hervorgerufene Mißernten, wie die von 1972. Oder Ernteausfälle durch Erdrutsch, der sich 1965 ereignete und umfangreiche Arbeiten erforderlich machte, um den Hügel der Cressonière abzustützen, der allein einen großen Teil des trockenen Weißweins von Les Colombiers lieferte.

Über den Boden hatte Catherine alles von Maman Chène gelernt, von Emile alles über den Wein.

45

Tania und Charles waren beide unverheiratet, doch niemand, außer Fanny, spielte jemals darauf an. Maman Chène zufolge war Tania, als sie achtzehn Jahre alt war, mit einem Jungen aus Volnay befreundet gewesen. Beinahe ein Jahr lang hatte er täglich mit dem Fahrrad die zwanzig Kilometer zurückgelegt, die ihn von Les Colombiers trennten. Dann war er eines Tages nicht mehr erschienen. „Ich habe ihn gebeten, nicht mehr zu kommen“, hatte Tania mit tonloser Stimme, ohne jede weitere Erklärung, gemurmelt. Fanny war es schnell gelungen, mehr darüber zu erfahren. Die Familie des Jungen hatte mit großer Besorgnis von Tanias Wunsch, Malerin zu werden, erfahren. „Eine Künstlerin in der Familie, das ginge nicht. Wer würde dann kochen, die Kinder erziehen, sich um den Weinberg kümmern?" Und der gehorsame Sohn hatte Tania aufgefordert, sich zwischen ihm und der Malerei zu entscheiden.

Seit damals hatte sie offenbar nie wieder jemanden getroffen, der sie hätte interessieren können. Sie hatte zahlreiche Kameraden, die manchmal für ein paar Wochen kanen, um in der Scheune zu malen oder zu bildhauern. Und sie schien mit ihrem Leben glücklich zu sein. Sie verließ Les Colombiers sehr selten, und abgesehen von Le Chêne und Emmanuel, suchte sie kaum die Gesellschaft der übrigen Familienmitglieder. Wurde sie jedoch gebraucht, so war sie zur Stelle, und als Catherine verunglückte, schien es ihr selbstverständlich, die Verantwortung für Tifi und deren Bruder zu übernehmen. Sie und Le Chêne hatten sehr schnell begriffen, daß der Unfall und die Genesung Catherines das Leben von les Colombiers verändern würden. Sie liebten sich sehr und verstanden einander durch bloße Andeutungen. Darüberhinaus hatte die Abwesenheit ihrer Mutter die beiden Kinder verwirrt, und die zwei versuchten, sie so gut sie konnten, vor der Panik, die im Großen Haus herrschte, zu beschützen. Ein jeder konnte den Platz ermessen, den Catherine normalerweise einnahm, Charles verspürte vor allem, wenn er die große Küche betrat, ein Unbehagen, das auszusprechen er sich verbot. Sie fehlte ihm. Gewiß, er versuchte, sich um Tifi zu kümmern, doch mit dem Herzen war er nicht dabei. Ihre herabgezogenen Mundwinkel, ihr Lächeln, alles erinnerte ihn an ihre Mutter; so zog er, um seine Traurigkeit zu bekämpfen, eine Zigarette aus der Tasche. Und außerdem waren Tanias Kochkünste auch ganz und gar nicht nach seinem Geschmack: Seine Schwester liebte es einfach. „Konserven wurden von einem Herrn erfunden, der bei Tania gegessen hat", hatte Fanny eines Tages gesagt, und beinahe hätte er ihr recht gegeben.

Charles hatte sein Junggesellendasein immer sehr diskret geführt. Doch eines Abends, einige Monate nach Catherines Unfall, telefonierte er und verkündete, er brächte eine Freundin zum Abendessen mit.

„Mein Gott", seufzte Tania, „das hat gerade noch gefehlt."

Und zu Catherine gewendet, sagte sie: „Als ob er nicht genau wüßte, wie unbegabt ich bin für Einladungen, noch dazu für unvorhergesehene."

Catherine verbrachte noch immer viel Zeit im Liegen. Doch nun galt es zu handeln. Mit Hilfe ihrer Schwägerin hatte sie sich schnell in den Rollstuhl gesetzt und in die Küche begeben.

„Hum, riecht das gut!" schrie Charles, als er die Haustür öffnete. „Eins ist sicher, Catherine hat gekocht."

Man konnte seine fröhliche Stimme am anderen Ende des Korridors hören. Und als Henri gegen acht Uhr kam, wußte er, daß das Haus gerade dabei war, zu neuem Leben zu erwachen. Seit dem Herbst war dies das erstemal, daß Lachen aus der Küche drang. Emmanuel schrie aus vollem Halse, und Tifi tat es ihm gleich.

Beim Eintritt in die Küche bekam er die Erklärung für all das Durcheinander. Die ganze Familie trank Champagner, und Charles hatte den Arm um die Hüfte einer jungen Frau gelegt, die Henri nicht sogleich erkannte, denn sie wandte ihm den Rücken zu.

„Unter dem Vorwand, seine Schwägerin im Krankenhaus zu besuchen, verführt man also das Personal", sagte er, als er seinen Bruder begrüßte.

Martine Chartin war die Anästhesistin, die sich um Catherine gekümmert hatte. Eine heitere junge Frau, die wegen ihrer Freundlichkeit bei den Patienten sehr beliebt war, eine hübsche Dreißigerin. „Bravo, Charles", flüsterte er ihm halblaut während des Abendessens zu, „ein tolles Mädchen!"

„Wann wird geheiratet?" fragte Charlotte, als Maman Chène ihr von dem Abendessen erzählte.

Doch Franck überraschte alle mit seiner Bemerkung:

„Habt ihr bemerkt, wie sehr Martine Catherine ähnelt?"

Das verschlug der Familie die Stimme. „Ja ... aber nein ... wenn man sie genau ansieht ... Es stimmt, daß ... aber zunächst einmal ist sie brünett, und außerdem hat Catherine eine Stirn, die viel ..." Im Innersten wußte jedoch ein jeder, daß er recht hatte.

46

Während des Winters 1976 begab sich Catherine ihrer Heilgymnastik wegen häufig nach Dijon. Ihr Bein wurde nur sehr langsam wieder beweglich, und man zog in Betracht, es noch einmal zu operieren. An den Vormittagen, an denen sie den Heilgymnasten aufsuchen mußte, nahm Henri sie morgens mit, und sie verbrachte dann den ganzen Tag im Krankenhaus. Nach den Stunden in der Physiotherapie ging sie in sein Arbeitsszimmer. Sie kam erschöpft dort an und legte sich einen Augenblick hin, um sich zu erholen. Sie amüsierte sich immer über die Unordnung, die dort herrschte. Die Bücher türmten sich überall auf den Tischen, auf dem Schreibtisch, der in der Ecke des Raumes stand, von wo aus Henri eigentlich in den Garten des Krankenhauses hätte sehen können. Auf allen Sesseln lagen Magazine und auf dem Fußboden Akten. „Das bedeutet, das es dringend ist." Und keine Sekretärin hätte es sich je einfallen lassen, diese Rumpelkammer zu betreten und damit einen Wutanfall des Chefs zu riskieren. „Die Chirurgie ist eine genaue und exakte Arbeit, dazu sind Ordnung und Methode erforderlich. Die Unordnung ist meinem Arbeitszimmer vorbehalten. Ich habe doch wohl ein Anrecht auf ein wenig Phantasie", erklärte er.

Um sich zu betätigen, machte Catherine sich ans Sortieren, Stapeln, Ordnen. „Es ist die beste Übung", scherzte sie, „um wieder ganz beweglich zu werden. Ich muß mich bücken, die Knie beugen, die Arme strecken, tief durchatmen. Das alles ist ausgezeichnet für mich." Henri ließ sie gewähren. Vielleicht, um seine Frau zu beschäftigen, vielleicht aber auch, weil er einsah, daß sie im Grunde recht hatte. Auf diese Weise lernte Catherine nach und nach die Menschen kennen, die mit ihm arbeiteten. „Der General", wie sie genannt wurde, war Mlle

Cassin, seit mehr als zehn Jahren Stationsschwester. Nichts durfte ohne ihr Einverständnis geschehen. Gleich bei deren Ankunft nahm sie die Medizinstudenten und Assistenzärzte unter ihre Fittiche und „richtete sie ab" nach Stationsroutine. Sie duldete weder Verspätung noch Abwesenheit. Sie lehrte sie die Disziplin der Chirurgie. Auf den ersten Blick erschien sie eher unauffällig, und die Schwestern meinten, sie müsse in ihrem weißen Kittel geboren worden sein, denn niemand hatte sie je anders gekleidet gesehen als in ihrer Schwesterntracht. Doch für Henri war sie diejenige, auf deren Schultern alles ruhte. Sie war sowohl die Polizei als auch die Verwaltung und berichtete Henri nur, was er unbedingt wissen mußte. Doch das war ihm oft nicht genug: Einmal fand er heraus, daß ein Assistenzarzt die Visite nicht ordnungsgemäß durchführte, ein andermal reduzierte der Direktor des Krankenhauses den Personalbestand. Henri schimpfte, schäumte, nörgelte. Doch als er Catherine in einem Stapel von Papieren vergraben sah, die sie zu sichten versuchte, begann er zu lachen ...

Voller Argwohn hatten die Sekretärinnen Catherine auftauchen sehen. Doch sehr schnell begriffen sie, daß keinerlei Gefahr bestand. Die Schwestern tuschelten, die Frau des Chefs habe auf der Station nichts zu suchen. „Wir brauchen keine Spionin, der General genügt wahrhaftig." Laut Mlle Cassin störe sie aber nur, daß sie jetzt nicht mehr ins Zimmer von Professor Chène kommen könnten, um mit ihm zu sprechen oder sich von ihm trösten zu lassen.

Eines Morgens fand Catherine, als sie in Henris Zimmer kam, Mlle Cassin vor, die gerade mit dem Wartungsdienst telefonierte.

„Ich sage Ihnen doch, daß ein Leichengeruch durch die Korridore des Krankenhaus zieht", wiederholte sie ihrem Gesprächspartner, der offensichtlich nichts davon wissen wollte. „Es dauert nun schon ein paar Tage. Bestimmt liegt ein totes Tier in einer Zwischendecke. Unternehmen sie endlich etwas dagegen!"

Catherine hatte tatsächlich einen unangenehmen Geruch bemerkt. Doch unter den schlechten Formalingerüchen und den auf den verschiedenen Stationen verwendeteten Mitteln hab es immer Gerüche, die ihr Übelkeit verursachten.

Am Nachmittag traf ein Mann im Arbeitsgewand ein, öffnete die Tür und sagte: „Ich komme wegen der Leiche von Mlle Cassin!" Er ging mit der Oberin durch die ganze Station, untersuchte die Zwischendecken, die Wandschränke, kurz, jeden Winkel, ohne etwas zu finden. Und als die Schwester beharrte: „Nun, riechen Sie es?" sagt er lachend: „Sie werden alt, Mlle Cassin. Wahrscheinlich fangen Sie selbst an, nach Leiche zu riechen, denn außer den üblichen Düften rieche ich gar nichts."

Mlle Cassin drehte sich auf dem Absatz um. Doch der Geruch dauerte an, verstärkte sich, wurde bald unerträglich. Nun rief Henri den Wartungsdienst; da war wirklich etwas. Tatsächlich schien der Geruch vom Eingang her zu kommen, doch gab es dort nichts, hinter dem sich irgendetwas verbergen konnte. Man riß die Platten auf, die die Kanalisation abdeckten. Noch immer nichts. Der Direktor des Krankenhauses vermutete einen Streich der Assistenzärzte, die vielleicht eine Stinkbombe gegen eine Wand geworfen hatten. Jeder fand eine andere Erkärung. Das Labor der Pathologie befand sich wohl im Kellergeschoß direkt unter der Station, jedoch drei Stockwerke tiefer. Und bisher hatte man außer Formalin nie etwas gerochen. Zudem beschränkte sich der Geruch auf diese Etage. Man ließ den Desinfektionsdienst kommen. Der Geruch blieb bestehen. Das Krankenhaus sprach lächelnd von „der Leiche Mlle Cassins", die dies allmählich übel nahm. „Wir werden ja sehen, wer recht hat", murmelte sie zwischen den Zähnen.

Als Catherine eines Nachmittags in Les Colombiers geblieben war, sah sie Henris Wagen in den Hof fahren. Noch nie war er so früh nach Hause gekommen.

Mlle Cassin hatte recht behalten. Es gab wirklich eine Leiche. Aber man hatte sie am falschen Ort gesucht. Der Fahrstuhlwartungsdienst hatte sie bei einem Routinegang auf dem

Zwischendachboden, der den Maschinenraum beherbergte, entdeckt. Sie hatten einen zusammengekrümmten Körper gefunden. Der Tod lag etwa vier Wochen zurück. Die Leiche war schnell identifiziert: Neben dem Körper lag ein Brief. Doch für Catherine sollte das Schlimmste erst noch kommen. Sie hatte Henri, ohne Fragen zu stellen, zugehört. Doch plötzlich wußte sie, daß noch etwas anderes im Spiel war. Er atmete kurz, sein Blick wich ihr aus. Warum hat er Angst, mich anzusehen? fragte sie sich. Ich habe nichts damit zu tun. Was verschweigt er nur? Er zitterte, konnte seine Sätze nicht zuendeführen.

„Henri, was ist los, was verheimlichst du mir?"

Er begann zu weinen.

„Sie hieß Marie", sagte er. „Sie war noch keine siebenundzwanzig..."

Und er reichte ihr den Brief.

47

Henri,

wenn man diesen Brief findet, werde ich endlich von den quälenden Schuldgefühlen erlöst sein. Ich habe diesen Moment und diesen Ort für meinen Tod gewählt, denn ich wollte sichergehen, auch wirklich zu sterben. Niemand wird mich hier suchen. Die Leute vom Wartungsdienst waren gestern hier, um den Aufzug zu überprüfen; vor einem Monat werden sie nicht wiederkommen. Ich hätte nicht den Mut, dir noch einmal zu begegnen. Ich sah dich gestern abend durch den Flur gehen. Ich hätte so gern noch einmal mit dir gesprochen, deine Stimme gehört, deine Hände auf meinem Körper gespürt. Ein letztes Mal mit dir geschlafen. Wie soll ich dir nur sagen, wie sehr ich dich liebe, wie sehr du mir fehlst?... Ich habe es versucht, zu Beginn... Als alles anfing zwischen ihr und dir...

Warum sie? Warum nicht ich? Warum hast du diese Frau geheiratet?

Niemand hat dich je so geliebt, wird dich je so lieben, wie ich. Ich habe versucht, mich damit abzufinden, das schwöre ich dir. Dich zu vergessen. Ich habe sogar mit anderen Männern geschlafen . . . Doch vergeblich. Immer hatte ich dein Gesicht vor Augen . . . Und ich konnte die nicht vergessen, die dich mir wegnahm. So viele Nächte habe ich damit verbracht, es zu versuchen, habe gebetet, du mögest dich in eine andere Frau verlieben, wie sonst auch . . . Alles wäre wieder in Ordnung gewesen. Ich hätte nur ein wenig geduldiger sein müssen als sonst. Das glaubte ich. . . Dann wußte ich eines Abends, daß für mich alles vorbei war: als du uns die Geburt deiner Tochter mitteiltest. Deine Freude damals . . . das war ein unerträglicher Augenblick. Ich wußte, ich hatte dich für immer verloren. Da bin ich verrückt geworden. Verrückt vor Schmerz, verrückt bis zum Wahnsinn. Ich habe im Krankenhaus gekündigt, ich glaube nicht, daß dir das bewußt geworden ist. Hast du überhaupt bemerkt, daß ich nicht mehr da war? Ich habe gehofft, einen Anruf erwartet. Habe gebetet, Himmel und Hölle angefleht, Gott und den Teufel, dich wiederzusehen, einmal, ein einziges Mal. Aber für dich existierte ich nicht mehr . . . ihretwegen, deiner Frau wegen . . .

Zunächst wollte ich sie nur leiden lassen, nur ein bißchen, damit auch sie leidet. Warum alles Glück für sie und nichts davon für mich? Ich habe sie erschrecken wollen. Ich glaubte, einige anonyme Briefe würden ihr Angst einjagen. Die Telefonanrufe würden sie zum Äußersten treiben. Ich tat alles, um sie dazu zu bringen, sich Fragen zu stellen. Jede andere Frau hätte verstanden, sie jedoch nicht. Nichts schien ihr Vertrauen in dich erschüttern zu können. Und du hast mich gewähren lassen. Aus Angst, aus Feiheit? Denn du wußtest doch genau, daß ich es war, oder etwa nicht? Aber du schwiegst. . . Denn du liebtest sie und hattest Angst, sie zu verlieren, wenn du ihr von mir erzählst. Ich wollte, daß du sie verlierst und zu mir zurückkehrst. Ich hätte dich schon dazu gebracht, sie zu vergessen.

Doch die Monate verstrichen, und sie war noch immer da. Also bin ich ihr gefolgt, habe gewartet, wollte mit ihr sprechen, ihr sagen, daß ich dich liebe, daß sie mir ein wenig von dir überlassen solle. Ich habe ihr lächelndes Gesicht gesehen, sie stieg in ihr Auto, nachdem sie das Haus verlassen hatte, in dem du sie vor eurer Heirat immer besuchtest: Du siehst, ich weiß alles über euch beide! Ich hob einen Pflasterstein auf vor ihrem Haus. . .

und auf der Straße, die zu deinen Eltern führt – wo ich niemals eingeladen worden war – wartete ich den Moment ab, daß die Straße eine große Kurve macht, und ich warf den Pflasterstein . . .

Aus Liebe zu dir war ich zur Mörderin geworden. Das begriff ich in dem Augenblick, als ich ihr Auto an der Mauer zerschellen sah. Ich wußte, sie hatte mich gesehen. Täglich erwartete ich die Polizei, jedes Klingeln erschreckte mich. Ich war eine Verbrecherin, doch was noch schlimmer für mich war: Es hatte nichts genützt. Du hast zu niemandem darüber gesprochen – aber du wußtest Bescheid. Vor dem Gefängnis hatte ich keine Angst, ich hatte Angst, dich nicht mehr zu sehen. Und ich habe dich auch nicht mehr gesehen. Da waren diese Worte, die mir wehtaten: Mörderin, Verbrecherin. Sie lebte, und du warst bei ihr. Ich belauerte, beobachtete dich.

Und eines Tages habe ich euch beide im Krankenhaus ankommen sehen . . . Wie hatte ich das nur tun können?

Ich schreibe dir nicht, um dein Verzeihen zu erflehen. Was ich getan habe, ist entsetzlich. Ich wünschte nur, du würdest von mir die Erinnerung an meine Liebe bewahren, die in dem Moment begann, als ich dich zum ersten Mal sah . . . Das ist dumm, wirst du denken, ich war ja erst sechzehn . . . Doch in meinem Leben hat es nie einen anderen gegeben als dich . . .

Ich habe die Dosis, die ich mir injizieren werde, genau berechnet. In fünf Minuten bin ich tot, ich wollte, daß du Bescheid weißt . . .

Ich liebe dich

Marie

48

Vier Blatt Papier haben alles in wenigen Sekunden zerstört. Alles, woran ich geglaubt hatte – das gegenseitige Verständnis, die Komplizenschaft, die Zärtlichkeit, die Liebe, die ich für Henri empfand, alles ist in sich zusammengebrochen: Und er stand da vor mir und gestikulierte, erklärte, entschuldigt sich.

„Hör mich an", flehte er. „Die Polizei wird kommen, wird Fragen stellen, dir ein Photo von ihr zeigen ... Um zu erfahren, ob du sie wiedererkennst. Sie werden mit dir sprechen, über sie und ... über mich. Ich will nicht, daß du es von ihnen erfährst ... Nein, laß es mich dir erklären ... Wir reden später, wenn sie fort sind, wir haben nicht viel Zeit ..."

Ich fühle mich so seltsam, dachte Catherine, ich habe den Eindruck, zu schweben ... oder in Watte verpackt zu sein. Der Schmerz ist noch nicht da, aber ich weiß, er wird kommen, in fünf Minuten oder in einer Stunde. Ich will nichts hören, noch nicht, nicht jetzt. Ich möchte noch einige Sekunden lang die Gewißheit haben, daß alles gut ist, daß er noch immer mein Henri ist, der Mann, den ich liebe, der Gefährte, an dessen Seite ich mich wohlfühle. Noch einen Moment, Herr Scharfrichter, noch einen Moment, Henri, schenk mir noch einen Moment, ein letztes Mal dieses Gefühl vollkommenen Glücks, das ich, seit ich mit dir lebe, immer empfunden habe. Denn ich weiß, danach wird es vorbei sein, für immer vorbei ...

„Ich suche weder nach einer Entschuldigung noch nach Mitleid", sagte Henri. „Ich möchte nur, daß du mir zuhörst, daß du mir glaubst ... selbst wenn es dir unwahrscheinlich vorkommt. Ich wünschte ... du könntest weiter an meine Liebe glauben, hättest immer noch Vertrauen in mich ..."

Er saß ihr gegenüber, in sich zusammengesunken, als sei jegliche Kraft aus ihm gewichen. Von Zeit zu Zeit hob er den Blick und erforschte ihr Gesicht.

„Was sucht er in mir? Ich möchte schreien, fliehen, mich verstecken. Nein, lieber taub werden, nichts von dem hören, was er sagen wird! Ich weiß nur zu gut, was er mir zu sagen hat!"

Catherine schwieg und wartete auf die Verletzung. Mit verzerrtem Gesicht fuhr er fort zu sprechen. Für wen leidet er in diesem Augenblick? Leidet er seinetwegen, wegen dieses toten Mädchens, meinetwegen, unseretwegen?

„Sie heißt Marie, Marie Soubre ..."

„Soubre, sie ist verwandt mit ..."

„Nein, das heißt ja ... sie war die Tochter ihres früheren Mannes. Sie haben sich vor langer Zeit, nach dem Tod ihrer beiden Kinder, scheiden lassen ... Soubre hat wieder geheiratet, und Marie stammt aus dieser Ehe."

„Warte, ich begreife gar nichts: Wer hat zwei Kinder verloren?"

„Madame Soubre. Sie hatte zwei kleine Töchter, die vor etwa dreißig Jahren bei einem Brand umkamen. Man nahm damals an, die Ältere habe beim Spielen mit Streichhölzern das Feuer verursacht. Sie war drei Jahre und ihre Schwester erst einige Monate alt. Ich war damals Medizinstudent, als man zwei Kinder mit Verbrennungen dritten Grades auf der Station einlieferte. Man konnte nichts mehr tun ... Es war das erste Mal, daß ich Madame Soubre begegnete. Sie war gerade zwanzig. Sie hatte die Kinder ein paar Augenblicke allein gelassen, um aus dem Keller Kohlen zu holen. Als sie wieder heraufkam, stand das Kinderzimmer in Flammen. Es war entsetzlich, den Schmerz dieser Frau mitanzusehen. Dann versank sie in einen Zustand der Verzweiflung. Als sich der Unfall ereignete, befand sich ihr Mann auf Reisen. Bei seiner Rückkehr waren die Kinder tot, und im Krankenhaus hat er immer wieder behauptet, an allem sei seine Frau schuld. Das war furchtbar gemein... Jahre später hat mich, als ich eines Abends nach Hause ging, eine Frau angesprochen; das war sie. Wir haben uns unterhalten, und sie hat mir gesagt, sie betreue Kinder, oft schwierige Fälle, die von niemandem sonst akzeptiert würden ..."

Die Türglocke unterbrach Henri. Es war die Polizei. Zwei Inspektoren: ein kleiner rundlicher, Mitte Vierzig, und ein junger, höchstens fünfundzwanzig. Tausend Fragen drängten sich in Catherines Kopf. Bilder von Flammen erzeugten Schwindelgefühle. Sie bemühte sich, die beiden Polizisten zu fixieren, um ihrem Unwohlsein nicht nachzugeben. Henri blieb an ihrer Seite. Drei Stunden, die ihr wie drei Jahrhunderte vorkamen, wurde sie befragt. Die Gendarmen zeigten ihr Photos, sprachen mit ihr über das Verhältnis zwischen Marie und ihrem Mann. Sie hörte sich ruhig antworten, Einzelheiten mitteilen, wenn man sie darum bat. Alles war wie in Nebel gehüllt. Nichts berührte sie. Ja, sie habe viele Monate lang anonyne Briefe erhalten, ja, sie habe sie weggeworfen. Warum? Weil sie ihr belanglos vorgekommen seien. Und die Anrufe, und die aufgestochenen Reifen? Gewiß, jetzt lägen die Dinge anders, doch damals sei es ihr normal erschienen, sich wegen der Dummheit, der Bosheit der Leute nicht über Gebühr Sorgen zu machen.

„In diesem Fall, Madame, handelte es sich nicht um Dummheit, sondern um einen Mordversuch", entgegnete der junge Inspektor.

„Nun fängt der Dicke an, sich zu rühren, zu sprechen, und ich antworte ihm. Wenn er nur wüßte, wie gleichgültig mir das alles ist. Eine Frau ist meinetwegen gestorben, weil ich nicht verstand oder nicht verstehen wollte. In meinem Inneren wußte ich genau, daß es etwas, jemanden in Henris Leben gab. Dieser Jemand schrie seine Verzweiflung hinaus, und ich habe nichts davon wissen wollen. Ich habe mich geweigert zu wissen. Wegen dieses Mädchens habe ich gerade viele Monate im Krankenhaus zugebracht, und ich kann nicht begreifen, weshalb ich ihr das nicht übelnehme ..."

„Warum haben Sie darüber nicht gesprochen?" beharrte der Inspektor.

„Mit wem gesprochen?"

„Mit ihrem Mann natürlich! Oder mit der Polizei."

„Weil mir das alles, wie gesagt, unwichtig vorkam! Mein erster Mann und ich erhielten mindestens zwei oder drei anonyme Briefe im Monat. Wir hatten uns angewöhnt, sie ungelesen fortzuwerfen und darüber nicht einmal ein Wort zu verlieren. Wir waren der Ansicht, seine beruflichen Verpflichtungen brächten das eben mit sich. Eine Zeitlang dachte ich, der anonyme Briefschreiber vermute wohl, ich sei noch mit Claude verheiratet. Hier habe ich niemals anonyme Briefe oder Anrufe erhalten. Deshalb nahm ich an, es bestehe nicht die geringste Gefahr, alles erschien mir banal!"

„Wußten Sie, daß Ihr Mann eine Geliebte hatte?"

„Nein!"

Sie hatte schonungslos geantwortet! Doch tief in ihr sagte eine leise Stimme: „Hör mal, Catherine, wußtest du's nicht, oder wolltest du's nicht wissen? Als diese Frau den Pflasterstein in die Windschutzscheibe war, wußtest du da wirklich nicht, weshalb? Weshalb versucht eine Frau, eine andere zu töten?"

„Dennoch, Madame", insistierte der Inspektor, „als Sie uns baten, ins Krankenhaus zu kommen, um uns zu sagen, Sie hätten Ihr Gedächtnis wiedererlangt, Sie könnten sich daran erinnern, was sich im Augenblick des Unfalls zutrug. Haben Sie denn da wirklich nie vermutet, es könne eine Weibergeschichte dahinterstecken? Und Sie, Monsieur, haben Sie nicht angenommen, es handle sich um die Rache einer Frau? Hat Sie das denn an gar nichts erinnert, als Ihre Frau von einem Kabriolett sprach?"

„Nein, ich kannte dieses Auto nicht. Sie muß es danach gekauft haben."

„Wonach?"

„Nachdem ich aufgehört hatte, sie zu treffen."

„Wann hast du aufgehört, sie zu treffen, Henri? Bevor ich ein Kind erwartete, oder danach? Vor unserer Heirat, oder danach? *Warum* hast du aufgehört, sie zu treffen... Hat ein Datum wirklich Bedeutung? Ich habe sehr unter Claudes Untreue gelitten, doch merkwürdigerweise habe ich nie ernsthaft mit Henris Untreue gerechnet. Manchmal habe ich daran gedacht, aber dann war es so, als würde ich alle Erinnerungen, alle Erfahrungen aus meinem Gedächtnis verjagen. Hat es, seit wir zusammen sind, außer Marie noch andere Frauen in seinem Leben gegeben?"

Endlich gingen sie. Es war die Zeit, in der die Kinder heimkamen. Henri begleitete die Polizisten bis zur Tür und kehrte dann wieder zurück. Catherine saß sehr aufrecht in einem Sessel und blickte ins Leere.

„Catherine, wirst du dir endlich anhören, was ich dir zu sagen habe?"

„Nicht jetzt. Später."

Und die beiden versanken in Schweigen. Sie fühlte sich nicht fähig, über Marie, deren Mordversuch und Selbstmord zu sprechen. Sie wollte nur vergessen.

Der Skandal wurde vertuscht. Da Marie tot war, verliefen die Nachforschungen der Justiz im Sande.

Doch von jenem Tag an weigerte sich Catherine, Les Colombiers zu verlassen und ins Krankenhaus zur Heilgymnastik zu fahren.

49

Charlotte wagte als erste, das Schweigen zu brechen:

„In Nuit-Saint-Georges und Dijon wird viel über Henris Abenteuer, über seine Liebschaften geredet. Wie konnte er das der armen Catherine nur antun?"

Das Große Haus lebte in Erwartung der Explosion, doch nichts geschah. Henri kam immer später vom Krankenhaus zurück, und Catherine tat, als sei nichts geschehen. Er verbrachte mehrere Wochen in Paris, rief jeden Abend an, um sich nach allen zu erkundigen. Sie antwortete mit nüchterner, gleichgültiger Stimme.

Maman Chène fand schnell heraus, daß Henri und Catherine in getrennten Zimmern schliefen, doch der Schein wurde gewahrt. Wenn Henri in Les Colombiers war, las er seiner Frau jeden Wunsch von den Augen ab; in Gegenwart dritter wirkten sie noch immer wie ein Paar. Doch es war offensichtlich, daß sie sich nichts mehr zu sagen hatten. Die wenigen Male, da Henri versucht hatte zu sprechen, mußte er den Rückzug antreten. Immer hatte Catherine ihn mit derselben Frage konfrontiert:

„Hat es, seitdem wir zusammen sind, außer Marie noch andere Frauen gegeben?"

Er glaubte zu ersticken. Warum in Dingen wühlen, die er zu verschweigen suchte? Er kannte Catherines Verbissenheit, ihre Streitsucht, alles sagen zu wollen. Und jetzt gab es nur diese eine Frage: „Ja oder nein, hat es..."

Und Catherine fügte hinzu: „Ich dachte, wir beide hätten uns im alltäglichen Leben und im Bett miteinander wohlgefühlt, offenbar war das nicht der Fall. Warum hast du nie mit mir darüber gesprochen. Was lief nicht zwischen uns?"

„Aber es lief doch alles gut..."

„Machst du dich über mich lustig? Deshalb bist du wohl zu anderen gegangen und hast mit ihnen geschlafen?"

„Du weißt genau, daß das nicht stimmt. Es ist schwer zu erkären. Aber nur weil ich mit anderen Frauen zusammen war, hat sich doch zwischen uns nichts geändert..."

„Dieses Lied hab' ich schon vor Millionen von Jahren gehört! Doch Zusammenleben bedeutet oder bedeutete für mich etwas anderes als so etwas wie eine Familienpension. Bevor wir uns begegneten, hatten wir beide bereits gelebt. Ich dachte, du sehntest dich nach denselben Dingen wie ich, dachte, es bestünde eine körperliche Übereinstimmung zwischen uns, bei unseren beiden Körpern gäbe es ein stummes Einverständnis. Ich dachte, ich würde jeden deiner Wünsche kennen, so wie du die meinen kennst. Daß wir zusammen gehörten ... Wir hatten genug gelitten, um nun auf alles Getue zu verzichten."

„Du kannst es nicht verstehen. Aber ..."

„Erst jetzt verstehe ich nicht mehr. Solange die Dinge heimlich abliefen, hast du nie das Bedürfnis gehabt, mit mir darüber zu sprechen. Es ist also sinnlos, nach Entschuldigungen zu suchen. Ich vermute, am meisten stört dich an all dem, daß ich Bescheid weiß. Sonst hättest du nie darüber gesprochen."

„Du urteilst, du bestimmst, du weißt immer alles. es ist wahr, es hat Marie gegeben und ... andere Frauen ..." (Die Worte kamen ihm nur schwer über die Lippen) „Doch ich liebe dich ..."

„Du brauchst nicht weiterzusprechen, ich wünsche mir nur, daß die Kinder von all dem nicht berührt werden. Tu du, was du willst, aber so, daß weder die Kinder noch die Familie irgend etwas über dein Leben außerhalb ‚Les Colombiers' erfahren. Das ist der einzige Punkt, bei dem ich zu keinem Kompromiß bereit bin."

„Was Marie betrifft ... so wollte ich dir erklären, dir sagen ... damit du verstehst" – sein von Zuckungen zerrüttetes Gesicht war fahlgrau – „Ich lernte sie vor mehr als zehn Jahren kennen. Sie war gerade vom Direktor des Krankenhauses als Stenotypistin angestellt worden. Als ich ihren Namen erfuhr, war ich überrascht und fragte sie, ob sie die Tochter sei von ... So hat alles begonnen. Doch für mich war sie niemals von Wichtig ..."

Er konnte seinen Satz nicht beenden. Catherine hatte ihre Krücken ergriffen und war aus dem Zimmer gestürzt. Sie fühlte sich außerstande weiterzusprechen; sie sehnte sich nur nach einem: Vergessen. In der Küche aßen gerade die Kinder; Tifi verschlang die Marmeladebrote, die ihr Bruder freudestrahlend für sie strich. Catherines einziger Wunsch war, daß die beiden nichts von ihren Problemen erführen, daß nichts das Glück ihrer Kinder zerstöre. Emmanuel war beinahe zwölf, er begann, schnell zu wachsen, all seine Hosen waren ein wenig zu kurz. Ich muß nach Dijon fahren und ihm neue kaufen, dachte sie, doch Dijon erinnerte sie sogleich an Henri... Emmanuel hatte ein sehr wandlungsfähiges Gesicht, und er kniff vor Freude die Augen zusammen, wenn Tifi ihm befahl:

„Noch ein großes Butterbrot mit viel Marmelade drauf!"

Und er gehorchte.

„Ich bin als Mutter nicht objektiv", dachte sie, „ich finde, er wird jeden Tag ein wenig hübscher, so als mache die Lebensfreude, die er in Les Colombiers gefunden hat, seine Züge und seine blauen Augen weicher." Als kleiner Junge war sein Haar nicht so hell wie jetzt – zweifellos lag das an diesem Leben in der frischen Luft. Er war sehr schmal, ganz im Gegensatz zu seiner Schwester. Fanny hatte eines Tages gesagt, Tifi sei eine

Kreuzung zwischen einer Planierraupe und einem Glöckchen. Sie war ein wenig kurzbeinig und kompensierte mit ihren vier Jahren die geringere Körpergröße mit einer immer zum Lachen bereiten, dröhnenden Stimme. Sie duldete nicht, daß man sie an ihr Alter erinnerte, und die Großen waren gezwungen, sie überallhin mitzunehmen. Sonntags ging sie mit Pierre, Bruno und den Jungen ins Stadion, um beim Rugby zuzusehen, schrie dort lauter als alle anderen und kam heiser und erschöpft von solch einem Tag zurück, hatte jedoch nur eins im Sinn: Der Familie Chène, die sich vor Lachen bog, das Match zu schildern. Da ihr Wortschatz ihren Schilderungen nicht immer gewachsen war, mimte sie, gestikulierte, deutete in der Küche einen Spurt an, den Henri manchmal mit den Worten einbremste: „entweder wir stellen eine weibliche Rugbymannschaft, Typ ‚Super-Junior', auf oder ich prophezeihe euch schwierige Sonntage, wenn sie erst einmal größer ist."

Pierre und Bruno, ihre Komplizen, freuten sich.

„Es ist lächerlich", schimpfte Charlotte, „ein Kind in diesem Alter zu einem Match mitzunehmen, und noch dazu ein Mädchen. Mein armer Pierre, du bist wirklich nicht mehr zu retten."

Doch an den folgenden Sonntagen trafen in den Stadien der Umgebung die drei wohl fanatischsten Schlachtenbummler ein. War die Kälte allzu schneidend, schaute ein kleines Gesichtchen aus einer Wolldecke hervor, und die beiden Männer hielten abwechselnd das Paket in ihren Armen. Anfänglich wurde natürlich gelacht, wenn man sie kommen sah, doch der kurze Blick, den sie denen strafend zuwarfen, die sich auf ihre Kosten amüsieren wollten, ließ das Gelächter schnell verstummen. Charlotte war mehr und mehr gegen diese Freundschaft. Fünfzehn Jahre lang hatte sie einen Ölgötzen neben sich gehabt, und jetzt verbrachte er seine Zeit mit einem Bankdirektor, „der alle Kennzeichen eines Gangsters hatte".

Trotz aller Vorsichtsmaßnahmen merkte Emmanuel sehr bald, daß sich etwas tat. Er rückte näher an seine Mutter heran, setzte sich bei den Mahlzeiten neben sie. Er verbrachte viel Zeit damit, sie anzusehen, als wolle er in ihren Gedanken lesen, und zwar in einem solchen Maße, daß sie die Fassung verlor. Er fragte: „Maman, wehweh?“ Und zum ersten Mal lag in seiner sonst so monotonen Stimme die Nuance einer Frage, als er die beiden Silben aussprach, die Catherine schmerzten: „Papa?“

Wie kann er mit soviel Feingefühl alles spüren, alles erahnen, was wir empfinden? Warum ist er fähig, noch vor uns zu erfassen, wo die Schwierigkeiten sind? Catherine war immer überrascht und zugleich gerührt, wenn sie sah, daß ihr Sohn viel mehr als die übrige Familie über die Bescheid wußte, die er liebte. Sobald irgend jemand ein Problem hatte, wußte er es und bekam Angst. War jemand glücklich, so war Emmanuel noch glücklicher. Immer war er einen Schritt voraus, ahnte, was geschehen würde. Er sorgte sich daher um seine Mutter...

Als er eines Morgens aufbrach, um bei Tania zu malen, betrat er das Zimmer seiner Mutter und sagte: „Weg!“ Und Catherine mußte ihren Sohn begleiten. Der heftige Wind, der an jenem Tag blies, behinderte ihre Schritte. Als Tania sie kommen sah, lief sie ihnen entgegen. Catherine war blaß, der Weg hatte sie erschöpft, und ihr Bein tat weh. Le Chène brummte: „Es wird allmählich zu einer Familiengewohnheit. Wir werden wohl eine Rollstuhlfabrik kaufen müssen.“

Doch Catherine hatte nicht einmal mehr die Kraft zu lachen. Insgeheim mußte sie jedoch zugeben, daß ihr dieser Ausflug gutgetan hatte: Seit dem Besuch der Polizisten hatte sie sich von der Außenwelt zurückgezogen. Sie hatte das Große Haus nicht mehr verlassen. Als Emmanuel sie am nächsten Tag wieder abholte, wurde vereinbart, daß sie von nun an beide jeden Morgen zu Fuß zur Scheune gehen und dann von Tania im Auto zurückgefahren würden, damit Catherine sich nicht überanstrenge ...

So konnte sie entdecken, wie sehr sich ihr Sohn weiterentwickelt, was für große Fortschritte er in der Malerei gemacht hatte. Sie saß neben Le Chène und sah Emmanuel zu, wie er seine Pinsel mit derselben Sorgfalt handhabte, die er in allem an den Tag legte. Er malte stehend, mit langsamen, eifrigen Bewegungen. Er zögerte lange bei der Wahl einer Farbe, strich sie auf die Palette und wählte dann aus dem Becher, in welchem die Pinsel weichten, den aus, den er brauchte, und das gleiche Zeremoniell begann von neuem. Danach begann er mit unendlicher Behutsamkeit die Paste zu mischen, betrachtete besorgt jeden einzelnen Farbton, suchte den zustimmenden Blick seiner Mentorin, und erst wenn er die erhoffte Mischung zustandegebracht hatte, wählte er einen neuen Ton. Nie skizzierte er auf der Leinwand, sondern malte, wie Le Chêne es nannte, „auswendig". Er hatte viel Raumgefühl und konstruierte sein Bild, indem er oft in einer Ecke von einem Detail ausging, das niemand vermutet hätte, und sich nach und nach der ganzen Leinwand bemächtigte. Tania war begeistert: „Er ahmt nicht nach", sagte sie, „er erschafft etwas, oder er wird wütend." Manchmal griff sie ein, wenn sie ihn vor Wut bleich werden sah, und dann bemühte sie sich, seine Hand zu führen. So begrenzt Emmanuels Wortverständnis war, so schnell erfaßte er, was sie ihm beizubringen suchte. Er hatte ein außergewöhnliches Gedächtnis, und konnte mühelos mit seinem Pinsel jedes beliebige Eck von Les Colombiers wiedergeben. Doch vor allem hatte er auf Anhieb seinen Stil gefunden. Wenn sie zusammen malten, hatte Tanias Bild nie irgend etwas mit den seinen gemeinsam. Der Schüler schuldete seinem Meister nichts. Der kleine Junge hatte sehr bald eine Ausdruckskraft erreicht, der die Langsamkeit seiner Gesten zu widersprechen schien. Le Chêne war außer sich vor Entzücken, Catherine starr vor Staunen. Die Bilder ihres Sohnes strahlten eine seltsame, feine Atmosphäre aus, die genau mit dem Ort, den er abbilden wollte, mit der Person, deren Portrait er entwarf, in Einklang stand. Auf einem Bild, das er gerade abgeschlossen hatte, saß Pierre so traurig auf einer Bank vor dem Priorat, daß Le Chêne zu bedenken gab: „Charlotte sollte herkommen, es sich ansehen und darüber nachdenken." Niemand konnte an der Einsamkeit dieser erstarrten Figur vor dem heiteren Hintergrund des Priorats zweifeln.

Jeder bemühte sich so zu tun, als sei nichts geschehen. Wenn Henri in Les Colombiers war, wanderte er von seiner

Werkstatt zum Großen Haus, vom Großen Haus zur Scheune. Er langweilte sich, ihm fehlte die Gesellschaft seiner Frau. Also ging er mit den Kindern spazieren, kehrte jedoch sehr bald zurück: Er langweilte sich zu sehr. Er, der Gesprächige, wurde schweigsam. Eines Tages wurde er zornig, als Charlotte ihm vorhielt, es sei nur gerecht, daß er für seine Fehler bezahle.

„Halt's Maul", schrie er. „Du kannst es nicht verstehen! Was soll heißen ‚bezahlen', du dumme Pute? Wer hier bis jetzt bezahlt hat, war Catherine. Ich habe alles verpfuscht, habe das Leben derer, die ich liebe, zerstört. Catherine leidet, und das tut mir weh! Durch meine Gleichgültigkeit ist Marie gestorben. Meine Kinder sind verstört, vielleicht sogar unglücklich, und ich weiß nicht, was ich tun soll. Mir wäre lieber, Catherine würde schreien, mich beschimpfen, anstatt unaufhörlich das Gespenst der Frau vor Augen zu haben, die ich einmal kannte." Er hatte zu rauchen begonnen, um seine Hände zu beschäftigen.

Tifi war noch zu klein, um wirklich zu wissen, was vor sich ging, doch auch sie spürte, daß da irgend etwas war. Als Bruno eines Sonntags in Begleitung von Charles erschien, setzte sie eine wichtige Miene auf und verkündete ihnen: „Zu meiner Mama muß man sehr lieb sein, denn mein Papa ist nicht da, und meine Mama ist traurig." Bruno enthielt sich jeglichen Kommentars, und Charles gab vor, nichts gehört zu haben. Offenbar hatte die Geschichte Unheil angerichtet. In Dijon lachte man schadenfroh über Professor Chènes Eskapaden. Man bedauerte die arme Madame Chène: als hätte sie nicht schon genug zu leiden gehabt. Und die besonders spitzen Zungen fragten:

„Wer war diese Marie Soubre eigentlich, haben Sie sie gekannt? Sie war wohl nicht ganz richtig im Kopf, zu glauben, ein Professor der Medizin würde sie, eine kleine Stenotypistin heiraten."

Jeder ging also seinen Geschäften nach und versuchte, im Großen Haus den Eindruck zu erwecken, alles könne so weitergehen wie bisher.

50

Es gab noch einen anderen Menschen, dessen Leben durch diese Geschichte tiefgreifend verändert wurde: Madame Soubre. Nachdem die Inspektoren gegangen waren, hatte Henri seine Mutter aufgesucht, um sie in wenigen Worten über das, was vorgefallen war, zu informieren. Während sie ihrem Sohn zuhörte, sah sie ihn aufmerksam an. Von Zeit zu Zeit zuckte er zusammen und fuhr sich mit der Hand nervös durchs Haar. Er war totenblaß, und seine Stimme klang gebrochen vor lauter Anspannung.

„Madame Soubre muß auch benachrichtigt werden", sagte sie zu ihm.

„Ich weiß, aber ich habe nicht den Mut, mit ihr zu sprechen", erwiderte er trocken. „Für heute ist genug ..."

Madame Soubre erfuhr es also durch Maman Chêne. Mit zusammengebissenen Zähnen starrte sie vor sich hin, sie war aschfahl.

„Meine Vergangenheit hat mich noch einmal eingeholt", murmelte sie, als Maman Chêne ihren Bericht beendet hatte. „Ich hätte niemals gedacht, daß es so weit kommen würde. Ich kannte die Tochter meines Mannes nicht, ich hatte jeglichen Kontakt zu ihm verloren. Armes Kind."

Dann richtete sie sich auf.

„Ich muß mit Madame Catherine sprechen. Was geschehen ist, ist für alle schrecklich, doch für sie noch schlimmer."

Als sie den Korridor durchquerte, um mit Catherine zu sprechen, schnürte sich ihr Herz zusammen. Sie würde Emmanuel, die Chênes, alles, was ihr Leben seit vielen Jahren ausmachte, verlassen müssen. Zum ersten Mal seit ihrer Jugend hatte sie das Gefühl, zu einer Familie zu gehören. Selbst die

Streitereien mit Le Chène brauchte sie: die schneidenden Blicke, die späten Entschuldigungen waren Teil seines Rituals. Sie klopfte an die Tür: Catherines Stimme hieß sie eintreten.

„Madame Chène hat mich soeben über alles informiert", begann sie. „Ich wollte Ihnen nur sagen ... daß ich ... glaube, für alle Teile wäre es besser, wenn ich Les Colombiers so schnell wie möglich verließe." Ihre Stimme war fester geworden. „Ich möchte nicht, daß meine Gegenwart schlimme Erinnerungen in Ihnen wachhält."

Catherine ließ sie nicht zuendesprechen:

„Madame Soubre", antwortete sie, „was Sie betrifft, gibt es überhaupt kein Problem. Sie heißen Soubre, und Marie ebenso, das ist aber auch alles. Vergessen Sie, was Sie gerade gesagt haben. Für mich sind die Dinge völlig klar, Sie haben mit der Sache nichts zu tun. Wenn Sie uns wirklich verlassen wollen, dann kann ich Sie nicht daran hindern, doch wenn es, wie Sie sagen, meinetwegen geschehen soll, so seien Sie unbesorgt. Und schließlich ist da doch auch noch Emmanuel ... Sie wissen genau, wieviele Fortschritte er Ihnen zu verdanken hat. Niemand, selbst Le Chène nicht, kann das Gegenteil behaupten. Mein Mann" (und indem sie diese Worte aussprach, überfiel sie ein Gefühl der Niederlage), „mein Mann hat mir von der Tragödie erzählt, die Sie beim Tod Ihrer Kinder durchmachen mußten. Dadurch habe ich viel verstanden, und Sie sollen wissen, wie sehr ich Sie bewundere. Jahrelang haben wir in dem Bemühen, Emmanuel zu helfen, schwierige Augenblicke miteinander geteilt. Immer sind Sie dagewesen. Was allein zählt, Madame Soubre, ist, was Sie für ihn getan haben, was Sie uns durch Ihre Unnachgiebigkeit und Ihr Verständnis für die Schwierigkeiten unseres Sohnes beigebracht haben. Wenn es ein Problem gibt, so existiert es zwischen meinem Mann und mir!"

Und humpelnd näherte Catherine sich Madame Soubre und umarmte sie.

„Bleiben Sie", sagte sie beschwörend, „ich habe heute schon so viel verloren."

Madame Soubre ging weinend zu Le Chène. Ihr alter Widersacher hörte ihr schweigend zu, dann murmelte er: „Ich hab' ja immer gesagt, daß über diesem Haus ein Hauch von Wahnsinn liegt. Was für ein Chaos! Doch Catherine hat recht: Bleiben Sie! Für heute hatten wir genug Katastrophen."

Und so streckte Le Chène vor Madame Soubre die Waffen. Abends, nach dem Essen, als Catherine und die Kinder schliefen und Henri ins Krankenhaus zurückgekehrt war, konnte er endlich offen mit seiner Frau sprechen.

„Catherine soll Les Colombiers nicht verlassen, das mußt du ihr sagen. Wir alle lieben sie, wir alle sind unglücklich über das, was geschehen ist, aber auf keinen Fall soll sie fortgehen. Ich glaube, ich könnte es nicht ertragen ... Was würde aus uns ohne sie, was würde aus mir ohne Emmanuel?"

„Le Chène, niemand will, daß Catherine geht: Henri noch weniger als jeder andere. Aber die kommenden Monate werden nicht leicht für sie sein: Also versuch du, dich nicht zu oft mit Madame Soubre zu streiten."

„Ich mich streiten? Weswegen denn? Ich habe schon immer gesagt, daß sie außer mir der einzige Mensch ist, der mit Emmanuel umgehen kann."

51

Im März, als es in den Weinbergen viel zu tun gab, konnte Catherine noch immer nicht einen ganzen Tag lang auf den Beinen sein. „Schade, es hätte ihr gut getan, ein wenig aus dem Haus zu kommen", dachte Maman Chène. Doch ihr Bein war noch lange nicht so beweglich wie früher, und das Bücken fiel ihr weiterhin schwer. Als sie eines Morgens über den Hof hinkte, rief Emile sie herbei: „Würden Sie vielleicht einmal kommen und uns Ihren Rat erteilen? Madame Mathilde und ich können uns nicht einigen ..."

Da sie nicht in die Weinberge gehen konnte, arbeitete sie mit Emile in der Kellerei. „Eine gelehrige Schülerin", meinte er. „Sie lernt schnell, kann zuhören, zusehen, stellt nur die nötigsten Fragen. Im Grunde ist ihr Unfall für Les Colombiers beinahe ein Glück. Bisher hatte sie für die Kellerei kein Interesse ..."

In der Tat versuchte jeder den anderen davon zu überzeugen, alles verlaufe normal, Catherine gehe es gut, die Dinge seien auf dem besten Wege, sich einzurenken. Doch Maman Chène wußte sehr wohl, daß der Automat, den sie vor sich sah, nichts mit der Catherine zu tun hatte, die sie alle von früher kannten. Gewiß, sie arbeitete im gleichen Tempo wie die anderen. Die Palette, die vor Mittag auf den Weg nach Houston gebracht werden mußte, war nicht fertig, man war noch beim Verkapseln und hatte zur Verstärkung alle verfügbaren Kräfte herbeigerufen. Catherine krümmte sich jedesmal ein wenig stärker, wenn sie eine Flasche vom großen Tisch ergriff und sie auf die Maschine stellte, die die Kapsel über den Flaschenhals zog. Mit zitternden Händen griff sie nach der nächsten Flasche, und Maman Chène hatte plötzlich das Gefühl, Catherine klammere sich daran, um nicht zusammenzubrechen. Auf einmal verzerrte sich ihr Gesicht ...

„Emile, schnell ..."

Auch er hatte es gesehen und stürzte herbei:

„Madame Mathilde ruft Sie", sagte er und trat an sie heran. „Ich werde für Sie weitermachen." Sie mußten Catherine jedoch aus dem Keller tragen.

„Ich bin nur ein wenig erschöpft, das geht vorüber", entschuldigte sie sich. „Macht euch keine Sorgen!"

Und plötzlich begann sie ganz leise zu weinen, zu Emiles großem Unbehagen, der nicht mehr wußte, was er tun sollte. Sie trugen sie bis in ihr Zimmer. Die Hand vor den Mund gepreßt, um ihr Schluchzen zu ersticken, weinte sie. Seit vielen Wochen erwartete Maman Chène diese Tränen. Catherines Anspannung seit der Nachricht von Maries Tod war nur allzu deutlich sichtbar gewesen. Maman Chène wagte nicht mehr, sich vom Haus zu entfernen, da sie immer fürchtete, es könne etwas geschehen: auch sie litt darunter, zu sehen, wie ihre Schwiegertochter und ihr Sohn sich voneinander entfremdeten. Doch sie konnte nicht vermitteln. Was hätte sie auch sagen sollen? Daß ihr Sohn im Unrecht sei? Das wußte alle Welt, er an erster Stelle. Daß er sich feige verhalten habe, als Catherine im Krankenhaus von der Frau sprach, die einen Pflasterstein in ihre Windschutzscheibe geschleudert hatte? Es war doch nicht möglich, daß er in jenem Moment nicht an eine seiner ehemaligen Geliebten dachte, vor allem, als der Inspektor ihn direkt danach gefragt und er mit gleichgültiger Stimme geantwortet hatte. Immer wieder stellte sie überrascht fest, wie kindisch ihr Sohn reagieren konnte, sobald man ihn verdächtigte. Er konnte sich nicht anders helfen, als alles abzustreiten, hartnäkkig und dumm abzustreiten, wobei er vergaß, daß letztlich die Wahrheit doch immer an den Tag kam ... Er hatte sich nie mit dem zufriedengegeben, was er bereits besaß. So war er schon als Kind gewesen, und so war er geblieben. Bei Catherines Auftauchen hatte sie geglaubt, er habe nun endlich seine Partnerin gefunden. Sie hatte sich geirrt. Von Zeit zu Zeit hatte auch sie etwas geahnt ... Vor Abschluß der Untersuchung hatte der Inspektor eine hämische Freude daran gehabt, alles, was er über das Doppelleben ihres Sohnes wußte, bis in die kleinsten Einzelheiten zu berichten. Absurd an der ganzen Geschichte war, zu sehen, wie unglücklich Henri sich jetzt fühlte.

Catherine schluchzte noch immer bitterlich und weigerte sich zu essen.

„Catherine, hören Sie doch auf, meine Kleine. Sie müssen ein wenig essen, so geht es doch nicht weiter."

„Ich kann nicht mehr", schluchzte Catherine. „Was hab' ich nur getan, was hab' ich bloß nicht begriffen? Ich liebte Henri doch ... Ich wollte, daß er glücklich ist ... und hab' auch geglaubt, daß er es ist. Ich wollte das Glück, das er mir schenkte, mit ihm teilen. Was hab' ich nur falsch gemacht? Und wann? Ich versteh' es einfach nicht ..."

„Weil es auch nichts zu verstehen gibt. Ich glaube, Henri ist immer schon so gewesen. Was wir für eine Reaktion auf sein Leben mit Sylvie hielten, war in Wirklichkeit seine wahre Natur. Vielleicht ist es aber auch eine Angewohnheit aus jener Zeit, von der er nicht lassen kann ..."

„Wenn das so ist, dann ist Schluß!" schrie Catherine. „Ich fühle mich nicht imstande, unter solchen Bedingungen ein Leben mit einem Mann zu akzeptieren. Ich vernachlässigte Claude, um mich mit Emmanuel zu befassen, ich tat ihm Unrecht und habe es immer gewußt. Doch Henri ... Ich muß den Mut aufbringen, fortzugehen, ihn zu verlassen, sonst werde ich zu sehr leiden. Mit ihm zu leben, zu schlafen, zu lieben, und dabei an die anderen, an all die anderen zu denken, das ist widerlich."

Plötzlich kam ihr die Entscheidung ganz einfach vor:

„Maman Chène, ich glaube, ich werde fortgehen ... Ich werde versuchen zu vergessen, versuchen, meinen Kindern ein etwas ruhigeres Leben zu verschaffen."

Maman Chène hatte diesen Augenblick immer befürchtet. Als sie antwortete bebte ihre Stimme:

„Catherine, jetzt übertreiben Sie aber. Hören Sie auf, Unsinn zu reden! Sie gehören nach Les Colombiers. Die Kinder, vor allem Emmanuel ... sie brauchen Les Colombiers. Und in Ihrem Inneren wissen Sie genau, daß auch Sie ..."

„Ich kann nicht! Ich hab's versucht, so weiterzumachen wie bisher, aber ich kann nicht mehr, es geht nicht. Les Colombiers hat lange ohne mich existiert. Das wird es auch weiterhin tun. Es ist wahr, dieses ganze Leben hier wird mir fehlen, aber ich kann wirklich nicht mehr. Sie haben Ihre Kinder, und ich werde alle Papiere unterzeichnen, damit es keine Probleme gibt."

Maman Chène fing jetzt auch zu weinen an. Sie war von der Bettkante, auf der sie gesessen war, aufgestanden und begann plötzlich fast zu schreien:

„Haben Sie denn nicht verstanden, was ich Ihnen seit langem zu sagen versuche, was ich mir nicht einzugestehen wagte, so sehr bin ich selbst darüber erschrocken? Ich habe sechs Kinder geboren und liebe sie alle so wie sie sind, mit ihren Stärken und ihren Schwächen. Sie sind aus meinem Fleisch und Blut, aber Sie, Catherine, Sie sind ein Kind nach meinem Herzen. Alle haben sie bekommen, was ich ihnen zu geben vermochte, aber ich war allein. Und dann kamen Sie mit Emmanuel, und endlich hatte ich jemanden, mit dem ich sprechen konnte, der dieselben Dinge liebte wie ich, und ich war nicht mehr allein. Und was ich für Les Colombiers empfinde, empfinden auch Sie, das weiß ich ... Schon seit vielen Nächten schlafe ich nicht mehr und lasse mir diese Geschichte immer wieder durch den Kopf gehen. Doch ich glaube nicht, daß Sie sich von ihr befreien können, indem Sie von Les Colombiers fortlaufen. Auf die eine oder andere Weise bringt die Zeit alles immer wieder in Ordnung. Versuchen Sie, mit Henri einen modus vivendi zu finden, den Sie akzeptieren können, der Sie nicht zu sehr leiden läßt und der die Kinder schützt, aber bleiben Sie!"

„Vor gar nicht langer Zeit habe ich zu jemandem dasselbe gesagt", dachte Catherine, „aber zu wem? Ach ja, zu Madame Soubre. Aber bin ich überhaupt fähig, zu bleiben? Ich weiß es nicht ..." Sie schloß die Augen, sie sehnte sich nach Schlaf.

Der morgige Tag würde früh genug kommen.

52

Als Catherine eines Sonntag morgens gerade duschte, hörte sie Tifi weinen. Sie hüllte sich in einen Morgenrock, lief eilig aus dem Badezimmer und fand ihre Tochter zusammengekauert in einem Winkel des Korridors. Sie schluchzte.

„Tifi, was ist los? Warum weinst du?"

Doch das Kind wandte den Kopf ab und antwortete nicht.

Catherine kam näher und versuchte, sie in ihre Arme zu nehmen.

„Laß mich!" schrie die Kleine. „Ich will nicht, daß du mich anfaßt!"

Catherine rief Henri und Maman Chène zu Hilfe. Tifi hörte nicht auf zu weinen.

Catherine war besorgt, sie verstand nicht, warum ihre Tochter traurig war. Vielmehr hatte sie dafür nur die eine Erklärung: ihre Probleme mit Henri. Tifi war in einem Alter, wo man vieles versteht, und weder Henri noch sie hatten, was vorgefallen war, zu verheimlichen gesucht; das Kommen und Gehen der Polizei hätte dies ohnehin unmöglich gemacht. Und außerdem hatten die Enthüllungen über Henris Doppelleben Catherine auch ganz offensichtlich zu sehr schockiert. Wie konnte sie ihrer Tochter nur erklären, daß sich für sie und Emmanuel nichts ändere, daß Papa und Mama für sie das bleiben würden, was sie immer waren? Am einfachsten war es, das, was sie für richtig hielten, in die Praxis umzusetzen. Und das hatte sie auch getan, seit dem Tag, an dem Henri aus dem Krankenhaus gekommen war, um ihr von Maries Tod zu berichten. Catherine war verzweifelt. Warum sollten die Kinder für alles bezahlen? – denn sie bezahlten, davon war sie überzeugt. Wenn Henri da war, belegten sie ihn mit Beschlag, Emmanuel nicht weniger als seine Schwester. Sie zeigten ihm alles, was sie gemacht hatten. Tifi war besitzergreifender denn je, ihr Vater mußte zuhören und ihr die Fragen stellen, die sie von ihm erwartete, anderenfalls lief sie zu ihrem Bruder und erzählte ihm alles, was sie auf dem Herzen hatte. Emmanuel glich mehr und mehr einer Bohnenstange: Sehr schmal, mit langen, mageren Beinen und einem kantigen Gesicht näherte er sich Henri oft und tauchte seinen Blick in den des Vaters. Er, der doch sonst eine so ausdruckslose, monotone Stimme hatte, fragte eines Tages in angsterfülltem Ton: „Papa? Papa?" Um seinen Mund spielte ein ganz kleines Lächeln, als wolle er sich vergewissern: „Du bist doch noch mein Papa?" Man hatte den Eindruck, er wollte Henri und gleichzeitig sich selbst beruhigen. Erschüttert nahm dieser Emmanuel in die Arme und setzte ihn auf seinen Schoß: „Mein Kleiner, mein Kleiner", murmelte er, „natürlich bin ich noch immer dein Papa, natürlich liebe ich dich!"

Und nun war Tifi an der Reihe. Was konnte er seiner Tochter nur sagen? Er sah Catherine an und fühlte sich machtlos. Dicke Tränen liefen seinem Kind, das sich weigerte, mit ihm zu sprechen, über die Wangen. Henri versuchte, sie mit Gewalt in die Arme zu nehmen, sie schrie: „Laß mich!" Warum gerade heute eine solche Verzweiflung? fragte sich Catherine. Was war los?

Sie suchte bei Henri nach einer Antwort, die er ihr jedoch nicht geben konnte. „Laß nur, ich kümmere mich um sie!" ordnete Maman Chène an. Sie zogen sich in die Küche zurück. Catherine bot Henri einen Kaffee an, den er mechanisch entgegennahm. Sie lauschten auf das geringste Geräusch, das vom Korridor kam. Maman Chène mußte es gelungen sein, Tifi dazu zu bewegen, mit ihr ins Büro zu gehen, denn sie hörten das vertraute Knarren der Tür. Sie warteten.

„Vielleicht langweilt sie sich hier", sagte Catherine auf gut Glück. „Es wäre an der Zeit, sie zur Schule zu schicken. Schließlich ist sie doch längst fünf Jahre alt."

„Du hast sicher recht ..."

Sie sahen einander verstohlen an, jeder hatte Angst, in den Augen des anderen eine Anklage, einen Vorwurf zu lesen. Catherine blieb reglos sitzen, während Henri unruhig einen Deckel hob, eine Schublade aufzog und sogleich wieder zumachte, mit den Türen der Wandschränke schlug und sich mit zittriger Hand durchs Haar fuhr. Er war wütend. Warum kam seine Mutter nicht und sprach mit ihnen? In all der Zeit, die sie jetzt mit Tifi zusammen war, mußte sie doch bestimmt irgend etwas herausgefunden haben! Er wurde nervös.

„Henri, setz dich hin! Ich werde ja schwindlig", sagte Catherine schließlich. Er setzte sich, um sogleich wieder aufzustehen, als wäre sein Stuhl mit Nägeln gespickt.

„Was treibt sie nur! Horch! Tifi weint immer noch. Verflixt nochmal, ich geh' jetzt hin ..."

Doch noch bevor er durch die Tür gehen konnte, schrie Catherine: „Nein, bleib hier!" Und er gehorchte folgsam.

Tifi weinte beinahe den ganzen Vormittag lang. Maman Chène nahm sie mit in ihr Zimmer und legte sie in das große Bett, das sie vor langer Zeit mit Le Chène geteilt hatte. Mit verquollenen Augen und roter Nase schluchzte das Kind, stumm vor Kummer, weiter.

Als Emmanuel mittags in Begleitung von Le Chène und Madame Soubre von Tania zurückkam und seine Schwester weinen hörte, stürzte er in Maman Chènes Zimmer und starrte sie verwirrt an.

„Tifi, sei ein wenig vernünftig", beschwor Maman Chène sie. „Du wirst sonst Emmanuel wehtun."

„Ich werde meinem Bruder niemals wehtun!" schrie sie. „Ich nicht, aber die anderen ..."

„Welche anderen? Tifi, bitte, sprich dich aus! Was meinst du damit?"

An jenem Morgen hatte sie im Hof vor der Kellerei mit den beiden Kindern von Guy Macheur, einem der Angestellten, spielen wollen. Für Tifi war Emmanuel bisher immer ihr Bruder und er war so, wie er war. Die Fragen, die sie sich gestellt hatte und die sie, was ihn betraf, hatte stellen können, waren stets voller Logik und Zärtlichkeit gewesen: „Warum spricht Em nicht?" Und Henri hatte seiner kleinen Maus mit den grauen Augen geduldig erklärt, Emmanuel könne nicht sprechen. „Aber wenn er nicht sprechen kann, dann kann ich ja für ihn sprechen", hatte sie erwidert – worüber alle lachen mußten, denn sie war schon jetzt nicht auf den Mund gefallen, und wenn sie nun auch noch für zwei sprechen würde ... In Wirklichkeit hatte sie nie Worte gebraucht, um ihren Bruder zu verstehen, so groß war ihrer beider Einverständnis. Mit oder ohne Sprache, sie konnte seine Gedanken lesen, so wie er im Blick seiner Schwester ein zustimmendes Leuchten suchte, wenn er ihr eines seiner Bilder zeigte. Urteilte sie „schön", blühte er auf, „traurig", so war er besorgt und legte die Stirn in Falten. Für ihn war es ganz selbstverständlich, daß seine Schwester eine Meinung hatte, ihr Alter fiel nicht ins Gewicht. Die Chènes hatten schon bald beobachtet, wie sie auf das reagierte, was Em malte. Alles hing von den Farben ab: Hatte das Bild rote Töne, war es „schön"; hatte es graue oder blaue, war es „traurig". Ein anderes Urteil gab es nicht.

Und als Tifi an jenem Morgen mit den Kindern spielte, hatte sie gesagt:

„Wenn Em groß ist, wird er ein sehr berühmter Maler sein."

„Der wird doch kein berühmter Maler, der wird bei den Bescheuerten sein", hatte der Ältere höhnisch gelacht. „Dein Bruder tickt nicht richtig, eine Niete ist der, und nicht ganz . . ."

„Em ist nicht bescheuert, das ist nicht wahr, Maman Chène!" schluchzte Tifi jetzt. „Warum haben sie das nur gesagt?"

Tifi hatte zum ersten Mal in ihrem Leben das Böse kennengelernt.

„Aber weißt du", fuhr sie fort, „weil ich so wütend war, hab' ich die beiden Macheurs angespuckt und ihnen Steine nachgeworfen. Und einer von denen hat sogar geblutet!"

Alle atmeten auf. Wenn sie so viel Kraft hatte, sich zu wehren, dann würde sie auch andere Kämpfe bestehen können. „So ein verflixtes kleines Frauenzimmer", sagte Henri gerührt, als seine Mutter ihnen davon erzählte. Catherine machte sich mehr Sorgen. Tifi war in einem Alter, wo Kummer schnell vergeht, doch würde man ihr helfen müssen zu verstehen. Die Liebe zwischen ihr und Emmanuel war so absolut. Sie verstanden sich nicht nur wie Bruder und Schwester, sondern zwischen ihnen herrschte wahre Harmonie, tiefes Besorgtsein umeinander.

„Tifi hat immer schon gewußt, daß Emmanuel anders ist", bemerkte Henri. „Unser Fehler war es, sie nicht auf die Grausamkeit der Umwelt vorbereitet zu haben . . ."

Tifi war in Tränen ausgebrochen, Le Chène hingegen war in einen solchen Zorn geraten, daß Maman Chène alle Mühe hatte, ihn zu besänftigen.

„Ich verbiete diesen kleinen Dreckskerlen, noch einmal ihren Fuß hierher zu setzen", brüllte er, „hast du verstanden?

Und als allererstes wirst du den Vater rauswerfen. Denn die Kinder kommen nicht allein auf sowas, das weißt du so gut wie ich! Sowas haben sie von den Eltern. Daß ich die hier nur ja nie wieder sehe, sonst nehm' ich mein Gewehr . . ."

In der Zwischenzeit, dachte Maman Chène, muß ich zu Macheur gehen und ihm erklären, daß wir ihm von nun an einen Weinberg zum Bewirtschaften geben.

53

Als Catherine eines Morgens zur Kellerei unter dem Großen Haus hinabstieg, glaubte sie, Macheur zu erkennen. Das überraschte sie; sie hatte Maman Chènes Entscheidung zugestimmt, er dürfe sich in Les Colombiers nicht mehr blicken lassen. Genauso, wie sie ihren Beschluß gutgeheißen hatte, ihm einen Weinberg zur Bearbeitung zu übergeben. Es gab außer ihm noch andere, doch war es deren eigener Wunsch gewesen, selbst für ihre Arbeit verantwortlich zu sein. Bei Macheur war sie sich über das Resultat nicht so sicher. Seine Frau war zur Arbeit in den Weinbergen nie bereit gewesen. Im Frühling, zur Zeit des Rebschnitts, legte sie sich stets eine Krankheit zu oder aber eine neue Schwangerschaft. Im Herbst litt sie dann an etwas anderem, das sie daran hinderte, an der Lese teilzunehmen. Jeder in Nuits-Saint-Georges wußte davon, und wie Emile zu sagen pflegte:

„Ohne Frau kann ein Winzer nicht existieren. Man muß zu zweit sein, jeder an seinem Platz, denn nur so kann man die Familie ernähren."

Das traf bei Macheur nicht zu. Und Catherine wußte genau, daß man ihn vor eine schwierige Wahl gestellt hatte. Er hatte sein Tagwerk, seine viereinhalb Ar zu bestellen, und darüberhinaus die Arbeit in den Kellereien. Er konnte nur ablehnen oder annehmen.

„Ich bin gemein", dachte Catherine, „genau wie Maman Chène. Wir wissen genau, daß er all diese Arbeit nicht ganz allein verrichten kann: Er wird gezwungen, seine Frau mit einzusetzen."

„Umso besser", hatte Maman Chène geantwortet, als Catherine dies ihr gegenüber zu bedenken gab. „Auf diese Weise wird Gisèle weniger Zeit zum Trinken oder Klatschen haben."

Als Maman Chène hinuntergegangen war, um Macheur zu sagen, sie verbiete seinen Kindern, ihren Fuß auf Les Colombiers zu setzen, hatte dieser sie zunächst sehr von oben herab behandelt; seine Kinder hätten nichts gesagt, und Tifi habe die ganze Geschichte nur zum Zeitvertreib erfunden. Die Kinder wurden befragt. Sie senkten den Kopf, und Macheuer verlangte, daß sie sich entschuldigten – was sie äußerst unwillig taten.

„Das haben sie nur so hingesagt, ohne sich dabei etwas Böses zu denken", erklärte Macheur. „Stimmt's Kinder?" Der Kleine sah den Vater ungläubig an. Und der Große stieß mit der ganzen Würde seiner zehn Jahre hervor: „Na klar, in unserer Familie gibt's doch schließlich auch einen Bescheuerten." Das verschlug Macheur die Sprache. Er gab seinem Sohn nur einen Klaps und trat den Rückzug an.

Am Tag nach dem Zwischenfall empfing Maman Chène in einem der Keller gerade einen Kunden, als Emile kam, um sie zu holen. Gisèle Macheur wollte sie sprechen.

„Sagen Sie ihr, sie soll warten, ich bin beschäftigt."

„Ich glaube, Sie täten gut daran, so schnell wie möglich zu kommen", beharrte Emile, „sonst wird es Krawall geben."

Gisèle Macheur hatte sich stockbetrunken im Büro niedergelassen und gab, sobald die Tür geöffnet wurde, Unflätigkeiten von sich. Catherine machte Maman Chène ein Zeichen und erzählte ihr halblaut, was geschehen war. Le Chène, der sich mit ihr und den Kindern in die Küche zurückgezogen hatte, verlangte nach „den Gendarmen, um sie ins Kittchen zu stecken, sie und ihre ganze verdammte Familie. Ich hab's euch doch gesagt!"

„Chène, beruhige dich. Ich geh' und sprech' mit ihr. Du weißt genau, warum sie gekommen ist. Ihr Problem ist nicht, was gestern passiert ist, sondern daß sie jetzt arbeiten muß ... und deshalb weniger trinken kann."

„Nun, Gisèle", sagte Maman Chène, als sie die Tür öffnete. „Du willst mich also sprechen?"

Sie konnte sich gerade noch ducken, um der Rolle auszuweichen, die gewöhnlich als Papierpresse diente.

„Ich erlaube nicht, daß Leute wie Sie meine Familie um ihr tägliches Brot bringen!" kreischte Gisèle ...

„Willst du damit sagen, du weigerst dich zu arbeiten?" erwiderte Maman Chène ruhig. „Es war nie die Rede davon, deinen Mann zu entlassen. Doch nach dem, was deine Kinder gesagt haben, will ich euch alle hier in Les Colombiers nicht mehr herumlungern sehen. Verstanden? Und jetzt raus!"

„Tun Sie bloß nicht so eingebildet, ich hätte nämlich allerhand zu erzählen", drohte die Frau und schwankte.

„Jetzt reicht's aber, Gisèle, zwing mich nicht, meinen Entschluß zu ändern. Geh nach Hause und leg dich ins Bett ... Emile wird dich begleiten."

„He! Schaut sie euch an, diese Kommandantin! Die Gören haben doch recht gehabt, weil es stimmt, daß ihr einen Bekloppten in eurer Familie habt, und ihr könnt sagen, was ihr wollt, es ändert sich nichts daran. Ganz Nuit-Saint-Georges lacht ja darüber. Ihr Chènes mit eurem Stolz, seht auch doch nur selbst an: einen, der beinahe ein Mörder ist, der ..."

„Wenigstens eins kann ich tun", unterbrach Maman Chène. „Emile, helfen Sie mir?"

„Nicht nötig, Madame Mathilde, das mach' ich schon ..."

Er hatte die Frau gepackt und stieß sie grob hinaus.

„Macheur hat es mir ja gesagt", redete sie weiter. „Eingebildete Ziege, ein Haufen Taugenichtse, die einen Verrückten anbeten ..."

Sie konnte nicht zu Ende sprechen. Le Chène, der aus der

Küche trat, verpaßte ihr eine Ohrfeige, die im plötzlich stillgewordenen Eingang schallte.

„Wenn Sie das noch ein einziges Mal wiederholen, bring ich Sie um ... Wir haben euch zu Essen gegeben, haben euch untergebracht, und ihr wagt es ... Macht, daß ihr wegkommt! Ich gebe euch vierundzwanzig Stunden und nicht eine Sekunde mehr, um das Haus zu verlassen, in dem ihr wohnt."

„Sie sind nicht der Chef ... Sie haben gar nichts zu sagen ..."

„Ich bin der gleichen Ansicht wie mein Mann", sagte Maman Chène hart. „Ich geb' euch vierundzwanzig Stunden."

Emile übernahm es, Gisèle Macheur nach Hause zu bringen und ihren Mann darüber aufzuklären, was sich in Les Colombiers abgespielt hatte.

„Ich verstehe", murmelte Macheur und senkte den Kopf. „Doch bitten Sie Maman Chène nur, mir ein wenig Zeit zu lassen, damit ich eine neue Bleibe finde ..."

... Catherine hatte sich nicht getäuscht: Es war wirklich Macheur, den sie soeben in Les Colombiers hatte eintreten sehen. Er kam bedächtig auf sie zu:

„Madame Chène, ich bin gekommen, um Sie zu bitten ... Wir haben keine Bleibe gefunden, und vor nächstem Jahr bekomme ich keine neue Arbeit. Wenn Sie also so gut wären ..."

„Weißt du", erklärte sie Henri später, „wir haben jahrelang so nah und so vertraut miteinander gelebt, daß wir nach und nach die Realität vergessen haben. Für mich war Emmanuel als kleiner Junge anders. Seitdem wir hier sind, neige ich dazu, dies zu vergessen. Doch gibt es immer wieder Menschen und Umstände, die uns eine andere Wahrheit vorhalten: nämlich die Gesellschaft. Es gab Augenblicke, in denen ich die Beharrlichkeit, mit der Le Chène behauptete, Emmanuel müsse in Les Colombiers, und nur dort, leben, traurig fand. Ich dachte, das sei eine Schrulle von ihm. Doch vielleicht hat er als einziger vorausgesehen, was unser Kind erwartete, wenn es jemals dieses Haus würde verlassen müssen."

Le Chène brütete wochenlang über der ganzen Geschichte. Er fuchtelte mit den Armen herum und drohte mit der Faust, wenn immer er einen der Macheurs auf der Straße vorübergehen sah. „Strolche! Ich hätte euch schon die Leviten gelesen!" Er hatte nicht verdaut, daß seine Frau die Macheurs auch weiterhin in dem kleinen Haus, das neben La Cressonnière lag, bis zur nächsten Lese wohnen ließ. „Sie ist zu gutmütig, zu dumm!"

Nur mit größter Mühe konnte Henri seinen Vater dazu bringen, einzusehen, daß die Leute den Kleinen möglicherweise für nicht normal hielten: „Jetzt hör aber auf, Chène", sagte er beharrlich, „erinnere du dich doch mal daran, wie du den Sohn von Angèle, die vor dem Krieg unsere Waschfrau war, nanntest. Wie nanntest du ihn doch gleich? Tölpel!"

„Aber das hat nichts mit Emmanuel zu tun! Jetzt bist du auch noch gegen mich! Ich weiß, in diesem Haus habe ich nichts zu reden ... Emmanuel ist was ganz besonderes und wird uns noch oft überraschen, das sag' ich euch."

„Zugegeben, doch das ändert nichts daran, daß er nicht so ist wie die anderen, und das verunsichert die Leute."

„Die sollen sich zum Teufel scheren!"

Tifi wurde lange Zeit von einer gewissen Angst geplagt, wenn sie mit anderen Kindern spielte. Würden nicht auch sie ... Sie wagte nicht, mit ihrer Mutter darüber zu sprechen, noch weniger jedoch mit ihrem Vater. Sie wartete, bis sie eines Tages mit Bruno allein war und sagte leise zu ihm:

„Kann ich dir ein sehr trauriges Geheimnis erzählen, das du aber niemals jemandem verraten darfst? Wenn es stimmt, daß Em immer so sein wird, bleibst du dann trotzdem mein Freund? Wirst du ihn noch weiter lieben? Denn wenn du einen Bruder wie Em hättest, dann würde ich dich weiter lieben. Und wenn dein Bruder wie Em wäre, dann würde ich ihn auch lieben."

54

Newport, den 23. November 1977

Liebe Maman Chène,

wie gerne hätt ich Dir eine gute Nachricht geschickt, bei all den Schwierigkeiten, mit denen Ihr in les Colombiers fertigwerden müßt – doch gegen das Gesetz der Serie ist man machtlos. Und nun werden wir zu Eurer Last noch die unsere legen. Als wir in New York ankamen, lief alles gut. Ich habe Dir nicht viel geschrieben, aber Du kennst mich ja! Ich wußte, daß Jean Euch jede Woche anrief, und außerdem war ich auch sehr damit beschäftigt, ein für uns geeignetes Haus zu finden. Wie Du weißt, fanden wir eins nicht weit von New York in Westport, Connecticut, und wir waren glücklich, uns einrichten und Sandra kommenlassen zu können. Sie wurde im Französischen Gymnasium eingeschult: alles ging bestens. . . Jean und sie fuhren allmorgendlich nach New York, und ich verbrachte meine Tage damit, das Haus instand zu setzen, Jeans Büro einzurichten und Sandras Zimmer zu tapezieren. Alles in allem habe ich ein Jahr dazu gebraucht. Ich wollte, daß unser Haus schön wird. Jean war glücklich, auch Sandra schien mit ihrem neuen Leben zufrieden zu sein. Mehr als zufrieden. Weder ihr Vater noch ich selbst bemerkten, daß etwas vor sich ging. Dabei hätten uns doch Bedenken kommen müssen, als sie sich im letzten Jahr weigerte, in den Ferien nach Frankreich zu fahren. Wir glaubten ihr, als sie uns sagte, sie wolle lieber hierbleiben. Im Herbst sollte sie in die Abiturklasse kommen, und wir freuten uns über ihren Eifer. Sie sagte, sie wolle ein wenig an ihrem Stoff arbeiten, insbesondere, da ihre Zensuren am Jahresende nicht allzu gut gewesen seien. Wir machten uns keine großen Sorgen, denn sie war den anderen voraus. Sie hatte Freunde gefunden, ging oft aus, und wir waren froh zu sehen, wie leicht sie sich an ihr neues Leben anpaßte. Und da sie, die ein wenig Rundliche, abgenommen hatte, war ich entzückt und überzeugt, ein Junge stecke da-

hinter, und sie habe sich endlich dazu entschlossen, eine Diät zu beginnen. Wie konnte ich nur so dumm, so blind sein?

Vor vierzehn Tagen kam die Polizei, um uns zu benachrichtigen. Nach einer Heroinspritze hatte man Sandra bewußtlos ins Krankenhaus eingeliefert. Seit fast einem Jahr nahm sie Drogen, und wir hatten nichts davon bemerkt! Zwei Tage hat sie auf der Intensivstation gelegen, dann besserte sich ihr Zustand nach und nach. Morgen muß sie das Krankenhaus verlassen und sich in ein Entziehungszentrum begeben. Jean und ich wollten Euch lieber nichts davon sagen; Ihr hattet schon Probleme genug. Doch wir haben große Angst ausgestanden.

Jetzt geht es ihr besser, aber wenn Du sie sehen würdest! Sie hat beinahe zehn Kilo abgenommen. Ihr Haar, das doch so schön war, geht aus, und sie hat ihre Lebhaftigkeit verloren. Die Ärzte sagen, sie müsse mehrere Monate in diesem Zentrum bleiben. Dort werden Drogensüchtige aufgenommen, es wird ihnen geholfen, aber nicht gerade sanft! Sie wird dort zehn bis zwölf Stunden pro Tag arbeiten, ohne eine freie Minute, und sich abends auf ihre Prüfungen per Fernunterricht vorbereiten. Du kennst ja Jean! Das Militärische in ihm hat schnell wieder die Oberhand bekommen. Er glaubt weder an Psychotherapie noch an Gruppensitzungen und spricht nur davon, sie sieben Tage in der Woche hart arbeiten zu lassen.

Denn da ist noch etwas anderes. Sie hat meine Unterschrift in meinem Scheckbuch gefälscht und meine Kreditkarten benutzt. Jean war überzeugt, ich würde zuviel Geld ausgeben, doch das habe ich seit unserer Heirat an jedem Monatsende zu hören bekommen. Schließlich wußte ich, daß er ein sehr gutes Gehalt bekam! Je mehr Jean nörgelte, desto mehr weigerte ich mich, die Kontoauszüge anzusehen. Währenddessen beschaffte Sandra sich Drogen ...

Jetzt, wo es ihr besser geht, glauben wir, es wäre gut, sie, sobald sie das Zentrum verläßt, nach Frankreich zu schicken, vorausgesetzt, Du bist damit einverstanden, Jean sagt, das Leben in Les Colombiers würde ihr guttun, bei Dir fände sie die Ordnung, die sie braucht, und vor allem hätte sie in Nuits-Saint-Georges wohl kaum Gelegenheit, sich Drogen zu verschaffen. In dieser Hinsicht ist es hier die Hölle: Drogen gibt es überall. Wir glaubten, für Sandra bestehe im französischen Gymnasium keinerlei Gefahr. Als Jean seine Tochter in diesem Zustand sah, dachte ich, er würde verrückt: Einen Kameraden aus Sandras Schule, der sich nach ihr erkundigen wollte, hätte er beinahe erwürgt: „Wenn meiner Tochter etwas zustößt", sagte er, „entkommt ihr mir nicht, ihr kleinen Mißgeburten, und ihr werdet dafür bezahlen! Zuerst werde ich eure Eltern informieren!" Und das hat er auch getan.

Doch das Ganze wird wenigstens ein Gutes haben. Alle Eltern des Viertels waren damit einverstanden, ein Komitee zur Drogenbekämpfung ins Leben zu rufen und den jungen Leuten, wenn nötig, zu einem Entzug zu verhelfen. Anstatt das Problem zu leugnen, haben die Eltern eingewilligt, darüber zu diskutieren und zu überlegen, wie man ihre Kinder schützen könnte.

Wir waren nicht die einzigen, die ein drogensüchtiges Kind haben. Maman, wie furchtbar zu erfahren, daß es Leute gibt, die ohne Skrupel unsere Kinder zerstören! Den Dealern gegenüber ist man machtlos, wir können aber versuchen, aus unseren Kindern verantwortungsvolle Menschen zu machen. Wir haben beschlossen, Versammlungen mit Ärzten, Eltern und Kindern zu organisieren. Jean hat den Vorsitz im Komitee übernommen.

Sandra hat ihrem Vater gesagt, sie sei sehr stolz auf ihn, weigere sich jedoch, mich zu sehen. Darüber bin ich sehr unglücklich. Das Geld, das sie gestohlen hat, ist unwichtig, wenn sie nur lebt und wieder gesund wird. Das Krankenhaus ist voll von Kindern ihres Alters, das ist entsetzlich! Einige vegetieren nur noch vor sich hin, andere schreien Tag und Nacht nach der Droge. Und wir Eltern versuchen, damit umzugehen.

Kannst du noch eine weitere Last auf dich nehmen? Einen Moment lang habe ich daran gedacht, mit Sandra nach Hause zurückzukommen, doch ich weiß nicht, ob ich ihr geben kann, was sie braucht. Ich bin nicht stark, nicht klug genug dafür. Ich habe mich in meiner Mutterrolle nie sehr wohlgefühlt und bin angesichts dessen, was geschieht, vollkommen machtlos. Nie wieder werde ich meine Tochter ansehen können, ohne mich zu fragen: „Hat sie wieder damit angefangen?" Der Arzt hat uns gesagt, mehr als drei Viertel der Süchtigen würden rückfällig werden. Und ich kann mir nicht vorstellen, ihr jedesmal, wenn sie ausgehen will, wenn sie ins Badezimmer geht oder telefoniert, nachzuspionieren.

Maman, ich bin unglücklich, hilf mir.

Fanny.

55

„Catherine, ich muß hinfahren und sehen, was los ist. Ich kenne meine Tochter: alles ist stets zur Hälfte wahr und zur Hälfte gelogen: sie dreht die Dinge immer so, wie es für sie am günstigsten ist. Warum hat Sandra angefangen, Drogen zu nehmen? Sie ist ein vernünftiges Mädchen: wenn sie sich hat verleiten lassen, dann bestimmt nicht zufällig. Kann ich Sie bitten, sich während meiner Abwesenheit um Les Colombiers zu kümmern, auch wenn Sie noch sehr erschöpft sind?"

Die Frage erübrigte sich, sie kannte die Antwort. Dabei war Catherine erst vor einigen Wochen noch einmal operiert worden: man hatte eine Transplantation vorgenommen, um eine bessere Heilung des Knochenbruchs zu bewirken, und die Kniebänder wieder zusammengefügt. Sie hatte darum gebeten, anstatt im Krankenhaus in einer privaten Klinik von Dijon operiert zu werden. Henri war einverstanden. Er verbrachte jetzt seiner Arbeit wegen zwei oder drei Tage pro Woche in Paris, und zwischen ihnen herrschte eine Art Waffenstillstand. Doch fehlte die Antriebskraft. Sie sprachen über die Kinder und deren Probleme, das war aber auch alles. Sie kümmerte sich um seine Wäsche und bemühte sich, nicht zu leiden, wenn sie ihn kommen oder gehen sah. Er fehlte ihr, doch trotz seiner Bemühungen wehrte sie sich gegen jegliche Versöhnung.

„Wir könnten versuchen ..." seufzte er eines Abends, als sie gemeinsam Photos der Kinder betrachteten.

„Was versuchen? Ich liebte, ich liebe noch immer einen Mann, der nicht der ist, mit dem ich gelebt habe. Und dieser Mann fehlt mir, doch dich, den anderen, vermisse ich nicht! In diesem einen Punkt fühle ich wie Fanny, wenn sie schreibt, sie könne nie wieder unbesorgt sein, wenn ihre Tochter ausgehen will oder telefonieren. Ich möchte mich nicht jedesmal, wenn du in Paris, im Krankenhaus oder sonstwo sein wirst, fragen: ‚Mit wem ist er zusammen? Mit wem telefoniert er? Was treibt er? Ist er allein?' Ich eigne mich nicht für derartige Spiele. Ich würde dabei sogar eindeutig versagen."

An jenem Abend war er nach Dijon zurückgekehrt, um in der Villa zu schlafen. Vor der Abfahrt war er zu Maman Chène gegangen, die im Weinberg oberhalb des Hauses das Ausschneiden der Knospen beaufsichtigte.

„Ich fahre zurück nach Dijon", hatte er ihr zugerufen. „Ich glaube, das ist für alle Teile besser. Ich möchte dich nur um eins bitten. Augenblicklich ist Catherine zu sehr aufgebracht gegen mich. Ich weiß nicht, ob die Dinge sich zwischen uns einrenken lassen; ich hoffe es, bin mir jedoch nicht sicher. Ich möchte nicht, daß sie Les Colombiers verläßt. Ihr Platz ist hier. Versuche, sie zu beruhigen, sag ihr, daß ich, komme was wolle, hoffe, sie bliebe hier. Selbst wenn ich, damit sie bleibt, darauf verzichten muß, herzukommen. Hier ist sie am besten aufgehoben, und hier ist Emmanuel zu Hause. Alles andere ist unwichtig . . . Ich habe mich wie ein Schwein benommen, ich hab' es mir selbst zuzuschreiben."

„Nun übertreibe aber nicht", erwiderte seine Mutter. „Niemand will, daß sie geht: ich am allerwenigsten. Und du kannst mir glauben, daß ich alles tun werde, um sie zu überreden. Doch glaube ich auch, daß du ein wenig überstürzt handelst: Erst vor wenigen Wochen ist Marie Soubre begraben worden. Du solltest wissen, daß man sich von solchen Wunden, wie du sie Catherine zugefügt hast, nicht so schnell erholt. Sei ein wenig geduldiger mit ihr . . . Dränge sie nicht."

„Armer Henri", dachte sie, „du glaubst, wenn sie nur hier bliebe, ließe sich alles in Ordnung bringen . . . Le Chène hat nicht unrecht, wenn er sagt, daß es in unserer Familie einen Hauch von Wahnsinn gibt. Dabei ist mein Sohn doch intelligent, er konnte sich doch vorstellen, wie seine Frau reagieren wird, wenn sie von seinen Liebschaften erfährt. Was war nur in ihn gefahren?"

„Du weißt, nach allem, was bei den Amerikanern passiert ist, werde ich so schnell wie möglich, vielleicht schon in der nächsten Woche, zu Sandra fahren ... Catherine hat eingewilligt, mich während meiner Abwesenheit zu vertreten, obgleich sie sich noch kaum von ihrem letzten Eingriff erholt hat."

„Sehr gut", antwortete Henri, „im Augenblick ist es tatsächlich das Wichtigste, daß sie den Fuß wieder in den Steigbügel setzt. Danach ... wird man sehen ... Wenn Catherine nur wieder beginnt, sich für Les Colombiers zu interessieren ...

56

„Solche Jahre gibt es eben", sagte Emile. „Es ist wie 1975; erst der Frost, dann die Fäulnis. Und zu guter Letzt sind wir dann doch noch besser davongekommen als die anderen in Nuits-Saint-Georges. Vielleicht weil wir die Ereignisse akzeptieren, uns jedoch weigern, an eine Katastrophe zu glauben."

Über Emiles schulmeisterliche Art mußte Maman Chène immer lächeln. Für jede Gelegenheit hatte er den passenden Spruch, der alles erklärte und jedermann beruhigte. Und manchmal tat das auch wirklich gut. Denn sonst blieb einem nicht viel übrig.

Als sie erfuhr, was mit Sandra geschehen war, sprach Charlotte von Sodom. Nachdem sie einen katholischen Frauenkongreß organisierte, hatte sie eine Einladung nach Rom erhalten: seitdem spielte sie verrückt und machte ihrer Familie das Leben unerträglich: In der Fastenzeit sollten alle hungern. Sie verlangte von ihren Kindern eine öffentliche Beichte all ihrer Verfehlungen. Franck wagte als erster, mit Maman Chène darüber zu sprechen. Nicky hatte wegen einer Lüge eine halbe Stunde regungslos knien müssen. Und Pierre hat die beiden Kinder zum Schlafen zu Charles gebracht, der sich hütete, seiner Mutter davon zu erzählen. „Komplizenschaft unter Männern", erklärte Catherine.

Pierre hatte sich verändert, nie hätte er früher gewagt, sich gegen seine Frau zu stellen. Nun zog er gegen alles, was er früher geduldet hatte, zu Felde. Als erstes setzte er die Besinnungsgruppe „Wie führt man in der heutigen Zeit ein christliches Leben?" vor die Tür. Charlotte kam weinend herein. Doch er hielt sich gut. „Du vernachlässigst deine Kinder, du probierst an ihnen deine dummen Übungen aus." Ihr Streit fand öffentlich statt, in Catherines Küche. Das Dringendste war erst einmal, die Kinder aus dem Raum zu entfernen, und Bruno schlug vor, mit ihnen zum Jahrmarkt nach Dijon zu fahren.

„Früher hättest du nie gewagt, so mit mir zu sprechen", sagte Charlotte, „doch seit du mit diesen beiden angeblichen Sportlern zusammen bist, hast sich das Böse im Priorat eingenistet."

„Du willst wohl sagen, daß ich endlich reagiere", brüllte Pierre, „so konnte es ja auch nicht weitergehen. Fragen Sie sie doch", sagte er zu Maman Chène, „fragen Sie sie, wie oft sie einen Abend mit ihren Kindern verbracht hat. Heuer macht Franck sein Abitur; glauben Sie etwa, sie kümmert sich darum? Als Nicky im vergangenen Jahr am Blinddarm operiert wurde, hat sie sie alleingelassen. Stellen Sie sich vor, sie mußte sich unbedingt irgendetwas Heiliges ansehen, und das war wichiger als ihr Kind!"

Henri hatte Catherine in den Hintergrund des Raumes gezogen:

„Schau, meine Catherine, laß uns niemals zerstören, was uns am kostbarsten ist, unsere Kinder. Selbst wenn wir uns trennen, sollte zwischen uns und für sie immer genug Zuneigung und Zärtlichkeit erhalten bleiben, damit sie nicht leiden, nicht unseretwegen leiden."

Und dies verhalf ihnen wieder zu einer gewissen Harmonie. Die Bande, die zwischen ihnen bestanden hatten, knüpften sich in anderer Form von neuem. Sie fingen wieder an, miteinander zu reden. Er bewunderte sie, und sie achtete seine Arbeit. Hatte er Sorgen, kam er und sprach mit ihr darüber. Fühlte sie sich betrübt, rief sie ihn herbei. Immer dann, wenn sie einander brauchten, war er für sie da, so wie sie an seiner Seite stand.

„Henri liegt nicht mehr in meinem Bett", erklärte Catherine eines Tages unverblümt Maman Chène, „aber wir sind uns jetzt vielleicht näher, sind enger verbunden, als je zuvor. Diese Bande sind weniger gefährlich, und selbst wenn ich ihn auf einem Photo mit einer anderen Frau sehe, tut mir das nicht mehr weh."

57

Fanny hatte mit dem Kommen ihrer Mutter gar nicht gerechnet und es noch weniger erhofft. Den Brief hatte sie nur auf Anraten ihres Mannes geschrieben. Als sie sich zum Kennedy Airport begab, wußte sie, daß Maman Chène schnell begreifen würde, was vorgefallen war. Alles verschwor sich gegen sie, ihr Mann, ihre Tochter – und nun würde sich auch noch ihre Mutter einmischen.

Während sie in der großen Halle hinter der Paßkontrolle wartete, fragte sie sich, wie sie wohl mit der Situation fertigwerden könne. Dabei hatte alles doch so gut begonnen. In Westport zu leben, war ein Traum. Ein schönes, geräumiges Haus, in dem man Freunde bewirten konnte, reizende Nachbarn, die gleich am ersten Freitag nach ihrem Einzug einen Empfang gegeben hatten, um sie allem, was in der Umgebung Rang und Namen hatte, vorzustellen. Auch sie erwiesen sich als sympathische Leute. Das Leben war schön ... Ausgehen, Empfänge, angenehme Bekanntschaften. Auch Jean schien glücklich zu sein. Die Geschäfte gingen gut; man mußte sogar den Verkauf einschränken, um eine Auflösung der Lagerbestände zu verhindern.

Jean war ein gewissenhafter Geschäftsführer, er wollte, daß sein Unternehmen florierte, und scheute keine Mühe, um eine

Stammkundschaft heranzuziehen. Jeden Monat verbrachte er zwei oder drei Tage in Houston und Chicago. Zu Anfang hatte Fanny ihn gern bgleitet; später zog sie es vor, in Westport zu bleiben. Sie ging leidenschaftlich gern aus, und zum ersten Mal in ihrem Leben bekam sie, was sie sich wünschte. Man machte ihr den Hof, lud sie ein, schenkte ihr Blumen. Schon sehr bald war David Langer ihr ständiger Begleiter, ein blonder Junggeselle von fünfzig Jahren. „Sie können gefahrlos mit ihm ausgehen", hatte Dora Eyert, ihre Nachbarin, ihr anvertraut. „Alle Welt weiß von seiner Vorliebe für Männer. Doch für eine alleinstehende Frau ist er der ideale Gefährte, der einem bei der Wahl eines Kleides, bei der Vorbereitung eines Diners behilflich ist. Und gegebenenfalls dient er einem sogar als Alibi." Denn Dora hatte schnell bemerkt, wie empfänglich Fanny für männliche Huldigungen war. Wie hatte Sandra herausgefunden, was geschah? Sie war doch vorsichtig gewesen. Was für ein Schlamassel!

Fanny sah ihre Mutter die Halle betreten. Sie hatte sich kaum verändert, seit sie alle drei Nuits-Saint-Georges verlassen hatten. Immer noch dieselbe kantige Figur, derselbe schiefe Haarknoten. Das wenigstens war beruhigend. Sie wirkte auch überhaupt nicht verloren, wie man es von einer Frau ihres Alters, die aus ihrem Dorf gekommen war, hätte erwarten können. Sie lenkte ihre Schritte ruhig zum Ausgang und suchte mit den Blicken nach ihrer Tochter oder ihrem Schwiegersohn. Wie gut, daß Fanny Jean davon überzeugen konnte, sie allein zum Flughafen fahren zu lassen. Sonst hätte ihre Mutter sofort alles durchschaut.

„Maman! Wie bin ich froh! Wenn du wüßtest, wie sehr du mir gefehlt hast!"

Maman Chène umarmte sie und wußte sofort Bescheid. Fanny strahlte, sie trug ein türkisfarbenes, enganliegendes Kostüm und lange Ohrringe. Ihr Make-up betonte ihre grünen Augen. Ein Vamp, dachte Maman Chène bei ihrem Anblick. Und glücklich noch dazu. Und Sandra in einem Drogenentzugszentrum!

„Wie geht es Sandra?" fragte sie. „Kann man sie besuchen?"

„Nein, nicht bevor der Arzt es uns erlaubt. Doch seiner Meinung nach geht es ihr gut. So gut es eben gehen kann."

Fanny hatte das Gepäck ihrer Mutter im Kofferraum verstaut und ließ sie ins himmelblaue Coupé einsteigen. Sie wußte, ihr blieben nur vierzig Minuten, bis sie zu Hause waren. Vierzig Minuten, um mit ihr zu reden, bevor Jean es tat. Um ihr begreiflich zu machen, die Dinge seien nicht so ernst, wie er sie darstellen wolle ... Sie kam gar nicht dazu, den Mund aufzumachen.

„Eine Männergeschichte, nicht wahr?"

Es war eine Männergeschichte.

„Maman, warum mußte Sandra dahinterkommen? Sonst wäre gar nichts passiert ... Sie hat uns gesehen. Und danach hat alles angefangen. Sie hat die Kurse geschwänzt, hat sich mit Aussteigern abgegeben, hat begonnen zu trinken und Drogen zu nehmen ...

„Und ihr habt nichts davon gemerkt?"

„Eigentlich nicht. Wir dachten, es sei die Umstellung. Ich wußte ja nicht, daß sie uns gesehen hatte! Wir waren doch sehr vorsichtig gewesen!"

Jean trat aus dem Haus, sobald er das Auto in den kleinen Weg, der zur Garage führte, einbiegen sah.

Der Kontrast zwischen seiner Frau und ihm war verblüffend. Sein Haar war ganz weiß geworden, und er hatte nicht mehr die rötliche Gesichtsfarbe, die Maman Chène an ihm kannte. Er führte sie in ihr Zimmer, und Fanny begab sich in die Küche, um das Abendessen vorzubereiten. Während Maman Chène ihren Koffer auspackte, sprach sie mit Jean über die Geschäfte, den Umsatz: Jeder schob den Augenblick hinaus, wo der wirkliche Grund ihres Besuches zur Sprache kommen würde. Unter den harmlosen Worten konnte man unschwer die Anspannung, die ihn beherrschte, wahrnehmen. Er machte beim Reden nicht mehr diese großen Handbewegungen, die die Kinder in Les Colombiers so amüsiert hatten. Die Läden liefen gut, der Weinkeller in New York war beinahe fertiggestellt. Der Laden war so „in", daß CBS seit Jahresbeginn dort jede Woche eine Fernsehsendung machte. Er berichtete mit so matter Stimme, daß Maman Chène ihn unterbrach.

„Jean, ich bin nicht gekommen, um über die Läden zu sprechen ... Wie geht es Sandra? Was ist wirklich geschehen? Da ist irgendetwas, was ich nicht weiß und was ich wissen sollte."

Als sie zwei Wochen später nach Nuits-Saint-Georges zurückkehrte, sah sie noch immer den verzweifelten Blick vor sich, den er ihr zugeworfen hatte.

„Wie konnte meine Tochter nur dermaßen den Sinn für die Realität verlieren?" erzählte sie Catherine. „Ihre Verantwortung als Mutter vergessen und sich aufführen wie ein dahergelaufenes Frauenzimmer! Als Sandra entdeckte, daß sie einen Geliebten hatte und ihr das vorwarf, hat sie ihr lediglich geantwortet, das sei nicht das erste Mal. Und als Sandra von ihrem Vater und der Ehe redete, hat Fanny ihr versichert, den Mann zu betrügen, mit einem anderen zu schlafen, sei nicht so ernst zu nehmen. Arme Sandra! Sie ist erst sechzehn! Fanny hat nicht erkannt, daß sie durch den Versuch, herunterzuspielen, was vorgefallen war, ihr ganzes Weltbild zerstört hat. Daraufhin nahm das Unglück seinen Lauf. Anstatt zu ihrem Vater zu gehen und mit ihm zu sprechen, hat sich die Kleine über das, was sie wußte, so sehr geschämt, daß sie zu trinken anfing und nicht mehr nach Hause kam. Sie will ihre Mutter nicht mehr sehen, und nur Jean besucht sie jede Woche. Auch für ihn war der Schock hart. Als wir nach Dove Island fuhren, wo sie behandelt wird, mußte ich ihm schwören, Sandra nicht bei ihrer Mutter zu lassen. ‚Sie erträgt es nicht. Ich kann meiner Frau verzeihen, sie jedoch nicht. Sie war in einem Alter, wo man träumt, und Fanny hat ihr Leben durcheinandergebracht. Mein Kind muß unbedingt sein Gleichgewicht wiedergewinnen, sonst wäre ich, glaube ich, imstande, meine Frau zu erwürgen. Daß sie ein Luder ist, weiß ich schon seit langem. Doch werde ich nicht zulassen, daß sie Sandra etwas zuleide tut.'"

„Das ist die ganze Geschichte, Catherine", schloß Maman Chène, „und Sie sind wirklich die Letzte, mit der ich darüber hätte sprechen wollen. Doch ich gebe Jean recht, wir müssen Sandra so schnell wie möglich herkommen lassen. Hier besteht eine kleine Chance, daß sie vergißt, wieder zu leben lernt, ihrer Mutter verzeiht ..."

„Maman?" (Mitten im Gespräch war Charlotte hereingekommen) „Wenn du wilst, werde ich mich um Sandra kümmern. Sie hat schon einmal bei uns gewohnt, und Franck und Nicky kennt sie ja. Sie wird uns willkommen sein!"

58

Nach sechs Monaten fanden die Ärzte, die sich um Sandra kümmerten, ihren Zustand zufriedenstellend. Sie könne das Zentrum verlassen, sobald die Familie bereit sei, sie aufzunehmen. Auf dem Rückweg von einem Kongreß in Philadelphia brachte Henri sie mit. Pierre, Franck und Charlotte fuhren nach Dijon, um sie auf dem Bahnhof in Empfang zu nehmen. In Les Colombiers erwarteten alle voller Ungeduld die Ankunft der „Amerikanerin". Franck kam am späten Nachmittag, nachdem er Sandra im Priorat zurückgelassen hatte – durch die Zeitverschiebung war sie müde. „Wenn man sieht, was aus ihr geworden ist, vergeht einem jeglicher Appetit auf Drogen", war alles, was er sagte.

Sandra war in der Tat ein Skelett. Ihr Haar hatte jetzt eine schreckliche gelbe Farbe, und wenn sie zu lächeln versuchte, wirkte ihr Gesicht noch abgezehrter. Doch das Schlimmste waren ihre Arme, die von unzähligen kleinen Narben, wie von Foltermalen, übersät waren: Andenken an ihre „Trips". Manche waren tiefer und noch häßlicher als andere: „Die stammen von unsauberen Spritzen, die Abszesse verursacht haben", erklärte Henri.

„Ich fühle mich wohl hier, ich möchte niemanden sehen", antwortete Sandra, als Charlotte ihr gegenüber von einer Rückkehr in die Schule sprach, damit sie sich aufs Abitur vorbereiten könne. Sie hatte einige Vormittage damit verbracht, Tania und Emmanuel beim Malen zuzusehen, dies jedoch schnell wieder aufgegeben. Mit herabhängenden Armen zog sie hinter Charlotte her. „Das gefällt mir nicht", kommentierte Maman Chène. „Dieses Nichtstun ist gefährlich für sie." Henri war der gleichen Ansicht wie seine Mutter, doch Charlotte behauptete, alles liefe sehr gut, Sandra müsse sich nur erst wieder ein wenig finden, bevor sie einen Entschluß fasse.

„Was die braucht, ist ein Internat und eine gehörige Tracht Prügel", knurrte Le Chène, „und wenn man sie an den Haaren dorthin schleifen müßte!"

„Was kann man ihr nur vorschlagen?" sagte Henri. „Seht sie euch doch an! Sie beginnt eine Arbeit, führt sie nie zuende und geht mit ihrer Langeweile auf dem ganzen Grundstück spazieren."

„Das stimmt", fügte Maman Chène hinzu, „wir haben alles versucht: die Weinberge, die Kellerei, die Buchhaltung. Wir haben ihr vorgeschlagen, wieder zur Schule zu gehen, uns im Haus zu helfen. Sie will von alldem nichts wissen."

„Vielleicht steckt etwas ganz anderes dahinter", überlegte Charles. „Als sie das Zentrum verließ, sagten die Ärzte, es gehe ihr gut. Und hier ist es offensichtlich, daß es ihr gar nicht gut geht. Hat jemand eigentlich versucht, mit ihr zu reden? Vielleicht ist etwas im Gange, von dem wir keine Ahnung haben."

Alle gaben ihm recht. Doch wer würde dies übernehmen? Charlotte? „Kommt nicht in Frage", erwiderte Pierre, „die beiden sind von morgens bis abends zusammen: wenn Sandra mit ihr hätte sprechen wollen, wäre das längst geschehen." Maman Chène? „Nein, vor mir hat Sandra zu viel Angst", antwortete diese. Pierre? Keiner der Namen, die sie einander vorschlugen, fand auch nur die geringste Zustimmung.

„Und wenn wir Madame Soubre zu ihr schicken würden?" warf Le Chène plötzlich ein. „Einerseits gehört sie zur Familie, andererseits auch wieder nicht, das wäre vielleicht einfacher."

Als Catherine eines Abends gerade eine Rechnung ausstellte, trat Madame Soubre in Begleitung von Emmanuel ein.

„Setzen Sie sich," forderte Catherine sie auf. „Was ist los?"

Emmanuel war zur Schreibmaschine gegangen und hatte schnell ein Blatt Papier unter die Walze gleiten lassen. Er konnte nicht schreiben, doch hörte er so gern das Klicken, wenn er auf die Tasten drückte, und das Klingeln, das das Ende einer Zeile ankündigte.

„Sie ist schwanger", sagte Madame Soubre leise.

„Wer ist schwanger?" fragte Catherine und hob auf einmal betroffen den Kopf. „Schwanger? . . . Das fehlte ja gerade noch! Aber warum hat sie nichts davon gesagt?"

„Weil sie sich vor der Reaktion der Familie fürchtete. Sie möchte ihr Baby behalten. Sie liebt den Jungen. Die beiden haben sich im Entzug kennengelernt. Er heißt David."

„Sagen Sie niemandem etwas, bevor ich nicht mit Henri gesprochen habe", bat Catherine.

Zu guter Letzt nahm die Familie Sandras Schwangerschaft gut auf – einschließlich Charlotte, die erleichtert war, daß es sich nicht um ein Drogenproblem handelte. „Fanny Großmutter! Darüber wird sie sich schwarz ärgern", spöttelte Charles. Es wurde beschlossen, daß Maman Chène nach einem Gespräch mit Sandra Jean in New York anrufen sollte. „Im dritten Monat schwanger?" antwortete er. „Gott sei Dank ist sie lange genug entgiftet, so daß für das Kind keine Gefahr besteht."

Also verheiratete man Sandra mit David, einem sehr dünnen, sehr kurzsichtigen Jungen hinter dicken Brillengläsern, der kein Wort Französisch sprach. Fanny war nicht gekommen. Jean führte seine Tochter vor den Bürgermeister. Weihnachten war nah und das Wetter sehr kalt. David und seine Eltern kamen einige Tage vor der Hochzeit. Es waren liebenswürdige Leute, beide sehr füllig, was die Magerkeit ihres Sohnes noch mehr unterstrich. In den ersten Tagen fühlten sie sich inmitten des Chène-Clans ein wenig verloren. Doch nach einer Woche radebrechte der Vater, Charles Osgood, einige Worte Französisch, mit einem Akzent, der die Kinder zum Lachen brachte. Er freundete sich mit Charles, Pierre und Bruno an und gestikulierte heftig, um sich mit den anderen zu verständigen. Ann Osgood war eine freundliche Frau mit unendlichem Appetit. „Wir sind so glücklich, daß im Leben unseres Sohnes etwas existiert, das ihm ein Ziel gibt, Lust zu arbeiten und aus der Sache herauszukommen."

Mit fünfundzwanzig Jahren hatte David, ein diplomierter Ökonom der Yale-Universität, noch niemals gearbeitet. Er verfolgte Sandra mit zärtlichen Blicken, und beide sprachen sie unaufhörlich von dem Baby, das sie erwarteten. Am Vorabend der Hochzeit nahm Jean Bardel seine Tochter beiseite. Er wollte, daß sie ihre Mutter anrief, um ihr zu sagen, die Vergangenheit sei vergessen. Sandra lehnte klipp und klar ab.

„Kannst du nicht verstehen", sagte sie weinend, „daß ich hoffe, meine Ehe wird nicht so wie eure? Ich liebe David, ich will, daß unsere Kinder glücklich werden, sie sind die ganze Hoffnung meines Lebens."

Jean umarmte seine Tochter und sagte ihr, daß er sie verstehe.

„Ich werde Mama nicht anrufen, solange in meinen Ohren noch ihre Stimme klingt, die mir all diese fürchterlichen Dinge gesagt hat."

„Die jungen Leute hatten so viel zu tun", erklärte er Fanny am Telefon. „Ich soll dich von ihnen umarmen."

„Umarme du sie von mir", antwortete sie gleichgültig.

Er legte traurig den Hörer auf.

„In der Armee hätte ich all das mit Gebrüll und dreißig Tagen Arrest geregelt", seufzte er. Aber man war ja nun einmal nicht in der Armee.

Die Osgoods, Charles und Ann, reisten zwei Tage nach der Hochzeit und dem darauffolgenden Essen im Haus wieder ab.

Sandra und David hatten keine große Feier gewollt. Das

junge Paar verließ Les Colombiers zu Beginn des neuen Jahres. David hatte Jeans Angebot, bei ihm für die „Gesellschaft der Weine von Les Colombiers – USA" zu arbeiten, angenommen.

„Was wirst du jetzt machen, Charlotte?" fragte Henri eines Sonntags im Januar, als die ganze Familie beim Mittagessen versammelt war. „Jetzt, wo Sandra wieder fort ist, hast du keine Seele mehr, die du retten mußt ..."

59

Henri irrte sich, Charlotte würde doch noch eine Seele zu retten haben. Bei ihrer Rückkehr in die Vereinigten Staaten hatten Sandra und David eine kleine Wohnung in Manhattan gefunden, nicht weit von dem Laden, in dem David arbeitete. Sandras Schwangerschaft verlief problemlos, und wenn Jean anrief, sagte er, wie froh er sei, daß seine Tochter ihr seelisches Gleichgewicht wiedergewonnen habe. Gewiß, die beiden hätten ein wenig früh geheiratet, Sandra war noch nicht einmal achtzehn ... Doch das Wichtigste sei, daß ihre Verbindung mit David ihr neues Vertrauen gebe. David scheine sehr zufrieden mit seiner Arbeit zu sein.

„Er ist ein wenig zu forsch, zu unternehmungslustig, manchmal muß ich ihn bremsen, ihm raten, sich nicht allzu schnell ein Urteil zu bilden. Aber er setzt sich sehr ein, und ich bin überzeugt, einen brauchbaren Mitarbeiter für die Firma gewonnen zu haben."

Das Leben in Les Colombiers hatte sich wieder ein wenig beruhigt, und Anfang März suchte Catherine in Paris einen Chirurgen auf, um die Narbe entfernen zu lassen, die ihre rechte Wange bis zum Kinn verunstaltete. Sie wollte dieses Brandmal löschen, das ihr allmorgendlich zurief: „Henri und Marie, Marie und Henri". Sie schämte sich zuzugeben, daß nicht die äußerliche Narbe, die alle Welt sehen konnte, sie am meisten störte, sondern die, die Henris Untreue in ihrem Innern hinterlassen hatte. Manchmal glitt ihr Finger mechanisch über die Schwellung, und unweigerlich tauchte in ihrem Gedächtnis alles, was sie zu vergessen suchte, von neuem auf. Eines Sonntags machte sie wieder einmal unbewußt diese Geste, als Bruno sie plötzlich fragte:

„Warum suchen Sie die Erinnerung an das, was Ihnen Schmerz zugefügt hat?" Und als sie den Mund öffnete, um zu protestieren, fuhr er fort: „Sagen Sie nur ja nicht, es sei nicht wahr. Man braucht Sie in solchen Augenblicken ja bloß anzusehen, um zu wissen, woran Sie denken."

„Aber ich denke doch an gar nichts!" antwortete sie heftig.

Und doch veranlaßte diese Bemerkung sie, einen Entschluß zu fassen. Die ganze Geschichte hatte bei ihr mehr als genug Narben hinterlassen, sowohl körperlich als auch seelisch. Wenn es ihr gelänge, auch nur eine wieder auszulöschen, wäre schon viel gewonnen. Sie wartete Henris Rückkehr am Wochenende ab, um ihn ganz beiläufig zu fragen:

„Könntest du wohl für mich einen Chirurgen ausfindig machen, um das da zu entfernen?"

„Natürlich", antwortete er sogleich, „aber nicht in Dijon."

Der Chirurg beruhigte sie, der Eingriff sei ganz unkompliziert. Es genüge, die alte Naht noch einmal zu verwenden, und alles käme wieder in Ordnung. Diese Worte brachten sie zum Lachen und bestärkten sie in ihrem Entschluß. Vierzehn Tage später fuhr sie für eine Woche nach Paris. Sie hatte Henris Angebot, sie zu begleiten, ausgeschlagen. „Ich möchte allein dorthin fahren. Sei mir nicht böse, aber so ist es besser."

Die Klinik, in die sie sich begab, sah überhaupt nicht wie ein Krankenhaus aus. Die Patienten dort waren Schauspieler, Politiker, die sich ein Gesicht korrigieren ließen, das der Masse nicht mehr zu gefallen schien.

Am Abend ihrer Ankunft las sie gerade, als das Telefon läutete. Sie war sehr erstaunt, Brunos Stimme zu hören.

„Bravo, ich freue mich, daß Sie meinem Rat gefolgt sind. Ich wollte Ihnen nur eine gute Nacht wünschen und sagen, daß wir an Sie denken ..."

Und er legte den Hörer auf. Erst am darauffolgenden Morgen, als sie nach dem Eingriff erwachte, verstand sie. Als sie die Augen aufschlug, sah sie auf dem Nachttisch einen Rosenstrauß. Einen Moment lang dachte sie, er sei von Henri, doch die Karte belehrte sie eines Besseren: „Ich hoffe, das Verschwinden der Narbe beweist Ihnen, daß man viele schlimme Erinnerungen auslöschen kann." Wieder war es Bruno.

Und zwei Tage später kam er mit Charles hereingeschneit. „Wir beide hatten in Paris zu tun, ich in meinem Labor und Bruno in seiner Bank. Also nützen wir die Gelegenheit, um auf einen Sprung hereinzuschauen", erklärte Charles vergnügt. „Sei gegrüßt, meine Lieblingsschwägerin."

Und alle drei verbrachten sie einen Abend, an den Catherine noch Jahre später gern dachte.

Sie hatten etwas zu essen gekauft:

„Der Klinikfraß ist abscheulich, deshalb haben wir vorsichtshalber etwas besorgt."

„Bitte bringt mich nicht zum Lachen", flehte sie, „sonst reißt meine Narbe wieder auf."

Wie bitte?„

„Schicken Sie die Oberschwester herein", verlangte Bruno sogleich über die Sprechanlage.

Sie kam eilig gelaufen und fragte, was los sei.

„Madame Chène hat Angst, ihre Narbe könne aufreißen, weil wir sie zum Lachen bringen", erklärte er vollkommen ernst. „Würden Sie bitte gleich Professor Terlain ausrichten, Madame Chène bestehe auf einer Narbe, die sich zum Lachen eigne."

„Aber Monsieur", versuchte sie zu antworten ...

„Und Sie finden, daß alles in Ordnung ist?" fuhr er fort. „Das Schlucken fällt ihr so schwer, daß wir sie mit Kaviar und Gänseleberpastete füttern müssen. Und sogar mit dem Teelöffel verschlingt sie Unmengen! ... Was das kostet!"

Es war beinahe Mitternacht, als die beiden gingen, und zum

ersten Mal seit sehr langer Zeit schlief Catherine tief und erholsam.

Sie verließ die Klinik früher als vorgesehen. Gleich am nächsten Morgen hatte ein Telefonanruf von Maman Chène sie schonungslos in die Wirklichkeit zurückgerufen. „Sandra liegt in New York im Krankenhaus. Sie hat soeben ihr Kind verloren: eine Blutung. Ich muß hinfahren. Die Ärzte sind sehr besorgt und Jean und Fanny verzweifelt." Sie mußte bis Mittag warten, um die Klinik verlassen zu dürfen; man war hier an solche Launen, solche plötzlichen Aufbrüche gewöhnt. Sie mußte Charles in seinem Labor in Neuilly aufspüren und ihn bitten, sie nach Nuits-Saint-Georges zurückzufahren.

„Wir treffen uns in einer Stunde", antwortete er. „In der Zwischenzeit mach ich Bruno ausfindig, ich werde da sein. Arme Sandra ..."

Maman Chène reiste gleich nach Catherines Rückkehr ab. Sie hatte sich in den letzten drei Jahren tatsächlich bereits daran gewöhnt, den Atlantik zu überqueren.

60

Die Kinder empfingen Catherine mit Freudengeschrei. Emmanuel warf sich seiner Mutter an den Hals, ein strahlendes Lächeln erhellte sein Gesicht. Tifi zierte sich, als sie ihrer Mutter erklärte:

„Ich wußte, daß du ganz schnell wiederkommst! Bruno hatte es mir versprochen. Mir gefällt deine neue Wange."

Eins steht fest, dachte Catherine, Bruno ist dabei, im Leben der Kinder und in dem meinen viel Platz einzunehmen. Doch hatte sie nicht den Mut, der Frage noch weiter nachzugehen. Sie war glücklich über jeden seiner Besuche, lehnte es jedoch ab, sich über Bruno, sich selbst, sein immer häufigeres Erscheinen im Großen Haus Gedanken zu machen. Nach ihrem Unfall hatte sich die Familie um beide Kinder gekümmert, und es kam ihr ganz so vor, als habe damals alles begonnen. „Man" – Pierre, Charles und Bruno – holte die Kinder ab, um mit ihnen spazierenzugehen, „man" kam, um Catherine zu begrüßen, um ein paar Minuten bei ihr zu verbringen, zunächst im Krankenhaus und dann im Großen Haus. „Man" brachte etwas mit, wie sie es aus ihrer Studentenzeit kannte: eine etwas derbe Kameradschaftlichkeit, die aus Essen, alten Geschichten und harmlosem Gelächter bestand. Sie hatten immer ein Kind auf den Schultern (meistens saß Tifi auf denen Brunos), einen Freund im Gefolge, den sie wiedergefunden hatten und nun zum Abendessen mitbrachten. Vierzigjährige Lausbuben! Das hatte ihre Genesung sehr belebt, und die Zeit war ihr weniger lang erschienen. Es war ganz offensichtlich, daß Bruno Bescheid wußte über das Drama, das sich nach Maries Tod zwischen Henri und ihr abgespielt hatte und über ihre Quasi-Trennung. Während Catherine und er zusammen arbeiteten, machte er keinerlei Anspielung auf Henri. In Les Colombiers hatte Charlotte die Wandlung ihres von „diesen infantilen Junggesellen" beeinflußten Mannes sehr ungnädig aufgenommen.

Charles Verhalten veranlaßte seine Schwester zu der Äußerung, er hätte sich schon längst verheiraten sollen.

Martine Chardin war, ganz im Gegensatz zu den Hoffnungen der Familie, schon bald wieder aus Charles Leben verschwunden. Als Charlotte ihn – hinterlistig – fragte, an welchem Tag die Hochzeit vorgesehen sei, hatte Charles schroff geantwortet: „Ich eigne mich nicht zum Schoßhündchen. An der Leine geführt zu werden, ist nichts für mich." Daraus hatte die Familie den Schluß gezogen, die „Anästhesie"-Episode sei wohl beendet.

Alle Kinder in der Familie waren vernarrt in die drei Männer. Sogar Franck hatte in der ganzen Würde seiner sechzehn Jahre herablassend von sich gegeben, das wichtigste Ereignis der letzten zehn Jahre sei das Erwachen seines Vaters gewesen.

„Ohne Charles und Bruno hätte er weiter wie ein Geist im Haus gelebt. Als ich ihm zum erstenmal mit Maman streiten hörte, traute ich meinen Ohren nicht!"

Das Große Haus war ihr Treffpunkt. Pierre mochte das stets von den „Devotionalien meiner Frau" überfüllte Priorat nicht mehr, und Charles' auf dem anderen Abhang der Côte gelegenes Haus La Cressonière zwang Pierre und Bruno stets, am Großen Haus vorbeizugehen. Dies war also sehr bald die bevorzugte Station der drei Männer geworden. Wenn sich ein improvisiertes Abendessen anbahnte, holte Pierre seine Kinder, und alle ließen sich in Catherines Küche häuslich nieder. Durch eine Bemerkung von Nicky wurde klar, was im Priorat vor sich ging. Eines Abends, als Charlotte sich zu der Gruppe gesellt hatte, was nicht oft geschah, klagte Nicky, nachdem sie sich zweimal von den überbackenen Nudeln nachgenommen hatte, mit ihrer kleinen, schrillen Stimme:

„Wenn Maman uns doch nur abends auch so etwas zu essen machen würde! Milchkaffee und Butterbrote hängen mir schon zum Hals heraus."

Charlotte durchbohrte ihre Tochter mit ihrem Blick, und alle anderen sahen betreten auf ihren Teller.

„Nur eine warme Mahlzeit am Tag ist sehr gesund", hatte Charlotte erwidert.

„Mach bloß nicht die Ernährungslehre für dein Verhalten verantwortlich", sagte Maman Chêne barsch. Und Pierre Fabre, dessen Kinder und Freunde kamen von nun an eher noch häufiger zum Abendessen ins Große Haus.

Catherine wußte, sie alle hatten ihr geholfen, eine schwierige Klippe zu umschiffen. Zum körperlichen Schmerz hatte sich der Kummer gesellt, dann kam die Einsamkeit wieder. Sie hatte sich nie beklagt, doch spürte sie manchmal einen Schmerz, der sie übermannte, und wieder war da dieses Gefühl des Versagens, das sie so lange Zeit während ihrer Ehe mit Claude empfunden hatte. Wenn sie morgens in die Küche kam, stand fast nie mehr Henris Tasse auf dem Tisch. Auch in ihren Nächten, in ihrem Leben fehlte er ihr. Und dennoch war ihr die Anwesenheit der anderen keineswegs lästig, im Gegenteil, sie half ihr. Der Lärm, der im Haus herrschte, die Stapel schmutziger Teller wirkte beruhigend auf sie. Und war Henri da, so empfing Catherine ihn beinah genauso wie die anderen. Das war der einzige Weg, den sie gefunden hatte, die Verzweiflung zu bezwingen, die sie jedesmal befiel, wenn sie sah, wie er Les Colombiers verließ. Sie wollte zwar nicht mehr mit ihm leben, dennoch empfand sie ständig den Schmerz über all das, was zwischen ihnen zerstört worden war.

61

Zwei Tage nach ihrem Eintreffen in New York rief Maman Chène an. Le Chène ging an den Apparat, es war Mitternacht. Sie kam soeben aus dem Krankenhaus, wo sie Sandra besucht hatte.

„Wie geht es der Kleinen?" fragte er.

„Nicht sehr gut, sie ist niedergeschlagen. Sie hat mehrere Blutungen gehabt, und das Baby konnte nicht gerettet werden. Die Ärzte können noch nichts Genaueres sagen ... Fanny weicht nicht von ihrem Bett. Und Jean verbringt seine Zeit zwischen Geschäft und Krankenhaus."

Nachdem Le Chène den Hörer auflegte, wurde ihm bewußt, daß seine Frau kein Wort über David gesagt hatte. „Seltsam", dachte er, „was mag wohl dahinterstecken?" Er erzählte seiner Schwiegertochter, was seine Frau ihm berichtet hatte und Catherine reagierte genau wie er. Am nächsten Morgen rief sie, um sich Gewißheit zu verschaffen, Jean in seinem Laden an. Sie hatte Mühe, seine Stimme wiederzuerkennen, die furchtbar erschöpft klang. Was David betraf ...

„Wenn ich dem jemals wieder begegne, bring ich ihn mit meinen eigenen Händen um!"

Mehr wollte er darüber nicht sagen. Catherine war gezwungen, den nächsten Anruf ihrer Schwiegermutter abzuwarten. In der Zwischenzeit hatte sie viel zu tun. Es war Frühling, und wieder einmal mußte man sich mit dem Rebschnitt und dem Versand befassen. Catherine lief vom Weinberg zum Keller, vom Clos des Soeurs zum Priorat. Wenn sie um sieben Uhr abends nach Hause kam, war sie erschöpft. Sie stieß die Haustür auf und sah Le Chène in seinem Sessel in der Küche sitzen und Emmanuel und Tifi eine Geschichte erzählen. Bruder und Schwester saßen Seite an Seite mit weit geöffneten Augen und schienen sehr aufmerksam zuzuhören. Die beiden Kinder lachten von Herzen über den Bericht des alten Mannes. Was verstehst du, mein Sohn? dachte sie. Worüber lachst du? Oder ist es nur die Aufmerksamkeit, die Le Chène dir entgegenbringt, sind es nur die Schwingungen seiner lauten Stimme, seine Gegenwart, die dir diese Ruhe, diese Freude schenken ... Um mit Emmanuel zu sprechen, sich bei ihm verständlich zu machen, mußte man immer auf einen sehr einfachen, sehr begrenzten Wortschatz zurückgreifen.

„Emmanuel besteht nur aus einem einzigen Blick", pflegte Tania zu sagen, „aus einem Blick, der bloß versteht, was seine Augen ihm zutragen, einem Blick der das Wesen von dem, was jeder von uns in sich verbirgt, erfaßt. Seine Worte sind Pinselstriche, seine Eindrücke Farben, die Empindungen sprengen das Detail und erfüllen den Raum. Fast jedesmal, wenn sich in seinem Leben etwas ereignet, drückt er es in einem Bild aus, das er sehr rasch malt und jemandem schenkt, dem er gerade an diesem Tage etwas zu sagen hat!" Als Catherine eines Abend von Besorgungen in Dijon zurückkehrte, brachte er ihr ein wuterfülltes Bild in grellen, kontrastreichen Farben, worin man Le Chènes Zorn erkannte und auch die mächtige Silhouette Madame Soubres, die ihm die Stirn bot.

„Ach, habt ihr euch wieder einmal gestritten?" fragte Henri.

„Aber nein", sagte Le Chène und war sehr bertreten, von seinem Liebling verraten worden zu sein. „Wir haben uns lediglich ein wenig angeregt unterhalten, das ist alles."

Er sah zu seinem Sohn auf.

„Was für ein Talent, nicht wahr?"

Niemand ahnte, daß Le Chène Tania unentwegt davon zu überzeugen suchte, daß sie eine Aufgabe zu erfüllen habe. Sie müsse die Menschen finden, die das Talent des Kleinen erkennen würden. Die ersten Male, da er diese Frage anschnitt, hatte Tania sich darüber amüsiert, wie weit ihn seine Leidenschaft trieb. Ihre eigenen Bilder hatte er stets ihrem wahren Wert nach eingeschätzt: „Du bist eine gute Künstlerin", sagte er zu ihr – und dieses „gute Künsterlin" hatte ihr immer ein wenig wehgetan. Tania verkaufte ihre Gemälde ziemlich mühelos, doch nie hatte jemand von Genie gesprochen. Und sie selbst wußte, daß es in ihren Bildern nichts gab, was diesen Ausdruck gerechtfertigt hätte. Es stimmte, Emmanuels Gemälde waren anders als alles, was sie kannte. Es stimmte, sie waren schön. Dennoch fand sie, Le Chène gehe ein wenig zu weit. Er brauchte Monate, um ihr das Versprechen abzuringen, sie würde es, auf jeden Fall, auf sich nehmen, Emmanuels Werke der Welt zu zeigen.

„Diese Aufgabe hat Gott dir auferlegt", behauptete er, „hast du nicht Emmanuel an die Malerei herangeführt?"

Zum letzten Weihnachtsfest hatte er jedem seiner Kinder ein Bild von Emmanuel geschenkt; er hatte darauf bestanden, sie zu bezahlen, und zwar auf ein extra zu diesem Anlaß eröffnetes Konto bei der Bank.

„Eines Tages werdet ihr mir dankbar sein, werdet ihr noch die Größe meines Kleinen verstehen." Und während er sprach, bebte seine Stimme. Zu Catherine hatte er gesagt: „Ihnen habe ich kein Bild ausgesucht, ich möchte, daß Sie es selbst tun!"

Sie wählte ein ganz kleines Gemälde aus, daß Tifi in ihrem ganzen Überschwang, mit ihren Puppen im Arm, darstellte. Emmanuels ganze Liebe zu seiner Schwester kam hier zum Vorschein.

Und was, wenn Le Chène recht hätte, dachte Catherine, erschüttert von der Zärtlichkeit, die auf dem Bild offenbart wurde. Sie hängte es in ihr Zimmer. Tifi war doppelt stolz: „Erst einmal hat Em mich gemalt, und dann hast du es auch noch ausgesucht.“ Catherine beängstigte manchmal die Zuneigung, die die beiden Kinder miteinander verband. Tifi nahm ihren Bruder, so wie er war, wußte mit seinen Wutausbrüchen umzugehen und lieh ihm häufig ihre Stimme, wenn er etwas ausdrücken wollte.

„Ich möchte nicht, daß sie leidet“, sagte Catherine besorgt, „doch ebensowenig, daß sie sich mit einer Bürde belastet, die zu schwer für sie ist.“

„Ich glaube, da irrst du dich, sie ist eine Kämpfernatur“, antwortete Henri. „Ich habe noch nie gesehen, daß eine schwache Person für Rugby schwärmt. Schau doch nur, wie sie gebaut ist, wie sie reagiert, wenn etwas geschieht, was ihr nicht paßt. Ja, ich weiß, die beiden Macheurs. Doch genau das beweist, was ich dir sagen will. Sobald sie sich fing, hat sie sie verprügelt. Mach dir um sie keine Sorgen. Sie ist eine Chène, und das von bestem Schrot und Korn.“

Emiles Stimme erinnerte sie daran, daß sie die Papiere noch nicht fertig ausgefüllt hatte. „Ich bin mit meinen Gedanken ganz woanders.“

„Madame Chène, Telefon!“ rief Emile ihr zu. Sie hatte auf das Läuten gar nicht geachtet.

62

„Catherine, hier spricht Bruno, können wir uns gleich sehen?“

„Was ist los?“

„Ich möchte lieber nicht am Telefon drüber sprechen, in einer halben Stunde werde ich in Les Colombiers sein. Treffen Sie bis dahin keinerlei Entscheidung ...“

Bevor sie ihn auch nur irgend etwas fragen konnte, hatte er den Hörer aufgelegt. Bruno so geheimnisvoll, dachte sie, das sieht ihm gar nicht ähnlich. Das Läuten des Telefons ließ sie auffahren. Es war Jean Bardel, der aus New York anrief.

„Hat Bruno Sie schon angerufen?"

„Was ist denn nur los? Warum all diese Geheimnisse? Wird einer vielleicht so gut sein und mir erklären, was hier gespielt wird?"

Am anderen Ende der Leitung hörte sie Jean atmen, als stünde er neben ihr. Er antwortete nur zögernd.

„Ich glaube, es ist besser, wenn Bruno es Ihnen erklärt", sagte er mit gebrochener Stimme.

„Jean, es ist doch nicht ... Sandra?"

„Nein, was sie betrifft, ist alles gut. Seien Sie unbesorgt."

Nachdem sie aufgelegt hatte, verharrte sie einen Moment in Gedanken und versuchte, sich auszumalen, was wohl geschehen sein mochte. Plötzlich befiel sie eine schreckliche Ahnung: Maman Chène war etwas zugestoßen! Das war es, Jean hatte Bruno davon in Kenntnis gesetzt. Nein, das war unmöglich, er hätte dann doch Henri angerufen ... Durch das Fenster hielt sie ungeduldig nach dem Auto Ausschau. Warum brauchte er nur so lange? Endlich hörte sie das Motorengeräusch, und mit zitternden Händen und bangem Herzen stürzte sie in den Hof. Was hielt das Schicksal noch alles für sie bereit?

Bruno stellte den Motor ab und stieg mit verschlossener Miene aus. Mein Gott, mach, daß es nicht ... Es sagte sanft zu ihr: „Catherine, wir gehen jetzt beide ins Haus, setzen uns ruhig hin und dann reden wir ..." Immer noch schweigend setzte er sie in der Küche in Le Chènes Sessel. „Warauf wartet er nur? Noch eine Sekunde, und ich schreie!"

„Catherine", behann er schließlich, „was ich Ihnen sagen werde, ist nicht leicht ... aber ich möchte, daß Sie die Dinge nicht zu schwer nehmen." Er sprach zu ihr, wie er es Tifi gegenüber getan hätte. „Jean hat mich benachrichtigt ..." Die Worte zerrannen wie im Nebel, sie hörte nichts mehr. Sie hatte Maman Chène zum Bahnhof in Dijon begleitet, sie hatten einen Augenblick miteinander geredet, der Zug war abgefahren und ...

„Wie ist sie gestorben?" brachte sie schließlich hervor.

„Aber von wem sprechen Sie? Niemand ist gestorben. Catherine, Sie haben mir nicht zugehört ... Allen geht es gut. Beruhigen Sie sich", sagte er plötzlich, als er sah, wie sie am ganzen Körper zu zittern begann.

Schwindel hatte sie befallen: sie wußte nicht mehr, was er gesagt hatte. Mit zugeschnürter Kehle murmelte sie:

„Wollen Sie mir bitte wiederholen, was Sie gesagt haben?"

Er öffnet dden Mund, um ihr alles von neuem zu erklären, als er sie plötzlich in sich zusammensinken sah. Nun bekam er Angst, er stürzte in den Flur, um Hilfe herbeizurufen, doch das Haus war leer. Er lief zur Freitreppe und begann zu schreien, bis Emile aus dem Keller kam. Als sie die Küche betraten, war Catherine wieder zu sich gekommen, und Emile reichte ihr ein kleines Glas Tresterwein.

„Es tut mur leid, ich ... Sagen Sie mir die Wahrheit", brachte sie endlich hervor.

Unmittelbar darauf dachte Bruno, Catherine sei verrückt geworden: Außer sich vor Heiterkeit wurde sie von einem irren, nicht zu unterdrückenden Gelächter geschüttelt. Bruno konnte es nicht fassen. Es war das erste Mal in seinem Bankierdasein, daß er jemanden so auf die Nachricht seines Ruins reagieren sah. Wenn er einem seiner Klienten eröffnete, die Bank schlage ihm jeglichen Kredit ab, dann schrie, drohte, flehte und fluchte dieser für gewöhnlich, Catherine hingegen lachte. Hatte sie den Verstand verloren?

„Das ist alles? ..." schluchzte sie schließlich. „Nur sechshunderttausend Dollar, sonst nichts ... Dann ist ja alles gut ..."

Und ebenso plötzlich, wie sie zu lachen begonnen hatte, brach sie in Tränen aus.„

„Soviel ist sicher, von Frauen verstehe ich wirklich nichts", brummte Bruno unter den überraschten Blicken Emiles.

Er zog ein Taschentuch hervor und begann, Catherines von Tränen überströmtes Gesicht abzuwischen.

Jahre später erklärte sie Maman Chène: „Ich hatte solche Angst, daß er mir Ihren Tod mitteilen würde; als er mir gesagt hat, David sei mit der Kasse auf und davon, und wir seien so gut wie ruiniert, war ich erleichtert." Was sie nicht sagte, war, daß sie von jenem Tage an in Bruno etwas anderes zu sehen begann als nur einen Freund.

Wie auch immer, man mußte mit der Situation fertigwerden. David hatte nicht nur alles bare Geld des Ladens mitgenommen, sondern auch, da er zeichnungsberechtigt war, das Bankkonto abgeräumt. Die Nachforschungen der Polizei ergaben, daß er von neuem Drogen nahm und deshalb wahrscheinlich Geld benötigte. Als Sandra eines Tages vom Supermarkt zurückkam, war er dabei, seine Koffer zu packen. Als sie versuchte, ihn zurückzuhalten, hatte er sie brutal geschlagen, und diese Schläge waren die Ursache für ihre Fehlgeburt gewesen. Doch erst zwei Tage nach seinem Verschwinden hatte man entdeckt, daß er sich mit dem Geld davongemacht hatte.

Catherine und Bruno holten Maman Chène in Roissy ab. Es mußte schnell gehandelt werden, sonst würde das ihren Ruin bedeuten. Es waren Darlehen auf die Läden zurückzuzahlen, und auch der Kredit, mit dessen Hilfe der Clos des Soeurs gekauft worden war. Maman Chène bewies die allergrößte Gelassenheit. „Dies ist nicht die erste Krise, die wir durchmachen", sagte sie immer wieder. „Ich weiß nicht, ob wir sie überstehen werden, aber eins verspreche ich euch, wir werden kämpfen."

Sie saß vorn im Auto neben Bruno, und Catherine war beruhigt, sie wieder daheim zu wissen. Sie hatte soeben mit Bruno zwei Tage und Nächte damit zugebracht, alle Konten durchzusehen, um das Ausmaß der Katastrophe abzuschätzen. Sie hatte Jean mehrmals in New York angerufen, um eine Zahl zu erfragen, ein Resultat zu überprüfen, und aus allem mit Schrecken gefolgert: „Wir sind ruiniert, wie sind völlig ruiniert!"

„Wie ist so etwas nur möglich?" empörte sie sich. „Wir haben ein gutgehendes Geschäft, eine der besten Kellereien von Nuits-Saint-Georges, gut geführte Lager, unsere Weinberge sind in erstklassigem Zustand, und ein kleiner Lump kann uns innerhalb weniger Stunden an den Bettelstab bringen."

Sie konnte es nicht fassen. Es überraschte sie, daß Maman Chène, ohne die Zahlen zur Hand zu haben, zu demselben Schluß gekommen war. Sie mußten noch vor Ende Mai beinahe vierhunderttausend Dollar für das Houstoner Darlehen zurückzahlen, und für den Clos des Soeurs eine Million Francs. Auch die in New York begonnenen Arbeiten mußten unbedingt zuende geführt werden, sonst würde der Laden an Wert verlieren. Und erst kürzlich hatten sie für die nächste Lese eine Pflückmaschine angeschafft. Die Beträge summierten sich, und es bestand kein Zweifel mehr, Bruno hatte in der geheimen Hoffnung, sie hätte sich, sie beide hätten sich geirrt, mit ihr die gesamte Buchführung durchgesehen. Aber nein. Gewiß, die Verkäufe gingen weiter, das Geschäft lief, doch am 30. Mai wären die Beträge fällig.

„Wir müssen einen Finanzierungsweg finden, der es uns ermöglicht, bis zur nächsten Lese durchzuhalten", sagte Maman Chène. „Dieses eine Mal könnten wir vielleicht unsere Reserven anzapfen, die gesamte Ernte verkaufen, obgleich ich das sehr ungern tue."

„Selbst dann sind wir von der Endsumme noch weit entfernt", antwortete Bruno. „Catherine und ich haben Tag und Nacht gearbeitet, um zu sehen, was getan werden kann ..."

Er wagte nicht, seinen Satz zu beenden. Er wußte, sie hatte verstanden.

„Vielleicht wollten wir zu hoch hinaus", sagte sie finster.

„Aber nein, Ihre Geschäftsführung ist richtig gewesen. Wer hätte so etwas ahnen können? Den einzigen Fehler hat Jean begangen. Man gibt einem Drogensüchtigen keine Zeichnungsberechtigung über ein Bankkonto. Man überläßt ihm nicht die Schlüssel zur Kasse."

Das stimmte. Jean war verantwortlich für die Gesellschaft in den USA. Und nie hatte er irgend jemandem gegenüber erwähnt, daß er David Zeichnungsvollmacht erteilt habe.

„Sinnlos, hinterher lange darüber zu reden", sagte Maman Chène.

Das Auto fuhr rasch, und der Gedanke, schon bald zu Hause zu sein, beruhigte sie. Sie glaubte, dort würden ihr die Dinge weniger schmerzlich erscheinen. Sie waren jetzt kurz vor Semur-en-Auxois; in einer knappen Stunde würden sie in Les Colombiers sein.

Es war sieben Uhr abend, als der Wagen durchs Tor fuhr. Le Chène erschien als erster auf der Freitreppe: er nahm seine Frau in die Arme, und mit tränennassen Augen sagte er lediglich:

„Maman, dein Knoten hängt schief!"

Mechanisch steckte sie zwei Nadeln in die weiße Fülle ihres Haares zurück.

„Du hast uns gefehlt", fügte er hinzu.

„Ihr habt mir auch gefehlt, doch Sandras wegen mußte doch schließlich einer nach New York fahren. Und alles in allem war es besser, daß ich dort war, als entdeckt wurde, daß David mit der Kasse durchgebrannt war."

„Aber jetzt", brach es aus Bruno hervor, als sie sich, nachdem sie die Kinder umarmt hatten, im Büro niederließen, „jetzt erklären Sie mir, wie so etwas geschehen konnte, Jean ist wohl vollkommen verrückt geworden!"

„Ich brauche ein Bad. Gebt mir eine Stunde, um mich zu säubern und meine Gedanken zu ordnen. Wir essen dann schnell und machen uns an die Arbeit."

Catherine war starr vor Staunen über die Gelassenheit ihrer Schwiegermutter. In Les Colombiers hatten Catherine, Le Chène, Emile und Bruno beschlossen, vor Maman Chènes Rückkehr nichts zu sagen. Es wär dann immer noch früh genug, die schlechen Nachrichten zu verkünden. Doch Le Chène ging mit den Kindern spazieren und sagte: „Eins sag' ich euch, was auch geschieht, wir müssen Les Colombiers erhalten. Für Emmanuel." Und Madame Soubre dachte: „Er wird alt, er sagt immer wieder dasselbe." Sie hatte keine Ahnung.

63

Nach drei Tagen des Nachdenkens, der Gespräche, der Niedergeschlagenheit fuhren die beiden Frauen nach Dijon zu Bruno. Eigenartigerweise schien die Familie, die gewöhnlich immer alles zuerst wußte und die Informationen in Windeseile kreisen ließ, nicht zu ahnen, daß etwas vor sich ging. Die Komplizenschaft zwischen Maman Chène, Catherine und Emile war absolut. Einen Moment lang hatte Maman Chène befürchtet, ihr Mann gehe zu Tania, um sein Herz auszuschütten, er hielt sich jedoch bewußt zurück.

„Wir brauchen unsere ganze Arbeitskraft für den Versuch, den Zusammenbruch aufzuhalten. In diesem Fall können uns andere nur Fragen und Gejammer eintragen."

„Wir haben wirklich Besseres zu tun", antwortete Maman Chène, als Catherine sie darauf aufmerksam machte, ihre Kinder seien verärgert, nicht auf dem laufenden gehalten worden zu sein. „Als alles gut ging, stellten sie niemals Fragen, also dulde ich jetzt auch keine. Die frühen 60er Jahre waren schrecklich durch den vielen Regen; wir hatten gerade La Cressonière gekauft. Ich habe schwierige Phasen durchlebt, ohne daß sich einer von ihnen darüber Gedanken gemacht hätte. Zum Glück hatte ich Emile. Catherine, als ich in New York das Ausmaß der Katastrophe ermessen konnte, habe ich wieder an unser Gespräch gedacht, als Sie Les Colombiers verlassen wollten und ich Sie bat zu bleiben. Ich hatte Angst in New York, doch sagte ich mir, Ihnen könnte ich meine Sorgen anvertrauen. Sie würden sie verstehen, und gemeinsam würden wir eine Lösung finden."

Der nächste Sonntag vereinte wieder einmal alle zum traditionellen Mittagessen, doch die Kinder aßen mit Madame

Soubre bei Danielle und François. Bruno hatte sich zur Familie gesellt. Jean Bardel war am Vorabend aus den Vereinigten Staaten gekommen. Fanny war bei Sandra geblieben. Alle ahnten, daß etwas Wichtiges vor sich ging, niemand wagte jedoch irgendeine Frage zu stellen. Maman Chène hatte eine riesige Quiche Bourguignonne vorbereitet, Catherine eine Mousse au Chocolat und einen mit Tresterbranntwein flambierten Obstkuchen. „Dies ist vielleicht die letzte Mahlzeit, die wir gemeinsam einnehmen, darum ...“ Maman Chène versuchte mit allen Mitteln ihre Besorgnis zu verbergen, doch fürchtete sie, die Sache würde ein schlimmes Ende nehmen. Eines der Kinder könnte ihren Vorschlag ablehnen, und alles würde in sich zusammenbrechen!

Charles traf in fröhlicher Stimmung als erster ein. Er ging und begrüßte seinen Vater, der noch in seinem Zimmer war, und kam dann, um die beiden Frauen zu umarmen. er führte seine schlaksige Gestalt in der Küche spazieren und plauderte lebhaft. Pierre und Bruno erschienen zusammen, ihre Gesichter waren vom schnellen Laufen gerötet. Charlotte würde erst später dazukommen, sie nahm an einer Feier in der Kathedrale von Dijon teil. Es war nach zwölf, als Danielle und François eintrafen. Danielle war in den letzten Jahren sehr dick geworden, und nur mit Mühe erkannte Catherine in dieser korpulenten Dame François' schmächtige Ehefrau von einst wieder. Auch er hatte zugenommen. „Die Liebe geht durch den Magen“, sagte Emile schulmeisterlich.

Das Essen verlief angenehm. Ausnahmsweise hatte Le Chène sich neben seine Frau gesetzt. Catherine saß zwischen Emile und Bruno. Henri hatte angerufen, um zu sagen, er könne erst am frühen Nachmittag kommen, im Krankenhaus gäbe es dringende Fälle. Man war beim Dessert, als Charlotte an Charles' Seite Platz nahm.

Maman Chène sah ihre Kinder, ihre Schwiegersöhne und Schwiegertöchter an. Von wem würde der erste Hieb hommen, der die Bresche schlägt? Nicht von Jean. Nicht von Catherine, die in alles eingeweiht war. Auch nicht von Pierre, der nicht Bescheid wußte, jedoch schweigen würde. Nicht von Tania, die ihrer beider Entschlüsse vorausahnte und billigen würde. Auch nicht von François, der keine Ahnung hatte und solidarisch sein würde. Von Charlotte, die etwas witterte und die göttliche Vorsehung beschwören würde, um nur ja die Verantwortung nicht mittragen zu müssen? Danielle? Sie argwöhnte etwas, würde sich jedoch fügen. Henri war soeben eingetreten. Er würde seinen Teil beitragen. Emile war Emile. Bruno? Ja, der erinnert mich an Catherine, wie sie hier ankam. Sie gehörte damals in Les Colombiers sofort dazu, und bei ihm ist es dasselbe. Zwischen Catherine und ihm geht es nicht nur um Finanzielles. Irgend etwas ist geschehen, das meiner Schwiegertochter offenbar sehr gut tut. Er begleitet sie überallhin und scheint an ihr zu hängen ... Und mein idiotischer Sohn, mein Henri, mit seinen Hirngespinsten, hat sie wegen eines Weiberrocks verloren! Unschlagbar in Fehlgriffen, Weltmeister im Irrtum. In zehn Jahren wird er es begreifen. Was für ein Chaos! ...

Noch fünf Minuten und sie wissen Bescheid ... Es geht nicht ums Geld, doch heute abend wird einer unter ihnen, wird eins meiner Kinder mich vielleicht verleugnen, mich nicht mehr kennen. Le Chène weiß das sehr wohl, er hat gestern zu mir gesagt: „Es wird nicht leicht sein, ihnen das klarzumachen, doch das Schlimmste wird erst noch kommen." Wenn man bedenkt, daß wir erst vor knapp vier Jahren alle etwa so wie heute zusammengerufen haben, um mit Freuden unser Hab und Gut unter ihnen aufzuteilen ...

Le Chène nickte mit dem Kopf, sie bat mit einer Handbewegung um Ruhe, und auf einmal war alles gesagt. Sie hatte eine Reaktion von Charlotte erwartet, doch kam sie von François.

„Kommt nicht in Frage", sagte er immer wieder. „Jean hat den Fehler begangen, er muß dafür bezahlen. Das geht mich nichts an. Ich weigere mich, daß meine Frau und meine Kinder büßen sollen für ... für andere."

Danielle nickte stumm mit dem Kopf.

Charlott knirschte mit den Zähnen:

„Ich kann mein Werk nicht aufgeben. Ich stimme François zu: Jean soll sich selbst aus der Affäre ziehen."

„Es geht nicht darum, sich aus der Affäre zu ziehen", erwiderte Maman Chène. „Wenn man bedenkt, wie sehr Gesellschaften ineinander verzahnt sind, sitzen wir alle im selben Boot."

„Ich weigere mich, die Dinge so zu sehen. Was du mir gegeben hast, gehört mir. Was die anderen tun, geht mich nichts an."

„Nein, Charlotte, man hat nicht dir gegeben", schaltete sich Pierre barsch ein. „Man hat *uns* gegeben ... Und ich bin mit dem einverstanden, was deine Mutter eben vorgeschlagen hat."

„Du hast gar nichts zu sagen, du bist kein Chène!"

„Vielleicht, aber wir haben unter der Voraussetzung einer Gütergemeinschaft geheiratet. Ich habe also doch ein Wort dazu zu sagen!"

Es wurde still, dann hörte man Le Chène leise sagen:

„Ich glaube, jeder von euch hat nicht schlecht von all dem profitiert, was eure Mutter und Les Colombiers geben konnten. Und das schon seit Jahren. Vieleicht wäre es jetzt für euch an der Zeit, zu beweisen, daß dies nicht vergeblich war. Daß eure Mutter sich nicht geplagt hat, um nun an Stelle ihrer Kinder Aasgeier vor sich zu haben, die ihren Anteil am Kadaver fordern. Denn wenn ihr jetzt euren Anteil beansprucht, ist alles, was ihr erhalten werdet, nichts als ein Stück Kadaver. Das laßt euch mal gehörig durch den Kopf gehen!"

Schon seit Jahren hatte niemand mehr Le Chène so heftig erlebt.

„Ich schlage vor, daß wir abstimmen", sagte Henri plötzlich, „und daß der Vorschlag sich durchsetzt, der die Mehrheit auf sich vereint. Die Chène-Kinder und die Quasi-Chènes, plus Maman, Le Chène und Emile, wir sind dreizehn ..."

„Keine Sorge", dachte er, „außer Charlotte, François und seiner Frau sind wir uns alle einig."

Jean erhob sich und sagte mit tonloser Stimme:

„Bevor ihr abstimmt, möchte ich mich bei euch allen entschuldigen. Was geschehen ist, habe ich verursacht. Ich werde nicht an der Wahl teilnehmen und ich bitte Maman Chène, in Fannys Namen zu stimmen: ich bin sicher, sie ist damit einverstanden. Doch eins müßt ihr wissen: Fanny und ich haben beschlossen, alles, was uns gehört, zur Verfügung zu stellen, um das zu retten, was noch zu retten ist. Wir haben ein Kind, das nur knapp dem Tod entronnen ist, und durch unseren Wunsch, ihr zu helfen, waren wir blind ..."

„Das ist keine Entschuldigung", zischte Charlotte. „Deinetwegen sind wir jetzt alle bettelarm. Nach all der Mühe, die es uns gekostet hat, die Gesellschaft zu gründen ..."

Charles Faust schlug derart heftig auf den Tisch, daß Gläser und Teller klirrten.

„Wer wird hier zum Narren gehalten? Du, Charlotte, hast dir Mühe gegeben? Und du, François? Ich werde bald vierzig und habe noch nie einen von uns irgend etwas für Les Colombiers tun sehen, mit Ausnahme Maman Chènes und Catherines. Alle anderen haben sich damit begnügt, allmorgendlich vorbeizukommen, um Guten Tag zu sagen. Nicht wahr, François? Wann hast du je Maman geholfen? Und du, Charlotte, wann hast du bei all deiner Wohltätigkeit zum letzten Mal auf dem Gut mit angepackt? Vor tausend Jahren vielleicht, aber seitdem nie wieder. Es wäre an der Zeit, die Uhren neu zu stellen. Niemals hat auch nur einer von uns irgend etwas getan. Die Lesen? Schon seit langem haben Maman Chène und Emile es aufgegeben, uns zu bitten, dabei mitzuhelfen. Das Abfüllen der Flaschen? Als du, François, dies zum letzten Mal machtest, trugst du bestimmt noch kurze Hosen. Wir haben von allem profitiert, was das Gut uns geben konnte, ohne die geringste Gegenleistung. Jean hat das Geld – ich werde nicht wagen zu sagen ‚unser' Geld – verloren, wann haben wir es eigentlich verdient, du, Charlotte, und du, Danielle, und wir alle? Die Eltern haben jedem von uns ein Haus gegeben, nie haben wir auch nur einen Pfennig Miete bezahlt. Wir alle haben Berufe, von denen wir sorglos leben können. Doch niemand hat sich je gefragt, seit wievielen Jahren die Eltern keinen Urlaub mehr gehabt haben. Wer ist auch nur einen einzigen Abend zu Maman gegangen und hat ihr geholfen, als Emile seinen Unfall hatte – abgesehen von Catherine? Wer stand Maman bei, als Catherine einen Unfall hatte? Und du, François, wagst es zu kommen, um dich von Maman und Jean auszahlen zu lassen? Versuch das nicht noch einmal, sonst hau' ich dir in die Fresse. Und du, meine liebe Schwester, du tätest gut daran, zurückzunehmen, was du gesagt hast, und dich bei unserer Mutter zu entschuldigen ... Ich bin noch nicht fertig: Wir werden nicht nur kein Geld von den Eltern fordern, sondern jeder von uns hat einen Notgroschen: daher verlange ich, daß alle Chêne-Kinder dabei helfen, Les Colombiers zu retten. Das ist das mindeste, was wir tun können ..."

François war rot geworden. Danielle sah betreten auf ihren Teller. Nur Charlotte besaß noch genügend Hochmut, um Charles mit ihrem Blick zu begegnen.

„Also hör mal, es war nie die Rede davon, den Eltern nicht zu helfen", erklärte sie ... „Du hast mich nicht verstanden. Es wäre ganz gegen meine Prinzipien, nichts zu unternehmen. Ich wollte lediglich sagen ... daß ich nicht einsehe, warum man für Fehler bezahlen soll, die man nicht begangen hat."

„So etwas nennt sich Barmherzigkeit", stellte Henri fest. „Oder Nächstenliebe. Ich rate dir, in den Katechismus deiner Kinder zu sehen, dort wird all das sehr einfach erklärt ..."

Charlotte erhob sich jäh. „Setz dich!" befahl ihr Mann. Sie sah ihn verdutzt an und setzte sich wieder.

„Dem, was Charles soeben gesagt hat, habe ich nur eins hinzuzufügen", schaltete sich Tania ein. „Ich bin einverstanden mit dem, worum Maman uns gebeten hat. Laßt uns verkaufen, was wir nur verkaufen können, und mit Hypotheken belasten, was nur irgend geht. Wenn das nicht ausreicht oder nicht geht, möchte ich, daß wir uns in einem Punkt einig sind: Les Colombiers soll unsere letzte Festung sein. Es ist der Grund und Boden, auf dem Maman Chêne seit Jahren gearbeitet hat, und dort steht das Große Haus ..."

„Da du ja nun schon einmal dabei bist, warum gehst eigentlich du nicht zum Rebschnitt oder auch zur Lese?“ warf Charlotte ein.

„Genau das hatte ich vor“, erwiderte ihre Schwester. „Hast du jemals daran gedacht, daß durch uns Kinder eine Menge Arbeitskräfte eingespart werden könnten? Du könntest ja vielleicht die vierzehn Tage, die die Lese dauert, als Opfer darbringen ...“

Maman Chène sah ihre Kinder an. Sie blieben sich immer gleich, dachte sie, nur François nicht. Es ist merkwürdig, auf seine Reaktion war sie nicht gefaßt. Auch nicht auf die Danielles. Sie erinnerte sich an ein lange zurückliegendes Gespräch mit Le Chène: „Du hältst ihn für sanft und zurückhaltend“, hatte er zu ihr gesagt. „Dabei ist er nichts als ein Egoist.“ Er sprach gerade leise mit Danielle, und sie schien einverstanden mit dem, was er sagte.

„Ich mache da nicht mit“, sagte er ruhig. „Ich mache da nicht mit, wir haben, so wie es jetzt steht, schon genug verloren.“

Er stand auf und verließ, gefolgt von seiner Frau, den Raum.

„Daß sie ja nie wieder ihren Fuß hierher setzen!“ wetterte Le Chène.

Alle schwiegen; keiner wagte den anderen anzusehen. Schließlich räusperte sich Bruno und sagte:

„Ich möchte, daß Sie eins verstehen. Augenblicklich ist die Lage sehr ernst, aber die von uns empfohlenen Maßnahmen zielen darauf ab, das finanzielle Gleichgewicht wiederherzustellen. Das Loch in der Kasse können wir nur stopfen, indem wir einen Großteil Ihres Vermögens mobilisieren. Doch bin ich überzeugt, daß es gelingen wird. Sie nehmen ein Risiko auf sich, aber man kann es durchaus eingehen.“

Die Bestände stammten aus vier Jahrgängen. Sehr schnell wurden der 74er, 75er und selbst der 76er verkauft, was neues Kapital einbrachte. Man konnte nur hoffen, daß die nächsten Lesen gut sein würden. Die Villa in Dijon wurde aufgegeben, jedoch da es schnell gehen mußte, unter ihrem wahren Wert. Henri mietete sich eine kleine Garconniere für die immer seltener in Dijon verbrachten Abende. Alle Grundstücke und Häuser, die den Kindern gehörten – außer denen von François – wurden mit Hypotheken belegt. Wie beschlossen, sparte man Les Colombiers aus, doch das genügte noch nicht, ausreichend flüssiges Geld zu beschaffen, um die nächsten fälligen Zahlungen zu bestreiten. Zum ersten Mal in ihrem Leben rief Catherine ihre Eltern um Hilfe. Ihr Stiefvater Peter Durren lieh ihr die Summe, um die sie ihn bat. Er war von Port Elizabeth angereist. Er, der stets präzise und pünktlich war, hörte sich an, was geschehen war und sagte lediglich: „Wir waren immer sehr stolz auf das, was Sie geleistet haben, Catherine. Machen Sie so weiter!" Er veränderte sich körperlich kaum, nur sein blaßblondes Haar war weiß geworden. Er hatte sehr schnell gespürt, wie es um seine Stieftochter und Henri stand. Catherine brachte ihn zum Bahnhof. Als sie ihm eine gute Reise wünschte und ihn bat, ihre Mutter für sie zu umarmen, sagte er: „Einen Partner zu wählen ist nicht auf ein bestimmtes Alter beschränkt. Sehen Sie sich nur Ihre Mutter und mich an. Resignieren Sie nicht; geben Sie sich selbst eine Chance! Sie sind nicht geschaffen fürs Alleinsein!" Er hatte Bruno mit keinem Wort erwähnt, aber sie wußte, daß alle merkten, was sich anbahnte. Auch Henri, doch der schwieg.

Es dauerte fast zwei Jahre, bis sie wieder sorglos schlafen konnten. Nach zwei sehr guten Ernten, 1978 und 1979, erklärte Maman Chène bei Einbruch des Winters 1981 mit einem freudigen Beben in der Stimme: „Ich glaube, wir haben es geschafft! Laßt uns das feiern!" Und sie eilte aus dem Zimmer, um ihre Tränen zu verbergen. François war seit dem Tag des Zerwürfnisses nicht wieder in Les Colombiers erschienen. Er lebte mit seiner Familie kaum fünf Kilometer entfernt, jenseits von Tanias Haus. Doch jetzt nahm er, wenn er sich nach Nuits-Saint-Georges begab, einen anderen Weg, um nur ja nicht am Großen Haus vorüberzufahren.

64

Gegen Ende des Sommers 1978 war Fanny mit Sandra zurückgekehrt. Doch diese weigerte sich, mit ihrer Mutter zu leben. Sobald sie in Petite Colombe, dem Haus ihrer Eltern angekommen war, hatte sie ein paar Sachen zusammengesucht und ihre Mutter gebeten, sie zum Großen Haus hinüberzufahren. Fanny war stark abgemagert, und ihre einst üppige Erscheinung auf einmal übermäßig schlank; sie lächelte mechanisch, wenn man mit ihr sprach, und schien keinerlei Interesse an dem zu haben, was in ihrer Umgebung geschah. Daher akzeptierte sie auch ohne Widerstand den Aufbruch ihrer Tochter.

„Ich weiß, das Große Haus ist voll", sagte Sandra zu Maman Chène, „doch wenn Tante Charlotte so gut wäre, mich aufzunehmen ..."

Nach einigen Wochen war offensichtlich, daß Charlotte endlich ihre Lebensaufgabe gefunden hatte. Die neue Sandra hatte nichts mehr mit der Heranwachsenden zu tun, die einige Jahre zuvor Les Colombiers verlassen hatte. Sie war jetzt eine junge Frau, die sich vor der Dunkelheit fürchtete, die nicht allein sein konnte, ohne zu weinen, die vor Spiegeln davonlief und sich jedesmal in der Küche des Priorats verkroch, wenn sich ein Besuch ankündigte. Charlotte hatte gedacht, Sandras Anwesenheit würde ihr das Leben erleichtern, sie könne ihr im Haushalt behilflich sein. Vielleicht könne man sogar in Erwägung ziehen, sie das Abitur machen zu lassen ... Als sie eines Tages zu einer Versammlung ihres Evangelisationskomitees nach Dijon fuhr, verließ sie Sandra am frühen Nachmittag, und als sie gegen fünf Uhr zurückkehrte, war diese nicht da. Weil sie annahm, Sandra sei im Großen Haus, fuhr Fanny rasch mit dem Auto hinüber. Keine Spur von Sandra. Man begann, nach ihr zu suchen. Man lief kreuz und quer über das ganze Gut, durchsuchte alle Keller, alle Scheunen. Vergeblich. Die Kinder rannten nach Nuits-Saint-Georges und fragten, ob jemand sie gesehen habe. Sie war verschwunden. Fanny, die aschfahl im Gesicht war, sagte zu ihrer Schwester: „Du brauchst dir keinen Vorwurf zu machen. Seit ihrer Fehlgeburt ist sie sehr seltsam. Ich verstehe mein Kind nicht mehr ..." Man rief Henri im Krankenhaus an. Bei seiner Rückkehr hielt er vor einer Tankstelle. Dort hatte man am nachmittag an der Kurve vor der Brücke eine junge Anhalterin gesehen. Diese Nachricht erschreckte die Familie noch mehr. „Warum ist sie nur fortgelaufen?" fragte sich Maman Chène. „Sie hatte doch selbst darum gebeten, sich bei Charlotte einquartieren zu dürfen!" Am seltsamsten war, daß niemand sie gesehen hatte. Fanny hatte den ganzen Nachmittag damit verbracht, sich vor dem Haus am Rande des Teiches zu sonnen. Die Kinder hatten währenddessen zwischen den verschiedenen Häusern gespielt, und Franck, der sein neues Mofa einweihte, war alle Wege der Umgebung abgefahren.

„Irgend etwas scheint mir nicht logisch zu sein", behauptete Henri plötzlich. „Jemand hätte sie irgendwann sehen müssen. Charlotte, als du um fünf Uhr heimkamst, was hast du da gesehen ...?"

„Zuerst habe ich in ihrem Zimmer nachgeschaut. Als ich sah, daß sie dort nicht war, hab' ich sie gerufen. Da sie nicht antwortete, dachte, ich sie sei bei Maman Chène, und fuhr zum Großen Haus ..."

„Willst du damit sagen, du hast das Haus gar nicht durchsucht?" fragte Pierre.

„... Nein ..."

Jetzt warf sich dieser so schnell er nur konnte in einen Wagen ...

Man fand Sandra zusammengekauert und völlig verschüchtert in einem Wandschrank. Seit ihrer Entziehungskur war sie zum ersten Mal alleingelassen woden. Sie hatte die Stille nicht ertragen, und die Panik, die über sie gekommen war, hatte sie fast gelähmt. Sie hatte im Wandschrank Zuflucht gesucht, um ihrer eigenen Angst zu entfliehen. Charlotte gab nun ihr ewiges Kommen und Gehen auf, begann zu kochen („Sie muß erstmal wieder etwas Fleisch ansetzen") und mit viel Demut in der Stimme erklärte sie Le Chène: „Ein verlorenes Kind, das keine Seele, keine Lebenslust mehr besitzt, das nichts mehr vom Leben erwartet. Sie ist noch nicht einmal zwanzig! Ich versuche, ihr zu helfen, ihr beizubringen, wieder zu leben, doch das ist gar nicht so einfach!"

Ihrer Mutter vertraute Charlotte an, sie werde nun länger nicht nach Dijon fahren, nicht eigentlich Sandras wegen, sondern weil sie all dieser Versammlungen, bei denen so viel geredet, jedoch nichts bewirkt werde, ein wenig müde sei. Sie fing jetzt an, sich um Nickys Hausaufgaben zu kümmern, zu deren größtem Erstaunen – sie war nahezu zehn Jahre alt, und noch nie hatte ihre Mutter das geringste Interesse an ihrer Arbeit gezeigt. Franck, der im ersten Jahr Naturwissenschaften studierte, kehrte jeden Abend von Dijon zurück, und Pierre seufzte manchmal in Charles Ohr: „Man soll die Hoffnung nie aufgeben! Nach zwanzig Jahren Ehe habe ich plötzlich eine Frau, die sich um die Kinder kümmert, die für mich sorgt. Sie schimpft nicht einmal mehr, wenn ich mit Bruno zu einem Match gehe. Stell dir vor, der beste Beweis dafür ist doch, daß sie sogar zu mir gesagt hat, ich solle Sandra auffordern, uns am nächsten Sonntag zu begleiten ..."

Charlotte versuchte mit allen Mitteln, auf den Lippen ihrer Nichte ein Lächeln hervorzurufen. Diese sprach oft über Drogen, ihren Aufenthalt im Entziehungszentrum, nie jedoch über ihren Mann und auch nicht über das Kind, das sie verloren hatte.

Fanny war in Frankreich geblieben: „Ich glaube, im Augenblick ist mein Platz hier", sagte sie zu ihrer Mutter. Sie und Charlotte hatten sie nie vertragen: nach und nach begannen sie nun sich gegenseitig zu besuchen. Fanny ging zum Tee zu ihrer Schwester oder lud die ganze Fabre-Familie und ihre Tochter zum Abendessen ein. Charlottes erste Einladung hatte gewisse

Probleme aufgeworfen: Als sie hörte, ihre Mutter würde kommen, hatte Sandra gesagt: „Dann bleib ich in meinem Zimmer!"

„Aber warum denn?" hatte Charlotte sie gefragt ...

„Nach allem, was geschehen ist, hab ich keine Lust, sie zu sehen. Ihretwegen hab' ich Drogen genommen ... bin ich ..."

„Hör endlich auf davonzulaufen!" antwortete ihr Charlotte und war selbst überrascht. „Du willst deine Mutter nicht sehen, genauso, wie du nicht den Mut aufbringst, dich im Spiegel zu betrachten. Lauf nicht davon! Du bist nicht die erste Tochter, die entdeckt, daß ihre Mutter einen Liebhaber hat, doch für dich hat das als Alibi gedient ..."

„Nein, das stimmt nicht! Du versuchst bloß, meine Mutter zu verteidigen", weinte Sandra. „Sie ist an allem schuld!"

„Ist es vielleicht auch ihre Schuld, daß dein Mann unehrlich war, ihre Schuld, daß wir alle beinahe ruiniert sind? Alles nur ihre Schuld, nicht wahr? Aber, meine Kleine, liebtest du deinen Vater wirklich so sehr, wie du vorgibst, hättest du ihm nie diesen Kummer mit den Drogen bereitet. Hör endlich auf, den anderen deine Fehler in die Schuhe zu schieben!"

„Und hör du auf mit deiner Moralpredigt!" Sie lief davon und schloß sich in ihrem Zimmer ein.

Abends beim Essen, an dem Sandra nicht teilnahm, erzählte Charlotte Pierre und Fanny, was vorgefallen war. Und zum ersten Mal seit langer Zeit erlebte sie, daß ihr Mann ihr recht gab, während Fanny schwieg. Würde Sandra ihr eines Tages verzeihen?

65

Maman Chène: Es gibt Menschen, die ein Vergnügen daran finden, sich selbst zu zerstören, wie Sandra, und wieder andere vernichten, was ihnen das Wichtigste im Leben ist: Henri ist so ein Fall. Ein Einzelgänger war er schon immer. Seit seiner Kindheit akzeptierte er niemanden, dauernd schimpfte er über irgend etwas oder irgend jemanden. Sein Beruf als Chirurg paßt zu ihm. Freunde hatte er nie, weder als Kind noch später in seiner Studienzeit, und heute schon gar nicht. Seine Wutausbrüche haben ihn sein leben lang begleitet. Nie hat er seine Gedanken und Wünsche mit jemandem geteilt. Schon gar nicht mit einer Frau. Bis Catherine kam. Ich glaube nicht, daß ihm die Verwandlung, die sich daraufhin vollzog, bewußt ist. Henri ist ein glücklicher Mann geworden. Damals dachte ich, er sei nur deshalb ein solcher Einzelgänger, weil er nie einen Menschen gefunden hatte, der zu ihm paßte, alles würde sich jedoch dank seiner Frau ändern. Ich kann beim besten Willen die Geschichte mit Marie und all seine anderen Abenteuer nicht begreifen. Hatte er denn ein so großes sexuelles Verlangen? Oder versuchte er vielmehr, Catherine gegenüber seine Freiheit zu beweisen?

Eins weiß ich, nämlich wie sehr er unter ihrer Trennung gelitten hat. Ich verstehe Catherine, doch an ihrer Stelle wäre ich mit meinem Mann zusammengeblieben. Die jungen Leute sind unversöhnlicher! Sie lehnen alles Leiden ab, das ihnen nutzlos erscheint, und im Grunde bin ich auch ein wenig ihrer Ansicht. Aber trotzdem, wie erklärt es sich, daß sich ihr gegenseitiges Verständnis jetzt, wo sie sich getrennt haben, noch vertieft hat? Wüßte ich nicht Bescheid, so würde ich, wenn ich sie miteinander reden oder telefonieren höre, schwören, daß Catherine und Henri sich noch immer lieben. Henri faßt keinen Entschluß, ohne sie um Rat zu fragen, er erzählt ihr alles, und sie versteht es, ihm zuzuhören. Ihre Trennung ist ihnen ebenso gelungen wie zuvor ihre Ehe, selbst wenn viele vom Gegenteil überzeugt sind. Ich bin sicher, er wird sehr bald begreifen, daß es der dümmste Entschluß seines Lebens war, Catherines Wunsch nach Scheidung zu akzeptieren. Er hätte kämpfen müssen, versuchen, alles mit ihr gemeinsam wieder aufzubauen, selbst wenn dies nur über das Eingeständnis seiner Schwäche, seines gewissermaßen feigen Verhaltens möglich gewesen wäre. Naiv und bar jeder Selbsterkenntnis . . . so wie er Catherine kannte, durfte er sich da auch nur einen Moment lang einbilden, sie würde seine Untreue dulden? Doch er hat sich geschlagen gegeben und stürzt sich in die Arbeit, um ja nicht nachdenken zu müssen. Er hat immer noch Affären mit sehr jungen Mädchen, doch wenn dies ihm wirklich Befriedigung brächte, würde er sie dann so häufig wechseln? ‚Die

Lust an der Jagd', hat Charles einmal zu mir gesagt – doch ist es stets die gleiche Beute. In zwanzig Jahren hätte er das doch wirklich merken müssen.

Ich glaube nicht, daß Catherine sich je wie ein kleines Mädchen benommen hat – nicht einen Moment lang. Vielleicht ist ihre Ehe daran gescheitert. Henri liebt nur, was schwächer ist als er. Er braucht das Gefühl, unentbehrlich zu sein. Im Mittelalter wäre er ein wackerer Ritter gewesen. Ein schlechter Ehemann, doch ein tapferer Krieger.

Mein zweiter Krieger, Charlotte, ist auf dem besten Wege, ein menschliches Gewand anzulegen, zu entdecken, daß ihre Familie nicht nur etwas zum Herzeigen ist, sondern aus Kindern und einem Mann besteht, die sie brauchen. Durch Sandras Ankunft war sie gezwungen, viele Dinge neu zu überdenken. Ich glaube nicht, daß sie Pierre je betrogen hat, doch hat sie nie gezögert, ihre Kinder und ihren Mann für Aufgaben, die sie für wichtiger hielt, zu vernachlässigen. Aber Sandra ist ein gefährdetes Kind, ein kleines Mädchen von zwanzig Jahren, das man an die Hand nehmen muß. Und so etwas liebt meine Tochter. Ich fürchte nur, sie wird aus dieser Erfahrung Nutzen ziehen. Bis hin zur Eröffnung eines Rehabilitationszentrums für Drogensüchtige.

66

Le Chêne: Maman Chêne hat sehr unter François' Weggehen gelitten. Er hat ihr eine Wunde zugefügt, über die sie zwar niemals klagt, deren Tiefe man jedoch ahnt. An dem Tag, als er das Große Haus verließ, dachte jeder, doch vor allem sie, es handle sich lediglich um einen Wutanfall, er würde zurückkommen und sich entschuldigen. Er hat aber nie wieder zur Sprache gebracht, was er damals sagte. Noch schlimmer, er verhält sich so, als verleugne er seine Familie. Wenn er seiner Mutter in Nuits-Saint-Georges über den Weg läuft, grüßt er sie wie eine Fremde. Danielle wendet ohne zu zögern den Kopf ab, um uns nicht wahrnehmen zu müssen. Ich kann François' Benehmen nicht gutheißen. Er verdankt Maman Chêne alles. Wer hat ihm schließlich seine Versicherungspolicen gekauft? Wer ihm das Haus geschenkt? Seine Studien hätten ihm nicht das Leben ermöglicht, das er bisher führen konnte. Und ihre Kinder verhalten sich nicht anders. Was mögen ihre Eltern ihnen wohl erzählt haben, daß es soweit gekommen ist? Im Grunde sind sie doch alt genug, sich ihre eigene Meinung zu bilden.

Und Henri . . . und nun auf einmal Catherine und Bruno . . . Warum hat er nur in die Scheidung eingewilligt? Tania behauptet, er werde nichts dazu sagen, weil er nichts mehr zu sagen habe . . . Zu meiner Zeit hätte die Geschichte einen anderen Verlauf genommen. Henri begrüßt Bruno herzlich, als wolle er ihm dafür danken, daß er sich um Catherine und die Kinder kümmert! Die Welt ist verrückt!

Ach was! . . . Das Wichtigste ist doch, daß die Kinder nicht darunter leiden. Man muß Emmanuel unbedingt beschützen, für die Ruhe sorgen, die er zum Malen braucht. Denn er ist wirklich der schöpferische Mensch, das geniale Kind, das ich sogleich unter der Haut des kleinen Jungen mit dem zerschundenen Gesicht vermutete. Es ist jetzt bald zehn Jahre her, daß Catherine ihn zu uns brachte, und diese zehn Jahre waren von Glück erfüllt. Seit jenem Tag ist in meinem Leben alles anders geworden. Wenn von all dem nur eins übrigbleiben sollte, so wünsche ich mir, es sei die außergewöhnliche Liebe, die dieses Kind mir geschenkt hat. Durch ihn habe ich unendliche Freude entdeckt. Emmanuel hat mir eine andere Form von Zärtlichkeit nahegebracht. Endlich habe ich mich in meinem zerstörten Körper glücklich fühlen können.

67

Le Chêne starb eines Morgens im Herbst 1981, als die Weinlese gerade zuende war. Als er den Hof überqueren wollte, stürzte er vor der Zeder zu Boden. Seit einigen Monaten war er gebrechlich, ja beinahe durchsichtig geworden, bemühte sich jedoch, sein alltägliches Leben weiterzuführen. Emmanuels Kraft beunruhigte Catherine. Wollte er etwas fragen oder zeigen, so konnte er das nicht anders ausdrücken, als einen an die Hand zu nehmen. Er war sich der Gewalt, mit der er jemanden zum Mitgehen überredete, nicht im geringsten bewußt. Sie hatte Angst, daß er Le Chène zu Fall bringen könne, wenn er „Chè" etwa in ein Wäldchen oder zu einer kleinen Lichtung zog und ihn zwang, mit ihm Schritt zu halten. Sie hatte versucht, mit Henri darüber zu sprechen, doch der hatte gemeint: „Wenn Le Chène sich dazu nicht imstande fühlte, würde er es auch nicht tun." Catherine hatte den Eindruck, sie sähe als einzige, daß sich der Zustand des alten Mannes verschlechterte. Sahen es die anderen wirklich nicht, oder taten sie nur so? Und versuchte sie, Le Chène zu raten, er solle sich doch schonen, so antwortete er: „Emmanuel und ich stehen beide auf wackeligen Beinen, doch was haben wir für Spaß miteinander! Er bewegt sich zwar völlig verrückt, aber er ist das einzige meiner Enkelkinder, das mir nahesteht. Wenn er mich ansieht, wenn er mich bittet zu singen oder immer wieder für ihn Mundharmonika zu spielen, liegt in seinem Blick so viel Liebe, eine solche Zärtlichkeit ... daß mir, wenn es ihn nur glücklich macht ... nichts zu viel wird."

Nie, nie wieder – diese Worte ergaben für Emmanuel keinen Sinn. Die anderen Kinder reagierten, wie zu erwarten war, alle stellten sie jedoch dieselbe Frage: „Wie sollen wir es nur Emmanuel erklären?" Tania entschied inmitten der allgemeinen Bestürzung:

„Niemand hat das Recht, es vor Emmanuel zu verheimlichen", sagte sie. „Wenn ihr nicht den Mut aufbringt, mit ihm zu sprechen, dann werde ich es tun."

„Es ist keine Frage des Mutes", versuchte Catherine zu antworten, „doch wie gedenkst du Emmanuel begreiflich zu machen, daß Le Chène tot ist? Sieh doch nur die Kinder an, die kleinen; der Tod an sich ist für sie nicht verständlich. Wie sollte er es also verstehen?"

Doch Tania blieb beharrlich. Catherine war besorgt. Zum Verlust Le Chènes kam die Angst vor der Reaktion ihres Sohnes. Sie befürchtete, er könne einen derartigen Schock nicht ertragen, dieses Sterben würde für ihn eine Katastrophe bedeuten. Schon wenn jemand einen vertrauten Gegenstand anfaßte und ihn an einen anderen Ort stellte, löste das beinahe ein Drama aus; trat in seinem Tagesablauf etwas Unvorhergesehenes ein, schleuderte er den anderen seine Angst ins Gesicht. Und mit welchen Worten sollte man es ihm beibringen? Henri, der aus dem Krankenhaus herbeigeeilt war, teilte ihre Besorgnis. Maman Chène war bei ihrem Mann, sie hatte gebeten, mit ihm allein gelassen zu werden. Sie hatte vom Büro aus Emiles Schreie gehört, und war als eine der ersten hinausgestürzt. Sofort hatte sie gewußt, daß nichts mehr zu machen war. „Er ruht aus", dachte sie sogleich, so schnell hatte Le Chènes Gesicht einen ruhigen, friedlichen Ausdruck angenommen, als seien die Falten und Narben plötzlich mit der Blässe des Gesichts verschmolzen.

„Wie kann man es ihm nur verständlich machen?" sagte Catherine immer wieder. Sie fand keine Antwort. Ihr Sohn hattte nicht das geringste Verhältnis zur Zeit.

Doch Tania bestand darauf: „Es wäre falsch, es ihm nicht zu sagen. Ich bin sicher, er versteht viel mehr, als wir alle ahnen." Sie machte sich auf die Suche nach Emmanuel. Um diese Tageszeit ging er für gewöhnlich in Begleitung von Madame Soubre und Le Chène spazieren. Tania gab Madame Soubre mit dem Kopf ein Zeichen und bat ihn, den Le Chène trotz seiner siebzehn Jahre und seiner ein Meter achtzig beharrlich den „Kleinen" nannte,in ihr Auto einzusteigen. Als sie zurückkam, weinte sie. Emmanuel war seltsam ruhig an ihrer Seite.

„Ich mußte ihm fast nichts sagen. Es war, als hätte er es gewußt. Ich habe gesagt: ‚Le Chène ist fort, er kommt nicht wieder zurück', und er hat mir geantwortet: ‚Weh-weh . . .'"

Viele Jahre später war es für Catherine noch immer ein Rätsel: Welche Bande mochten wohl zwischen dem alten gebrochenen Mann und dem so andersartigen Kind bestanden haben, welcher Zauber hatte sie beide verbunden, daß Emmanuel das Sterben Le Chènes verstehen und vor allem hinnehmen konnte? Nie wieder sprach er den Namen aus, der zuvor alle zwei Sekunden in seiner Litanei aufgetaucht war. Nie wieder stürzte er mit Triumphgeheul in sein Zimmer, wie er es sonst allmorgendlich zu tun pflegte. Er, der jede Veränderung verweigerte, hatte das Unannehmbare angenommen. Ein- oder zweimal murmelte er „Chè", und zwar mit so verzweifelter Stimme, daß Catherine erbebte. Besser als alle anderen hatte er, jenseits der Worte, verstanden und aus seinem Alltag zu tilgen gewußt, was für immer daraus verschwunden war. So weit ging seine Maßlosigkeit.

68

Die ganze Côte von Meursault bis Gevrey-Chambertin war bei Le Chènes Begräbnis anwesend. Die alten Winzer, die ihn gekannt hatten, bevor er der Eremit von Les Colombiers geworden war, waren in Begleitung ihrer Frauen gekommen – Gesichter, die die langen, in den Weinbergen verbrachten Jahre gemeißelt hatten. Die ehemaligen Mitglieder der Resistance waren, an der Spitze mit der Fahne, auch da. Und Maman Chènes Familie, die Blancs, waren aus ihrer Heimat an der Mosel angereist. Und Jean, der eben erst aus New York eingetroffen war. Charlotte hatte man mit der Organisation der Feierlichkeiten beauftragt. Sie hätte sie sich prunktvoll gewünscht, mußte sich jedoch den strikten Weigerungen Maman Chènes beugen: „Dein Vater hat fern von allem, fern von jeglichen Ehrungen gelebt. Wir wollen ihn in diesem Augenblick nicht verleugnen. Ihn nicht mit etwas beladen, was vor allem er als ‚Getue' bezeichnet hätte."

Vier ehemalige Deportierte, zur Erinnrung an die Konzentrationslager, in gestreifter Sträflingskluft, trugen seinen Sarg zu Grabe. Der Himmel war tiefblau; nur einige wenige Wolken am Horizont kündigten für den Abend Regen an. Man durchquerte Nuits-Saint-Georges und begab sich von der Kirche aus zu dem Ort, den Le Chêne als letzte Ruhestätte gewählt hatte. Mathilde folgte, wie es in der Lorraine Brauch ist, allein dem Sarg. Dann kamen die Kinder und Enkelkinder. Außer Tania und Emmanuel: „Ihn würde die Menschenmenge erschrekken", hatte Tania gesagt. „Le Chêne braucht mich zu dieser Zeit nicht, man darf den Kleinen nicht ganz sich selbst überlassen." Die beiden verbrachten daher, wie sie es seit Jahren gewohnt waren, ihren Vormittag in der Scheune. Doch von diesem Tag an arbeiteten sie allein.

Am Morgen nach Le Chênes Tod hatte Henri sich nach Dijon begeben, um vom Staatsanwalt die Erlaubnis zu erhalten, Le Chêne in Les Colombiers zu begraben. Seit seiner Rückkehr aus Buchenwald vor sechsunddreißig Jahren hatte Le Chêne das Anwesen so gut wie nie verlassen. „Er hat mir oft gestanden, sein Wunsch sei es, nach seinem Tod zu Hause in Les Colombiers zu bleiben", hatte Tania gesagt. Und das war allen Chênes ganz selbstverständlich erschienen. Doch so einfach war die Sache nicht, und Henri mußte seinen ganzen Einfluß geltend machen, um von den Behörden die Genehmigung zu erhalten. Auf dem Gipfel des Hügels, der über dem Großen Haus lag, wurde also in Eile ein Grab ausgehoben. Von dort aus würde er weiterhin, wie zu seinen Lebzeiten, die Chênes und den Kleinen von fern beobachten können. Die beiden waren miteinander so oft Hand in Hand diesen Weg gegangen.

Maman Chêne war mit fahlem Gesicht, zusammengepreßten Lippen, einem ins Leere gerichteten Blick, zeitweise über Wurzeln, die über den Weg lagen, strauchelnd, mechanisch vorangegangen. Auf ihren Wunsch hin war der Pastor gekommen, um einen Psalm vor dem Sarg zu lesen, den die Kameraden aus der Deportation behutsam in die helle Erde senkten. Als eine zitternde Stimme das „Lied der Partisanen" anstimmte, warf sie eine Handvoll Weinlaub auf den Sarg.

Maman Chêne blickte lange in die Grube, in der ihr Mann ruhte. Plötzlich merkte sie, daß Emile zu ihr sprach:

„Madame Mathilde, Sie sollten hier nicht länger bleiben, Sie sollten ... die anderen ... kommen Sie ..."

Doch konnte sie sich nicht von der Stelle rühren. Nicky reichte ihr die Hand und schmiegte sich an sie.

„Es gibt Menschen, von denen man sich nicht trennen kann, denen man tausendmal Lebewohl sagt", flüsterte Madame Soubre Henri zu. Ihr Widersacher, ihr Rivale hatte sie verlassen.

Auch Danielle und François waren anwesend, mit blassen, ernsten Gesichtern. Am Morgen des Begräbnisses hatten sie zum ersten Mal seit dem Zerwürfnis das Große Haus betreten. François hatte alle mit einem Kopfnicken begrüßt und sich, gefolgt von seiner Frau, seiner Mutter genähert, um sie zu umarmen. Keiner in der Familie erwähnte die Auseinandersetzung, die sie damals getrennt hatte. „Schamlos, der kleine Bruder", zischte Charles, als er sah, wie beide, als sie an der Reihe waren, eine Rose auf den Sarg warfen. „Das werden wir euch noch heimzahlen!" Charlotte machte ihm verzweifelte Zeichen, um ihn zum Schweigen zu bringen. Und ganz Nuits-Saint-Georges, das Bescheid wußte und spürte, daß sich etwas anbahnte, begann neugierig zu werden.

Maman Chène hatte darum gebeten, von Beileidsbekundungen abzusehen. Dafür war jedermann, wie es die Tradition wollte, nach dem Begräbnis zum Essen eingeladen. Henri und Charles traten zu ihrer Mutter, nahmen sie beim Arm und gingen mit ihr wieder zum Großen Haus hinunter. Ihnen folgten Gemurmel und tränennasse Blicke. Die Chène stammten von der Côte, und jeder wußte etwas von ihnen zu erzählen: „Seine Mutter wäre froh gewesen, daß alle erschienen sind; weißt du noch, bei Beerdigungen sagte sie immer: ‚Der war beliebt, denn alle sind zu seinem Begräbnis gekommen. Bei dem da ist nur die eigene Familie vertreten. Ohne Güte und ohne Liebe gibt es keine Gemeinschaft'."

Ein Kamerad aus der Deportationszeit ergriff das Wort: „Er hat nie gewollt, daß man darüber spricht, aber im Lager teilte er sein Brot, und sein Blick war stets von Rache erfüllt um den anderen zu sagen: ‚Wir werden es überstehen', bis man ihn eines Tages fast zu Tode prügelte, weil er einem kranken Deportierten geholfen hatte; von den KZ-Wächtern, die die Suppe austeilten, hatte er ein Stück Brot gestohlen. Er wurde bewußtlos und mit gebrochenen Gliedern aufgelesen und in die Baracke getragen. Es gab nichts, womit man ihn verbinden oder seine Schmerzen hätte lindern können. Schon in Dijon war er, bevor man ihn deportierte, durch die Gestapo gefoltert worden. Doch jedesmal, wenn man ihn in die Zelle zurückbrachte, richtete er uns moralisch wieder auf. Nachdem ihn der SS-Lagerkommandant geschlagen hatte, ist er nie wieder der alte gewesen. Wenn wir zum Steinbruch gehen mußten, trugen wir ihn auf unserem Rücken, damit er nicht im Krematorium landete ... es war ihnen gelungen, er war gebrochen. Als das Lager von den Amerikanern befreit wurde, ließ ihn der Militärarzt, der ihn untersuchte, als ersten in die Heimat zurückkehren. ‚Es gibt noch einen Funken Leben in ihm, vielleicht besteht eine winzige Chance, daß er seine Familie wiedersieht ...' Niemand glaubte wirklich daran. Gewiß, all das liegt weit zurück, zu weit für Sie alle, Sie können es nicht mehr verstehen. Er war ein Kämpfer, eine Siegernatur. Sorgfältigst hat man ihm Arme und Beine gebrochen und dann einen Finger nach dem anderen zerquetscht. Wer hätte das ertragen können?"

Catherine hörte an Brunos Seite nachdenklich zu. Niemals hatte auch nur irgendjemand in Les Colombiers erwähnt, was während des Krieges geschehen war. Als sie Le Chênes Kampfgefährten zuhörte, entdeckte sie einen starken, heftigen Mann, der unbeugsam gekämpft und danach unbeugsam verweigert hatte, was aus ihm geworden war. Da er sich selbst nicht annehmen konnte, war er vor seinem eigenen Bild davongelaufen. Bis Emmanuel kam. Die Folterung des einen gegen die Selbstverstümmelung des anderen, das war ein ehrlicher Handel. Ein zerfetztes Gesicht gegen einen lahmen Arm, ein halb abgerissenes Ohr gegen ein verrenktes Bein, ein Blick, aus dem Leben auswich, gegen einen Mann, der die Menschen mied. Bis zur Eroberung des anderen, zur Rückeroberung des eigenen Ichs.

EPILOG

Maman Chène saß vor dem alten Taubenschlag, der der Zufluchtsort ihres Mannes gewesen war, und plauderte mit Catherine, wobei sie aufmerksam den Ablauf der Vorbereitungen verfolgte. Charlotte stellte die letzten Tische für die Gäste zu Catherines fünfzigstem Geburtstag auf. Vor der Küche spielte Pierre mit Charles und Bruno Boule. „Unsere Verschwörung war erfolgreich", dachte die alte Dame und sah abwechselnd ihre Schwiegertochter und den an, den sie ihren „Quasischwiegersohn" nannte. „Doch wenn Tifi und ich nicht gewesen wären ..."

„Zwei Papas zu haben, wäre toll", sagte Tifi unschuldig.

„Warum nicht nehmen, was das Leben einem bietet", antwortete Maman Chène.

Catherine hatte jedoch nach ihrer Scheidung von Henri nichts davon wissen wollen. Maman Chène hatte Bruno nahegelegt, sie einfach zu überrumpeln. Als er Catherine eines Abends nach Les Colombiers zurückbegleitete, hatte er zu ihr gesagt:

„Das war unser letztes gemeinsames Abendessen. Mir ist in Paris eine Stellung in der Generaldirektion der Bank angeboten worden. Ich bin es leid, dich heimlich in einem Hotel zu treffen, und wenn ich hier bin, so zu tun, als seien wir Freunde, wo alle Welt doch weiß ..."

Am darauffolgenden Sonntag verkündeten sie der Familie ihren Entschluß zu heiraten.

„Endlich", sagte Charlotte.

„Ich werde euer Trauzeuge sein", schlug Maman Chène vor. Henri sagte als einziger kein Wort. Mehrere Wochen lang mied er Les Colombiers. „Das ist ganz normal", sagte Maman Chène, „er muß sich erst an den Gedanken gewöhnen." Catherine fühlte sich jedoch nicht wohl dabei. Als sie es nicht länger aushielt, fuhr sie eines Abends ins Krankenhaus und stürmte unangemeldet in sein Arbeitszimmer.

„Ich möchte ernsthaft mit dir reden . . ." – sie mußte ihm ihre Lage auseinandersetzen – „du hast noch immer einen besonderen Platz in meinem Leben. Aber mein Mann bist du nicht mehr! Du hast selbst gesagt, daß du in Paris mit jemandem lebst. Warum kannst du nicht akzeptieren, daß ich dasselbe tue?"

Er senkte den Kopf, murmelte etwas vor sich hin und weigerte sich zuzuhören.

Sie gab sich nicht geschlagen, suchte ihn erneut auf, rief ihn an, bis er sich endlich damit abfand. Am ersten Sonntag, an dem er nach Les Colombiers zurückkehrte, zwinkerte Maman Chène Catherine zu und sagte:

„Henri, setz dich beim Mittagessen neben mich. Ich weiß nicht, was ich von den Stecklingen aus der Retorte halten soll. Mich würde es sehr reizen, das auszuprobieren, doch Emile behauptet, es sei gefährlich . . ."

. . . Catherine und Bruno hatten vor fast drei Jahren geheiratet und waren ein stilles, heiteres Paar, was all den Klatsch, den diese Ehe unweigerlich hervorrief, zum Schweigen gebracht hatte . . .

. . . Der Nachmittag ging seinem Ende zu, die Luft war warm, und die Hummeln spielten in den Doldenreben, die das Große Haus umrankten. Die Trauerweide wiegte ihre Zweige über Franck und Nicky, die in ihrem Schatten lagen. Man hörte Pierres Stimme, auf die Charles und Brunos Lachen antwortete.

Nichts hat sich verändert, dachte Catherine, gleich wird Le Chène aus dem Haus treten und Emmanuel an der Hand führen ...

„In fünf Minuten wird Charlotte anfangen, sich zu beklagen, und die anderen werden protestieren", sagte Maman Chène. „Ich sollte hinübergehen. Dabei wäre es schön, wenn dieser Augenblick der Stille, wenn die Zeit stehenzubleiben scheint, andauern würde ... Le Chène, er hat mir so gefehlt ... Aber nach und nach habe ich verstanden, daß er immer bei mir ist: seine Stimme begleitet mich, ihr rauher Ton ermahnt mich oft: ‚Komm, Maman Chène, nimm doch nicht alles so schwer. Es gibt immer ein Quentchen Glück, das die Dinge wieder in Ordnung bringt.' Erst spät habe ich verstanden, was er damit sagen wollte. Ohne seine Verhaftung durch die Deutschen und seine Deportation hätte ich Les Colombiers nie in die Hand genommen, es mußte schließlich weitergehen, damit die Familie und all jene, die vom Gut abhängig waren, ernährt werden konnten. Damals merkte ich, daß es mir Freude bereitete, den Betrieb zu leiten, Entscheidungen zu treffen, Verantwortung zu übernehmen. Die Zeit hatte mir andere Freuden gebracht, die mir zuerst halfen und auf lange Sicht meinem Leben wieder Würze gaben ..."

„Und genau da treffen wir uns", unterbrach Cetherine sie, „ohne Emmanuel und seine Probleme wären wir einander nie begegnet. Eines Tages sagten Sie zu mir, Ihrem Herzen nach sei ich ihre Tochter, und diese Worte haben mich nie wieder losgelassen. Vielleicht, weil wir beide ein neues Leben finden, neue Freuden entdecken mußten. Sie wissen ja, ich spreche nicht gern über meine Empfindungen: ich habe mich meiner Mutter nie nah gefühlt, dagegen konnte ich jeden Tag, den wir miteinander verbrachten, spüren, wieviel Sie mir bedeuteten ..."

Emmanuel ging friedlich an Tanias Seite vor dem Haus auf und ab. Mit seinen spindeldürren zwanzig Jahren mußte er sich herunterbeugen, um zu hören, was seine Tante zu ihm sagte. Seit fünfzehn Jahren lebten sie nun da! Tania war sehr gealtert seit Le Chènes Tod. Furchen durchzogen ihre Wangen und um ihren Mund ließen tausend Fältchen ihren Kummer erkennen. Maman Chène, die wußte, wie tief ihr Mann und ihre Tochter miteinander verbunden waren, hatte sich ängstlich gefragt, was wohl aus Tania werden würde, wenn ihr Gefährte nicht mehr da wäre. Tatsächlich hatte sie so gut wie jeglichen Kontakt mit den übrigen Familienmitgliedern abgebrochen. In der Scheune, ihrem Haus, herrschte nun an Stelle des üblichen Chaos eine Ordnung, die Maman Chène, wenn sie zu ihrer Tochter kam, bedrückte. Das Haus hatte seine Lebendigkeit verloren; keine Gefahr mehr, sich die Finger an einem herumliegenden Pinsel klebrig zu machen, keine wahllos zerdrückten Zigaretten mehr. Das Geschirr stapelte sich nicht und wartete nicht mehr darauf, daß Maman Chène sich seiner erbarmte. Tania nahm nicht mehr an den Mahlzeiten im Familienkreis teil. Sie malte weiterhin mit Emmanuel, doch in Wirklichkeit malte sie nicht. Sie fing ein Bild an, dann ein zweites und ließ dann beide in einer Ecke stehen. Die Bilder waren inhaltslos. „Klecksereien", pflegte Charles zu sagen. „Maman, du mußt dich um sie kümmern, uns will sie nicht sehen. Nur du hast genügend Autorität, um etwas zu unternehmen", fügte er hinzu.

Maman Chène hatte eine empörte Ablehnung ihrer Tochter befürchtet. Was sie vorfand, war ein kleines Mädchen, das endlos in ihren Armen weinte: „Niemand kann das verstehen, warum hat er mich nur alleingelassen?" – kindliche Worte. „Wenn ich morgens aufwache, liegt ein leerer Tag vor mir. Er sitzt nicht mehr dort hinten in meinem Atelier, und ich kann einfach nicht mehr malen ..."

Und Maman Chène hatte ihr Kind mit nach Hause genommen und es umsorgt. Catherine und Bruno hatten sich mit Emiles Hilfe um Les Colombiers gekümmert.

Maman Chène hielt sich jetzt während der Mahlzeiten etwas weniger gerade als gewohnt, ihre Stimme hatte jedoch nichts von ihrer Festigkeit verloren. Bei der ersten Mahlzeit nach Le Chènes Begräbnis hatte sie zu Henri, dem Ältesten, gesagt: „Dir steht es zu, dich auf den Platz deines Vaters zu setzen. Und doch wäre es mir lieber, auf die Sitzordnung bei Tisch zu verzichten. Wer zuerst kommt, soll sich von nun an ruhig oben an die Tafel setzen, und die übrigen, wo immer sie wollen. Ich möchte nicht mehr, daß irgendjemandem ein bestimmter Platz gehört. Zuerst fehlten François und Danielle, ich ertrug es nicht, ihre leeren Stühle zu sehen. Und jetzt den eures Vaters."

Und alle waren mit ihrem Beschluß einverstanden. Nur Emmanuel nicht. Daher bewahrte man ihm seinen Platz. Und dadurch konnte Maman Chène Tania an ihrer Seite behalten. Die übrigen bemühten sich nach besten Kräften, die Verzweiflung der Malerin nicht zu beachten, sie hatten genug mit ihrem eigenen Kummer zu tun. Henri jedoch schien recht zufrieden mit dem, was vor sich ging. Und das in einem solchen Maße, daß Catherine es ihm ziemlich heftig vorwarf.

„So ist es sehr gut", antwortete er ihr. „Auf diese Weise hat Maman kaum Zeit, über sich selbst nachzudenken. Die Zeit vergeht und während sie sich um Tania kümmert, erleichtert sich nach und nach ihr eigener Schmerz. Laß sie nur. So, wie ich sie kenne, konnte ihr gar nichts Besseres geschehen."

Er schien recht zu haben. Maman Chène beklagte sich nicht. Allmorgendlich diskutierte sie mit Catherine die Probleme, die Les Colombiers betrafen, und brach dann mit den Worten auf: „Ich muß mich um Tania kümmern. Anschließend werden wir mit Emmanuel spazierengehen."

Bis sie eines Morgens, als sie in die Küche kam, Tania vorfand, die bereits aufgestanden war und eine Tasse Kaffee trank:

„Ich denke, ich gehe jetzt zur Scheune, um ein wenig mit Em zu malen", sagte sie leise. „Ich glaube, es ist an der Zeit, wieder damit anzufangen . . ."

Maman Chène wandte sich also wieder den Kellereien und Weinlagern zu, begab sich nach Houston zur Überreichung der Urkunde, die Les Colombiers zum „Unternehmen des Jahres 1983" erklärte, und kam mit Neuigkeiten zurück, die unweigerlich Charlottes Protest hervorriefen: Jean wollte sich scheiden lassen. Fanny war seit nahezu drei Jahren nicht mehr in die Vereinigten Staaten gereist, und Jean gedachte, ein neues Leben zu beginnen.

„Aber so etwas darf er doch der Familie nicht antun", sagte sie zu Fanny, „du solltest ihn davon zurückhalten."

„Eine Scheidung in der Familie, was für eine Schande!" protestierte sie bei ihrer Mutter, die erwiderte:

„Du vergißt die beiden Scheidungen deines Bruders, erst von Sylvie, dann von Catherine ..."

„Aber das ist nicht das gleiche ..."

„Ach? Und wieso nicht?"

„Weil seine Scheidungen am Leben von Les Colombiers nichts geändert haben, während diesmal alles anders werden wird, du wirst schon sehen, Maman, dies ist erst der Anfang."

Fanny hatte nichts gegen Jeans Wunsch einzuwenden. Im Gegenteil.

„Ich glaube, es ist besser so", erklärte sie allen, die kamen, um mit ihr zu reden. „Ich habe Jeans Leben zur Genüge verpfuscht. Außerdem möchte ich gern frei sein. Ich habe zu jung geheiratet ..."

„Aber du bist zu alt, um einen Vamp zu spielen", sagte Charlotte bissig. „Sieh dich doch an, die Falten machen dein Gesicht nicht gerade schöner. Und in deinem Alter solltest du tiefe Ausschnitte lieber vergessen. Und grelle Farben auch ..."

„Ich habe keine Lust, auszusehen wie du, schau dich doch nur an! Mit deinen klobigen Röcken und deinen Betschwesternblusen siehst du aus wie eine Nebelkrähe! Welcher Mann würde dich denn schon begehren?"

„Du vergißt deine Seele, Fanny!"

Fanny vergaß tatsächlich ihre Seele und ging immer häufiger aus. Sie fuhr an den Wochenenden fort, ohne zu sagen wohin, kehrte manchmal mit einem Lächeln, manchmal aber auch müde und niedergeschlagen zurück. Aber sie brachte nie jemanden nach Les Colombiers mit. Charles erzählte Catherine, er habe seine Schwester mit einem deutlich jüngeren Mann gesehen. Wie Fanny etwas später feststellen mußte, waren tatsächlich alle Männer der Familie auf dem laufenden. Aber sie sagten nichts. Auch Fanny sagte nichts. Sandra lebte noch immer bei Charlotte. Sie hatte wieder zu studieren begonnen und wollte Architektin werden. Ihre Abmagerungskuren waren für ihre Vettern erneut ein Anlaß zu Scherzen.

Ein Wagen fuhr vor. Es war Claude, der sich, als er vom Erfolg der Ausstellung seines Sohnes erfuhr, in sein Auto gesetzt hatte und in einem Zuge von Straßburg, wo er jetzt eine Firma für chemische Produkte leitete, herübergefahren war. Catherine winkte ihm zu. Er war noch immer genauso schlank, nur sein Haar war jetzt weiß. Laut Bruno hatte er eine Liäson mit Sylvie, Henris erster Frau.

„Er bleibt also in der Familie", hatte Charles bemerkt.

„Aber sie passen tatsächlich sehr gut zusammen." Auf alle Fälle wirkte er glücklich.

Er ging auf Catherine und Maman Chène zu, die aufgestanden waren, um ihn zu begrüßen, als Henri sich auf ihn stürzte.

„Ist das mit Emmanuel nicht fantastisch?"

„Ich bin so glücklich, so unsagbar glücklich", sagte Claude immer wieder, „wie fantastisch. Dabei hätte ich fast vergessen, dir zum Geburtstag zu gratulieren, Catherine!"

„Fantastisch für wen?" fragte Maman Chène halblaut. „Für uns oder für Emmanuel? Wird die Anerkennung seines Talents am Leben des Kleinen irgend etwas ändern? Nein! Also?"

Catherine hatte keine Zeit zu antworten, denn nach und nach traf ganz Nuits-Saint-Georges ein. Emile mit Frau und Töchtern und Guillot, der trotz seiner gut achtzig Jahre noch immer sehr munter war:

„Hab' nicht ich mit Ihnen damals Ihren ersten Walzer in Les Colombiers getanzt?" rief er Catherine in Erinnerung. „Das war doch ein gutes Omen. Ich tanze nur mit den Allerschönsten. Sie sind wie unser Wein, mit den Jahren gewinnen Sie nur", sagte er als verstecktes Kompliment zu ihr, worüber alle lachen mußten.

Die Hitze des Tages lastete noch immer schwer auf dem Gut, und die Sonne begann, sich hinter der Côte zu verbergen, als die ersten Flaschen geöffnet wurden. Zu diesem feierlichen Anlaß hatte man einen 1935er und einen 1964er Nuits-Saint-Georges hervorgeholt: die beiden Jahrgänge, in denen Catherine und ihr Sohn geboren wurden.

„Wie glücklich muß Le Chène sein, dies alles hier zu sehen", flüsterte Maman Chène Catherine zu.

„Hier haben Sie die Antwort, Maman Chène, nichts hat sich in Emmanuels Leben geändert. Aber dies ist nicht nur unser Fest, sondern auch das Le Chènes, es ist der Beweis, daß er recht gehabt hat!"

Emmanuel saß neben seiner Schwester auf den Stufen, die zur Veranda führten. Bruder und Schwester lächelten einander glücklich an, wie zwei Verbündete.

Die Hölle der Erinnerung

Ihr Debüt „Palermo vergessen . . ." war bereits vor zwanzig Jahren in Deutschland ein vielgelesenes Buch, denn es erzählt von Erfahrungen, die viele quälen. Der Mensch erscheint hier als ambivalentes Wesen, zerrieben zwischen den Anforderungen des blutleeren *life style* und den Wünschen nach Ursprünglichkeit, getrieben von der Sehnsucht nach der Vergangenheit, sich fürchtend aber vor der Last der Erinnerung.

Die schwermütige Sizilianerin Agata, die wie ein Fossil einer untergehenden Welt im Großstadtdschungel von New York residiert, sagt zur Ich-Erzählerin Gianna Meri: „Auch du solltest vergessen lernen", denn, so fügt sie hinzu: „Die Erinnerung, das ist die Hölle."

New York ist für die junge Gianna, Redakteurin der Modezeitschrift „Fair", das „freiwillige Exil, die Leere, die zum Lebensprinzip erhobene tote Zeit". Hier will sie ihre sizilianischen Kindheitstage und den Tod ihres Geliebten vergessen, sich mit Arbeit betäuben.

Doch die Begegnung mit dem schwarz gekleideten Carmine Bonnavia, der beim ersten Zusammentreffen bereits wie ein rätselhafter Vorbote des Todes auf der Schwelle seiner Haustür sitzt, verleiht ihren Erinnerungen Flügel. Auf der einen Seite Carmine, auf der anderen Seite die affektierte Schickeria-Journalistin Babs; hier die Verkörperung der Mythen Siziliens, dort die leere Hülle moderner Scheinwelten — das sind die zwei Pole, die Giannas Interesse wecken und zugleich als Eckpfeiler der Erzählkonstruktion fungieren. In der Person Carmines, der Babs heiratet und während seiner Hochzeitsreise das erstemal den Boden seiner sizilianischen Väter betritt, findet Gianna ihre eigene verdrängte Vergangenheit. Mit seinem Tod auf den Straßen Palermos, von Edmonde Charles-Roux grotesk und operettenhaft inszeniert, verwehen auch Giannas Träume und Hoffnungen von einer glückhaften Symbiose aus Vergangenheit und Gegenwart.

Die Sprache der Autorin ist bei alldem wohltuend sparsam. So umschifft Edmonde Charles-Roux mit konzisem Ton die Klischees, die sich in Liebes- und Erinnerungsgeschichten aufdrängen. Fast scheint es, als protokolliere sie nur die nötigsten Sequenzen, die vom Leser zur Lebensgeschichte Giannas zusammengeknüpft werden müssen.

Frank Ditschreit in *Frankfurter Allgemeine Zeitung*

EDMONDE CHARLES-ROUX, Palermo vergessen . . ., Roman
384 Seiten, gebunden
ISBN 3-552-04104-4
PAUL ZSOLNAY VERLAG

Zart wie ein Schleier

Die Texte, die hier unter dem Titel „Sonntagslaune" zum ersten Mal auf deutsch — in einem makellos schönen Deutsch — erscheinen, sind, wenn überhaupt, nur gerade die Andeutung einer Geschichte oder das, was von ihr übrigbleibt, wenn man alles Überflüssige, alles sie unnötigerweise Beschwerende hinausfiltriert hat. Ein Hauch von Inhalt — eine kleine Landschaftsbeschreibung, ein Likörrezept, die Stimmung eines regnerischen Sonntags, die Wonne eines Fiebertages im weichen Bett, die liebevolle Skizze eines Tieres — ist hier mit hoher sprachlicher Bewußtheit und einem untrüglichen Sinn für poetische Schönheit zur unscheinbaren kleinen Kostbarkeit geformt.

Ob sie, zart wie das Gespinst einer Spinne im Spätsommer, die Konturen einer menschlichen Beziehung zeichnet, ob sie uns mit ihren Augen ein Stück Landschaft, den frühen Schein eines neuen Tages oder die ersten Schatten der Nacht sehen läßt, ob sie die Zubereitung eines Fisches zelebriert, daß einem beim Lesen das Wasser im Mund zusammenläuft, oder ob sie sich einem ihrer geliebten Tiere zuwendet mit einer Vertrautheit und einer Intuition, über die nur sie verfügt — immer ist da dieser unverwechselbare Ton, der das Schreiben Colettes kennzeichnet: zart und genau, ein wenig kokett, sehr weiblich, sehr sinnlich und dabei auf eine ganz unerwartete Weise konkret und erdverbunden . . .

Vielleicht liegt das Geheimnis ihrer Anziehungskraft darin, daß sie sich nicht nur die Sehnsucht nach den Gefilden der Kindheit — das tun viele — bewahrt hat, sondern zugleich mit der Sehnsucht auch ein Stück von der Kindheit selbst. Wenn Colette das uneingestandene Anlehnungsbedürfnis eines Mannes beschreibt, dann wirkt sie weise wie eine ganz alte, ganz abgeklärte Frau. Wenn sie sich den Gerüchen eines frühen Sommermorgens, den Ritualen häuslicher Weihnachtsfeiern oder den Liebesspielen ihrer Katzen hingibt, dann ist sie wieder das Kind, das vom Leben noch nichts weiß, als was es sieht, hört, riecht und fühlt . . .

Durch die Seiten dieses Bändchens zieht eine Art wehmütige Heiterheit, die man sich gerne bewahren möchte.

Klara Obermüller in *Frankfurter Allgemeine Zeitung*

COLETTE, Sonntagslaune und andere Erzählungen
182 Seiten, gebunden
ISBN 3-552-04018-8

PAUL ZSOLNAY VERLAG

ANITA BROOKNER, Winterreise nach Venedig

Es dauert Jahre, Jahrzehnte, bis man sich die Verteidungs- bzw. Rechtfertigungsposition aufgebaut hat für das, was aus einem geworden ist, was sich ergeben hat. Doch manchmal genügt schon ein harter Anstoß wie in Anita Brookners Roman *Winterreise nach Venedig*, um die ganze Lebensphilosophie fragwürdig werden, den mühsam aufgebauten Schutzwall zusammenbrechen zu lassen. Anita Brookner hat einen sehr feinsinnigen, sehr englischen Roman geschrieben, der nicht nur ihre Heldin nachdenklich macht. Sie stellt Fragen, die bei der Aufzählung der zweifellos in verschiedenen Entwicklungsphasen vorhandenen Pluspunkte für Singles gewöhnlich vergessen werden, ohne selbst Antworten aufzudrängen. Sie läßt einfach die Tatsachen für sich selbst sprechen.

dpa

272 Seiten, gebunden, Roman
ISBN 3-552-04120-6

PAUL ZSOLNAY VERLAG

PAUL HENGGE, Der Rosengarten

Das Buch war schon ein Film, bevor es für die vorliegende Version geschrieben wurde. Wer es liest, versteht das.
Denn: Paul Hengge hat eine erschütternde Geschichte erfunden, die uns mit dem noch lange nicht erschöpfend behandelten Thema der Greuel vor und um 1945 und mit der Tatsache konfrontiert, daß viel zu viele die Greuel gar nicht erschöpfend behandelt wissen wollen. Tatsächlich wurden 1945 in Hamburg in letzter Minute Kinder brutal ermordet. Hengge hat erfunden, wie Menschen das heutzutage nicht gewesen sein und nicht wissen wollen. Und hat das leider nicht nur erfunden . . .
In einem Stil, der zwischen sehr vielen Stilen pendelt, schreibt ein kluger Mensch, der viel von Menschen weiß, eine atemberaubende Story, die einen begierig weiterlesen und zuletzt nachdenken läßt. Beruhigt erfährt man im Nachwort, daß sie erfunden ist. Erschütternd erinnert das Nachwort daran, daß es Tatsachen gibt, schlimmer als die „Erfindung".

Kurier, Wien